KB086003

고려태조 왕건 5

천하통일

고려태조 왕건 _ 5권 천하통일

초판 1쇄 발행 2016년 2월 11일

지은이 김성한
펴낸이 노미영

펴낸곳 산천재(공급처 : 마고북스)
등록 2012. 4. 19.
주소 서울시 마포구 월드컵북로 5길 48-9(서교동)
전화 02-523-3123 팩스 02-523-3187
이메일 magobooks@naver.com

ISBN 978-89-90496-90-4 04810
ISBN 978-89-90496-85-0(세트)

고려태조 왕건

천하통일

王建

5

김성한

역사소설

산천재

■ 신라말·고려초 전란 관계 지도

고려태조 왕건 _ 5권 천하통일

차례

■ 이 작품은 1980년대 초 '왕건' 제하로 삼 년에 걸쳐 동아일보에 연재되었다. 1982년 같은
  제목의 단행본으로 출간되었고(전6권, 동아일보사) 그 후에도 판을 거듭하여 나왔다.
■ 이 책은 마지막 판인 《고려태조 왕건》(전6권, 행림출판, 1999년)의 오탈자 등을 바로잡아
  다섯 권으로 다시 편집한 것이다.

일은 순리대로

다시 해가 바뀌어 921년.

등극한 지 사 년째를 맞은 왕건의 나이 사십오 세.

그는 흐르는 세월을 생각했다. 한번 흘러간 세월은 영원히 돌아오는 법이 없고 만사 만물은 세월과 더불어 흘러가게 마련이다.

왕건은 천하대세를 생각했다. 당나라가 망한 지 십사 년, 아직도 엎치락뒤치락하는 대륙은 논외로 하자.

북쪽의 발해는 대조영(大祚榮)이 건국한 지 이백여 년, 남방의 신라는 박혁거세 이래 구백여 년, 다 같이 빈사상태에 있다.

인간이고 산천초목이고 세월과 더불어 생성괴멸의 법칙을 면할 수 없다는 부처님의 말씀은 어김없이 국가에도 해당되는 모양이다.

전선의 병사들은 굶주려도 산해진미로 포식하고 주색을 버리지 못하겠다고 기를 쓰는 신라의 귀족들. 거란이라는 강대한 적이 밀어닥치는

데도 집안싸움으로 지새우는 발해의 왕실. 초목에 싹이 돋아 신록에서 진한 녹색으로 기운을 뻗치다가 한창 때가 지나면 어쩔 수 없이 시들 듯이 신라나 발해의 왕족이나 귀족들은 자기들이 하는 것이 시들어 가는 과정이라는 것조차 알지 못하고 있다. 오래지 않아 말라서 낙엽처럼 무너져 영원히 사라질 것이다.

문제는 견훤이다. 자기보다 십 년 연상이니 올해에 오십오 세. 맨주먹으로 일어서 나라를 일으킨 백전노장. 그는 세월과 더불어 씩씩하게 피어오르고 있다.

임금 행세를 시작한 지 이미 삼십 년, 이 반도의 운명을 결정할 사람은 그가 아니면 나 왕건일 것이다.

필요한 것은 시간이다. 그는 삼십 년 동안 강토 안을 다질 대로 다졌다. 그러나 이 왕건은 등극한 지 햇수로는 사 년이라지마는 실제로는 이 년밖에 안 된다.

고려 강토 안은 그럭저럭 평온을 유지해 왔으나 불안한 평온이다. 등극 초에 운주, 웅주 등 남방의 여러 고을이 견훤에게 넘어간 것은 불문에 부치더라도 전에 선종에게 복종하던 명주 장군 순식(順式)은 지금도 독립 왕국을 형성하고 그 세력도 막강하다.

총력을 기울여 공격한다면 안 될 것도 없지마는 그것은 스스로 자기를 해치는 일이요, 자칫하면 견훤에게 허(虛)를 찔릴 염려도 있다.

다른 고장의 장군들은 편지와 선물로 통합했는데 순식만은 응대조차 않으니 이것이 연래의 고민거리였다.

"무슨 생각을 그렇게 골똘히 하세요?"

차를 따르면서 옆에 앉아 지켜보던 사화가 물었다.

"세월이라는 걸 생각 중이야."

"별안간 세월은요?"

"그렇게도 앳되던 애기, 아니 사화도 이제 열여덟으로 막 피어오르니 흐르는 세월을 실감하는 거지."

"폐하께서는 자꾸 젊어지시는걸요."

"해마다 한 살씩 먹어 버리니 나이도 줄어드는 모양이지?"

사화는 소리를 내어 웃었다.

사실 이 총명하고 아름다운 여인을 만나고부터 젊어진 기분이 들 때도 있었다.

"자꾸 나이를 먹어 무(無)로 돌아가는 것이 인생이니 폐하의 말씀은 숫자상으로도 맞아 떨어져요."

"그런가……."

"허지만 폐하, 무슨 걱정이 계시지요?"

사화의 맑은 두 눈이 그를 처다보았다.

"이 세상에 걱정이 없는 사람이 있을까?"

왕건은 덤덤히 대답했다.

"잔걱정이라면 몰라도 큰 걱정이 얼굴에 나타나신걸요."

사화는 그의 얼굴에서 눈을 떼지 않았다. 새해가 오면 다른 고을의 장군들은 직접 오기도 하고 사람을 보내기도 해서 하례를 올렸으나 금년에도 순식은 꼼짝하지 않았다.

조사한 결과 내원(內院, 일명 내원당, 대궐 안에 있는 절간)에 있는 늙은 중 허월(許越)이 그의 아버지라는 것을 알아냈다.

대신들의 의견은 두 갈래였다. 그를 볼모로 해서 항복하지 않으면 아버지를 죽인다고 협박하자는 패가 있는가 하면 그를 아들에게 보내 타이르도록 하자는 패도 있었다.

"사화의 생각은 어때?"

왕건은 자초지종을 애기하고 그의 의견을 물었다.

"저 같으면 그 스님을 후히 대접해서 아들에게 보내겠어요."

"그럴까……."

"협박해서 항복을 받는다구 하더라도 심복(心服)을 하겠어요? 앙심을 품을 기예요."

"그 말이 옳아."

"그 스님을 부르시는 게 어떨까요?"

"그것이 좋겠군."

왕건은 점심에 허월을 불러들였다.

"스님께서 순식 장군의 엄친이라는 것을 모르고 여태까지 대접이 소홀해서 미안하외다."

큰절을 하는 허월에게 왕건은 맞절을 하고 이렇게 말했다.

"황공하오이다."

무릎을 꿇고 앉은 중은 정말 황공한 눈치였다. 아무리 내전(內殿)이라도 임금이 신하에게 맞절을 한다는 이야기는 들어 본 일조차 없었다. 허월은 감격했다.

점심상이 들어오자 왕건은 굳이 사양하는 허월과 겸상으로 마주 앉아 손수 술까지 따랐다.

"스님께 술을 권하는 것이 옳은 일인지 모르겠습니다마는……."

"황공하오이다. 있는 것을 마다치 않고 없는 것을 찾지 않는 것이 소승이 걸어온 길이올시다."

"그런 마음가짐을 무애(無碍)의 경지라구 한다지요?"

"그러나저러나 폐하께서 친히 이렇게 대해 주실 줄은 몰랐습니다."

술을 받아 마시면서도 중은 어쩔 줄을 몰랐다. 왕건도 사화가 따라 주는 술을 한 모금 마시고 안주를 집었다.

"인생은 원래 찰나의 짧은 꿈이 아니겠습니까? 이 꿈속에서 되다 보니 임금도 되고 신하도 된 것이지 영겁세(永劫世)에 비추어 보면 다 부질 없는 일이지요."

"폐하께서는 도통을 하셨습니다."

술이 어지간히 들어가자 중도 긴장이 풀려 갔다.

"도통을 한 사람이 이 풍진 세상에 휘말려 허위적거리겠습니까?"

"폐하께서는 성군이시라는 말씀을 들었는데 과연 그렇습니다. 천하를 통일하실 분은 바로 폐하이십니다."

왕건은 듣기만 하고 대답은 하지 않았다.

중은 술이 몇 잔 들어가자 무엇이든지 잘 먹고 마시면서 말수도 많아졌다.

"죽고 죽이는 놀음이 그치지 않는 이 예토(穢土)를 하루 빨리 통일해서 정토(淨土)로 바꾸셔야 하지 않겠습니까?"

"제 강토조차 통일하지 못하는 주제에 천하통일은 꿈같은 얘기지요."

왕건은 중을 건너다보았다.

"명주 말씀이시군요."

중은 알아들었다.

"순식 장군 같은 명장과 손을 잡았으면 하는 것이 내 소원인데 그게 뜻대로 안 됩니다."

이렇게 말한 왕건은 또 그의 잔에 술을 따랐다. 중은 찔끔찔끔 마시면서 오래도록 생각한 끝에 다시 입을 열었다.

"외진 곳이라 세상 돌아가는 형편을 몰라서 그런가 봅니다."

"그렇게 뛰어난 분이 모르실 까닭이 있겠소이까? 모두 내가 부족한 때문이지요."

"천만의 말씀이십니다."

중은 또 한참 생각하고 나서 말을 이었다.

"소승은 세상을 버린 후 속세의 일에는 관여하지 않기로 결심했습니다. 그러나 성은이 이처럼 망극하온데 어찌 가만있겠습니까. 소승이 한 번 기서 티일러 보면 어떠하오리까?"

"그래 주시면 얼마나 고맙겠습니까?"

"결과는 어떻게 될지 모르겠습니다마는 허락하신다면 한번 가 보지요."

"고마운 일이외다. 서로 피를 보지 않고 손을 잡으면 나라의 복이 아니겠소이까?"

왕건은 어디까지나 정중했다.

"괜찮으시다면 내일 당장 떠날까 합니다."

"추위가 풀린 연후에 떠나시지요."

"생각난 김에 떠나는 것이 좋을까 합니다. 오래간만에 손주들도 보고."

"그 고령으로 이 추위에 먼 길을 떠나시는 것이 송구스러워서 그럽니다."

칠십이 가까워 보이는 중은 미소를 지었다.

"아직도 마음은 이십 대올시다. 또 몸도 별 탈이 없고."

"괜찮을까요?"

"소승에게 말 한 필만 주시면 타고 갑지요."

"고맙소이다."

왕건은 상을 물리고 그의 손을 잡았다. 중 허월은 다시 감격하고 아들을 타일러 그 휘하에 넣겠다고 결심했다.

중이 물러간 후 사화는 감탄했다.

"폐하께서는 정말 보통 사람이 아니세요."

"왜?"

"사람을 다루는 천재세요."

"천재라……."

"보잘것없는 중에게까지 그렇게 공손하시니 말이에요. 그 중은 감격한 것이 눈에 보이던데요."

"이 세상에 보잘것없는 인간은 없는 법이야. 부처님 앞에서는 다 같은 중생이니까."

"그럴까요?"

"그럼. 같은 중생이니 되도록 피를 흘리지 말자는 것이 내 소원이지."

사화는 화제를 바꿨다.

"아무래도 심상치 않은가 봐요."

"뭐가?"

"제 몸 말이에요."

왕건은 알아차렸다. 후궁은 많아도 아들은 둘째 왕후 오 씨의 소생 하나밖에 없었다.

"아들을 낳아 줘야겠군."

그는 어린 왕후를 무릎에 앉히고 머리를 쓰다듬었다.

"순식 장군에게 선물을 보내야 하지 않을까요?"

왕건은 시종을 불러 준비하라고 일렀다.

다음 날 아침 십여 기의 병사들은 선물을 잔뜩 싣고 중 허월을 호송하여 명주의 수읍(首邑) 아슬라(何瑟羅, 강원도 강릉)로 떠나갔다.

왕건은 성문 밖까지 전송하였고 허월은 이슬이 맺힌 눈으로 몇 번이고 뒤를 돌아보았다.

허월이 떠나간 지도 두 달, 삼월의 봄기운이 완연했으나 명주로부터는 아무 소식도 없었다.

왕건은 후원을 거닐다가 내원 모퉁이에서 경유(慶猷)와 마주쳤다. 그는 머리를 숙이고 인사를 드렸다.

"언제 오셨습니까?"

"지금 오는 길이지요."

서울을 개경으로 옮기고 얼마 안 되어 그때까지도 나주 바닷가에 있던 경유를 맞아들였다. 몇 번 대신을 보내도 속세를 떠난 사람이 임금에게 볼일이 없다고 오지 않았다.

나중에는 육촌동생 왕신(王信)에게 특별히 만든 배에 호송함선들을 붙여 보냈다. 넷째 왕후 사화가 손수 지은 가사에 석장(錫杖)도 새로 만들고 친필로 편지도 썼다.

경유는 할 수 없이 개경에 나타났다.

왕건은 사양하는 것을 막무가내로 만조백관이 모인 가운데 그를 왕사(王師)로 모시는 의식을 올렸다.

의식은 신라 이래의 전통에 따라 임금 왕건이 그의 앞에 아홉 번 절하고 백관도 이에 따랐다. 이로써 왕건은 제자, 경유는 스승이 된 것이다.

스승인 만큼 마주치면 제자인 왕건이 먼저 머리를 숙이고, 부축하여 드리기도 하고 그 앞에서는 무릎을 꿇었다.

"저 같은 돌중을 무엇에 쓸라구……."

의식을 마치고 내원에 함께 들어가 좌정하자 경유가 먼저 입을 열었다.

"무엇을 해 주십사 하는 것은 없습니다. 그저 이 내원에 계시기만 해도 저에게는 큰 위안이 되겠습니다."

"저 같은 것이 무슨 위안이 되겠소이까?"

임금인지라 나주에서와는 달리 말투가 정중했다.

"선생님의 얼굴만 뵈어도 복잡한 머리가 깨끗해지고 마음에 평화가 오는 듯합니다."

공연한 소리가 아니었다. 세상에 거칠 것이 없고 근심 걱정이라고는 그림자도 안 보이는 경유의 얼굴과 행동거지만 보아도 속세의 먼지가 씻기는 기분이었다.

"왜 머리가 복잡하고 마음이 편치 못하시지요?"

"이 난세에 분수에 없는 자리에 앉고 보니 걱정투성이라 그런가 봅니다."

"세월이 모든 걸 해결할 터이니 세월에 맡기고 마음을 편히 가지시지요."

"좋은 말씀, 마음에 새겨 두겠습니다."

"내원에 있으라고 하셨는데 아시다시피 저는 갇힌 생활은 못하는 성품이올시다. 있고 싶을 때는 있고 가고 싶을 때는 가야겠습니다."

"제자가 어찌 스승의 행동을 구속할 수 있겠습니까? 그것은 뜻대로 하시고, 저에게 잘못이 있을 때는 사양 마시고 꾸짖어 주십시오."

"허허……."

경유는 소탈하게 웃고 다른 말은 없었다. 왕건은 그것으로 만족했고, 이 보기 드문 선승(禪僧)이 내원에만 틀어박혀 있으리라고는 처음부터 기대하지 않았다.

임금도 사람이다. 잘못이 없을 수 없고, 오히려 임금이기에 안하무인으로 더 잘못을 저지를 수도 있다. 평범한 사람의 잘못과 임금의 잘못은 댈 것도 아니다. 경우에 따라서는 나라 전체를 뒤흔들 수도 있는 것이다.

왕건은 경유가 스승이 되어 준 것만으로도 소득이라고 생각했다. 그는 아무 말도 하지 않을 것이다. 그러나 말이 없어도 그는 자기를 비춰 볼 수 있는 거울이 되고도 남을 사람이었다.

이리하여 경유는 왕건의 왕사가 되었다. 그가 궁중의 내원에 있을 때에는 왕건은 그의 시중을 드는 것이 일이었다. 임금이 이렇게 대하니 그는 온 나라의 어른으로 존숭을 받았다.

그러나 경유는 말없이 사라졌다가는 나타나고, 개경에 있을 때보다 없을 때가 더 많았다.

　오랫동안 사라졌던 경유가 수척한 모습으로 나타났다.
　"어디 불편하신가요?"
　왕건이 물었다.
　"세상을 하직할 때가 온 것 같습니다."
　"선생님은 금년에 쉰하나이신 줄로 알고 있는데 벌써 그런 말씀을 하셔야 되겠습니까?"
　"어린애들까지 즐비하게 죽어 가는 세상에 오십일 년이나 살았으면 오래 살았지요."
　"의원을 보내 드리리다. 약을 쓰시고 잘 조리를 하십시오."
　"저두 병이지마는 성상의 병도 심상치 않은 듯합니다."
　경유는 뚱딴지같은 소리를 했다.
　"저는 이렇게 건장한데 병은 무슨 병입니까?"
　왕건은 요즘 건강해서 아픈 데라고는 없었다.
　"마음의 병 말입니다. 용안을 뵈니 걱정이라는 병이 아물거리고 있습니다."
　"잘 보셨습니다. 그 병을 고쳐 주시지요."
　왕건은 명주의 순식 이야기부터 했다. 순식을 손아귀에 넣지 않고는 이 고려만의 평화도 언제 깨질지 알 수 없고 강대한 그가 휘하에 들어오기만 하면 남방 접경지대에서 멋대로 노는 잡다한 장군들 중에는 제 발로 걸어 들어와서 항복할 자가 많은데 그의 아버지를 보내도 감감소식이니 그것이 요즘 가장 큰 걱정거리라고 털어놓았다.
　"그게 왜 걱정이 되시지요?"
　"선생님이 저의 처지라면 걱정이 안 되시겠습니까?"

"안 되지요."

"무슨 비법이라도 있습니까?"

"비법이야 허공 중천에 매달려 있지 않습니까?"

"?"

"하늘의 뜻에 달려 있다는 말씀입니다. 천명이 견훤에게 있으면 견훤, 순식에게 있으면 순식이 천하를 잡고, 성상은 패망할 수밖에 없지요. 반드시 성상께서 천하를 잡아야 된다는 법은 없습니다. 반대로 성상에게 있다면 그들이 성상에게 무릎을 꿇을 것이니 그쯤 생각하시지요."

"……."

하기는 그렇다. 그러나 듣기 좋은 말일 수는 없었다.

"이 세상에서 제일 쓸데없는 것이 무엇인지 아십니까?"

"무언데요?"

"걱정이라는 물건입니다. 확 털어 버리시지요."

옳은 말이다. 걱정한다고 어려운 일이 풀리는 것도 아니고 안 될 일이 되는 것도 아니다. 또 이 왕건이 천하의 주인이 돼야 하고 견훤이나 순식이 돼서는 안 된다는 법도 없다. 걱정이라는 병의 근원은 반드시 자기가 아니면 안 되겠다는 욕심에 있다.

할 대로 해 보다가 안 되면 그만이다. 경유의 말대로 걱정이라는 것처럼 무용지물도 없을 것이다.

왕건은 당연한 것을 당연하게 보지 못하는 데서 생기는 인간의 병폐를 생각하면서 경유의 방에서 나왔다.

경유는 그날부터 몸져누웠다.

왕건은 의원들에게 일러 밤낮으로 옆에서 지키게 하고 좋다는 약은 다 쓰게 했다.

하루에 한 번씩 문병차 들렀으나 차도는 없고 갈 때마다 더욱 쇠약해서 피골이 상접하고 누구의 눈에도 소생할 가망이 보이지 않았다.

삼월이 거의 갈 무렵 경유는 마침내 세상을 떠나고 말았다.

"잠을 알지? 세상에 제일 편한 것이 잠인데 잠 중에서도 아주 깊은 잠을 자게 됐으니 얼마나 좋으냐? 슬퍼할 것은 아무것도 없다."

눈물을 흘리는 중들에게 남긴 유언이었다.

왕건은 진정한 스승을 잃은 허전함을 가눌 길이 없었다.

경유의 장사를 치른 후에도 왕건은 아직도 독립왕국을 고집하는 남방의 여러 장군들에게 사람을 보내 서로 합심하자고 제의했다. 다만 전과는 달리 무아(無我)의 심경으로 성의를 다하되 일의 성패는 하늘에 맡기는 마음의 자세가 되어 있었다.

글은 언제나 정중하고 선물은 푸짐했다. 그러나 봄이 가고 여름이 와도 신통한 반응은 없었다.

겉발림이나 사술이 아니고 진심으로 하는 일이기에 반응이 없어도 실망하지 않았다. 반응이 없을수록 명절이나 상대방의 생일같이 명분이 서는 때면 선물과 축하편지를 보내는 일을 되풀이했다.

그러는 가운데서도 농사를 독려하고 무기를 마련하고 병사들을 단련하는 일을 게을리하지 않았다.

난세를 평정하려면 힘이 있어야 하고 힘없는 자의 이야기는 아무리 옳아도 푸념에 불과했다. 다만 경유의 말을 새겨듣고 자기를 버릴 무아의 힘을 기르는 것이 중요하다는 것을 잊지 않았다.

그는 되풀이 세월을 생각했다. 금년에 사십오 세. 인생 오십이라고 하는 그 오십이 얼마 남지 않았다.

열한 살 된 아들 무(武)는 아무리 보아도 칠칠치 못해서 대를 이어 큰일을 할 재목이 될 것 같지 않았다.

반대로 견훤은 나이는 십 년이나 연상이지마는 그 많은 아들들이 다 똑똑하다. 그중에 장성한 자들은 이미 장수로 싸움터를 드나들고 있다.

기력이 있을 때에 천하를 통일하지 못한다면 고려는 견훤이나 그 아이들의 밥이 되고 말 것이다.

다행히 그의 소원대로 견훤은 움직이지 않고 평화가 계속되었다.

그렇다고 전혀 분란이 없는 것은 아니었다.

지난 이월의 일이다. 골암성에 가 있는 유금필로부터 급사(急使)가 왔다. 그의 힘이 미치지 못하는 고장의 말갈 추장 달고(達姑)라는 자가 휘하 기병들을 거느리고 신라의 서울로 진격하겠다고 벼른다는 소문이 있으니 조심하라는 내용이었다.

이것은 불가능한 일도 아니었다. 도중에 많은 장군들이 성을 차지하고 있으나 자기들을 건드리지 않는 한 신라를 위해서 피 한 방울 흘릴 사람들이 아니었다.

그러나 왕건으로서는 신라의 문제인 동시에 자신의 문제이기도 했다. 자기 강토를 오랑캐들이 마음대로 드나든다면 백성들이 불안에 떨 것은 물론, 천하에 자신의 허약함을 드러내는 결과가 될 것이다. 그런 허약한 자에게 누가 붙을 것인가.

그는 신라에 알려 주는 동시에 장군 견권진(堅權鎭)에게 기병 이천을 주어 삭주(朔州, 강원도 서반부)로 보냈다.

견권진은 골암성의 유금필과 무시로 연락하여 요지에 기다리고 있다가 달고 이하 천여 기를 몰살해 버렸다.

신라 왕은 선물과 함께 장황한 치하의 글을 보내왔다. 끝에 가서 앞으로 더욱 충성을 다하라는 거드름도 잊지 않은 편지였다.

팔월에 들어 사화가 아들을 낳았다. 이름을 태(泰)라 지었고 대신들의 하례도 받았다.

고을의 장군들도 선물을 보내 축하했다. 그러나 명주 장군 순식으로부터는 아무런 소식도 없고 정초에 따나간 그의 아버지 허월의 거취도 알 길이 없었다. 호송한 병사들은 분명히 아슬라까지 모셔다 놓고 돌아왔다고 했다.

허월이 거짓말을 하고 이 개경을 빠져나간 것인지, 아니면 순식은 아버지의 말도 안 듣는 고집불통인지, 어쨌든 개운치 않았다.

그러나 둘째로 태어난 아들 태는 유모의 손에서 잘 자랐다. 추수가 끝나자 사화와 함께 사냥을 즐기다가 시월 들어 또다시 평양 길을 떠났다.

도중 패강진에서는 하루를 묵었다.

유금필이 골암성으로 떠난 후 패강진 장군으로 승진한 박수문과 그의 아우 수경의 대접은 극진했다.

밤에 시침을 들어온 소녀는 미인은 아니었으나 후리후리한 키에 눈이 유난히 맑아 보였다. 수문의 딸이라고 했다(후일의 월경원 부인[月鏡院夫人]).

"너의 아버지는 무던한 사람이다. 삼촌은 용감한 장수구……."

"네……."

"너의 소원은 무엇이냐?"

"서울에 가서 사는 일이에요."

"그렇게 해 보지."

왕건은 소녀와 하룻밤을 보내고 이튿날 평양으로 떠나면서 박수문에게 일렀다.

"따님을 궁중으로 보내오."

박수문은 영광이라면서 멀리까지 배웅했다.

동주 땅에 들어서자 왕건은 재작년 겨울에 만난 행파를 화제에 올렸다.

"평양에는 여러 고을에서 행파같이 유력한 사람들을 모아다 채우려고 하는데 장군의 생각은 어떻소?"

동행한 신숭겸은 신통한 대답이 아니었다.

"좋겠지요."

무언가 불만이 있는 얼굴이라고 판단한 왕건은 한참 가다가 물었다.

"신 장군, 무슨 걱정이라두 있소?"

신숭겸은 말을 함께 달리면서 얼른 대답하지 않았다.

"신 장군의 걱정은 곧 내 걱정이 아니겠소? 말해 봐요."

"바로 그겁니다. 행파의 두 딸을 잊으셨습니까? 그냥 팽개쳐 두시는 폐하의 심사가 마음에 안 든단 말입니다."

왕건은 거쳐 온 여자가 하도 많은지라 까맣게 잊고 있었다. 하룻밤씩 스쳐 갔을 뿐 그 후에는 가타부타 소식 한 번 전하지 않은 형세였다.

그런 처지에 행파 일가를 평양에 옮기려고 드니 아무리 임금이라도 이것은 염치없는 일이 아닐 수 없었다.

"신 장군 보기가 부끄럽소. 소식을 아시오?"

"오면서 들으니 중이 됐답니다."

"중이라……. 어느 절간인데?"

"저 앞에 보이는 저 절이랍니다."

왕건은 이백여 기의 행렬을 멈추고 신숭겸과 함께 절간을 찾았다. 여승들이 달려 나와 우두커니 바라보고 있었다.

영문을 모르는 모양이었다.

그중 앳된 여승이 속삭였다.

"폐하십니다."

머리를 깎았으나 연전에 본 행파의 큰딸이었다. 그제서야 여승들은 두 손을 모아 쥐고 머리를 숙였다.

왕건은 신숭겸을 밖에 남긴 채 방에 들어가 두 여승을 불렀다.

"내가 큰 실수를 해서 미안하게 됐다. 이제부터라도 머리를 기르고 개경의 궁중으로 들어오너라."

그러나 두 여승은 입을 다물고 말이 없었다.

"너희들도 그렇지, 왜 개경으로 오지 않았느냐?"

그래도 대답이 없었다.

"나를 임금이라 생각 말고 속에 있는 말을 해 봐라."

그제서야 언니가 머리를 쳐들고 한동안 그를 바라보다가 입을 열었다.

"부르지도 찾지도 않는데 무얼 하러 개경에 가겠습니까?"

노기를 품은 눈초리였다.

의외의 대답에 왕건은 얼른 말이 나오지 않았다.

부르지 않아도 제 발로 찾아온 여자들이 얼마든지 있었고 그들을 다 받아들였다. 그런데 이 자매는 달랐다.

"부르지 않으면 못 오느냐?"

"난세의 여자들은 놀림감밖에 안 된다지마는 놀림감으로 자처할 생각은 없습니다."

"무슨 뜻이지?"

"저희들도 사람이에요. 사람으로 자처하고 싶다는 뜻입니다."

담도 큰 여자였다.

"더욱 모를 소리를 하는구나."

"남자들의 하룻밤 놀림감, 하룻밤의 노리개로밖에 안 보는 세상에 무슨 애착이 있겠습니까?"

"내 잘못이다. 그래서 이렇게 일부러 찾아온 것이니 머리를 기르고 개경에서 함께 살자."

"폐하께서 저희들을 생각하여 주신다면 이대로 두어 주십시오."

"이대로 둬?"

"속에 있는 대로 말씀드려도 괜찮을까요?"

"속에 있는 대로 말해야지."

"놀림감들이 우글거리는 궁중에 들어가 서로 시샘하고 안 오시는 폐하를 기다리면서 밤마다 엎치락뒤치락할 일을 생각하면 앞이 캄캄합니다."

왕건은 난세를 엮어 가는 여인의 진정한 목소리를 들었다. 그것은 오뇌, 자탄, 분노, 그리고 체념이 뒤얽힌 비명이었다.

자신에 대한 반성도 없을 수 없었다. 고적한 왕실을 번성케 하기 위해서는 될수록 많은 사람들과 혈연관계를 맺고 자식들도 많이 생겨야 한다는 것이 여대까지의 생각이요, 또 사실이기도 했다.

그도 사람이기에 진정으로 정을 준 상대가 없는 것은 아니었다. 지금 총애하는 사화나 청화라고 이름을 지어 준 셋째 왕후가 그렇다.

그러나 다른 여자들은 어떨까. 하룻밤의 시침을 연고로 먼 길을 마다 않고 궁중으로 찾아 들어왔으나 어쩌다 하룻밤 들르기도 하고 사람에 따라서는 전혀 거들떠보지도 않았으니 이렇게 젊은 나날을 엮어 가는 그들에게 도대체 삶이라는 것이 있다고 할 수 있을까.

그렇게 생각한 것은 아니지마는 결국 여자란 왕건의 집안이 번성하도록 될수록 많은 아이들을 낳는 기계로 보아 온 셈이 되었다.

속된 일이 아닐 수 없었다. 그러나 속세에 살고 더구나 광란의 속세를 묶어세워야 할 책임을 진 자기는 앞으로도 이런 일을 계속하지 않을 수 없는 운명에 있다.

왕건이 오래도록 창문을 바라보며 골똘히 생각하는 것을 보고 시종 잠자코 있던 동생이 말을 걸었다.

"언니의 말씀이 지나쳤던가 봅니다."

왕건은 고개를 돌렸다.

"아니, 모두 옳은 말이다. 나를 깨우쳐 줘서 고맙게 생각하는 중이다."

"황공하옵이다."

언니와 동생은 함께 머리를 숙였다.

"내 죗값을 해야겠구나."

"무슨 말씀이시온지?"

언니가 물었다.

"너희들 둘에게 각각 하나씩 절간을 지어 줄 생각을 해 보았다. 평양에 말이다."

"저희들은 여기서도 아무 불편이 없습니다. 저희들 걱정은 아예 마시고……."

"불편하지 않을 까닭이 없지. 하여튼 이 일은 내게 맡겨라."

왕건은 대답을 기다리지 않고 일어서 나왔다. 산문(山門) 밖까지 배웅 나온 자매는 두 손으로 얼굴을 감싸는 것이 흐느끼는 모양이었다.

북으로 말을 달려 평양에 당도한 것은 초저녁이었다.

성 밖까지 나온 식렴 이하 관원들은 각기 횃불을 들고 그들 일행을 마중했다.

평양도호부의 고관들과 저녁식사를 같이 한 왕건은 그들의 노고를 치하한 외에는 말수가 적었고 식사를 마치고는 곤하다면서 일찍 잠자리에 들었다.

다음 날 아침 식렴의 인도로 왕건 일행은 성내를 돌아보았다.

식렴은 기대 이상으로 치밀하게 일을 잘해 놓았다. 관가뿐 아니라 민가도 많이 지었고 전에 대충 자기의 의도를 말해 두기는 했으나 가로(街

路)도 잘 정리되어 있었다.

그러나 아직도 건설 중이어서 어디서나 망치 소리가 요란했다.

사람이 있어야 서경(西京)도 서경 구실을 할 것이고 성도 쌓을 수 있을 것이다. 말하자면 사람을 모으는 준비작업이었다.

"사람만 모았다가 오랑캐들의 밥이 되면 큰일이지……."

아직도 그대로 서 있는 목책(木柵)을 바라보면서 왕건이 말을 걸었다.

"이 주변에는 이제 오랑캐 걱정은 없습니다."

"그래……."

"어명대로 재작년에는 황룡성을 쌓고 작년에는 아선성을 쌓아 전초(前哨) 구실을 잘하고 있으니 오랑캐들도 이제 단념한 것 같습니다."

"그 북쪽의 형편은 여전하겠지?"

"그렇습니다. 허지만 경계를 임하게 하고 있으니 이 서경은 안심해도 좋을 듯합니다."

"그럼 내년부터 성을 쌓기로 하지."

왕건은 한마디 하고 식렴을 돌아보았다. 식렴은 품에서 새로 마련한 축성 설계도를 꺼내 왕건에게 넘겼다.

왕건은 일행과 함께 도면을 들고 현지를 돌고 나서 고개를 끄덕였다.

"그대루 좋아. 그동안 평양도호의 수고가 많았구만."

저녁에 식렴과 단둘이 마주앉은 왕건은 여러 고을에 영을 내려 일반 백성들뿐 아니라 유력한 사람들의 일가를 평양으로 옮길 계획을 말했다.

"그래야지요. 아니면 이름만 서경이지, 속은 빈민굴이 될 터이니까요."

식렴도 많이 생각한 모양이었다.

"장차 학교도 세우고."

"좋지요."

식렴은 두 말 없이 찬성이었다.

"그런데 말이야……."

왕건은 쑥스러운 얼굴로 식렴을 건너다보았다. 말하기 어려운 일이 있을 때 나타나는 그의 버릇이었다.

"형, 무슨 일이 있었구만."

"응……. 내 부탁을 하나 들어줄래?"

"어명이면 복종해야지요."

"사사로운 일이니 명령할 수는 없고 부탁하는 거야."

"말씀하시오."

"이 서경에 아담한 절간을 나란히 두 채 지어 줄 수 없을까?"

식렴은 씩 웃었다.

"아담해야 하구 나란해야 하구, 필시 곡절이 있구만."

왕건은 멋쩍게 웃고 자초지종을 이야기했다.

"그러니 아담해야 하구, 나란해야 하지 않겠어? 외로운 형제가 무시로 내왕하면서 위로도 하구."

그러나 식렴의 대답은 의외였다.

"잡아끌어다 후궁에 처넣으면 될 텐데 절간은 무슨 절간이지요? 시건방진 것들."

식렴에게는 행파의 딸 형제가 왕실을 얕보는 용서 못할 존재로 생각되었다.

"그런 게 아니야."

왕건이 타이르려고 들었으나 식렴은 부러지게 나왔다.

"형이 여색을 좋아하는 건 저도 알아요. 그걸 좋지 않다고도 안 해요. 허지만 하룻밤 데리고 자구서는 절간 하나씩이라, 무슨 수로 이걸 감당하지요?"

왕건은 웃었다.

"그 말두 옳아. 허지만 여자마다 중이 되겠다는 것도 아니고, 이런 건 드문 일이 아닌가? 또 사람의 육신은 끌어갈 수 있어도 마음을 끌어갈 수는 없잖아? 마음에도 없는 궁중에 끌어다 말려 죽이면 내가 죄를 받는단 말이야."

식렴은 입맛을 다셨다.

"할 수 없지요. 형은 마음이 부드러워서……."

"……."

"어디다 지을까요?"

"농사는 농부에게 물으라는 말이 있지? 이 서경 지리는 자네가 잘 알 터이니 산수 좋은 대목에 지어 줘."

"알아들었어요."

"절간 이름은 무어라고 지을까?"

식렴은 물끄러미 왕건을 바라보다가 한마디 했다.

"제가 못하겠다고 버텼더라면 이 목이 달아날 뻔했구만."

"그건 무슨 소리야?"

"형, 그러지 말아요. 절간은 짓기로 결심했고, 이름도 이미 생각하구 계시지요?"

식렴은 자기 속을 들여다보고 있었다.

"다른 사람은 몰라도 자네만은 못 당하겠군."

"집안에서 임금이 난다는 게 보통 일인가요? 봄이 오면 곧 시작해서 가을에는 멋진 절간 둘이 서 있을 터이니 내년 가을에도 행차하시오."

"그러지. 공사 간에 수고만 끼쳐 미안해."

"장사꾼 신세에 대도호가 어디요? 이게 다 형의 덕분이지요."

"그야 나도 마찬가지 장사꾼, 그것조차 뾰족할 것도 없는 장사꾼의 자식이었지."

"절간 이름은 무엇이라고 하실라우?"

"서경에 있으니 서(西)자를 따는 것이 좋겠지? 언니가 있을 절간은 대서원(大西院), 동생이 있을 절간은 소서원(小西院)이라고 하면 어떨까?"

대소사를 막론하고 자기 의견이 있으면서도 먼저 상대방의 의견을 물어 고칠 것을 고치는 것이 왕건의 습성이었다.

"무난하겠지요. 장차 제가 돌봐야 하게 생겼는데 당자들은 무어라고 부르지요?"

왕건은 거기까지는 생각하지 않았었다.

"글쎄……. 절간 이름을 따서 대서원 부인, 소서원 부인, 이렇게 부르면 어떨까?"

"괜찮겠지요. 그런데 그 부인이라는 말이 나왔으니 말이지, 형 하나 고칠 게 있어요."

"뭔데?"

"궁중 얘긴데 왕후는 할 수 없다 치더라도 그 아래 비(妃)니 빈(嬪)에서부터 층층으로 내려간 여자들의 벼슬도 통일하는 게 좋겠어요."

왕건은 생각해 본 일도 없는 일이었다.

"관서도 그렇고, 군대도 그렇고, 서차가 있어야 질서가 서는 법이 아니야? 궁중도 마찬가지거든."

그러나 식렴은 쓴웃음을 지었다.

"형, 용상에 앉은 지 사 년에 벌써 귀가 막혔구만."

"못하는 소리가 없군."

식렴도 사십이 넘었다. 그러나 함께 자란 사촌, 왕건은 남이 못하는 소리도 감히 해 주는 이 사촌이 대견해서 말은 그렇게 하면서도 얼굴은 웃고 있었다.

"그 못할 소리를 들어야 해요."

"어디 한번 들어 볼까?"

"귀청을 파고 들으시오."

"점점."

왕건은 한잔 들이키고 안주를 집었다.

식렴은 그의 빈 잔에 술을 따르면서 계속했다.

"사람은 누구나 자기 자식이 잘되기를 바라겠지요?"

"그렇게 배배 틀지 말고 결론부터 말해 봐요."

"묻는 말에 대답하시오."

"그러지."

"형에게 딸이다, 누이동생이다, 바치는 사람들의 심정을 생각해 보신 일이 있어요?"

"그야 임금과 혈연을 맺어 당자도 잘되고 가문도 잘되자는 생각이겠지."

"아직 정신은 혼미하지 않았구만."

"날 놀리는 거야?"

"놀려서라도 바로잡아야겠어요. 정신이 혼미하지도 않은데 궁중에 앉아서 궁중 사정에 그렇게 어둡단 말이오?"

왕건은 젓가락을 놓고 정색을 했다.

"무슨 소리를 들었지?"

"들었지요."

"말해 봐."

"어떤 사람의 딸은 왕후, 어떤 사람의 딸은 비(妃), 또 다른 사람의 딸은 빈(嬪)이나 상침(尙寢), 심지어 무위무관(無位無官)으로 걸레쪽이나 들고 다니는 사람도 있다지요?"

"……."

사실이었다.

"말은 안 해도 궁중은 시샘과 불평으로 차 있다는 걸 모르시오?"

"……."

"딸을 들여보낸 사람들의 마음은 어떻겠어요? 잔뜩 기대를 걸고 보냈는데, 잘된 딸을 둔 사람들은 만족하고 충성을 다하겠지마는 소박데기나 다름없이 된 여자의 부모들은 어떨까요? 충성을 할 줄 아시오?"

"어디서 그런 소릴 들었지?"

"저는 아직 귀가 틔어서요, 여기 앉아서도 잘 들리고 잘 보이는걸요."

말없이 곰곰 생각하던 왕건이 머리를 쳐들었다.

"그 말이 옳기는 옳은데 궁중 법도라는 게 있으니 이걸 어떡하지?"

"그 법도라는 것도 우스운 것이지요."

"우습다니?"

"당나라 제도를 따온 거 아닌가요?"

"따온 거지."

"실정에 맞게 고치면 그만이지요."

"그게 그렇게 쉬운 일이야?"

"쉬운 일이 아닌데 왕후는 어떻게 넷씩이나 두었지요?"

"……."

왕건은 또 말이 막혔다.

"장군들을 일률로 잘 대하듯이 궁중에 있는 그 딸들도 벼슬로나마 똑같이 대접해야지, 지금대로는 안 돼요."

"어떻게 하면 될까?"

"처음부터 일꾼으로 들어온 여자들을 제외하고는 모두 부인(夫人)으로 통일해 버리는 것이 좋겠어요."

"대접은 어떻게 하고?"

"부인이란 모두 비(妃)와 같은 벼슬이다, 이렇게 선포하고 그대로 시행하면 되지요."

"그럴듯한 생각이군."

"그런데, 형."

식렴은 또 할 말이 있는 얼굴이었다.

"아직도 날 조질 일이 남았어?"

왕건이 웃자 식렴도 따라 웃었다.

"형의 그런 데가 좋아, 아픈 말도 귀담아듣는 데가."

"……."

"이번 행차에 볼일이 또 남았는가요?"

"없어."

"오늘은 따끔한 침만 놓아서 미안해요. 그 대신 쓰다듬어 드릴게요."

"때리구 어르구 그 솜씨도 여간 아니군."

"천하의 절색을 들여보내지요."

왕건은 싫지 않은 얼굴이었다.

"모두가 절색이니 원."

"이건 중이 될 여자가 아니니 개경으로 데리고 가야 해요."

"어떤 여자야?"

"평주(平州, 황해도 평산) 사람인데 형도 아실걸요. 여기 군관으로는 제일 높은 지윤(智胤)이란 사람의 딸이오."

"알지. 오랑캐를 무찌르는 데 귀신이라는 그 사람 말이지?"

"맞았어요. 그 딸인데 그렇게 잘생긴 여자는 처음 보았어요."

"여자 얘기는 그만하고 술이나 몇 잔 더 들지."

왕건은 식렴이 따라 주는 대로 몇 잔 마시고는 침소에 들어갔다.

소녀는 일어서 큰절을 했다. 촛불에 비친 여인은 지금 총애를 독차지하고 있는 사화가 이삼 년 어린 듯한 인상을 주었다.

"너의 아버지는 용감한 장수지."

소녀를 품에 안은 왕건의 첫마디였다.

"네……."

떨고 있는 소녀의 대답은 한참 후에야 가느다랗게 새어나왔다. 첫날밤, 더구나 임금과 보내는 첫날밤에 떨지 않는 처녀는 이 세상에 없을 것이다.

그는 소녀의 머리를 쓰다듬었다.

"너 개경에 가 보고 싶지 않니?"

"가 보고 싶어요."

왕건의 부드러운 태도에 차차 긴장이 풀리는 모양이었다.

"대궐 구경도 하고."

"아이구 좋아라."

소녀는 정말 좋은 눈치였다.

"구경이랄 것도 없이 대궐 안에서 나하고 같이 살면 어떨까?"

"……."

"왜 대답이 없지?"

"저 같은 것도 그렇게 될 수 있을까요?"

"네가 어때서. 너 같은 미인은 몇십 년에 한 사람쯤 날까?"

소녀는 대답할 말을 몰라 잠자코 있다가 말머리를 돌렸다.

"대궐은 굉장하다는 소문을 들었는데 얼마나 크지요?"

벌써 대궐 생활을 머리에 그리기 시작한 눈치였다.

"어렵게 생각할 건 없다. 큰 집이 여러 채 들어선 데 울타리를 둘렀다고 생각하면 된다."

"폐하께서는 원래 개경 태생이라구 들었는데요."

"응, 허지만 할머니는 너와 같은 평주 태생이다."

소녀는 더욱 친근감과 기대, 그리고 호기심에 부풀어올랐다(이 여인은 후일의 성무부인 박 씨[聖茂夫人 朴氏]).

왕건은 그와 함께 즐거운 나날을 보내다 닷새 만에 평양을 떠나 개경으로 향했다.

떠나면서 식렴에게 속삭이는 것도 잊지 않았다.

"날씨가 풀리면 그애를 개경으로 보내요."

왕건은 개경에 돌아와 생각해도 식렴의 말이 옳았다.

각 고을에 영을 내려 자기에게 시침을 든 여자로 다른 사람에게 출가한 여자들은 논할 것이 없고 그대로 있는 여인 중에서 원하는 자는 개경으로 보내라고 했다.

말이 퍼지면 쓸데없는 잡음이 일 염려가 있기에 모든 것은 비밀리에 진행하라고 특별히 당부를 했다.

영이 내린 지 얼마 안 되어 여러 명의 여인들이 차례로 찾아왔다.

식렴의 말대로 비빈(妃嬪)을 폐하고 왕후 이외에는 모두 부인으로 통일하여 비와 같은 대접을 했다. 올라간 사람은 있어도 내려간 사람은 없으니 불평은 소수에 불과했다.

불평이라야 여태까지 비로 있던 여인 네 명의 시샘이었다. 다른 여인들이 격상되어 자기들과 같은 대접을 받는 것이 메스껍다는 정도였다.

반대하는 대신들도 없지는 않았다.

궁중법도가 있는데 왕후 넷에 비도 기차게 많으니 이런 일은 역사에 없다고 했다. 국초라 아직도 난리가 평정되지 않았으니 편법도 필요하다고 우겨 군소리가 나오지 않도록 막아 버렸다.

앞으로도 얼마나 많이 들어올지 모르는데 그것을 모두 부인으로 대접한다면 그 비용을 어떻게 감당하느냐고 걱정하는 사람도 있었다.

"어떻게든 되겠지."

이렇게 얼버무렸다. 무력을 갖춘 그 친가의 충성을 생각하면 여자 하나를 먹여 살리는 것과는 비길 바가 못 되었다.

그런데 풍파는 엉뚱한 데서 일어났다.

나주에 있다가 등극 후에 올라온 둘째 왕후 오 씨가 문제였다. 이름이 왕후지, 자기는 헌신짝만도 못하다. 그러니 자기 아들은 어떻게 될 것이냐고 떠들고 돌아갔다.

악의는 없는 사람이었으나 여전히 주책이 심해서 망신을 당한 일도 여러 차례 있었다. 왕건은 자연히 그의 처소에는 발길이 가지 않았다. 오 씨의 처지로 보면 버림받은 헌신짝이라는 것도 틀린 말은 아니었다.

자기가 평양에 가고 없는 사이에는 아주 체면불고하고 설쳤다는 소문이다.

총애하는 사화에게 아들이 났으니 이제 자기는 틀렸다, 장차 그 아들이 등극하는 날은 자기 모자는 죽는 날이라고 대신들을 찾아 하소연하고 첫째 왕후 유 씨 앞에서는 대성통곡까지 하였다는 것이다.

맏이가 대를 잇는 것이 당연하지 않으냐, 그럼에도 불구하고 열한살이 되도록 그냥 팽개쳐 두니 이게 어찌 심상한 일이냐, 울부짖고 다녔다는 것이다.

왕건은 전부터 그 생각을 안 한 것은 아니었다. 식충이나 면했을 정도지 열한 살이 되어서도 콧물을 질질 흘리는 것이 일을 치기는 다 틀렸다.

후궁에는 여자들이 많으니 괜찮은 아이가 나타나면 후사로 삼을 생각이었다. 그런 터에 사화가 아들 태(泰)를 낳았으니 오 씨가 길길이 뛰는 것도 무리는 아니었다.

왕건은 모자를 내쫓아 버릴 생각으로 유 씨와 상의했다.

"아무리 보아도 시원치 못한데 어떻게 생각하오?"

그러나 유 씨의 생각은 달랐다.

"그애가 어떻다는 것은 저도 알아요. 하지만 앞날이 아직도 험한데 궁중에 풍파가 일어서는 못쓰지요."

왕건은 털어놓고 이야기했다.

"차라리 내쫓아 버리면 어떻겠소?"

"당신, 정신이 있어요?"

유 씨의 안색이 변했다. 유 씨만은 사석에서는 '폐하'라 하지 않고 예전 그대로 '당신'이라 했고 못할 말도 없었다.

"내쫓아시는 안 될 조목을 말해 봐요."

화를 내는 일이 드문 왕건도 얼굴을 붉혔다.

"당신 무얼로 용상에 앉았지요?"

"……."

왕건은 얼른 대답이 나오지 않았다. 세상이 이상하게 돌아가는 바람에 되다 보니 임금이 되었지, 무슨 뾰족한 수가 있어 된 것은 아니라고 생각해 왔다.

"덕이에요."

"……."

"덕이란 별 게 아니고 남에게 해로운 일, 가슴 아픈 일을 안 하는 것이고, 당신이 임금으로 추대된 것도 그 덕분이었다고, 언젠가 당신 자신 말씀하셨잖아요?"

"……."

"세상에서는 당신더러 덕과 용(勇)을 겸비한 천하 제일가는 장수라고 추커세우지마는 나는 그렇게 안 봐요."

"……."

"용에 있어서는 당신, 견훤의 발밑에도 못 가요."

"나더러 겁쟁이라 말이오?"

왕건은 화를 냈다.

"화내지 말구 들으세요. 당신도 용기 있는 장수에 틀림없어요. 허지만 용기에도 층층 만층이 있잖아요? 당신의 용기를 가지고는 견훤의 용기를 못 당해요."

"못 당해?"

"못 당하구 말구요."

왕후 유 씨는 사정없이 나왔다.

"그럼 결국 고려는 견훤에게 먹힌다는 말이로군."

"그 대신 당신에게는 견훤에게 없는 것이 하나 있어요. 덕이요, 덕."

"……."

"당신한테서 덕을 빼면 뭐가 남아요? 아무것도 아니지요."

"아무것두 아니라?"

"당신 정도의 용기를 가진 장수는 하늘의 별만큼이나 많아요."

"허어, 마구 깔아뭉개누만."

왕건은 한숨을 내쉬었다.

"오 씨를 내쫓아 보세요. 후덕한 줄 알았더니 그건 위선이고, 실상은 피눈물도 없는 뱀 같은 인간이라고 안 할 것 같아요?"

"……."

"또 오 씨는 아무 힘도 없는 어부의 자식이지요? 보잘것없는 백성의 딸도 왕후가 됐다구 백성들이 얼마나 좋아하는지 아세요?"

"……."

"그런 왕후를 내쫓아 보세요. 민심은 싹 돌아설 거예요."

"……."

"민심을 잃구두 천하를 잡을 성싶어요?"

"구구절절이 옳은 말이오."

듣고만 있던 왕건은 고개를 끄덕이고 말을 이었다.

"하지만 사십을 넘으면 죽음에 선후가 없다구 하지 않소? 당신이나 나나 언제 어떻게 될지 누가 알겠소? 저 변변치 못한 것을 후사로 삼았다가 일을 그르칠까, 그게 걱정이오."

"그렇다구 몇 달밖에 안 되는 사화의 아들이 무어가 될지 어떻게 알지요? 또 태어나지도 않은 아이들에게 기대를 건다는 것도 우습잖아요?"

"하긴 그래."

"암탉이 울면 집안이 어떻다구, 너무 우거서 미안해요. 제 의견은 이만 하구, 평양에 사람을 보내 식렴 도련님의 의견을 들으세요."

"그래 볼까?"

왕건은 유 씨의 방에서 나왔다.

그는 유 씨와 상의하기를 잘했다고 생각했다. 인정사정없는 비판을 듣고 다시 한 번 자신을 똑바로 보는 느낌이었다.

뿐만 아니라 유 씨가 아니었더라면 왕실의 중대사를 결정하는 데 가장 가까운 종실인 식렴을 따돌릴 뻔했다. 그의 심정이 편했을 리 없다.

아들이 없는 여인들은 몰라도 지난 팔월에 아들을 낳은 사화의 의견도 물어 두는 것이 좋을 듯했다.

그는 저녁에 식사를 함께 들면서 물었다.

"내가 없는 사이에 오 씨가 많이 떠들었다지?"

"떠들기는요."

여전히 고자질이 싫은 모양이었다.

"후사 문제로 떠들썩했다는데 유독 사화만 몰랐단 말이야?"

"떠든 게 아니구 몇 사람과 의논했다는 소문은 들었어요."

"의논?"

"어머니로서는 당연하잖아요?"

"그건 그렇구 사화 생각에는 누구를 후사로 삼는 게 좋을 것 같아?"

"그야 맏이가 대를 있는 게 당연하잖아요?"

티 없이 이야기하는 모습에 더욱 정이 들었다.

"사화는 복을 받을 거야."

식사를 마친 왕건은 벼루에 먹을 갈기 시작했다. 식렴에게 편지를 쓰면서 회답이 오는 대로 중요한 대신들의 의견도 물을 생각이었다. 소외된다는 것처럼 유쾌하지 못한 일도 없으리라.

이런 처사를 합친 것이 결국 덕이 아닐까?

식렴은 즉시 회답을 보내왔다. 유 씨와 짜기라도 한 듯이 같은 의견이었고 끝에 가서 이런 말도 덧붙였다.

　- 오 씨 왕후가 떠든다는 소문은 여기까지 들려오고 있습니다. 하루 빨리 그 아들 무(武)를 세워 후사로 삼는 것이 왕실의 덕을 손상하지 않는 길인가 합니다. 나랏일은 하늘이 정하는 것이니 너무 현우(賢愚)에 집착하지 마시고 순리대로 하는 것이 좋겠습니다. 민심이 천심이라고 이치에 어긋나는 일을 하시면 민심이 돌아설까 걱정입니다. -

옛 친구들

왕건은 모모한 대신들을 불러 의견을 물었다. 그들도 순리를 앞세워 맏이를 세우는 것이 마땅하다고 입을 모았다.

"대신들의 의견이 그렇다면 그대로 합시다."

결국 대신들의 의견을 좇는 셈이 되었고 대신들은 중대사에 자기들의 의견을 묻고 존중하는 임금의 덕을 실감했다.

중대하고 기쁜 소식이니 오씨 왕후에게 직접 이야기하는 것이 순서였으나 그의 처소에는 가기 싫었다.

자기가 입던 자황포(柘黃袍)를 상자에 넣어 하인 편에 그의 처소로 보냈다. 우둔해도 이만하면 알아차리겠지.

오 씨는 영문을 몰랐다. 난데없이 헌 옷을 보낸 것은 헌계집이라고 은근히 빈정대고 내쫓는 것은 아닐까?

그는 걱정되어 자기 처소의 경비를 맡은 박술희(朴述熙)에게 의논했다. 박술희는 한참 생각하다가 만면에 웃음을 지었다.

"헌 옷이라고만 생각 마시고 제왕이 입는 옷이라 생각하시지요. 아드님을 후사로 삼으시겠다는 뜻이 아닐까요?"

박술희는 그 길로 왕건을 찾았다.

왕건은 선종 때 궁중의 위사(衛士)로 있다가 계속해서 자기를 섬기는 이 용감한 군관이 마음에 들었다.

"폐하, 신 같은 일개 군관이 끼어들 일이 아닙니다마는 모시고 있는 처지라 말씀드리겠습니다. 맏아드님을 후사로 세우시는 게 어떻겠습니까?"

왕건은 고개를 끄덕였다.

이리하여 그해 십이월 무(武)를 후사로 삼는 의식이 거행되었다.

그러나 신라에 신례(臣禮)를 취하는 만큼 신라같이 태자라고 부를 수 없어 대신들과 의논 끝에 칭호는 태자가 아닌 정윤(正胤)으로 정했다.

한 해가 가고 또 한 해, 왕건은 사십육 세의 새해를 맞았다.

남방의 백제 왕 견훤은 병기와 군량을 비축하고 병사들의 단련에 열중하고 있으나 얼른 움직일 기색은 보이지 않았다.

불안한 공기 속에서도 왕건이 바라는 평화는 계속되었다.

새해의 시발은 유쾌하지만은 않았다. 관례에 따라 군신의 하례를 받았고 십사일의 천추절에는 예년대로 각 고을로부터 많은 선물도 들어왔다.

그러나 명주 장군 순식으로부터는 아무 소식도 없었다. 세작들을 보내 은밀히 염탐한 결과 듣기 좋은 소식은 하나도 없었다.

그의 아버지 허월이 아무리 타일러도 막무가내라는 것이다.

"그 살살이 뱃놈 앞에 무릎을 꿇란 말씀인가요?"

역정까지 냈다는 것이다. 허월이 장차 천하를 통일할 사람은 왕건이니 손을 잡자고 할 때 잡아야지, 그와 적대하다가는 어떤 화를 당할지 모른다고 했다.

"저는 뭐가 그 뱃놈만 못하지요? 또 백제의 견훤은 막강해요. 이대로 밀고 나가 저도 한번 천하를 겨뤄 보든지 어느 쪽에 붙든지, 천천히 결정해도 늦지 않습니다. 근본을 따지자면 견훤은 농사꾼, 왕건은 뱃놈, 저는 심마니, 그애들만 못할 게 무어가 있어요?"

마침내 허월은 입을 다물어 버리고 요즘은 병석에 누웠다고 한다. 허월이 배신하지 않은 것은 조그마한 위안이 되었으나 아무래도 피를 보아야 할 것 같다고 생각하니 암담할 수밖에 없었다.

그런데 삼월 들어 또 하나 불행한 일이 일어났다. 팔십을 바라보던 견훤의 아버지 아자개가 돌아간 것이다.

가족을 끌고 개경에 온 그를 극진히 대접해 왔고 본인도 만족했다. 잘 살다가 앓지도 않고 밤중에 그냥 숨을 거둔 아자개는 천수를 다하였으니 개인으로서는 복된 사람이라고 할 수도 있었다.

그러나 왕건에게는 타격이 아닐 수 없었다. 적수인 견훤의 아버지가 자기에게 항복해 왔다는 것은 의미심장한 일이었다.

견훤은 아버지도 등을 돌릴 정도로 각박한 인간이 아닐까? 적수의 아버지도 받아들이고 볼모로 다루기는커녕 집안의 어른처럼 대접하는 왕건은 역시 후덕한 사람이다. 천하의 장군들 중에 견훤보다 왕건에게 호의를 가진 사람들이 많은 데는 이것이 적지 않은 작용을 했다.

왕건은 남원 부인과 상의했으나 견훤에게 알리는 것조차 반대였다. 대신들과도 상의했다. 찬반양론이 있었으나 왕건은 정중한 편지로 견훤에게 상(喪)을 알렸다. 평화가 절실히 필요한 때에 자칫하면 불화의 씨가 될 수도 있는 일이었다.

견훤으로부터는 즉시 고맙다는 회신이 왔다. 백제로서는 임금의 아버지, 즉 대원군(大院君)이니 모시고 싶지만 남원 부인의 의사에 따라 달라는 내용이었다.

무리를 해서 견훤에게 보내면 남원 부인이 비뚤어질 것이니 이것도 좋은 일이 못 되었다. 견훤도 양해한 일이라 왕건은 국상(國喪)을 받하고 성대하게 장송했다.

그는 식전에 참석했을 뿐만 아니라 장지까지 따라가서 갖출 예절을 다 갖추고 돌아왔다. 너무 과했다고 말하는 사람도 있었으나 후덕하다는 소리가 더 드높았다.

그러나 왕건은 생각하지 않을 수 없었다.

접경의 잡다한 장수들이 자기에게 호의를 갖고 있는 것은 사실이지마는 이면으로는 견훤과도 통하고 있었다. 장차 어느 쪽이든 이기는 편에 붙자는 속셈들이었다.

결단을 내리지 못하는 것은 견훤이 막강한 탓도 있겠지마는 자기의 성의가 부족한 데도 원인이 있지 않을까?

인간의 생사는 인간의 힘으로 어찌할 수 없겠지만 천수를 다했을망정 아자개가 살아 있을 때와 죽은 후는 다르지 않을 수 없었다. 그로 해서 자기에게 보내던 호의가 사라지지 않는다는 보장도 없었다.

망각 속으로 사라질 것도 뻔했다.

아자개의 장례가 끝나자 왕건은 궁성의 서북에 절을 짓고 이름을 일월사(日月寺)라고 붙였다.

아침저녁으로 뜨고 지는 해와 달은 한 치의 어김도 없이 삼라만상을 운행하는 하늘의 뜻을 보여 주는 것이다. 동시에 해와 달은 남자와 여자, 아버지와 어머니를 나타낼 수도 있다.

그는 돌아가신 부모의 명복을 비는 원당(願堂)이라고 선포했다.

틈이 생기면 홀로 부처님 앞에 무릎을 꿇고 부모님의 명복을 빌고 다음에는 자신을 돌아보았다.

하늘의 뜻은 곧 부처님의 뜻이다.

욕하는 사람들은 자기를 '살살이'라고 한다는데 남이 '살살이'로 볼 만큼 겉과 속이 다른 짓을 한 일은 없는가.

뒤에서는 뱃놈이라고 손가락질하는 사람도 있다고 한다. 원래 뱃놈인 것은 사실인데 그 시절의 고되던 일을 잊고 백성들의 노고는 아랑곳없이 무거운 짐을 지운 일은 없는가.

고관대작들은 물론 백성들이나 병사들에게 오만불손하게 대한 일은 없는가. 오만불손은 스스로 적을 만드는 짓이요, 패망을 자초하는 불씨다.

그는 정치란 결코 술수로 사람을 나루는 것이 아니라 바른 마음, 정성된 마음으로 사람을 대하고 다스리는 일이라고 자신을 타일렀다.

술수는 한때 성공할지 몰라도 오래 가는 법이 없다. 그러나 성심은 한때 실패하더라도 언젠가는 통할 것이다.

돌아간 경유의 말대로 결과는 세월에 맡기고 성심을 다하자.

왕건은 자신에게 채찍을 가하면서 더욱 정사에 힘을 기울였다. 유월 들어 하지현(下枝縣, 경북 안동시 풍산읍) 장군 원봉(元奉)이 제 발로 걸어와 항복했다.

조그만 고장의 이렇다 할 것도 없는 장군이었으나 왕건은 그가 온다는 소식을 듣고 멀리 교외까지 마중 나가 말에서 내리는 그의 두 손을 잡고 환영했다.

함께 궁중에 들어와서는 시중 이하 만조백관이 참석한 가운데 성대한 연회를 베풀었다.

"장군께서 이렇게 와 주시니 고맙기 이를 데 없소이다. 이제부터 우리 힘을 합해서 사람들이 파리같이 죽어 가는 이 세상에 평화가 오도록 해 봅시다."

임금이라는 티를 내는 법이 없고 친근한 벗에게 하는 말투였다. 난리 추에 일어서 초대 장군은 돌아가고 대를 이었다는 원봉은 왕건에게는 아들뻘이나 되는 젊은 청년이었다.

어느 모로 보나 대수로울 것이 없는 이 젊은이를 이렇게 대하는 것을 보고 대신들 중에는 불만의 빛을 나타내는 사람들도 있었으나 왕건은 모르는 체했다.

"이 개경에 오시면 편히 쉬실 수 있도록 저택을 하나 마련해 드리지요. 그리고 장군의 특출한 공로를 생각해서 하지현을 순주(順州)로 격을 높일 터이니 이제부터 순주 장군을 칭하시오."

원봉은 감격해서 충성을 맹세하고 돌아갔다.

그런데 칠월이 오자 기막힌 소식이 날아들었다.

명주에 들어가 있는 세작들로부터 허월이 여러 달을 두고 병으로 고생하다가 유월에 세상을 떠났다는 전갈이 들어왔다.

기막힌 것은 임종하는 자리에서 아들 순식의 손을 잡고 간곡히 타일렀다는 사연이었다.

"내가 보기에는 천하대세는 이미 결정되었다. 힘이 있으면서 덕이 없으면 포(暴, 포악함)에 지나지 않고, 덕은 있으나 힘이 없으면 나(懦, 나약함)에 빠지기 쉽다. 다 같이 큰일은 못하는 것이다. 큰 덕과 큰 힘을 아울러 갖춘 사람은 왕건뿐이니 내 눈에는 앞날이 내다보인다. 그와 손을 잡아라."

왕건은 일월사에 들어가 부처님 앞에 합장하고 허월의 명복을 빌었다. 그의 유언이 그대로 시행되면 더욱 좋고 안 되어도 허월의 고마움은 가슴속에 새겨야 할 일이었다.

그의 유언에 대해서 아들 순식이 무어라고 대답했는지는 분명치 않았다. 묵묵부답이었다는 소리도 있고 대답할 겨를도 주지 못하고 숨을 거두었다는 소리도 있었다.

아버지의 유명(遺命)이라도 권력의 세계는 그렇게 단순한 것이 아니다. 항상 삶과 죽음의 갈림길에 서 있는 것이 권력이다. 순식도 생각이 많을 것이다.

그런데 변경에서 소식이 왔다. 명주 장군이 아들을 보내 충성을 맹세하겠다는 전갈이 왔는데 어떻게 하면 좋겠느냐는 변장(邊將)의 문의였다.

등극 초부터 햇수로 오 년 동안 끌어 온 문제가 해결될 판이라, 온 조정이 흥분했다.

왕건에게 있어서는 순종하지 않는 명주는 항상 등을 겨누고 있는 비수나 진배없었다. 그것은 견훤의 등을 위협하고 있는 나주와 마찬가지였다.

왕건은 친필로 크게 환영한다, 고맙기 이를 데 없다는 편지를 보냈다.

즐거운 일도 적지는 않았으나 슬픈 일, 처참한 일을 수 없이 겪어 온 사십육 년의 생애에서 이해 칠월 이십일일도 왕건에게는 잊을 수 없는 날이었다.

이날 드디어 순식의 맏아들 수원(守元)이 개경에 들어와 아버지의 항서(降書)를 바쳤다.

 ─ 옛사람이 이르기를 작은 무리의 장(長)은 될지언정 큰 무리의 말단은 되지 말라고 했습니다. 대장부로 태어나 작을망정 장으로 종생(終生)하려고 하였으나 망부(亡父)의 유명(遺命)을 저버릴 수 없어 이에 장자 수원을 보내 귀부(歸附)를 청합니다. 그렇더라도

계포(季布)의 일락(一諾)이라 충성을 의심할 것은 없습니다. ─

계포는 항우와 유방이 천하를 놓고 겨룬 팔년풍진(八年風塵)에 항우 휘하의 용장(勇將)으로 한번 응낙하면 반드시 약속을 지키는 신의가 두터운 사람이었다.

항우가 패망하고 유방이 천하를 통일한 연후에 천금(千金)의 현성을 걸고 그를 수색했으나 왕년의 신의를 생각하는 사람들은 그를 감싸 주고 도리어 유방에게 그를 중용할 것을 권고하였다.

유방의 막하에 들어가서도 생사와 이해를 초월하여 할 일과 못할 일을 직언하는 강직한 인물이었다.

왕건은 편지를 다시 한 번 읽었다. 계포의 일락이…… . 짧막하면서도 당당한 글이었다. 그는 계포를 얻은 심정이었다.

왕건은 순식을 생각했다.

젊어서 심마니로 삼을 캐러 태산준령을 뛰어다니던 사람이다. 난리 초에 명주에서 일어섰으나 겨우 수백 명의 수하를 모았을 때 선종의 공격을 받자 어쩔 수 없이 항복하였었다.

그러나 열심히 강토를 다지고 군대를 양성하여, 항복은 하였으되 일찍이 복종한 일이 없는 순식이었다.

왕건은 눈을 들어 그의 아들을 보았다.

"그 애비에 그 아들이로군."

당당한 풍채에 부리부리한 두 눈, 햇볕에 그을린 얼굴에 잘 단련된 몸집이었다.

지난겨울에 정윤으로 책봉된 아들 무와 바꿔 태어났더라면 하는 생각마저 들었다.

그는 점심을 함께 하면서 아들같이 대하고 가끔 젓가락으로 희귀한 음식을 그의 접시에 넘겨주기도 했다. 수원은 식성이 좋고 활달한 청년이었다.

"폐하, 생전에 처음 먹어 보는 음식들입니다."

임금의 앞이라고 해서 오그라드는 눈치도 없었다.

"순식 장군은 검박한 생활을 하시는 모양이군."

"보리를 절반씩 섞고 찬은 두 가지 이상 없습니다."

선종도 초기에는 비슷했으나 머리가 돌면서부터 만사가 흐지부지되었다.

자기도 등극 초에 검소한 의식주를 실천하고 아랫사람에게도 권장했는데 요즘 와서 해이해진 느낌이 없지 않았다. 우선 자기부터 생각하는 바가 있어야겠다.

왕건은 수원 일행을 며칠 동안 궁중 별당에 머물게 하고 극진히 대접토록 했다.

대신들과 의논해서 집과 벼슬, 그리고 개경 근처에 녹전(祿田)도 내렸다. 대신들도 돌아가면서 매일 그를 초대하여 귀한 손님으로 대접했다.

왕건은 그에 그치지 않고 높은 관원을 명주에 보내 정중히 감사의 뜻을 표했다. 수원도 일행 중의 몇 사람을 그들과 함께 보냈는데 자기의 소견을 적어 아버지에게 전하는 모양이었다.

팔월 추석에 순식의 또 한 아들 장명(長命)이 육백 명의 군사들을 이끌고 들어와 임금 왕건에게 하례를 올리고 대궐 수비에 참여하겠다고 청을 드렸다.

뿐만 아니라 순식의 편지에는 추수가 끝나고 한숨 돌리는 대로 자신이 직접 개경에 올라와 인사를 드리겠다는 구절이 있었다.

이것은 사실상 두 아들을 인질로 보내고 어김없는 충성을 맹세하는 결의의 표명이었다.

왕건은 여러 해를 두고 머리를 떠나지 않던 시름이 풀린지라 가슴이 확 트이는 기분이었다. 그는 장명도 아들같이 대접했다. 경유의 말대로 이 어려운 일도 걱정했다고 풀린 것이 아니라 세월이 해결해 주었다.

막강한 명주 장군 순식의 항복은 큰 파문을 일으켰다.

견훤과 왕건, 두 강자에게 양다리를 걸치고 있던 크고 작은 장군들은 생각이 없을 수 없었다. 순식은 두 강자의 다음가는 명장이요, 강토도 다른 장군들에 비할 바가 아니었다.

그 순식이 왕건에게 항복했다. 천하는 왕건에게 돌아가는 것이 아닐까. 동요의 물결이 일기 시작했다는 소식은 왕건에게도 들려왔다.

마침내 시월에 명주 장군 순식이 수백 기를 거느리고 개경으로 온다는 소식이 왔다.

왕건은 만조백관을 거느리고 백 리 밖까지 마중을 나가 마주 오는 그의 일행과 마주쳤다.

두 사람이 말에서 내린 것은 거의 동시였다.

순식이 다가와 한 무릎을 꿇고 군례(軍禮)를 올리려는 것을 가로막고 왕건은 그의 두 손을 잡았다.

"장군께서 친히 이렇게 오시니 오래 헤어졌던 형님을 만난 듯 기쁘기 한이 없습니다."

오륙 세 연장인 순식은 반백의 수염을 바람에 나부끼며 머리를 숙였다.

"폐하께서 신을 이렇게 대해 주시니 진실로 황공하기 그지없습니다. 돌아가신 선친의 말씀이 옳았습니다."

말을 나란히 달려 성내로 들어오면서 왕건은 다정한 친구처럼 이야기를 걸었다.

"그 고장의 농황은 어떤가요?"

"산이 많고 높은 지대인 데다 금년에는 가뭄이 심해서 굶는 백성이 나오지 않을까 걱정입니다."

그다지 크지는 않으나 단단한 체구의 백전노장, 광채가 나는 두 눈으로 그를 돌아보면서 대답했다.

"하늘이 하는 일을 생각할수록 사람이 미약하고 왜소하다는 것을 느낄 때가 적지 않습니다. 가뭄도 홍수도 막을 길이 없으니 말입니다."

"이쪽 농황은 어떠신지요?"

"그럭저럭 평년작은 되는가 봅니다."

고려가 나라를 창시한지 오 년, 순식은 일찍이 없는 귀한 손님으로 대접을 받았다.

왕건은 일체의 격식을 물리치고 형님으로 모셨다. 크게 환영연을 베풀고 환대한 후 궁중의 별전에 유숙케 하고 밤에는 득벌히 선발한 여인을 보내 시침을 들도록 했다.

식사는 내전에 단둘이 겸상을 하고 상좌에 앉혔다. 순식은 사양했으나 왕건은 듣지 않았다.

"공식으로야 군신(君臣)이지만 사석에서는 연장이시니 형님이 상좌에 앉으셔야지요."

"군신지의(君臣之義)에 공사의 구분이 있겠습니까?"

순식도 겸손한 사람이었다.

"군이다, 신이다 하는 것은 인간의 허망한 구분이지요. 그것을 알면서도 평화를 이룩한다는 구실 아래 이 자리에 앉아 있는 것이 부질없는 망상이 아닌가, 자책할 때도 없지 않습니다. 이 왕건은 원래 뱃놈이라고 뒷소리를 하는 사람들이 있다지마는 뱃놈이 무엇이 잘났다고 백성 위에 군림하려 들겠습니까?"

순식은 감추는 것도 티를 내는 것도 없이 솔직하게 나오는 왕건이 생각했던 것보다 열 배는 커 보였다.

대궐 안이나 성내를 구경할 때에도 왕건은 친히 인도하고 설명했다.

한번은 이런 소리도 했다.

"뱃놈이 대궐에 들어앉았으니 묘하다면 묘한 세상이지요."

그러나 순식도 가식이 없었다.

"왕후장상이라고 씨가 따로 없다는 것을 요즘처럼 실감한 때도 없습니다. 한고조(漢高祖)도 따지고 보면 동네 건달이고, 이 순식은 산을 뛰어다니던 심마니라, 생각할수록 인간세상은 묘한 고장 같습니다."

사냥도 함께 나갔다.

"명주에는 산짐승이 많겠지마는 여기도 꽤 있습니다. 함께 나가 보시지요."

왕건의 활솜씨도 어지간했으나 순식은 날짐승이고 길짐승이고 눈에 띄기만 하면 백발백중에 가까운 솜씨를 보였다.

동행한 사화가 날아가는 꿩을 한 마리 맞히자 순식은 감탄했다. 난리가 일어난 후 스스로 지키기 위해서 활을 쏘는 여자들도 허다하게 나났으나 이런 솜씨는 처음 본다는 이야기였다.

그들은 병정들이 쳐 놓은 장막에서 사화가 잡은 꿩을 안주로 술을 들었다.

요리도 사화가 직접 한 것이었다.

"신의 생애에 이런 영광은 전에도 없었고 앞으로도 없을 것입니다."

순식은 감격했다.

"지난 일은 모르겠습니다마는 이제 한집안이 되었으니 이런 자리야 얼마든지 있겠지요."

왕건은 손수 그의 잔에 술을 따랐다. 순식은 열흘 동안 궁중에 머물렀다. 그 사이에 공식 행사로는 그가 떠나던 날 단 한 번밖에 없었다.

국성인 왕씨 성과 대광(大匡) 벼슬을 내리는 자리였다. 대신들 가운데는 그에 대한 대접이 지나치고 벼슬도 너무 높다고 반대하는 사람들도 있었으나 왕건의 생각은 달랐다.

성의에는 성의로 보답하지 않으면 모든 것이 허사로 돌아간다. 그의 편지에 계포(季布)의 일락(一諾)이라는 구절이 있었는데 실지로 만나 보니 그것은 해 보는 소리가 아니라 진실이었다.

우직할 만큼 꾸미는 데가 없이 자기를 드러내 놓는 인품이었다.

이런 사람이 자기 진영에 들어왔다가 행여 다시 등을 돌리는 날은 걷잡을 수 없는 불행이 올 것이다.

더구나 그는 고려 강토 내에서 가장 넓은 땅을 차지하고 강력한 군대를 가진 용장이었다.

이 모든 조건에 알맞은 내접을 하는 것은 당연한 일이 아닐 수 없었다.

이 당시 고려 관제는 구품(九品)으로, 각 품계마다 두 가지가 있었다. 대광은 이품(二品)의 상(上)이었다. 이 품계를 받은 것은 신숭겸 등 개국공신 네 사람뿐이고 임금 왕건의 종제, 대도호(大都護)로 평양에 가 있는 식렴조차 후일에 받은 것이었다.

일품으로 삼중대광(三重大匡), 중대광(重大匡)이 있었으나 남발하는 벼슬에는 권위가 없다 하여 이 품계를 받은 사람은 아직 없었다.

왕건은 반대하는 대신들을 무마하고 식전에 나갔다. 사사로이 주어서는 빛이 안 나고 공식으로 주어야 제구실을 하는 것이 벼슬이다. 그것도 거창하고 엄숙할수록 좋다는 것을 왕건은 알고 있었다.

문무백관이 도열한 가운데 주악이 울리고 순식은 층계 바로 밑 백관의 선두에 섰다.

주악이 멎자 임금 왕건은 용상에서 일어나 친히 직첩을 읽고 순식에게 왕씨 성을 내린다고 공포하였다.

순식은 말수가 적은 만큼 답사도 간단했다.

"신 순식은 충성을 다해서 이 망극하신 성은에 보답하겠습니다."

답사가 끝나자 왕건은 층계를 내려와 그의 손을 잡고 단상에 오르면서 대신들에게 따르라고 손짓을 했다.

추운 계절이라 따끈한 차를 나누면서 환담하는데 남방에서 급사(急使)가 왔다는 귀띔이 있었다.

"전쟁이냐?"

왕건은 귀띔하는 시종에게 물었다.

"그건 아닙니다."

"그럼 있다 듣지."

순식이 일어섰다.

"신은 이제 돌아갈까 합니다."

왕건과 대신들도 따라 일어섰다.

"예년에 없는 추위라 부디 몸조심하시오."

그들은 함께 나와 말에 올랐다.

왕건은 영접할 때와 마찬가지로 백 리 밖까지 전송했다.

도중에서 짐을 잔뜩 실은 수백 필의 타마(駄馬) 행렬과 마주쳤다. 앞뒤에 붙은 기마 호위대를 유심히 바라보던 순식이 물었다.

"어디 무슨 변고라도 생겼습니까?"

"명주로 가는 식량이올시다. 보탬이 될지 모르겠습니다마는 쌀과 잡곡 오백 섬이올시다."

"고맙기 이를 데 없소이다."

"명주에 당도하시기 전에 닿았어야 할 터인데 조정이라고 차려 놓고 보니 의견들도 많고 돌아가는 서류도 많고 이럭저럭 늦어진가 봅니다."

순식은 침을 삼키고 응대가 없었으나 생각이 많았다. 왕건은 말보다 실천이 앞서는 사람, 한 걸음 나아가 말없이 실천하는 사람이다. 돌아가신 아버지는 사람을 보는 눈이 있었다. 왕건은 이 난세를 구하기 위해서 하늘이 보낸 사람같이 느껴졌다.

왕건이 두 손을 잡고 작별 인사를 하자 순식은 고개를 숙이고 잠자코 있다가 말에 올라 채찍을 가했다.

남방에서 왔다는 급사는 순주로 개칭한 하지현 장군 원봉의 군관이었다.

"대신들이 물어도 어전에 직접 아뢸 일이라고 입을 열지 않는답니다. 일개 군관이 주제넘게……."

순식을 보내고 밤이 깊어 개경에 돌아온 왕건이 시종으로부터 받은 첫 보고였다.

"원봉 장군을 대표한 사람이면 원봉 장군과 마찬가지로 대해야 하지 않을까? 아침에 만나지."

임금이라고 높고 낮은 사람을 가려 거드름을 피울 계제가 못 되었다. 천하를 압도할 무력이 있는 것도 아니다. 그러니 깨진 독의 파편들을 모아 이리저리 땜질을 하여 독을 재생하는 조심성이 없다면 이 왕건은 하루아침에도 무너질 수 있다.

왕건은 누구보다도 자기 처지를 잘 알고 있었다. 그러나저러나 순식이 휘하에 들어온 것은 큰 사건이었다. 그의 힘만큼 자기의 힘도 강해질 것이다.

순식이 아들을 보내 왕건에게 항복했다는 소식이 전해지면서부터 크고 작은 고을 장군들 사이에 동요가 있다는 소식은 이미 들었다. 이번에는 순식 자신이 와서 머리를 숙이고 갔으니 동요하는 건달 장군들, 특히 견훤과 이 왕건에게 양다리 걸치기를 하고 대세를 관망하는 자들에게 주는 영향은 헤아릴 수 없이 클 것이다.

저녁식사를 들면서도 생각하는 왕건을 지켜보던 사화가 물었다.

"무얼 그렇게 생각하세요?"

"자나 깨나 사화 생각이지."

"자나 깨나 천하 생각은 아니 하시구요?"

사화가 눈을 흘겼다.

"그것도 가끔 하지."

"사람은 봄과 겨울, 어느 쪽을 좋아할까요?"

"난데없이 봄이니 겨울이니야?"

"폐하께서도 봄이 좋으시지요?"

"누군들 안 그럴까?"

"폐하는 봄이시고 견훤은 겨울이에요. 민심이 천심이라는 것이 사실이라면 결판은 난 거나 다름없잖아요?"

"힘이 없는 봄은 맹물이지. 봄봄 하지마는 그 뒤에는 만물이 소생하는 씩씩한 기운이 있거든."

"그건 그래요."

한동안 침묵이 흐른 연후에 또 사화가 물었다.

"명주 장군을 형님으로 모신 건 진심이세요?"

"진심이지 그럼."

"폐하께서 너무 떠받든다고 뒷공론이 있어요."

"못 들은 체해 둬."

왕건은 식사를 마치고 자리에 들었다. 이 세상의 근심 걱정, 전쟁도 평화도 뒤로 물러가고 즐거움으로 충만한 순간이었다.

그는 푹 자고 상쾌한 기분으로 새 아침을 맞았다.

조반을 마치고 정전에 나가자 원봉의 군관은 예상치도 못했던 소식을 전했다.

"진보(眞寶)장군께서 연로하여 이 추위에 친히 오실 수는 없고, 사람을 보내 귀부(歸附)할까 하는데 혹시 결례가 되지 않을까 염려하신답니다. 폐하의 뜻이 어떠하신지, 순주 장군께서 알아 오라고 해서 이렇게 찾아뵈었습니다."

"홍술(洪術) 장군 말이냐?"

"그렇습니다."

홍술의 진보성은 선필의 재암성과 가까운 거리에 있는 탓으로 자연히 사이가 좋지 않았다. 한때 선종에게 항복한 일이 있으나 그의 말년에 정사가 문란해지자 찾아오는 일도 없어졌고, 고려가 선 후에는 아예 독립군주같이 행세해 왔다.

이웃 재암성의 선필은 일찍부터 고려와 가까이 지냈고 신라와 화친하는 데 큰 공을 세웠으나 여태 보답을 하지 못했다. 홍술이 항복하는 자체도 반가운 일이었으나 그 밖에도 왕건은 생각하는 바가 있어 크게 환영한다고 회답해 보냈다.

순식을 보내면 서경 평양으로 갈 예정이었다.

홍술 장군이 직접 온다면 몰라도 그 수하를 보낸다면 예정대로 서경으로 행차하고 어느 대신이 상대하면 되지 않겠느냐는 것이 중론이었다.

그러나 왕건은 생각 끝에 서경 행차를 미루고 기다리기로 했다. 순식에 관한 소식은 홍술에게도 갔을 것이다. 본인과 수하의 차이는 있을망정 자칫하면 홍술을 가볍게 본다는 인상을 줄 염려가 있었다.

달이 바뀌어 십이월.

진보 장군 홍술의 사신들이 여러 마리의 말에 선물을 싣고 개경으로 들어왔다. 왕건은 친히 그들을 대접하고 돌아갈 때에는 진귀한 선물과 함께 답례사도 보냈다. 진보는 바다에서 떨어진 고장이라 해물도 보내는 것을 잊지 않았다.

　임금이 신하에게 답례사가 뭐냐고 예절을 앞세우는 사람도 있었으나 왕건은 한마디로 가로막았다.

　"그런 예절은 평온할 때 찾는 것이고 지금은 어린애 힘이라도 합쳐야 할 때라고 생각하시오."

　왕건은 지도를 펴 놓고 들여다보았다.

　지나간 오 년 동안 성의를 다해서 설득하고 머리를 숙인 보람이 있었다. 견훤은 제자리걸음을 하고 이쪽은 뻗어가고.

　그는 평양으로 떠나면서 시종에게 일렀다.

　"설에 닿도록 강토 안은 물론 강토 밖의 모든 장수들에게 선물과 문안을 전하도록 채비를 해라."

　"신라 왕과 백제의 견훤에게는 어떻게 할까요?"

　"사신을 보내 더욱 정중한 문안을 드리고 선물에도 마음을 써야지."

　첫날은 늘 그러다시피 패강진에서 하룻밤을 묵었다. 진장 박수문과 부장인 그의 아우 수경은 멀리까지 마중 나와 맞아들이고는 따끈한 술부터 권했다.

　"이 추위에 행차하실 줄은 몰랐습니다."

　"춥고 덥고를 가릴 때가 못 되지요."

　그들은 오십을 바라보면서도 삼십 대처럼 씩씩한 왕건이 믿음직스러웠다. 형제는 순식과 홍술의 일을 화제에 올렸다.

　"그렇게 이름난 두 장군이 피 한 방울 흘리지 않고 휘하에 들어왔으니 이게 모두 폐하 성덕의 소치올시다."

"덕은 무슨 덕이겠소. 형제분같이 충성된 장군들이 경내를 잘 다스리고 나를 밀어 주시니 밖에서 보기에는 강자(强者)로 비치는 것이지요. 늘 마음속으로 고맙게 생각하구 있소."

왕건은 잘 먹고 마셨다.

젊은 형제의 눈에는 해가 갈수록 왕건이 커 보이고 풍기는 분위기도 부드러워져 갔다. 큰형 같기도 하고 어쩌면 아버지 같은 친근감을 느끼게 했다.

언제 어디서나 또 누구에게나 공손한 왕건, 이 사람을 위해서는 물불을 가리지 않을 결심이었다.

저녁에 시침을 든 소녀는 미인이라고 할 수는 없었으나 밉상은 아니었다.

박수경의 딸이라고 했다(후일의 몽량원 부인[夢良院夫人]). 전번 길에는 형 수문의 딸이 들어왔었다.

이제 나이 마흔여섯, 시침도 여러 번 겪으니 일상행사같이 별다른 감흥이 있는 것도 못 되었다.

그는 다음 날 평양으로 떠났다.

해마다 북으로 내왕하는 것은 서경(西京)의 건설을 독려하는 것이 주요한 목적이지마는 오고가는 도중에 백성들의 눈에 비친 임금의 행차는 신묘한 효과를 나타냈다. 지금은 옛말이 된 고구려의 무사들을 방불케 하는 늠름한 모습인지라 믿음직하고 막강해서 예성강으로부터 대동강에 이르는 직할지의 민심을 안정시키고 자기의 기반으로 다지는 데 적지 않은 구실을 했다.

등극한 지 햇수로 오 년, 평양을 서경으로 건설하기 시작한 지 만 사년. 식렴이 열심히 일해서 서경으로서의 면모를 어지간히 갖췄기에 금년 들어 칙명으로 특별한 권고문을 전국에 돌렸다.

서울 개경뿐만 아니라 고을의 유력한 관원들의 친척들도 반드시 제 고장에 있지 않아도 무방한 사람들은 서경에 옮겨 살도록 했다.

집도 주고 합당한 일자리도 주다는 조건이었다.

시중 박질영은 소문도 내지 않고 일가친척 중에서 적지 않은 사람들을 평양으로 보냈다. 이것이 알려지자 내키지 않아 하던 관원들도 친척을 옮기게 되고 고을에서도 그냥 있을 수 없었다.

왕건에게 두 딸을 바친 행파(行波)의 일가도 평양으로 옮겨 갔다.

식렴의 영접을 받고 새로 건설된 평양을 돌아본 왕건은 만족했다. 거리가 잘 정돈되었을 뿐 아니라 옮겨 간 사람들도 정착하여 자리를 잡아가고 있었다.

이만큼 되었으니 일정한 통치기관이 없을 수 없었다. 왕건은 식렴과 의논해서 서경다운 관서들을 마련했다. 대도호인 식렴 밑에 행정을 총괄할 낭관(廊官)이라는 관부를 설치하고 낭관에는 중앙정부를 방불케 하는 시중(侍中)을 두어 백관을 통솔케 했다. 그 밑에 병부(兵部), 납화부(納貨府), 진각성(珍閣省), 내천부(內泉府)를 설치하니 개경의 조직을 축소한 듯 사람들은 비로소 서경, 즉 서쪽의 또 하나 서울이라는 것을 피부로 느끼게 되었다.

며칠을 두고 행정조직을 정비하고 관원의 임명을 끝낸 왕건은 밤에 식렴과 식사를 같이 했다.

"이제 성을 쌓는 일을 시작해야겠지?"

"그렇지요."

"전에 설계를 보고 얘기했지마는 웅장한 고구려의 옛 성을 그대로 재현해 봐요."

"이 몇 해 동안 여기 있으면서 형님의 말씀대로 실천할 궁리를 많이

했어요. 그런데 왜 그렇게 웅장한 서경을 고집하시지요?"

"입 밖에는 내지 말아요. 나라를 통일하면 서울을 이리로 옮길 생각이야."

"그래서 개경은 도성도 안 쌓고 허술한 서울이 돼 버렸구만."

"또 있지. 우리 족속은 반도에만 갇혀 있어서는 크게 되기 다 틀렸어. 여기 튼튼한 거점을 마련하고 압록강 저쪽 우리 조상들의 땅을 노려보다가 기회가 오면 놓치지 말고 수복해야지."

"반도 안도 통일이 안 된 데다 압록강 저쪽에서는 거란이 무서운 기세로 발해를 몰아세우는 판국에 될 일입니까?"

"만물은 세월과 더불어 변하게 마련이 아닌가? 거란도 변하고 고려도 변하겠지. 우리 대에는 안 오더라도 아들, 손주, 그것도 아니면 몇백 년 후에라도 기회가 올지 누가 알아? 기회가 와도 준비가 없으면 될 일도 안 된단 말이야. 긴 안목으로 생각해 봐요."

식렴은 상을 물린 연후에도 대답하지 않고 골똘히 생각하다가 물었다.

"토성은 안 되겠지요?"

"석성이라야지. 옛날 연개소문이 당나라의 이십만 대군에게 포위당하구두 당당히 지켜 낸 석성을 그대로 재현하는 거야."

왕건은 상기한 얼굴로 계속했다.

"성은 수비에만 목적이 있는 것이 아니잖아? 통일되면 여기 우리 족속의 총력을 모았다가 때가 오면 압록강을 건너 폭풍같이 휩쓸고 올라가는 거야. 웅장한 석성이라야지."

식렴은 대답하지 않고 벽장에서 여러 장의 지도를 꺼내 펼쳐 놓았다.

"형님의 뜻은 알겠는데 지금 우리에게는 그런 성을 쌓을 힘이 없어요. 생각 끝에 여러 가지 안을 지도로 만들어 보았는데……."

왕건은 지도는 보지도 않고 반문했다.

"힘이 없어?"

"토성이라면 몰라도 형님 생각대로 돌을 깎아 그렇게 웅장한 옛 성을 복구하려면 아마 고려의 국력을 삼부의 일은 기울여야 할걸요. 성을 하나 쌓고 망하는 어리석음은 피해야지요."

"……."

왕건의 얼굴에는 실망의 빛이 역력했다.

"형님은 누구보다도 자기의 분수를 알고, 알기 때문에 하찮은 건달 장군들에게도 머리를 숙여 오지 않았어요? 그런 성은 지금 분수에 넘쳐요."

"……."

"그러나 실망하실 건 없어요. 이것도 서둘지 말고 긴 안목으로 그때그때 힘닿는 대로 쌓아 가면 나중에는 형님이 생각하시는 웅장한 성이 되지 않겠어요?"

왕건은 고개를 끄덕였다.

"그 말이 옳아. 사실은 남쪽보다 북쪽을 생각하는 일이 많다 보니 이 성에 대해서 분수에 없는 공상을 하게 된 모양이야. 자네 말대로 느긋하게 잡기로 하고……. 어느 것이 제일 합당할 것인지 내놔 봐요."

식렴은 지도 중에서 한 장을 골라 등불에 비추면서 설명했다.

"보시는 바와 같이 이것은 옛 고구려 성인데 이 남쪽 반, 즉 외성(外城)을 잘라 버리고 북쪽 반, 즉 내성(內城)만 쌓자는 것입니다. 후에 힘이 생기면 외성도 쌓기루 하고."

왕건은 유심히 지도를 들여다보다가 물었다.

"석성이겠지?"

"그렇지요."

"쌓는 데 얼마나 걸릴까?"

"적어도 육칠 년은 걸릴 겁니다."

왕건은 탄식했다.

"고구려 성의 절반, 그것조차 육칠 년이 걸린다……. 그런 힘밖에 없으니 우리네는 참말 못나게 살아왔구나."

"……."

식렴도 같은 생각이었으나 이것이 힘의 한계였다. 왕건은 다시 그 지도를 보면서 식렴이 구상한 새로운 성, 즉 옛 고구려 내성 부분에 붉은 글씨로 적힌 숫자를 더듬었다.

"둘레 이만 사천오백삼십구 척, 높이 이십 척이라……, 문은 여섯 개로…… 이대루 하지."

왕건은 단을 내렸다(이 성은 그로부터 육 년 걸려 완성되었다).

식렴은 화제를 돌려 고향 친구들의 소식을 물었다.

"종희 형은 어떻게 됐어요?"

"배를 수십 척 끌고 중국이구 아득한 남방이구 휩쓸고 돌아다니는데 몇 달에 한 번쯤 집에 오나 봐. 지난번에는 천축(인도)에 들렀다가 산 것이라고 편지와 함께 상아 염주를 보내왔더군."

"만나 보셨어요?"

"와야 만나지."

"함께 바다에 나가겠다던 이갑이라는 친구는 어떻게 됐지요?"

"신 장군이 봐 줘야지. 그대로 군대에 있는데 기회를 봐서 장군을 시켜 줘야 할까 봐."

"꽈배기와 괄괄이는요?"

"만날 틈이 있어야지."

식렴은 못마땅한 얼굴로 그를 바라보았다.

"형님, 그래서는 못써요."

볼멘소리였다.

"정사가 바쁘다 보니 틈이 없어 그랬다니까."

"그보다 더 중요한 정사가 어디 있어요?"

"중요한 정사라?"

"형님의 주위에는 듣기 좋은 소리만 하는 사람들이 태반이 아닌가요? 꼿꼿한 대신들도 여러 해 국록을 먹고 편히 지내면 백성들의 사정에 어둡게 되는 법이구요."

"……"

"털어놓구 말씀해 보세요. 어떻게 하면 건달 장군들을 끌어들이느냐, 어떻게 하면 견훤을 쓰러뜨리고 통일하느냐, 그 생각뿐이지, 백성은 가뭄에 콩 날 정도로두 생각을 안 하시지요?"

"백성들 생각을 왜 안 하겠어. 그래 가지구 군왕 구실을 할 수 있나?"

"백성들의 사정을 모르는데 생각하면 뭘 해요?"

"모르기는? 가끔 민정을 살피러 돌아다니기두 하고, 무시로 해당 관서에서 보고가 올라오는걸."

"민정을 살피러 나가시면 그 고장 관원들이 분식해서 좋게 보이려구 야단일 것이구, 보고라는 것은 형님의 기분을 상하지 않도록 듣기 좋은 소리를 써 바칠 것이구, 그러니 진정한 민정을 어떻게 알겠어요?"

"……"

"자기 배가 부르면 종의 배도 부른 줄 안다구, 폐하 성덕의 소치로 만백성이 상다리가 부러지도록 잘 차려 먹는다는 소리만 듣다가는 망하기 꼭 알맞아요."

"그럼 이 고려가 아주 엉망이란 말이야?"

"엉망이라는 게 아니라 백성의 사정을 있는 그대로 알도록 노력하시라는 말씀이지요. 민심을 못 잡고도 통일할 수 있을 것 같아요?"

"도대체 어떻게 하란 말이야?"

"백성들 속에서 사는 옛 친구들을 만나야 실정을 들으실 게 아니에요?"

"실정이라는 게 따로 있는지는 몰라도 속에 있는 말을 할까?"

"왜 안 해요?"

"개경에 서울을 옮겼을 때 친구들을 초대했더니 모두 황송한 얼굴이라, 관원들과 다를 게 없던데?"

"그건 형님 잘못이지요. 여러 사람을 한데 모아 놓구 법석거렸지, 말할 분위기를 만들어 주셨어요?"

"알아들었어. 꽐꽐이나 꽈배기 같은 친구들을 한두 사람씩 불러 얘기하란 말이지?"

"부르지만 마시구 남의 눈에 띄지 않게 찾아두 가세요. 그래야 옛 친구의 기분으로 입을 열 것이구, 또 그들과는 옛날 별명을 부르고 농담할 정도가 돼야 해요. 진정으로 어울릴 수 있는 친구가 있어야 명군이 될 수 있다고 하잖았어요?"

"그래, 내가 그 점에 둔한했어."

"꽐꽐이구 꽈배기구 형님이 어려울 때 얼마나 애썼어요? 그때 대 준 비용을 갚아 줬으니 그만이다, 이렇게 됐으니 얼마나 섭섭하겠어요?"

"그럴 거야. 내 잘못이지."

"종희만 해두 그래요. 형님이 그 자리에 앉은 데는 종희의 공이 삼분의 일은 넘었지 못 되지는 않을 거요. 임금이 됐다구 옛일을 잊으면 못 써요. 다정하게 지내구, 안 오면 찾아가서라도 멀리 바다 저쪽 얘기를 들으시면 보탬두 되지 않겠어요?"

"그래. 여기 올 때마다 한 가지씩은 배우는 게 있구나. 언제든지 그렇게 일깨워 줘요."

"이 서경은 멀구, 가까이 있는 친구들이 무시로 일깨워 드리도록 하시면 더 좋잖아요?"

"그렇게 하지."

왕건은 그대로 받아들였다.

서경에서 돌아온 왕건은 즐거운 일로 새해를 맞았다.

북계(北界, 함경도 남부)에서 소란을 피우고 자주 남으로 침범해 오던 오랑캐를 토벌하러 갔던 유금필이 이 일대를 평정하고 돌아왔다.

이민족을 심복케 하는 것은 쉬운 일이 아니어서 많은 시일이 걸렸다. 그는 삼천 병력으로 오랑캐들이 자주 침범하는 골암성(鶻岩城, 함경남도 안변)에 들어가 이 고장을 근거지로 삼는 동시에 동쪽에 큰 산성을 쌓아 새로운 본영을 마련하고 여기 옮겨 오랑캐들을 다스렸다(고산역[高山驛] 부근).

시일이 걸리더라도 되도록 참고 좋은 말로 타일러 분란을 일으키지 말라고 설득했다.

한때 부득이하여 무력을 사용해서 삼천 명의 포로를 잡았다. 그들을 놀릴 수 없어 성을 쌓는 일과 농사에 동원했으나 해치지도 않고 학대도 하지 않았다. 피는 피로써 값을 치러야 하고, 학대는 원한으로 돌아온다는 이치를 그는 알고 있었다.

그래 가지고는 민심을 얻을 수 없고 민심을 얻지 못하고 안정이란 바랄 수 없는 일이었다. 비록 말은 다르다 하더라도 같은 사람이요, 인정은 마찬가지였다.

나중에는 그들의 각 부(部) 추장(酋長)에게 주연을 베풀기도 하여 서로 통하게 되고 자기들이 분란을 일으키지 않는 이상 이쪽도 다치지 않는다는 것을 알고 차차 친숙해졌다.

포로로 잡았던 삼천 명도 고스란히 돌려주니 그들은 유금필을 믿고 이 고장에는 평화가 찾아들었다. 다시 분란을 일으킬 염려가 없게 되자 그는 자기를 대신할 사람을 지명하고 돌아왔다.

왕건은 그의 노고를 치하하고 서북과 동북이 다 같이 안온하게 된지라 큰 시름을 놓은 기분이었다.

개인으로도 경사가 있었다. 사화가 두 번째로 아들을 낳으니 이름을 요(堯)라고 불렀다(후일의 정종[定宗]). 이제 사십칠 세, 늦게나마 아들이 셋이 되었으니 왕실의 경사라고 군신들의 치하를 받았다.

남쪽에서 들려오는 소식도 쓸 만했다. 작년 여름에 항복하여 온 순주 장군 원봉은 만나는 사람마다 왕건의 칭송이라는 소문이었다. 대단한 인물도 아니고 그가 입을 놀렸다고 무엇이 될 것도 아니었으나 해로울 것도 없으니 품게를 올려 원윤(元尹, 六品上)으로 해 주었다.

이어서 명지성(命旨城, 仁同, 경북 구미시 인동동) 장군 성달(城達)이 아우들과 함께 와서 항복했다. 순식이 항복한 후부터 이런 장군들의 마음은 한층 자기 왕건에게 기울었다는 것이다. 듣기 좋으라고 하는 측면도 있겠지마는 터무니없는 말도 아니었다. 복지겸의 세작들이 보내온 보고와 일치했다.

성달에게 국성인 왕(王)씨를 내리고 이름도 충(忠)이라 하여 그의 충성을 포상하면서 왕건은 차차 세월이 자기편이라고 생각하게 되었고 느긋한 마음으로 봄과 여름을 맞고 보냈다.

간단한 차림으로, 아직도 살아 있는 아버지의 친구들을 찾으면 아주 황송해서 이미 명군이지마는 더욱 명군이 되어 달라는 부탁들이었다.

식렴의 충고를 생각하고 한번은 꽈배기와 꽐꽐이 두 사람과 함께 배를 타고 낚시질을 나갔다. 그들의 가게에 찾아가기도 난감하고 궁중은 번다해서 얘기하기는 배가 제일 좋았다.

경호대가 붙기는 했으나 주위를 배로 맴돌 뿐, 세 사람만 이야기를 주고받을 환경으로는 그만이었다.

같은 개경에 있으면서도 둥극 다음해 이리로 서울을 옮겨왔을 때 축하연에서 만난 후 처음이니 햇수로 오 년이 되었다.

너무 오래 만나지 않은 탓으로 서먹서먹할 수밖에 없었다. 한쪽은 임금, 한쪽은 장사치라는 것도 있겠지마는 세월은 사람을 갈라놓는 습성도 가지고 있었다.

그들은 예전 같지 않고 좀처럼 입을 열지 않았다.

왕건이 모시적삼에 중의 차림으로 낚싯대를 들고 있는 것을 보고 약간 긴장이 풀리는 듯했으나 먼저 말을 거는 일이 없고 세상 돌아가는 이야기를 물어도 만사 잘되어 간다는 대답뿐이었다. 더구나 안된 것은 이런 자리에서까지 폐하니 성덕이니 하는 문구를 입에 올리는 일이었다.

관료들이 미리 시킨 형적도 보였으나 어쩐지 옛날 허물없이 정을 주고받던 분위기는 찾을 길이 없었다.

어색한 분위기 속에서 세 사람은 고기를 낚고, 왕건은 어지간히 잡히자 소매를 걷어붙이고 잡은 고기를 다듬고 토막을 냈다.

"그런 일은 우리가 해야지요."

두 사람이 말렸으나 왕건은 식칼을 놓지 않았다.

"냄비에 물을 붓고 불이나 피워."

그들은 국을 끓여 놓고 술을 들었다. 술이 어지간히 들어가서야 두 사람은 말문을 열었다.

"폐하께서는 우리를 아주 잊으신 것으로 알았는데 이런 자리까지 마련해 주실 줄은 몰랐습니다."

괄괄이었다.

"폐하가 다 뭐야? 이런 데서는 옛날 그대루 너는 꽐꽐이, 너는 꽈배기, 나는 왕거미다."

애초부터 한마디도 말이 없던 꽈배기가 흰눈으로 아래위를 훑으면서 처음으로 끼어들었다.

"그거 진심으로 하는 소리야?"

"진심이지."

"그럼 괜찮다마는 우리는 친구를 하나 잃었다구 한탄했다."

"그랬을 거야. 내 잘못이다. 이제부터 자주 만나자."

"자주 만나기는 어렵겠지마는 하찮은 장사치두 만나서 해로울 건 없을 게다."

왕건은 굳었던 그들의 마음을 녹이는 술의 효능을 생각하면서 미소를 지었다.

"나두 본래는 장사치가 아니냐? 더구나 너희들과는 가장 가까운 친구였구. 지금도 그렇다."

"아주 못쓰게 된 줄 알았더니 약간은 쓸 만하구나."

"옛날 내가 죽느냐 사느냐 하는 판에 살려 준 친구들이 아니냐? 내가 어찌 그 은혜를 잊겠냐?"

"은혜는 잊어도 무방한데 일이나 똑똑히 해라."

"요즘 세상 돌아가는 얘기를 해 주려무나. 가식이 없이 알려 줄 사람은 너희들밖에 없다."

"큰 전쟁이 없으니 그럭저럭 괜찮다마는 너, 백성들이 두려워하는 임금이 될 생각을 말구, 백성들이 아끼는 임금이 될 생각을 해라."

"처음 듣는 좋은 소린데……. 어떻게 하면 되지?"

"너, 임금두 뒤에서는 욕을 먹게 마련이라는 속담을 알구 있지?"

"알구 있다."

"그런데 왜 걸핏하면 잡아가지?"

"잡아가다니?"

"주막에서 한잔 걸친 지게꾼이 임금이라는 자는 원래 뱃놈이라고 했다가 잡혀가지 않나, 왕건이라구 이름만 불러도 때가지 않나, 그래 가지구야 어떻게 백성들이 아끼는 임금이 되겠느냐?"

"난 모르구 있었다. 당장 못하게 할게."

"임금이 된 지금은 모르겠다마는 우리 옛날 생각을 해 봐. 모여 앉으면 남의 욕두 하구 칭찬두 하는 게 사람의 버릇이 아냐?"

"그렇지."

"그걸 무엄하다구 일일이 잡아 족치니 요즘은 아예 뱃놈이라는 말은 입 밖에도 안 내기로 돼 있다."

"저런."

왕건으로서는 새로운 소식이었다.

"백성들이 숨 쉴 구멍도 터 놔야지."

"꽈배기, 이 한 가지만으로도 오늘 너희들을 만난 보람이 있다. 궁중에 있으니 장님에 귀머거리가 되기 쉽다. 듣기 좋은 소리만 귀에 들어오구."

왕건은 실토했다.

그러나 꽈배기는 옛날 습성 그대로 꼬아댔다.

"한 가지만 듣구 더 안 듣겠단 말이지?"

"여전하구나. 안 듣기는 왜 안 들어?"

"사실은 그 밖에는 없다."

왕건도 웃고 괄괄이도 웃었다.

"괄괄이, 너는 할 말이 없냐?"

왕건이 물었다.

"내가 하려던 말을 꽈배기가 가로채 버려서 별다른 건 없고, 내가 보기에는 너는 홍하구 견훤은 기울 게다."

"왜?"

"장사를 해도 혼자 먹겠다구 하면 합심이 안 되지? 피차 소득이 있어야 합심이 되는데 정치도 그런 게 아냐?"

"무슨 뜻인지 잘 모르겠다."

"꽈배기야, 우리가 늘 하는 얘기가 있잖아? 네가 해라. 난 말이 서툴러서."

꽈배기는 큰 기침을 하고 열을 올렸다.

"견훤이는 너무 강해. 강하니까 독식하잖아? 어느 성을 점령했다 하면 본래 있던 사람을 내쫓고 자기 부하루 대치하고, 강토 안을 예전 신라 식으로 군(郡)이니 주(州)로 잘라 모두 중앙에서 쥐고 통치하니 내가 보기에는 잘하는 것 같지 않다. 그의 손에 패망한 사람들은 건달 장군들이지만 다 한가락씩은 하던 인간들이 아냐? 곁에는 안 나타나도 그 일가친지도 많을 게구 불평이 왜 없을 거야?"

"……."

"너는 그렇지 않고 항복만 하면 예전 그 땅에서 그대로 장군 노릇을 하게 해 주니 장사로 치면 동사(동업)를 하는 식이 아냐? 네가 좌수 격이구. 이렇게 영웅들이 들끓는 시대에는 독식은 위험하다. 너같이 피차 좋도록 장사의 동사처럼 하는 게 맞는 것 같다."

"그럴까?"

"세상은 꼬불꼬불이니 알 수 없지만 우리 생각은 그렇다."

"또 그 꼬불꼬불이야?

"꼬불꼬불이니까 너 뱃놈에서 장군으로 꼬불, 다시 꼬불해서 임금이 됐구, 또 한 번 꼬불하면 천하를 통일할 게 아냐?"

세 사람은 시름없이 웃었다.

그들은 해가 기울 때까지 옛이야기, 친구들의 소식, 세상살이 등 못할 소리 없이 이야기를 하다가 헤어졌다.

　이튿날 왕건은 복지겸(卜智謙)을 불렀다.

　"복 장군, 수고 많소. 그런데 내가 보기에는 한 가지 고칠 것이 있소."

　"무슨 일이 있었습니까?"

　"백성들이 악의 없이 떠드는 것까지 붙들어다 혼내서야 쓰겠소?"

　복지겸의 머리는 빨리 돌았다.

　"어제 옛 친구 분들을 만나셨다더니 거기서 들으셨군요."

　"어디서 들었든지 간에 마찬가지 아니오?"

　"황공하옵게도 성상을 뱃놈이라고 헐뜯는 자들을 어찌 가만둘 수 있겠습니까?"

　"그야 사실이 아니오?"

　"사실이라도 성상의 체통에 관계되는 일입니다."

　"그래서 나라가 뒤집힐 것 같소?"

　"그건 아닙니다마는."

　"팽개쳐 둬요. 다스리는 사람은 관용과 여유가 있어야 하고, 백성은 마음 놓고 숨 쉬고 떠들 수 있어야 사람 사는 세상이 아니겠소?"

　"성상의 높으신 뜻을 잘 알았습니다. 즉시 고치도록 하겠습니다."

　복지겸은 군말 없이 물러갔다.

　팔월에 들어서는 멀리 남쪽의 벽진군(碧珍郡, 경북 성주) 장군 양문(良文)이 조카 규환(圭奐)을 보내 항복해 왔다. 충성을 다하라고 잘 쓰다듬어 보냈다.

　십 년이면 강산도 변한다고 했다. 십 년의 평화, 그것이 왕건의 소원이었다.

살얼음을 밟는 심정으로 견훤과의 충돌을 피하고 평화를 유지해 왔다. 서남방 웅주, 운주 등지를 잃어도 참았고, 견훤과 자기 사이에 양다리 걸치기를 하는 장군들 중에서 견훤에게 아주 넘어가 버리는 자가 생겨도 참았다.

새로 칠한 벽이 굳으려면 시일이 걸리듯이 새로 선 나라가 제구실을 하려면 짧지 않은 세월이 필요했다.

처음에는 자기 임금을 깔아뭉개고 그 자리에 앉았으니 덮어놓고 역적이라고 쑥덕거리는 중론도 적지 않았다. 그들은 내막을 들으려고도 하지 않았다. 지나간 육 년의 평화는 견훤이 자기를 대수롭게 보지 않았고 이런 풍조가 번져 저절로 무너지기를 기다린 데서 얻은 측면도 있었다.

그러나 이 평화는 눈에 보이지 않는 상처를 아물게 하여 주었고 자진해서 자기 휘하로 들어오는 장군의 수도 차차 늘기 시작했다.

천하를 노리는 견훤이 이것을 보고만 있을 까닭이 없으니 아무래도 십 년 평화는 어렵지 않을까? 평화는 힘의 축적이다. 자기의 힘이 축적되는 것을 그냥 버려두지 않으리라.

전쟁은 오게 마련이다. 남은 것은 언제 오느냐는 시간 문제뿐이다. 그는 말없는 가운데 대비를 하고 있었다.

십이월이 되자 작년에 항복한 진보 장군 홍술이 아들 왕립(王立)을 보내 갑옷 삼십 벌을 바쳤다. 때도 아닌데 선물을 보낸 데는 곡절이 있으리라고 생각하면서 그가 보낸 장문의 편지를 읽어 내려갔다.

서남으로 팔십 리 떨어진 문소(聞詔, 경북 의성) 장군 양훤(良萱)이 완전히 견훤의 휘하에 들어가서 은근히 압력을 가하고 있으니 만일의 경우 도와달라는 내용이었다. 양훤은 죽주(竹州, 경기도 죽산)에서 선종을 구박하다가 괴양(槐壤, 충북 괴산)으로 옮겨 신훤(莘萱)이라고 하던 자였다. 선종의 휘하에 들어간 초기에 그의 명령으로 토벌하여 내쫓았는데 어떻게 재주를 부렸는지 그 후 문소 장군으로 행세한다는 것은 알고 있었다.

왕림의 설명에 의하면 견훤이 직접 파견한 규과과 병사들도 적지 않게 있다고 한다.

좋은 조짐이 아니었다. 견훤은 여기를 발판으로 무엇인가 꾸미고 그로 해서 어떤 형태로든 풍파가 일 것만 같았다.

막강한 힘을 가지고 천하를 노리는 견훤이 있는 한 어차피 풍파는 일어날 것이다. 다만 하루라도 늦게 오기를 바랄 뿐이다.

왕건은 있는 힘을 다해서 도울 터이니 안심하라고 일러 보냈다.

문소 땅은 이쪽에 가깝다. 대야성까지밖에 오지 못한 견훤이 수백 리를 껑충 뛰어 바다의 섬같이 여기 거점을 마련한다는 것은 될 말이 아니었다. 장차 왕건 자신이 움직이는 데도 도중에서 방해하여 군사 행동에 지장을 줄 염려가 있었다.

건국 초부터 신라와 통하는 데 공이 많은 선필, 그에게 아직 보답을 못했다. 문소는 언젠가는 쳐야 한다. 치면 홍술을 그리로 옮기고 홍술이 차지한 땅을 선필에게 넘기리라.

왕건은 오래간만에 서경에도 가지 않고 안온한 겨울을 보내면서 앞날을 구상했다. 불안정하나마 평화로이 흐르던 세월은 소용돌이를 치기 시작할 모양이었다.

전쟁

924년.

왕건은 고려를 창시하고 등극한 지 칠 년, 사십팔 세의 봄을 맞았다.

여자는 봄을 즐기고 남자는 가을을 서글퍼한다고 하였다. 왕건은 멀리 산과 들에서 꽃과 함께 봄을 즐기고 있는 여자들을 바라보면서 이 인간적 짧은 찰나의 즐거움마저 앗아갈 전쟁의 예감을 씻을 길이 없었다.

그러나 이 예감이 그대로 들어맞아 그로부터 십이 년 계속될 전쟁의 시초가 될 줄은 그 자신도 몰랐다. 전쟁의 어리석음, 이것을 누구보다도 잘 아는 것이 인간이건만 알면서도 그만두지 못하는 것도 인간이었다.

인간이 할 수 있는 일이란 이에 대비하고 싸워서 이기면 별것도 아닌 상이나 받고 남보다 고기 몇 점 더 먹는 일이요, 지면 죽어서 들판에 구르다가 까마귀밥이나 되는 것이 고작이었다.

우울한 봄이었다. 가슴이 트이도록 의논할 수 있는 친구가 그리웠으나 아무도 없었다. 가끔 괄괄이, 꽈배기와 함께 낚시질을 하고 이야기를 주고받기도 했으나 우울하기는 매일반이었다.

그들은 다 좋았으나 우선 군사를 모르니 여기서 이야기가 막히고 나라가 움직이는 샘리에도 이야기가 통할 수 없었다. 언제나 잘되기를 바란다는 말을 듣고 헤어지게 마련이었다.

여름에 종희가 돌아왔다기에 친위병 몇 명만 거느리고 그의 집을 찾았다.

전과는 달리 문 밖까지 달려 나와 맞아 주었다. 뿐만 아니라 친위병들이 보는 앞이라 그런지 깊숙이 머리를 숙여 체면도 세워 주었다.

왕건은 방에 들어가서 그와 마주 앉자 먼저 말을 걸었다.

"바다가 좋기는 좋은 모양이구나."

"왜?"

"꼬부라졌던 마음보가 펴졌으니 말이다."

"꼬부라졌다기보다 먼지투성이었는데 바닷바람에 종적도 없이 털고 온 셈이다."

그들은 부인이 들여온 과일을 먹으면서 이야기를 나누었다.

"이번에는 일 년 가까이 걸렸다는데 어디까지 갔지?"

"천축 남단(南端)까지 갔다. 대식국(大食國, 아라비아)까지 가려고 했는데 풍랑이 심해서 갈 수 있어야지. 거기서 몇 달 기다리다가 그냥 돌아왔다."

"대식국 사람들은 그런 풍랑도 헤치고 전에는 신라에도 왔다는데."

"배가 다르더라. 몇 달 기다리는 동안 그들의 배를 연구했다. 우리 배들보다 훨씬 클 뿐 아니라 만드는 기법이 달라. 우리도 용골(龍骨)루 엮지마는 그네들은 그 용골 부분이 아주 깊숙이 물속으로 잠기기 때문에 어지간한 풍랑에는 끄떡없더라. 그 밖에 돛이니 뭐니 배울 것이 많았다."

"우리는 그렇게 만들 수 없을까?"

"남이 하는 것을 왜 못해. 이번에는 당분간 집에 있으면서 그보다 나은 배를 만들어 볼 작정이다."

"네가 손을 대면 천하제일 가는 배를 만들 게다."

"……."

"돈은 벌었냐?"

"벌었다."

"뭘 가지구 가지?"

"닥치는 대루 갖구 가지마는 삼이 제일이더라. 심마니를 많이 양성해라. 왕창 삼을 캐면 내가 도맡아 뿌릴 테니까. 많이만 캐면 천하의 금은 모두 우리 고려에 거둬들일 수 있다."

그는 생각하는 것이 탁 트이고 바다의 수평선 저쪽까지 퍼진 느낌이었다.

종희는 벽장에서 상자를 하나 꺼내 열었다. 대리석으로 판 불상이었다.

"선물이다."

"이런 불상은 처음 보는구나."

"나두 처음이다. 신기해서 네 생각을 하구 사 왔다."

"언제까지 바다에 나갈 작정이야?"

"기운이 쇠잔할 때까지 나간다. 네가 천하를 통일한대두 이 반도는 좁다. 바다는 무한히 넓구. 통일한 연후에도 쩨쩨하게 굴지 말구 많은 백성들이 바다에 나가 활개를 치고 각처를 돌아다니게 해라."

"……."

"별별 나라가 다 있더라. 사람도 가지각색이어서 흰 사람, 검은 사람……."

그는 목소리를 낮췄다.

"너 여자를 좋아하지? 흰 여자, 검은 여자 생각 없어?"

왕건은 웃기만 했다.

"생각이 있으면 다음에 갔다 올 때 아주 근사한 걸루 골라다 줄 테니까."

"거절은 안 한다."

"여전하구나."

"그건 그렇구 해외에서 들은 천하대세는 어때?"

"네가 주야로 생각하는 압록강 저쪽은 거란이 여간 세야지. 반도두 통일하지 못한 처지에 지금은 단념하는 게 좋겠더라."

"임금이라는 턱없는 자리에 앉고 보니 골치만 아프다. 통일 말이 나왔으니 말인데 네가 보기에는 어떻게 될 것 같아?"

"여태까지처럼 적을 만들지 말구, 머리를 숙이고 돌아가면 될 거다."

"견훤의 움직임으로 보아 아무래도 전쟁이 일어날 것 같다."

"무력으로는 안 된다."

"그럴까?"

"네가 못 당한단 말이다. 견훤은 전쟁의 명순데 무력으로 정면대결하면 너는 진다."

"……."

"너두 괜찮은 장수지마는 견훤에 대면 어림두 없다. 견훤이 육(六)이라면 너는 사(四)도 될까 말까 하다."

"그럼 일찌감치 항복하는 것이 좋겠구나."

"그건 아니다. 백전백승의 용장이던 항우가 지고, 약한 유방이 이긴 걸 생각해 봐. 항우는 용기만 있었지 사람을 쓸 줄 몰랐다. 내가 보기에는 견훤이 항우 비슷한데 그 점을 잘 이용해라."

"좀 더 알아듣게 말해 다우."

"항우는 좋은 부하도 죽이구 자기를 과신하다가 망했고 유방은 부하를 잘 다뤘다. 네 밑에는 좋은 부하들이 많잖아? 아끼란 말이다."

"그건 알아듣겠는데 실지로 전쟁이 벌어지면 어떡하지?"

"성을 굳게 지키고 싸우지 마라. 만부득이해서 정면으로 맞서게 될 때도 있겠지. 이기면 몰라도 형세가 불리하면 체면을 생각하지 말구 저쪽 요구대로 양보하고 휴전을 하는 거다."

"전란은 무한정이겠구나."

"그동안 정치를 해. 하나에 하나를 보태면 둘밖에 안 되는 것이 전쟁이지만 하나에 하나를 보태서 셋도 될 수 있는 것이 정치다."

"……."

"너는 여태까지 잘해 왔다."

"잘했는지 못했는지 판단이 안 선다."

"거기다 머리를 써 가지구 견훤의 진영을 분열시켜 봐. 분열만 되면 싸우지 않고 이기는 거다."

"너, 바다를 좀 쉬구 나하고 같이 일할 생각은 없어?"

"없다."

그들은 식사를 같이 하고 헤어졌다.

칠월에 들어 마침내 전란이 벌어졌다. 견훤의 두 아들 양검(良劍)과 수미강(須彌强)이 대야성과 문소성에 집결한 군대를 지휘하여 조물성(曹物城, 경북 금오산성)을 공격하기 시작했다.

조물성은 요지였다. 이미 그와 내통하고 있는 동쪽 이백 리의 문소성과 연결하면 그 이남은 저절로 견훤의 손에 들어가고 고려와 신라의 연락도 두절되게 마련이었다. 천 년이라는 역사를 밑천으로 명맥을 유지하고 있는 신라는 견훤의 이용물로 화하여 천하의 민심을 좌우할 수도 있을 것이다.

이것은 양보할 수 없는 전쟁이었다.

왕건은 중앙에서 애선(哀宣) 장군을 파견하는 동시에 작년 삼월에 항복한 명지성 장군 왕충(王忠, 城達)에게 출동을 명령하여 이를 지원케 하고 진보 장군 홍술에게는 문소성 공격을 명령했다. 문소성 수비군이 대부분 조물성 공격에 출동하여 쉬 떨어질 줄 알았다.

양검과 수미강의 공격은 치열했으나 성내에서 잘 지키고 지원차 출동한 애선과 왕충도 잘 싸웠다. 그러나 애선은 항상 최전선에서 병사를 독려하고 적과 대적하다가 전사하였다.

양검과 수미강은 달포가 지나도록 성은 떨어지지 않고 사상자가 늘어나는 데다 양도(糧道)마저 끊어져 하는 수 없이 후퇴하고 말았다.

왕건은 이 기회를 놓치지 않고 왕충에게 명령하여 전사한 애선의 부하들까지 합쳐 문소성을 공격 중인 홍술을 지원케 하였다. 홍술의 땅은 원래 좁고 병력도 미미한지라 성을 제대로 공격하지 못하고 고전 중이었다. 소수 병력으로 지키던 양훤은 크게 믿었던 양검과 수미강이 물러가고 적중에 고성(孤城)이 되어 어찌할 바를 몰랐다.

이제 늙어 기력도 없었다. 그는 성벽에 나오는 일조차 그만두고 밤이나 낮이나 술을 마시다가 보다 못한 부하의 창에 가슴을 찔려 죽고 성은 떨어지고 말았다.

홍술은 왕충과 함께 입성하여 승리를 축하하고 그의 노고를 치하했다. 왕충은 자기의 공이라기보다 개경에 계신 폐하의 덕이라고 겸양했다.

그는 하룻밤을 자고 자기의 성을 오래 비울 수 없다며 다음 날 떠나갔다.

홍술은 남의 덕이 컸지마는 어쨌든 점령하느라고 피땀을 흘린 이 성을 왕건이 어떻게 처분할지 궁금했다. 그는 애선의 유골을 안고 전승보고차 개경을 찾았다.

왕건은 애선의 장례가 끝나자 그를 불렀다.

"이 기회에 자리를 옮기면 어떻겠소?"

"무슨 말씀이시온지?"

그는 알아듣지 못했다.

"지금 세신 진보는 일개 현(縣)에 불과한 네다 가까이(진안현 쪽)에 선필 장군이 있으니 피차 불편할 터이구."

"그렇습니다."

"그런즉 문소군을 그 속현(屬縣)과 함께 모두 드릴 터이니 널찍한 데로 옮기시지요."

이것은 바라지도 못한 일이었다.

"홍은에 감읍할 따름입니다."

"문소군을 의성부(義城府)로 승격합시다. 또 장군은 여태 성이 없으니 김(金)씨로 하면 어떻겠소?"

"거듭 황공하오이다."

"그 대신 진보현은 선필 장군에게 넘기시오. 선필 장군은 내 신하는 아니지만 신세가 많은데 갚지 못했소."

홍술은 만족하고 돌아가 의성으로 옮겼다. 많은 땅과 백성들을 차지하고 김홍술 장군으로 행세하기 시작했다.

앉아서 새로운 땅과 백성들을 차지하게 된 선필도 그냥 있을 수 없었다. 마침 신라의 임금(경명왕)이 돌아가서 금성으로 조문을 갔었는데 돌아오는 길로 개경을 향해 말을 달렸다.

선필을 맞은 왕건은 집안 어른을 대하듯 융숭한 대접을 했다. 늙기도 했지마는 그는 신하도 아니고 말하자면 호의를 가진 협력자였다.

"여태까지 어른께 수고만 끼치고 보답하는 것이 없어 늘 미안하게 생각하여 왔습니다. 들으셨겠지만 홍술 장군이 진보현을 비우게 돼 있습니다. 진보, 진안 두 현을 합쳐 보성부(甫城府)로 승격하여 드릴까 하는데 부족하나마 제 성의로 알고 받아주시면 고맙겠습니다."

"분에 넘치는 일이올시다."

선필은 머리를 숙였다.

"지금까지 쓰시던 재암성(載岩城)이라는 이름을 그대로 쓰셔도 무방하구요."

"저 같은 사람이 이제 무슨 욕심이 있겠습니까? 성지대로 보성부로 하고 사람들의 귀에 익은 재암성을 속칭으로 쓰는 것을 허용하여 주시면 두루두루 좋지 않을까 합니다."

"역시 노련하십니다."

"노련할 게 있겠습니까? 쓸데없이 백성들의 입을 막는 일이 없도록 종전의 이름을 꺼냈을 뿐입니다."

"옳은 생각입니다. 여기도 정식으로는 개경이지만 백성들 중에는 송도라고 부르는 사람이 더 많으니까요. 송도두 아름다운 이름이고 재암성두 시 같은 이름이니 함께 쓰도록 하시지요."

"고맙습니다."

왕건은 화제를 돌렸다.

"금성에서는 폐하께서 돌아가셨다지요?"

"네, 기별이 왔습니까?"

"아직 안 왔습니다마는 소문으로 들었습니다. 어느 분이 뒤를 이으시는지요?"

"아우 되시는 상대등 박위응(朴魏膺) 어른이 이미 즉위(景哀王, 경애왕)하셨습니다."

왕건은 만난 일은 없으나 박위응에 대해서는 많이 들었다. 그를 아는 사람들은 귀하게 자라서 철이 없고, 경망하기 이를 데 없다고들 했다.

일이 안 되려면 뒤로 넘어져도 코가 깨진다고, 이처럼 어려운 시기에 그런 경망한 인간을 세울 수밖에 없는 신라의 사정도 딱하다고 생각했다.

돌아간 임금도 술로 세월을 보내고 한 일은 없지마는 앞장서 일을 저지른다는 소리는 못 들었다. 그러나 이 경망한 인간은 아무래도 설치다가 일을 치고 말 것 같았다.

"새로 등극하신 분을 잘 아십니까?"

"알기는 알지요."

"어떤 분인가요?"

"글쎄올시다."

선필은 말하려고 들지 않았다.

역시 다른 사람들의 말이 틀리지 않는 모양이다.

이미 시들어가는 신라가 급속도로 시들어가는 것이 아닐까. 신례(臣禮)를 취하고 있기는 하나 공식으로 알리지도 않는데 서두르는 것도 이상해서 행사는 하지 않았다.

왕건은 늙은 몸으로 일부러 찾아온 선필을 극진히 대접했다. 함께 궁중의 국화도 구경하고 날씨가 좋으면 교외로 단풍 구경도 나갔다.

땅이 넓어졌다고 크게 좋아할 사람도 아니고 예의상 찾아왔을 것이다. 그야말로 난세에 진정으로 평화를 바라고 평화를 위해서 사심 없이 애쓰는 참사람이었다. 홍술의 경우처럼 성(姓)을 내리지도 않았다. 없는 성을 구태여 임금으로부터 받았다고 좋아할 사람도 아니었다.

술 마시는 재주밖에 없는 신라의 대신들은 구월 중순에야 공문을 보내왔다. 왕건은 개경의 절마다 재를 올려 명복을 빌게 하고 조문사(弔問使)도 보냈다.

왕건과 함께 재에 참석한 선필은 같은 방향이라고 조문사 일행과 함께 재암성으로 돌아갔다.

새해(925년)에 들어서도 남쪽의 견훤은 이상할 정도로 조용했다. 그러나 조용한 것이 오히려 폭풍 전야같이 마음에 부담을 주었다.

왕건은 견훤이 보내온 말을 탈 때마다 이 고요함이 깨지는 날을 생각하지 않을 수 없었다. 작년 가을 두 아들이 조물성에서 패하고 돌아가자 견훤은 전승(戰勝)을 축하한다면서 절영도(絶影島, 부산 영도)산 좋은 말을 한 필 보내왔다.

이때 편지에는 이런 말도 있었다. 이기고 지는 것은 병가(兵家)에 항용 있는 일이니 자기는 조금도 개의치 않는다. 그런 일은 없던 것으로 치고 이쪽에서도 잊어버리기를 바란다고…….

견훤은 큰 인물이니 대범하게 생각하면 대범한 일이었다. 그러나 어떻게 보면 애송이가 대견하다고 얕보고 한 일 같기도 했다.

전쟁에는 틀림없었다. 그러나 견훤의 주력은 움직이지 않았고 변두리 성의 병사들을 동원하여 한번 건드려 보고 또 젊은 두 아들에게 전쟁 경험을 한번 시켜 본 정도에 지나지 않았다.

평화는 왕건에게 힘을 축적할 여유를 주었으나 견훤이라고 자고만 있지 않았다. 그도 농사를 장려하고 군을 정비하여 막강한 힘을 축적하고 있었다.

남북에서 축적된 이 두 힘이 대결을 피할 수는 없을 것이다. 왕건은 그 시기를 금년 가을로 보았다. 소리 없는 것은 용병에 능한 견훤의 수법이라 움직일 때는 폭풍같이, 조용할 때는 심산유곡같이.

개경에 앉아 정세를 관망하면서 대책을 강구하려는데 북에서 우울한 소식이 왔다.

압록강 북쪽에서 바람을 일으킨 거란은 벌써 전에 동평부(東平府, 大楡樹 부근)를 점령하고 한때 잠잠하더니 태세의 재정비가 끝났는지 또다시 활발한 움직임을 보이기 시작했다는 것이다.

목표는 발해의 서울이라는 것이 일반의 상식이지마는 용병은 적의 의표를 찌르는 데 있다. 그들이 예상 밖으로 곧장 남하하여 이 고려부터 치지 말라는 법도 없었다.

더구나 엄청난 기병집단으로 번개같이 나타나 적을 짓밟고 필요하면 번개같이 사라지는 기동력을 가진 그들이니 마음만 먹으면 불과 며칠 안에 이 개경까지도 올 수 있는 것이다.

방비책을 강구하지 않을 수 없었다.

삼월 들어 왕건은 서경 평양으로 달려가 축성을 독려하고 그 이북의 요지에도 만일의 경우에 내비할 준비를 시키고 돌아왔다.

돌아오니 넷째 왕후 사화가 또 아들을 낳았다. 이름은 소(昭, 후일의 광종[光宗])라 지어 주고 신하들의 하례를 받았으나 일체의 축하 진상은 금했다. 남북으로 비상한 때를 맞아 실 한 토리라도 아껴 군용에 쓰자는 생각이었다.

그는 여름내 각처를 돌아다니며 군대를 시찰하고 배치도 바꿀 것은 바꾸고 필요한 경우에는 인사 이동도 했다. 북방도 위험하지마는 그것은 아직 가상에 불과하고 남방의 견훤은 턱밑을 겨누고 있는 창이나 다름없었다.

고을의 순시를 마치고 돌아오니 종희가 다시 바다로 떠난다고 전갈을 보내왔다. 지난번에 만났을 때 기미를 보니 이번에는 언제 돌아올지 기약이 있을 것 같지 않았다.

왕건은 바닷가 그의 집을 찾았다.

"임금이 돼서도 옛정을 생각해 주니 고맙다."

이별주를 나누면서 종희는 이렇게 말했다.

"그러나 말이다……."

그는 꼬리를 달았다.

"통일이 되고 나라 전체에 군림하게 돼서도 지금처럼 겸허할지 그게 의문이다."

"겸허한지 아닌지 나는 모르는 일이고, 천성대로 살아왔다. 너는 어릴 때부터 날 알잖아?"

"하긴 그렇지. 너는 난세에 꼭 맞는 군왕이다."

"서운하구나. 우리 내년에는 오십이 아니냐? 나는 싸우다 죽을 것만 같다. 바깥도 위험하니 조심해라."

"응."

"이번에는 어디까지 가지?"

"대식국까지는 기어이 가 볼 생각이구, 거기서 육로로 갈 수 있으면 불름(拂菻, 동로마)까지 가 봤으면 하는데 어떻게 될지 모르겠다."

왕건은 그를 다시는 보지 못할 것 같은 쓸쓸함이 가슴을 쳤다.

종희는 책상 서랍에서 조그만 상자를 꺼내 열었다. 한 뼘 정도의 순금 칼을 그에게 건네주면서 설명했다.

"남방에 갔다 구한 것이다. 어떤 나라에서는 군왕의 표징으로 쓴단다."

그는 손잡이에 새긴 묘하게 생긴 그림을 그 고장의 왕관이라고 했다.

"고맙다. 언제나 몸에 지니고 너를 보듯 할게."

"전에도 일렀지마는 지금같이만 나가라. 견훤이 아닌 네가 통일할 게다."

부인이 새로운 안주를 들고 들어와 옆에 앉았다.

"폐하께서 이이를 말려 주실 수는 없을까요? 영영 떠나시는 것만 같고 제 인생도 끝장인 듯싶어 가슴이 터질 지경입니다."

부인은 고개를 돌렸다.

"부인 말씀이 옳잖아? 바다두 좋지마는 부인과 아들딸들이랑 정을 주고받으며 사는 것이 정상이 아니야?"

"이번 길을 다녀오면 마지막이 될 것 같다. 그리구는 평범하게 살다 죽을란다."

"기다린다는 것이 얼마나 괴롭구 쓸쓸한지 아세요? 더구나 이번에는 몇 해 걸릴지, 그 숱한 밤과 낮을 혼자 보낼 생각을 하니 정말이지……."

부인은 말끝을 흐리고 조용히 대청으로 나갔다.

"부인 생각두 해라. 여기서 나하구 같이 움직이는 것도 헛일은 아니 잖아?"

왕건이 권했으나 종희는 흔들리지 않았다.

"작년에 만났을 때 얘기한 대루 그릴 생각이 없다. 나는 내 길을 간다."

왕건은 더 말할 여지가 없었다. 만약 이 종희가 첫사랑인 설리와 결혼해서도 이렇게 혼자 두고 기약 없이 떠날 수 있을까? 차마 못할 것이다.

첫사랑의 상처. 자기는 군왕으로 눈코 뜰 사이 없이 분주해서 '잊음'이라는 약으로 상처를 극복했지마는 이 사나이는 쓰라린 추억으로 충만한 땅을 멀리함으로써 잊으려고 애쓰는 모양이다.

왕건은 말머리를 돌렸다.

"언제 떠나지?"

"내일 정주에서 떠난다."

왕건은 기우는 해를 보면서 일어섰다.

따라 일어선 종희는 한쪽 구석에 놓인 상자를 가리켰다.

"금이다. 전쟁 비용으로 써라."

"응."

왕건은 상자를 바라보았다.

"알았지? 전쟁에는 체면이 금물이다. 체면 따위는 얼마든지 헐값으로 팔아도 이겨야 한다."

"알아듣겠다."

왕건은 가장 친근한 벗을 영영 떠나보내는 서글픔을 되씹으면서 그의 집을 나섰다.

장수들의 회의에서도 이제 백제와의 대결은 피할 수 없다는 데 의견의 일치를 보았다. 피차 여러 해를 두고 준비하여 다 같이 한계에 다다랐으니 서로 흥망을 건 싸움이 될 것이었다.

더구나 백전노장인 견훤은 자신에 차 있고, 내년에 육십으로 자기의 생전에 통일을 보고야 말겠다는 것이 주야 소원이었다.

남은 것은 시기와 전략뿐이었다.

시기는 왕건의 추측대로 금년 추수가 끝난 후라는 데 이론이 없었다. 가을바람이 불면서부터 백제의 영내에서는 병력의 이동과 단련이 활발해졌고 임금 견훤이 친히 독려하고 다니니 전쟁의 시기가 멀지 않은 장래로 다가왔다는 것은 의심의 여지가 없었다.

문제는 전략이었다. 여태까지 큰 전쟁은 없었으나 연전의 대야성 구원작전도 그렇고, 작년의 조물성 전투에서도 그렇고, 전쟁은 항시 견훤이 주도권을 잡아 왔다.

그가 쳐들어오면 하는 수 없이 막으러 가는 식이었으니 그가 싸우고자 하는 장소와 시기에 싸워야 했고, 그가 싸우기를 그만두고자 하면 그만두는 식이었다. 국초여서 되도록 싸움을 피하려는 왕건의 의도에서 나온 것이지마는 이것은 전략으로서는 하지하(下之下)가 아닐 수 없었다.

전략의 요체는 이쪽에서 싸우고자 하는 시기와 장소에서 적에게 전투를 강요하는 데 있다. 건국 팔 년에 나라의 기틀도 잡혔고 군도 정비되었으니 이제부터는 견훤에게 끌려다니는 소극책을 버리고 적극책으로 전환하여 이쪽에서 주도권을 잡아야 한다는 것이 장수들의 일치된 주장이었다.

옳은 말이었다.

이리하여 천안도호부(天安都護府)를 설치하고 유금필(庾黔弼)을 정서대장군(征西大將軍)으로 임명하여 여기 본영을 두기로 했다.

견훤은 신라와의 연결을 차단하려고 언제나 동남(경북지방) 방면에 도전해 왔다. 거기 말려들 것이 아니라 서남 방면으로 백제에 압력을 가하려는 것이 목적이었다.

다음 날부터 유금필은 서남으로 이끌고 갈 군대의 편성과 장비, 군량의 정비에 착수했다.

부산하게 움직이는 군대를 보고 사화가 잠자리에서 물었다.

"전쟁이 일어나는가요?"

"일어날 모양이야."

"성상께서도 나가시나요?"

"아직은 모르지만 십상팔구 나가지 않을까?"

"안 싸우구는 안 되나요."

"아무두 막을 수 없는 전쟁이야."

사화는 돌아누워 오래도록 말이 없었다.

울고 있었다.

왕건은 그를 달랬다.

"걱정할 건 없어."

전쟁 이상 가는 악이 어디 있고 전쟁 이상 가는 어리석음이 어디 있을까? 그렇건만 인간의 역사는 이 악과 어리석음으로 엮어 왔다.

전쟁터에서 흘린 남자들의 피는 얼마나 되고 그 뒤에서 애를 태우며 흘린 여인들의 눈물은 얼마나 될까? 아득한 옛날 인간이 지상에 나타나면서부터 이렇게 뿌린 피와 눈물을 합치면 바다가 되고도 남을 것이다. 그러나 어리석음은 인간이 저질렀고 그 어리석음으로 해서 일어나는 것이 전쟁이다. 값을 치러야 했다.

왕건은 다가올 피와 눈물의 수라장을 그리면서 잠을 이루지 못했다.

가을바람이 쌀쌀해지면서 유금필은 수천 명의 군대를 지휘하여 천안으로 내려갔다.

그러나 견훤은 움직이지 않았다. 도대체 그는 무엇을 생각하고 있는 것일까?

시월의 초겨울.

임호군 골화현(臨皐郡 骨火縣, 경북 영천) 금강산(金剛山)에 본영을 둔 금강성 장군 능장(能長, 일명 能文)이 부하들을 거느리고 개경으로 올라왔다. 그는 이 일대의 넓은 땅과 백성들을 차지한 이름난 장수였다.

자기의 땅을 모두 바치고 항복하러 온 것이다. 이것은 보통 일이 아니었다.

그 자신이 두드러진 존재일뿐더러 그가 지배하는 임호군 일대는 바로 신라의 서울 금성의 이웃이었다.

신라의 조정을 무시하고 독립군주같이 행세하여 관제(官制)도 왕조를 방불케 할 정도로 막강한 인물이었다. 신라를 외면한 존재라 하더라도 그의 항복을 받아들이고 그 땅을 차지한다면 모처럼 다져 온 신라와의 친선관계에 금이 갈 것이다. 비록 자기들이 어쩔 수 없는 인물이요, 땅이지마는 남이 먹는 것은 기분 좋은 일이 못 되는 법이다.

견훤에게 주는 충격도 클 것이다. 왕건이 신라 서울의 앞마당까지 차지했다면 어떤 일이 벌어질지 알 수 없었다. 견훤과는 어차피 싸우게 되어 있지마는 일단 생각하지 않을 수 없는 문제였다.

그러나 자기에게 붙는 자를 홀대하는 것처럼 어리석은 일도 없다.

왕건은 그에게 황보(皇甫)라는 성과 좌승(佐丞, 三品의 下)의 벼슬을 내렸는데 이렇게 높은 벼슬은 드문 대우였다. 뿐만 아니라 그가 차지한 고장을 고울부(高鬱府)로 승격하였다.

허나 신라와의 관계도 있으니 돌아가 종전과 마찬가지로 그 고을을 다스리라, 서로 통하면 마찬가지 아니냐고 타일러 보냈다. 다만 연락관계를 고려하여 부하 중에서 유력한 사람들을 남겨 두었다. 그중 배근(盃近)이라는 사람은 시랑(侍郞), 명재(明才)는 대감(大監)이라 하여 신라의 고관들과 같은 관명을 가지고 있었다.

이리하여 고울부는 사실상 왕건의 지배하에 들어왔다.

고려 조정의 사기는 올라갈 수밖에 없었다. 유금필은 천안에 앉아 있을 것이 아니라 공세를 취하여 건국 초에 잃은 웅주(충남 공주)까지 밀고 내려가야 한다고 성화였다.

왕건은 이를 허락하였다. 동남에서 싸우는 것보다 이 방면에서 싸우는 것이 여러 모로 유리하였기 때문이다. 이쪽은 육지로 연속되어 있으니 병원, 장비, 군량의 수송에 편리한 반면 견훤은 백강(白江, 금강)을 건너야 하는 어려움이 있었다.

백강은 천연의 요새로 국토를 지키는 데는 소중하였으나 밀고 올라오는 데는 장애가 아닐 수 없었다. 이 큰 강을 건너 많은 병원과 장비를 수송하려면 한두 척의 배로 될 일이 아니었다. 더구나 서해에는 나주를 내왕하는 왕건의 수군이 있어 그들에게 걸리면 싸우지도 못하고 물귀신이 될 우려가 있었다.

행동을 개시한 유금필은 연산진(燕山鎭, 충남 연기)을 공격하여 수비대를 섬멸하고 나아가 임존군(任存郡, 충남 예산군 대흥면)을 점령하여 여기 몰려 있던 삼천 명의 피난민도 손에 넣었다. 사람이 귀한 시대에 이것은 큰 전과가 아닐 수 없었다

견훤은 백강 상류를 우회하는 불편이 있더라도 응전해 올 줄 알았다.

그러나 움직이지 않았다. 보통 장수 같으면 이런 수모를 받았으니 체면을 위해서도 싫건 좋건 움직이련만 견훤의 백제는 조용했다.

이 기세로 나가면 웅주까지 수복하는 것은 문제도 아니라고 젊은 장수들은 기세를 올렸으나 왕건은 이들을 누르고 지켜보기로 했다.

견훤은 자기가 원하는 시기에 자기가 원하는 장소를 택하는 명장이요, 체면이나 감정에 좌우되는 범상한 인물이 아니다. 그는 생각하는 바가 있을 것이다. 시월도 다 갈 무렵 견훤은 뜻하지 않은 장소에 모습을 나타냈다.

그가 삼천 기병을 거느리고 별안간 조물성에 나타난 것이다.

유금필이 공격 중인 천안 주변과 조물성은 오백 리의 거리, 도중은 험한 산길로 막혔다. 이쪽에서 서쪽을 치고 있는데 엉뚱한 동남방에 나타났던 것이다.

조물성은 작년 칠월 그의 두 아들이 패하고 돌아갔던 곳이다. 개경에 있던 왕건은 급보를 받고 적이 삼천 기라니 그 배라면 아무리 견훤이 명장이라도 압도할 수 있으리라 생각하고 육천 기를 이끌고 남으로 달렸다.

조물성은 견고한 산성이고 더구나 작년 칠월 그의 두 아들이 참패한 곳이니 백제도 신나는 곳이 아니다. 이 병력으로 안팎이 호응해서 협격하면 일거에 처부술 수 있으리라고 대수롭게 생각하지 않았다.

적어도 십여 리, 척후가 앞으로 나가 적황을 탐지했으나 도중은 조용

했다. 그러나 조물성에서 적진을 뚫고 오는 보고는 비관뿐이었다. 작년에 비할 바가 아니고 이대로 가면 성은 떨어질 수밖에 없다.

그래도 왕건은 느긋했다. 원병이 가면 하루 사이에 결판이 난다고 일러 주었고 보고를 가지고 온 군관도 왕건의 병력과 그 위용을 보고 안심하고 돌아갔다.

조물성에서 오십 리, 오정이 지나 서산으로 다가가는 해를 쳐다보던 왕건은 전진을 멈추고 야영 준비를 명령했다.

아직 오십 리나 거리가 있으니 별일은 없을 듯했다. 그러나 조심을 위해서 몇 군데 척후를 보냈으나 이상한 징후는 없다는 보고였다.

적진에 밤에 도착하는 것처럼 어리석은 일도 없다. 병사들도 피곤하면 맥을 못 쓴다. 여기서 푹 쉬고 아침 일찍 출발하여 내일 대낮에 조물성에 당도하리라. 앞으로는 평지니 대부대도 집단으로 행군할 수 있어 그때까지 당도할 수 있다는 계산이었다.

추운 때라 장막부터 친 병사들이 불을 피우고 밥을 짓는 것을 돌아본 왕건은 장막에 들어가 조물성과 그 주변의 지도를 펴 놓고 내일의 싸움을 구상하는데 식사가 들어왔다.

"초병들은 제대로 서 있겠지?"

왕건이 물었다.

식사를 가지고 들어온 병사는 그렇다고 대답하고 묻지도 않는 말까지 덧붙였다.

"내일부터는 싸움이라고 모두들 식사를 마치는 대로 잠자리에 든답니다."

"알았다. 물러가라."

왕건은 식사를 하면서도 전투를 생각했다. 이번에야말로 견훤을 짓밟아서 그의 콧대를 꺾고 적어도 세상사람들의 입에서 그가 천하명장이라는 소리가 나오는 일이 없도록 하리라.

또 이번 전쟁은 자기가 임금이 된 후 처음으로 견훤과 직접 대결하는 싸움이다. 크게 이겨 천하 사람들에게 새로 선 고려가 막강하다는 것을 보여 줄 필요가 있었다.

식사가 끝나고 양치질을 하는데 별안간 병사들의 아우성이 들리고 이어 군관들의 외침과 사람들이 뛰고 말이 달리고, 큰 소란이 벌어졌다.

신숭겸의 부장(副將) 전이갑이 뛰어들어 왔다.

"견훤의 기습입니다."

"신 장군은 어디 계시오?"

"병사들을 수습 중입니다."

왕건은 급히 밖으로 나와 말에 올랐다.

견훤 군이 사방에서 식사 중인 우군을 공격하고 있었다. 사처에 척후들이 나갔었고 아무 데도 이상한 조짐이 없다고 했는데 바람같이 나타났다.

아침에 받은 보고에도 견훤은 조물성에 있었다. 조물성에 있어야 할 견훤이 오십 리나 떨어진 여기 뜻하지 않은 때에 나타나 휩쓸고 있었다.

왕건은 이런 경험은 처음이었다.

장막들이 적의 말굽에 짓밟히고 식기를 든 채 적의 창에 찔린 병사들, 말에 오르려다 적의 칼에 맞아 땅에 쓰러지는 군관들, 주인을 잃고 곱뛰는 말들과 들판에 즐비한 인마의 시체와 부상자들, 글자 그대로 수라장이었다.

동행한 신숭겸과 배현경은 역시 백전 연마의 노련한 장수들이었다. 이런 혼란 속에서도 그들은 달랐다. 두 사람의 부대만은 추위 속에서도 평소에 훈련한 대로 장막 밖, 각기 자기 말 옆에서 식사를 하다가 적이 오자 재빨리 말에 올라 대장의 명령대로 진영을 정비하고 적과 맞섰다.

신숭겸은 임금 왕건의 주위에 원진(圓陣)을 치고 배현경은 견훤의 깃발이 나부끼는 산기슭 그의 본진(本陣)을 향해 돌진하고 있었다.

신숭겸은 반백의 수염을 나부끼며 능숙한 솜씨로 말을 달려 싸움터를 돌았다. 한 손에 창, 한 손에 방패를 들고 달려드는 적을 무찌르고 화살을 막으면서 말과 지휘자를 잃고 어찌할 바를 모르는 병사들에게 외쳤다.

"아무 말이나 타고 원진 속으로 들어와라!"

눈이 밝은 왕건은 마상에서 들판을 자세히 훑어보았다.

적도 사상자가 없는 것은 아니나 아무리 보아도 오십을 넘을 것 같지 않고 이쪽은 적어도 반수는 죽지 않으면 부상을 입었다. 방심한 것도 아닌데 된통 얻어맞은 셈이었다.

땅거미가 지기 시작하자 적은 질서정연히 남쪽으로 물러가기 시작했다. 낮이라면 추격할 것이지마는 밤에는 위험했다. 복병을 배치하지 않았을 리 없고, 무모하게 추격하다가 패전한 예는 역사에 얼마든지 있었다.

실로 완전무결한 패전이었다.

적이 물러가자 신숭겸은 전장(戰場)의 정지를 명령하고 말을 달려왔다.

"성상께서는 과히 상심 마십시오. 전쟁에는 항용 있는 일이니까요."

왕건은 할 말이 없었다. 누구에게도 맡기지 않고 자기가 총지휘를 맡고 나섰으니 책임은 자기에게 있고, 한마디 꾸짖을 사람도 없었다.

"사상자는 어떻게 하면 좋겠소?"

왕건이 물었다.

"전사자는 화장하고 부상자는 이 근처에 두꺼운 장막을 치고 치료하는 것이 어떨까 합니다."

"그렇게 합시다."

적의 야습에 대비해서 요소에 복병을 배치하고 그 밤은 전사자의 화장과 부상자의 치료로 지새웠다.

이튿날 다시 진격하려고 했으나 신숭겸과 배현경이 말렸다. 패전의 충격이 큰 데다 밤까지 새웠으니 이대로 조물성에 가면 승전으로 기세 등등한 견훤 군에게 맥없이 짓밟히고 말 것이라고 했다.

왕건은 옳은 말이라 하고 전군에 휴식을 명령했다.

반나절에 절반으로 줄어들어 견훤과 비슷한 삼천 군이 되었다. 견훤을 단박 짓밟아 신흥 고려의 면목을 천하에 과시하려던 꿈은 사라졌다.

그러나 조물성을 그대로 팽개칠 수는 없었다. 가서 떨어지는 것만이라도 막아야 했다.

저녁 무렵에 유금필이 삼천 보병을 이끌고 왔다. 그의 휘하에 있는 전 병력이었다. 만일을 위해서 사흘 전에 사람을 보냈으나 이렇게 빨리 올 줄은 몰랐다. 유금필은 전에 북계(北界)를 평정하고 이번에 천안 방면에서 공을 세운 사람이었다.

큰 전쟁에 경험이 있는 명장은 아니었으나 맡긴 일은 충직하게 해 내는 장수였다.

그의 부대까지 합치면 다시 견훤 군의 배인 육천 병력이 되었다.

한 번 지기는 했으나 왕건은 또 다시 희망이 솟기 시작했다.

그러나 다음 날 하오 조물성에 당도하니 물세는 생각과는 딴판이었다.

견훤은 성을 공격하지도 않고 눈에 띄게 진영을 치고 있는 것도 아니었다. 그의 서울 완산성(完山城, 전주)과 통하는 길목 산기슭에 장막을 치고 깃발을 올렸을 뿐 그의 휘하 부대들이 어떻게 배치되어 있는지 알 길이 없었다.

아무 데도 없는 것 같기도 했다. 지원군이 성내를 들락거려도 그만, 성안에 있던 장수들이 밖에 나와 왕건에게 인사를 드려도 그만, 적진은 고요했다.

장수들은 성내에 들어가 우선 쉬시라고 권했으나 왕건은 성 밖에 진을 치고 기다렸다.

그는 견훤의 속셈을 짐작하고 있었다. 성의 출입을 막지 않는 것은 왕건더러 성내에 들어가기를 바란다는 신호나 다름없었다.

일반 장수라면 들어가는 것이 당연한 일이었다. 그러나 자기는 고려의 임금이다. 성내에 들어간 다음 견훤 군이 포위하면 큰일이었다. 더구나 견훤의 백제 군은 여기 나타난 삼천뿐이 아니다. 일단 포위해 놓고 대부대를 불러다 겹겹으로 둘러싼다면 몇 달만 끌어도 고려는 망하는 것이다.

임금이 엉뚱한 성에 갇혀 빠져나올 가망이 없다면 고려는 통치자가 없는 나라가 되어 버릴 것이고 야심만만한 자들이 들끓는 세상에 나라는 사분오열될 것이다.

더구나 자기에게 충성된 장수들의 태반은 여기 와 있다. 개경에 남은 홍유나 복지겸이 이를 막는다는 것은 턱도 없는 일이었다.

그날은 쉬고 다음 날 십여 기씩의 척후대들을 여기저기 내보냈다. 나가기만 하면 전멸을 당하고 열에 하나도 돌아오지 못했다.

수백 명으로 편성된 부대도 보내 보았다. 역시 재빨리 포위되어 섬멸되고 말았다.

며칠이 지나도 적은 그냥 그대로 있고 크게 움직일 기미를 보이지 않았다.

선필과 홍술이 각기 오백 기씩 이끌고 왔다. 작은 고장이라 이만해도 성의를 다한 것이고 이쪽의 사기도 올라갔다.

이 기회를 놓치지 않고 문제를 일거에 해결하려고 결심한 왕건은 기병들을 견훤의 본영에 접근시켰다. 그런데 별안간 양측 산기슭에서 뛰쳐나온 적에게 협격을 당하여 반수 이상의 사상자를 내고 말았다.

이대로 가면 전멸한 수밖에 없었다.

왕건은 후퇴를 명령하고 진영을 재정비하면서 생각이 많았다.

견훤이 몸소 단련한 친위군이라고는 하지만 진실로 생사를 초월한 강병들이었다. 왕건은 종희가 견훤과 자기를 장수로서는 육 대 사로 보고 정면대결을 피하라던 말을 생각했다. 그러나 자기도 삼십 년을 전쟁으로 보낸 사람이라 그대로는 받아들이지 않았었다.

견훤과의 싸움은 처음이 아니었다. 십육 년 전 목포에서 그를 대파한 일이 있었다. 그러나 그것은 바다에서 벌어진 해전이었다. 다음 해에 그가 나주성을 포위했을 때도 물리쳤다. 연전에 또 나주로 밀고 내려온 그의 기병집단도 섬멸해 버렸다. 무엇이 견훤만 못하단 말이냐. 이것이 왕건의 진심이었다.

그러나 이제 생각하니 모두가 해전이 아니면 성의 공방전이었고 폭풍우의 덕도 보았다.

진정한 야전(野戰)은 이것이 처음이었다.

소문대로 견훤은 야전의 명수요, 그의 용병은 신기(神技)에 가까운 것이라고 감탄하지 않을 수 없었다.

두 번의 큰 패전으로 많은 사상자를 냈을 뿐 아니라 장병들의 사기도 말이 아니었다. 피로에 지친 데다 왕건의 진영에는 공포 분위기마저 감돌았다.

진영의 정비를 끝낸 왕건은 경계를 엄히 하고 모두 쉬게 한 다음 장막에 들어가 신숭겸과 배현경을 불렀다.

왕건은 더운 차를 권하면서 이번 두 차례의 어려운 전투에서도 능숙한 솜씨를 보인 그들의 노고를 치하하고 물었다.

"두 번 싸워 두 번 다 불리했는데 도시 이번 전쟁을 어떻게 생각하시오?"

"……."

육십을 바라보는 두 장수는 아무도 대답하지 않았다. 전투 중에도 장병들과 행동을 같이한 그들의 얼굴에는 피곤한 기색이 역력했다.

"사양 말구 말씀해 주시오."

"보신 바와 같이 참패올시다."

배현경이 망설이다가 대답했다.

"참패라……. 그렇지, 참패지요."

왕건은 대답하고 두 사람을 바라보았다. 장수로서는 자기보다 월등 나은 사람들이 아닐까?

"참패에 틀림없는네 이것을 어떻게 수습하고 마무리를 지었으면 좋겠소?"

두 사람은 얼굴을 마주 보고 응대가 없었다. 별도리가 없다는 눈치였다.

왕건은 종희의 충고를 잊지 않았으나 자기가 등극한 후 처음으로 견훤과 직접 맞부딪친 이 싸움에서 지고 돌아간다는 것은 생각할 문제였다. 무슨 수를 써서라도 견훤을 짓눌러야지, 그렇지 않으면 건국한 지 얼마 안 되는 고려 전국의 장수들과 백성들에게 주는 영향이 클 것이다.

"본국에서 대병력을 가져다 일거에 무찔러 버릴까 하는데 두 분 생각은 어떻소?"

"……."

두 사람은 의외라는 듯 눈을 크게 뜨고 그를 바라보기만 했다.

"왜들 대답이 없소?"

"안 하시는 게 좋겠습니다."

배현경이었다.

"무슨 까닭이오?"

"진 싸움은 진 것으로 인정하고 빨리 끝장을 내야지, 질질 끌다가는 더 크게 지게 마련입니다. 더구나 본국에서 대병력을 가져다 패전이라도 하는 날은 우리 고려의 명맥조차 유지하기 어렵지 않을까 걱정입니다."

"왜 진다구만 생각하시오?"

"이길지두 모르지요. 하지만 전쟁은 초전이 중요합니다. 우리는 초전에서 참패를 당했습니다. 지금 병사들 사이에는 적을 두려워하는 공기가 팽배한데 새로 오는 병사들에게 이것이 옮을 것은 뻔한 일이구, 그렇게 되면 승산보다 패산이 크다고 하지 않을 수 없습니다."

왕건은 신숭겸에게 눈을 돌렸다.

"신 장군은 여태 말이 없었는데……."

신숭겸은 떠듬떠듬 말을 이어 갔다.

"배 장군의 말씀이 옳습니다. 덧붙인다면 이 조물성과 개경, 그리고 견훤의 완산성의 거리를 생각해 보시지요. 개경은 오백 리올시다. 우리가 증원한다면 적은 더욱 신속히 증원할 수 있습니다. 적은 가장 유리한 조건에 있고 우리는 가장 불리한 조건에 있습니다. 여기서 일대 결전을 한다는 것은 잘하시는 일 같지 않습니다."

왕건은 일일이 수긍하면서도 미련을 버릴 수 없어 생각해 보자고 두 사람을 물러가게 했다.

배현경은 나갔으나 신숭겸은 나가다 문간에서 엉거주춤했다. 할 말이 있는 모양이었다.

"신 장군, 앉으시오."

그의 눈치를 보던 왕건이 호상을 권했다. 자리에 앉아서도 한참 생각하던 신숭겸은 겨우 입을 열었.

"대병력을 움직이고 안 움직이는 것은 성단(聖斷)에 달린 것이니 더 말씀드릴 것이 없습니다. 그러나 그것은 빨라야 한 달 후의 일이고…….외람된 말씀이오나 적으로서는 오늘이 병기(兵機) 같은데 이것이 걱정입니다."

"병기라니?"

"적에게 쉴 틈을 주지 않는 것이 견훤의 수법입니다. 지금 우리 병정들은 지치고 공포에 떨고 있는데 모르기는 하겠습니다마는 견훤은 이 기회를 그냥 놓칠 것 같지 않아 말씀드리는 것입니다."

"그러면 경계를 더욱 엄중히 하면 되지요. 고려 왕이라는 이 왕건이 이대로 도망칠 수는 없지 않소?"

"……."

신숭겸은 어깨를 늘어뜨리고 물러갔다.

나주에서 본 바와 같이 견훤은 패전이 명백해지자 체면이고 뭐고 밤사이에 폭풍우를 뚫고 바람같이 사라졌다. 그는 승리와 패배를 다 같이 경험하고 나갈 때와 물러설 때를 아는 명장이다.

임금 왕건은 운수가 좋아 여태 져 본 일이 없어 이것을 분간하지 못하고 따라서 이 엄청난 패전에 적절히 대처할 줄 모르니 부하들만 죽이고 체면에 구애되어 또 많은 부하들을 죽일 모양이다.

실망한 신숭겸은 장막에 돌아와 침상에 몸을 내던졌다.

"무슨 일이 있었습니까?"

부장 전이갑이 물었다.

신숭겸은 임금과 나눈 이야기를 대충 들려주고 혼자 중얼거렸다.

"하기야 내가 틀렸을지도 모르지. 한 치 앞을 내다보지 못하는 것이 귀신 아닌 인간이니까."

"저도 장군과 동감입니다. 백전백승의 명장이라는 말이 있지마는 역사에 그런 사람이 하나라도 있습니까? 백 전에 칠십 승 정도면 명장이지요. 다만 패했을 때 이것을 재빨리 수습하는 능력이 있고 없는 데 달린 게 아니겠습니까? 지는 방법도 알아야 명장인데…….”

신숭겸은 웃었다.

“내가 역사를 아나? 그건 그렇고, 자네 지금도 바다를 생각하구 있는가?”

고려가 서자, 벼슬을 내놓고 종희와 함께 바다로 나가려다 신숭겸의 간곡한 만류로 그의 휘하에 남아 있었고, 몇 해 전 장군으로 승진된 지 얼마 안 되어 터무니없는 모략을 받자 미련 없이 군복을 벗어던지고 시골에 내려갔던 사람이다.

사실이 밝혀지고 신숭겸의 천거도 있고 해서 다시 군에 들어와 그의 부장이 되어 처음으로 이번 싸움에 나왔다.

“생각이야 간절하지만 뜻대로 돼야지요.”

“세상만사 그런 거지.”

“이 싸움이 어떻게 될지 모르겠습니다마는 살아남으면 시골에라도 가게 해 주시지요.”

신숭겸은 이 말에는 응대를 하지 않고 화제를 바꿨다.

“예전에 그 정선에서 함께 왔다는 청년, 이름이 뭐더라?”

“돌쇠 말씀인가요?”

“맞았어. 장사를 한다더니 잘되는지 모르겠군.”

“괜찮게 됐지요. 몇 해 잘 지냈는데 앉아서 하는 장사는 답답하다구 지난여름에 종희 장군을 따라 바다로 나갔습니다.”

“그래…….”

신숭겸은 넓은 바다와 종희를 생각하다가 저녁을 마치자 잠이 들었다. 나이 드니 예전 같지 않고 쉬이 피곤이 오고 피곤이 오면 잠이 쏟아졌다.

"자정이 지났소?"

찬바람 기에 잠이 깬 신숭겸은 순찰을 마치고 장막으로 돌아오는 전이갑에게 물었다. 장막을 뒤흔드는 세찬 바람소리 속에서 그의 대답이 돌아왔다.

"오래지 않아 첫닭이 울 땝니다."

"밤사이에 별일은 없었소?"

"없었습니다."

어제 이상한 감이 들어 왕건에게 이 밤이 무사하지 못할 것 같다고 말했으나 자기의 지나친 생각이었던 모양이다.

"장군께서 잠드신 사이에 온 소식인데 홍유(洪儒), 복지겸(卜智謙) 두 분 장군이 삼천 기를 이끌고 당도하신답니다."

어려운 때에 반가운 소식이었다. 그러나 가만있을 견훤이 아니다. 그들을 도중에서 요격하려고 움직이지 않는 것이 아닐까?

별안간 숱한 말들의 비명소리가 울리고 처처에서 군관들이 외치는 소리가 들렸다.

신숭겸과 전이갑은 장막 밖으로 뛰어나왔으나 어두워서 무어가 무언지 판단이 서지 않았다. 그러나 신숭겸은 진형(陣形)이 이상해서 전이갑에게 물었다.

"진형을 바꿨소?"

"모처럼 주무시기에 깨워 드리지 않았습니다마는 밤중에 경계를 엄중히 하라는 어명으로 진형을 바꿨습니다. 적은 기병이니 보병들의 주위에 기병으로 원진(圓陣)을 쳐서 경계해 왔습니다."

신숭겸은 짐작이 갔다. 기병이 말을 잃으면 맥을 못 쓰는 것은 사실이지마는 보병보다 발이 느리다 뿐이지, 앉은뱅이가 되는 것은 아니다. 그들의 기습을 받은 것이다.

또 기병은 반드시 말을 탈 것이고 말을 타고 오면 말굽소리는 멀리서부터 들릴 터이니 아무리 기동력이 빠르다 하더라도 이쪽 기병이 주위를 돌면서 대항하는 사이에 보병이 쳐나갈 것을 생각한 모양이다.

기병이라고 해서 말과 사람을 떼어 생각해야 할 상황도 있다는 것을 모르는 왕건, 소수의 적과는 싸운 일이 있지마는 정말 야단나운 야전은 처음이니 할 수 없다고 단념하는 수밖에 없었다.

그는 말에 올라 진영 안을 돌면서 외쳤다.

"기병은 얼른 말을 타고 피해라. 보병은 창을 들고 땅에 엎드려라!"

먼동이 트기 시작하자 소동은 멎고 적은 그림자도 보이지 않았다. 원진의 외곽에 배치되었던 말들은 대개가 상처를 입고 벌판을 멋대로 뛰거나 쓰러져 제자리에서 요동쳤다. 개중에는 배에 단도가 꽂힌 채 길길이 뛰는 것도 있었다. 말 탄 왕건이 다가왔다.

"곧 두 장군의 삼천 기가 올 터이니 염려 마시오. 신예로 아주 짓밟아 버릴 작정이오."

노기를 띤 왕건은 대답을 기다리지 않고 자기 장막으로 돌아갔다.

병정들이 포로 오륙 명을 끌어다 그의 앞에 꿇어앉혔다. 신숭겸은 차근차근 물었다.

"너희들도 기병이냐?"

"그렇습니다."

다른 병정들은 추위와 공포에 떨고 건장한 병정 한 명이 태연히 대답했다.

"바람 속을 살금살금 왔겠구나."

"네. 저마다 단도만 하나씩 들구 왔지요."

"단도?"

"단도로 말의 배를 푹 찔러라. 맡은 일은 그것뿐입니다."

신숭겸은 더 들을 필요도 없이 짐작한 대로였다. 포로들을 끌어가게 하고 말을 달려 한 바퀴 돌았다. 적의 사상자도 이삼십 명 눈에 띄었으나 이쪽의 군마는 전멸 상태였다.

그는 사람의 그림자조차 보이지 않는 견훤의 본영을 바라보다가 장막으로 돌아오는데 선필이 장막 옆에 서 있었다.

"이거 노장군께서 웬일이십니까?"

장막으로 모시면서 물었다.

"소동의 결과를 구경하던 참이오."

장막에 들어온 선필은 병정이 미리 데워 둔 소주를 한 모금 마시고 그를 칭찬했다.

"너, 머리가 잘 돌아가는구나. 이 추위에는 더운 술이 제일이지."

신숭겸은 선필의 이름은 진작 들었고 개경에 찾아온 그를 공식석상에서 만난 일도 있으나 단둘이 이야기해 본 일은 없었다.

말도 행동도 무겁다는 그와 우연히 마주쳐서 합석했으나 할 말이 있는 것이 틀림없었다. 신숭겸은 눈짓으로 병정을 내보내고 무탈한 이야기부터 시작했다.

"이 추위에 몸조심하셔야지요."

그러나 선필은 군소리를 하지 않았다.

"고려 군은 이대로 끌고 나갈 작정이신가요?"

그의 눈에도 이쪽 용병이 마음에 걸리는 모양이었다.

"글쎄올시다."

얼떨결에 나온 대답이었다.

대답하면서 신숭겸은 아까 왕건이 오늘 삼천 기가 오면 적을 어쩌겠다고 하던 말을 생각하고 울적했다.

오기가 생긴 것이다. 장수의 오기는 도박꾼의 오기와 같아 더하면 할

수록 크게 패하게 마련이다.

총명하고 남의 말에 귀를 기울이는 너그러운 성품이었는데 이번 따라 왜 저럴까? 그렇다고 선필에게 그런 말을 할 수는 없었다.

"고려에는 명장들이 많으니 다들 생각이 있겠지마는 내가 보기에는 이렇게 나가다가는 백전백패요. 무슨 일이 일어날지 모르겠구만요."

선필은 술을 한 모금 더 마시고 이렇게 걱정했다. 신숭겸은 사오세 연장인 데다 동료도 아니고 임금의 협력자인 그가 말하는데 뭐라고 응대를 하지 않을 수 없었다.

"그렇게 보십니까?"

선필은 의외라는 듯 그를 한참 바라보다가 물었다.

"그럼 고려의 장수들은 이대로 끌고 가면 이긴다고 생각하시오?"

난처한 질문이었다. 자신도 선필과 같은 의견이었으나 칼자루를 쥔 왕건이 오기를 부리기 시작했으니 도리가 없었다. 그렇다고 임금을 비방할 수는 없었다.

"아직은 모르지요."

모나지 않게 대답했다.

"자칫하면 나라의 흥망이 걸린 전쟁, 임금이 직접 총지휘관으로 나선 이런 전쟁에 고려 군에서는 장수들의 합의도 없이 임금이 마음대로 하는가요?"

또 대답하기 어려운 질문이었다. 전에는 그렇지 않았다. 그런데 등극하여 처음으로 친히 나선 전쟁이라 그런지 동병에서 전투의 운영에 이르기까지 장수들과 상의한 일도 없고 왕건 혼자 결정하고 진행하여 지금에 이르렀다.

그 결과가 이렇게 되고 말았다.

용상에 앉더니 사람이 달라졌다. 자기를 도와 그 자리에 앉힌 장수들도 전같이 보이지 않고 자기가 제일이고 자기의 판단에 잘못이 있을 수 없다는 생각이 머리를 쳐들기 시작한 모양이다.

신숭겸은 선필을 쳐다보았다.

"저도 답답합니다."

그것은 모든 것을 내포한 한마디였다. 그를 바라보던 선필이 일어섰다.

"알아듣겠소."

그는 남은 술을 들이켜고 장막을 나갔다.

"폐하같이 현명하신 분이 왜 이런 어리석은 전쟁에 빨리 끝장을 못 내십니까?"

그 길로 왕건을 찾은 선필은 사정없이 말했다.

"어리석은 전쟁이라니?"

왕건은 안색이 달라졌다. 적어도 용상에 앉은 후 왕후 유 씨나 식렴은 몰라도 다른 사람으로부터 이런 소리를 듣기는 처음이었다.

"우선 시초부터 여쭈어보지요. 이번 친정(親征)은 어떻게 결정되신 겁니까?"

"그건 내가 결정한 것이지요."

"장수들과 의논도 없이 결정하셨나요?"

"의논하지 않았지요."

"용상 팔 년에 폐하께서도 많이 변하셨습니다."

"무슨 말씀을 그렇게 하시오?"

자기의 신하가 아닌지라 여전히 말투는 정중했으나 기분 좋은 얼굴은 아니었다.

"견훤이 나타났다, 내가 아니면 대적할 사람이 없다고 신하들과 의논도 없이 친정을 결정하시고 여태까지 지휘도 친히 하셨지요?"

"……."

왕건은 묵묵부답이었다.

선필은 더욱 사정없이 나왔다.

"그것은 오만이라는 것입니다. 원래 폐하께서는 겸허한 덕을 가진 분이었는데 이번에 보니 오만기가 생기기 시작했습니다. 그 오만기 때문에 나 아니면 안 된다는 생각에서 직접 나섰구, 나선 결과 참패를 거듭하셨지요."

"……."

"견훤이 백제의 군대를 총동원하여 국운을 걸고 나선다면 폐하께서도 지휘는 다른 사람이 하더라도 나서야지요. 겨우 삼천 기를 거느리고 이 조물성에 나타났는데 폐하께서 직접 나서실 건 뭡니까? 유능한 장수들도 얼마든지 있는데."

"……."

"그 유능한 장수들이 변변치 않게 보이기 시작한 거지요. 유능한 장수들이 무능해진 것이 아니라 폐하께서 오만해지신 겁니다."

"……."

"아직은 못 고칠 정도까지는 안 갔으니 지금이라도 그 오만을 고치셔야 하고 그렇지 못하면 망하십니다."

"내 명심하리다."

왕건은 자기의 잘못을 인정했다.

"저는 폐하의 신하가 아니니 할 말 다 하지요. 용병, 특히 야전에 있어서는 폐하는 견훤에게 턱도 없습니다. 견훤은 이 땅에 났으니 그렇지, 큰 나라에서 태어났다면 벌써 천하를 통일했을 겁니다."

왕건의 얼굴에 비로소 미소가 나타났다.

"한 가지 물어볼까요? 그런 견훤이 왜 이런 반도조차 통일하지 못했지요?"

"사정이 다릅니다. 우리는 오죽이나 말 많은 족속입니까? 용서할 줄도, 포용할 줄도, 또 뭉칠 줄도 모르고, 대(大)를 위해서 소(小)를 버릴 줄도 모르고. 그래서 안 된 거지요. 우리를 통일할 사람은 견훤같이 용병에 능한 명장이 아니라 만인을 포용할 덕이 있는 사람입니다. 폐하께 그 것을 기대해 왔는데 오만기가 생겼다면 폐하도 글렀고……."

"알아듣겠소. 어떻게 하면 되겠소?"

"외람된 말씀이지마는 끝까지 등극하기 전의 왕건 그대로 남아 계시지 않고는 일이 안 될 겁니다."

왕건은 정상에 오르고 보니 자기도 모르는 사이에 오만기가 생겼다는 것을 실감했다.

"구구절절이 옳은 말씀입니다. 앞으로도 인정사정없이 꾸짖어 주시오."

"폐하는 잘못을 되풀이하는 성품이 아니니 이런 말씀은 이것이 처음이자 마지막일 것입니다. 그보다도 이 전쟁을 빨리 끝장내시지요."

"그러지 않아도 오늘 삼천 기가 도착하면 일거에 해결할 생각입니다."

"턱두 없는 말씀입니다."

선필은 정색을 했다.

"왜 턱두 없는 말씀이지요?"

왕건도 정색을 했다.

"또 견훤의 밥이 되고 말 것입니다. 다만 그걸 지렛대로 화평을 제의할 기회는 되겠지요."

"……."

"아까도 말씀드렸지마는 폐하의 용병(用兵)으로는 견훤을 못 당하십니다."

왕건은 다시금 견훤과 정면대결을 피하라던 종희의 충고를 생각했다. 같은 말이다. 실지로도 연전연패였다.

왕건은 수긍하면서도 의문이 생겼다.

"그런 견훤이 왜 대병력을 동원해서 마지막 결판을 내지 않고 겨우 삼천 기로 여기서 어슬렁거릴까요?"

"그는 자기의 분수도 아는 사람입니다. 그에게는 그런 힘이 아직 없고 폐하의 병력을 찔끔찔끔 유인해다가 차례로 짓밟고 폐하께서 기진했을 때 크게 일어서자는 것이지요. 폐하는 그의 술책에 말려들고 계십니다. 더구나 이 고장은 견훤에게 유리하고 폐하에게 아주 불리한 지점입니다. 고려의 전 병력을 동원해도 안 되지요."

어제 신숭겸이 하던 것과 비슷한 이야기다.

"그러면 이 전쟁에 어떻게 끝장을 내지요?"

"크게 머리를 숙이시는 도리밖에 없습니다."

"크게 머리를 숙인다……."

"저쪽 요구를 다 들어주는 것입니다."

"……."

"지는 전쟁은 빨리 끝낼 줄 아는 것도 장수의 요건, 더구나 현명한 군주의 요건입니다. 주저 마시고 인색하셔도 안 됩니다."

"그렇게 합시다. 장군께서 알아서 처리해 주시면 고맙겠는데……."

"알아서……."

선필은 혼자 중얼거리다가 대답했다.

"이 일은 폐하께서 나서야 합니다. 친서(親書)를 가진 군사(軍使)도 보내시구. 저는 객장(客將)이니 중간에서 주선은 하지요."

"객장이라도 이쪽 편인데 대표라면 몰라도 주선에 나설 수 있을까요?"

"백제 왕의 돌아간 석(昔) 왕후는 저의 처제올시다. 말하자면 견훤과 저는 동서지간입니다."

"참 그렇지. 좋은 중재자가 계신 걸 미처 생각하지 못했습니다."

선필은 자기 장막으로 돌아가면서 그렇게까지 아픈 소리를 해도 냉정히 듣는 왕건은 역시 인물이라고 생각했다. 이번 전쟁의 발단부터 경과를 지켜보고 자기가 사람을 잘못 본 것이 아닌가 실망도 했으나 잘못 본 것이 아니었다.

하늘은 이 땅 위에 완전한 인간을 내는 법이 없다. 누구나 잘못이 있고 크고 작은 자가 있을 뿐이다. 왕건은 큰사람이요, 알기만 하면 잘못을 제때에 고치는 용기를 가진 사람이다. 이번 잘못도 완전하지 못한 인간의 한때 실수요, 그는 이를 극복할 것이다.

그의 부하 중에는 훌륭한 인재가 적지 않다. 상하 간에 터놓고 의논하던 옛날 분위기로 돌아가면 필시 대성하리라.

그러기에 곧 장수들의 회의를 소집할 터이니 참석해 달라는 것도 사양했다. 군신지간에 남이 있으면 터놓고 이야기하기 거북할 것이다.

왕건은 선필을 보내고 즉시 장수들을 불러 회의를 열었다. 한결같이 지친 얼굴로 모여든 장수들은 이 전쟁을 끝내는 데는 아무도 이의가 없었으나 화평의 조건에 대해서는 의견이 구구했다.

회의 도중에 당도한 홍유와 복지겸이 들어와 동석하자 분위기는 일시에 달라졌다.

그들은 강경했다. 여태까지 전세가 좀 불리했다 하더라도 견훤이라고 상처를 입지 않았을 까닭이 없다. 새로 온 지원군을 감안하면 이쪽이 월등 우세하니 한꺼번에 밀어 버리자고 했다.

"폐하의 성덕으로 말하면 천하에 덮을 자가 없는데 견훤을 아주 짓밟아 천하를 통일하시는 것도 어렵지 않을 것입니다."

복지겸은 이렇게까지 나왔다.

반박이 나오고 반박이 나가고 아첨 경쟁까지 곁들여 회의라기보다 말씨름 판이 되어 버렸다.

이른 아침에 시작된 회의는 정오 가까이 되었건만 제자리를 맴돌고 결론이 날 기미가 보이지 않았다

시종 듣고만 있던 왕건이 한마디도 없이 앉아 있는 신숭겸을 지목했다.

"이제 나올 의견은 다 나온 듯한데 신 장군의 소견은 어떻소?"

신숭겸은 좌중을 한 바퀴 둘러보고 짤막하게 대답했다.

"항복 이외에는 어떠한 조건이라도 받아들여 이 전쟁을 끝내야 한다는 것이 신의 소견이올시다."

아우성이 터지고 저마다 신숭겸을 반역자같이 몰아세웠다. 지켜보던 왕건이 이를 제지하고 선언했다.

"신 장군의 말씀이 옳소. 우리는 전쟁에 패했소. 패한 이상 깨끗이 패자로 처신할 것이고 구차스럽게 이러저러한 조건을 붙이는 것은 일을 그르치는 근본이오."

임금의 결단이 내린 이상 이를 반박할 신하는 있을 수 없고 장내는 일시에 조용해졌다.

휴전

　왕건은 건국 초에 백제에 다녀온 배현경과 전이갑을 군사(軍使)로 지명했다. 그는 견훤에게 화평을 요청하는 편지를 쓰면서 배현경에게 일렀다.

　"배 장군, 가서 선필 장군을 모시구 오시오."

　편지를 거의 쓸 무렵 배현경의 인도로 선필이 들어섰다. 왕건은 일어서서 그를 맞이하고 자기 옆자리에 앉혔다.

　다시 붓을 들어 편지를 마친 왕건은 한 번 훑어보고 장수들 앞에서 읽어내려 갔다. 서로 화평하자는 간곡하고도 정중한 문구뿐이지, 화평의 조건에 대해서는 언급이 없었다.

　그는 선필을 향했다.

　"지금 들으신 바와 같이 우리는 화평을 바라고 있습니다. 미안합니다마는 장군께서 중재를 맡아 주시면 고맙겠습니다."

선필은 사이를 두고 물었다.

"조건은 없습니까?"

왕건은 선언하듯 말했다.

"조건은 승자가 내는 법인데 우리는 패자올시다. 항복 이외의 어떠한 조건도 받아들이기로 했습니다."

선필은 고개를 끄덕였다.

"알겠습니다."

왕건은 배현경과 전이갑을 불러 세우고 일렀다.

"백제 왕을 뵈면 어떤 조건이 나올지 모르겠소. 판단이 서지 않을 때에는 이 선필 장군에게 묻고 그 말씀대로 하시오."

"네."

"화평을 논하는 자리에서는 선필 장군은 내 대리요, 이분의 말씀은 내 말이라구 생각하시오."

왕건은 다시 선필을 향했다.

"지금 들으신 바와 같습니다. 수고해 주시지요."

"해 보지요."

선필은 별 말이 없었다.

점심 후 백기를 든 군사 일행은 견훤의 진영을 향해 떠났다.

"선필이올시다."

앞장서 견훤의 장막에 들어온 선필이 인사를 드리자 호상에 앉았던 사나이가 천천히 일어서 반색을 했다.

"동서지간이면서도 만나 뵙기 어렵군요. 반갑습니다."

동행한 배현경은 전에도 그렇게 느꼈지마는 이렇게 장대한 인간은 세상에 둘도 없으리라고 생각했다. 신숭겸이 이름난 거인이지마는 그보다도 키나 몸집이나 눈에 띄게 커 보였고 목소리도 유달리 묵직했다.

"모두가 난세 탓이 아니겠습니까. 이 전쟁이라도 평화리에 끝내려고 고려 왕의 사신들을 인도하여 왔습니다."

견훤은 그에게 자리를 권하고 자기도 다시 호상에 앉았다.

배현경과 전이갑이 인사를 드리고 전에 완산성에 갔을 때 환대를 받은 데 감사한다고 했으나 견훤은 고개를 끄덕이고 바라보기만 했다. 배현경은 왕건의 친서를 바치고 그가 가리키는 대로 전이갑과 함께 빈 호상에 앉았다.

견훤이 비스듬히 뒤에 앉은 민극에게 편지를 넘기자 민극은 쉬운 말로 풀어 소리 내어 읽었다.

다 듣고 난 다음에도 견훤은 두 군사를 바라보면서 한동안 말이 없었다. 조건을 생각하는 모양이었다. 장중한 위풍을 풍기는 왕자(王者)다운 왕자라고 생각하는데 묵직한 그의 음성이 울렸다. 이쪽에서는 전이갑, 저쪽에서는 민극, 각각 붓을 들고 있다가 오고가는 대화를 적기 시작했다.

"전권(全權)을 가지구 왔소?"

"가지구 왔습니다."

"조건은 없소?"

배현경은 대답했다.

"없습니다. 현상대로 양군이 제자리로 돌아가면 저절로 화평이 되지 않을까 합니다."

회의에서 그런 의견을 내는 사람도 있었으나 지금 상황에서는 당치도 않은 이야기다. 배현경은 한번 떠보는 것인지 떼를 써 보는 것인지, 동행한 전이갑도 알 수 없었다.

"그것이 고려 왕의 생각이오?"

건훤이 물었다.

"그것은 아닙니다."

"나하고 흥정할 생각은 말아야 하오."

"네."

"우리는 승자요, 당신네는 패자요. 이것을 인정하오?"

"합니다."

"태도가 깨끗해서 마음에 들었소."

"……."

"우리, 얘기도 깨끗이 합시다. 졌으니 고려 왕은 내 앞에 와서 항복을 해야 하오."

배현경의 말문이 막히자 선필이 나섰다.

"대왕, 그것은 무리십니다. 고려 왕은 비록 전세가 불리하다 하더라도 촌토(寸土)를 잃은 바 없고 그 서울도 천 리나 떨어져 있습니다. 처지를 바꿔 생각해 보시지요."

"으-웅, 그것도 그렇군. 항복은 안 해도 좋소."

이것을 제일 걱정했던 배현경은 우선 안심했다. 건훤은 한참 있다가 조목조목 들었다.

"이번 싸움은 유금필이 느닷없이 내 땅을 침범한 데서 발단됐으니 그가 점령한 연산진과 임존군을 내놔야 하오."

"좋습니다."

배현경의 생각에도 이것은 당연한 요구였다. 건훤은 차를 들고 한참 바라보다가 계속했다.

"신라와 내통해서 천하에 대고 우리 백제를 헐뜯고 있는데 일체 손을 끊어야 하오."

"신라뿐 아니라 대왕께도 외신(外臣)이 사신으로 가서 뵌 것을 기억

하실 줄 믿습니다. 내통이 아니라 우리 성상의 평화를 염원하시는 성의
에서 나온 것입니다."

"잔말은 그만둡시다. 끊어야 하오."

견훤의 태도는 요지부동이었다.

배현경이 망설이는 것을 보고 선필이 끼어들었다.

"평화가 고려 왕의 소원이라면 평화를 위해서 신라와 손을 못 끊을
것도 없을 듯한데 모를 일이로구만."

신라와 고려를 연결시킨 것은 선필이었다. 선필이 이렇게 나올 때는
생각이 있으리라.

"끊지요."

견훤은 다음 조건을 제시했다.

"조물성을 내놓으시오."

이번에도 선필이 나섰다.

"그건 억지십니다. 저쪽에서는 점령한 땅도 내놓는데 점령도 하지 않
은 성을 내놓으라는 것은 억지가 아니십니까?"

"이치에 닿는 말이오. 그만두지."

견훤은 선선히 철회했다.

그 대신 어려운 조건을 내세웠다.

"인질(人質)을 내시오."

배현경은 난감했다. 인질을 낸다면 대신도 안 되고 왕족이라야 할 터
인데 신하의 처지에서 가타부타 할 성질이 못 되었다.

선필은 능숙한 중재자였다.

"어려운 일 같지 않구만요. 양쪽에서 다 내면 공평하고 또 평화를 보
장하는 데도 보탬이 될 것이오."

견훤이 그를 돌아보았다.

"양쪽에서?"

"그렇습지요. 자고로 한쪽만 내라는 것은 항복한 자에게 하는 요구지, 화평하는 마당에서는 있을 수 없는 일이 아닙니까?"

견훤은 팔짱을 지르고 생각했다.

전술은 적이 모를 때에 유용하지, 알고 난 뒤에는 소용이 없는 것이다. 왕건이 화평을 제의한 것은 이쪽의 유인전술을 알았다는 증거요, 더이상 말려들지 않을 것이다.

평화는 자기에게도 필요했다. 우선 왕건과 화친하고 그가 반도의 북반을 차지한 것처럼 남반을 완전히 손아귀에 넣을 필요가 있었다.

이 조건을 강요하면 왕건은 조물성을 포기하고라도 자기가 유리한 지점에서 싸움을 걸어 올 염려가 있었다.

"좋소. 이쪽에서도 내지요."

그리고 견훤은 입을 다물어 버렸다.

기다리다 못한 배현경이 물었다.

"이것으로 끝입니까?"

"끝이오."

또 입을 다물었다.

전이갑과 민극은 마주 앉아 서로 이야기를 주고받으면서 문서를 정리했다.

정리한 문서를 민극이 읽자 견훤은 고개를 끄덕이더니 불쑥 내뱉었다.

"어느 쪽이든 이 가운데서 한 조목이라도 어기면 이 맹약은 무효라는 조목을 넣어요."

두 사람은 이 조목을 첨가해서 같은 문서를 각각 두 벌씩 정서했다.

전이갑이 정서한 문서를 가지고 왕건의 본영으로 말을 달려 간 동안에도 견훤은 말이 없고 바위같이 앉아 있었다.

"화해가 성립돼서 중간에 선 저도 흐뭇합니다."

무거운 공기가 마음에 걸린 듯 선필이 침묵을 깼다.

"추운 겨울에 더운 방에서 자게 된 거지요."

견훤은 엉뚱한 대답을 하고 또 침묵이 흘렀다.

맹약 문서에 왕건의 수결을 받으러 갔던 전이갑은 비단에 싼 조그만 상자를 하나 가지고 와서 견훤에게 바쳤다.

"뭐요?"

견훤이 물었다.

"외신도 모르겠습니다."

견훤은 민극더러 열라고 했다.

상자를 연 민극은 안에 든 문서를 펼쳐 읽어 드렸다.

　－ 화평에 응해 주셔서 진심으로 감사히 생각하옵고 말씀하신 인질로는 당제 왕신을 보내는 동시에 대왕폐하는 저보다 십 년 연장이시니 이제부터 상보(尙父)로 모시겠습니다. －

듣고 있던 견훤이 물었다.

"상보가 뭐요?"

"아버지같이 공경하고 모신다는 뜻입니다."

"으－음."

견훤은 별다른 반응을 보이지 않았으나 기분 나쁜 표정은 아니었다.

그러나 선필도 배현경도 왕건이 이처럼 한 술 더 뜰 줄은 몰랐다. 문면도 정중하고 성의에 찬 글 같았다.

배현경이 물었다.

"외신의 주상께서 이처럼 성의를 보이셨는데 대왕께서는 어느 분을 인질로 보내실 계획이신지요?"

"진호(眞虎)를 보내겠소."

진호는 오래전에 불행한 죽음을 당한 견훤의 아우 능애의 아들이었다. 능애가 그처럼 애석하게 죽은 후 친자식처럼, 때로는 친자식 이상으로 아끼고, 천이 들면서부터 시종(侍從)으로 항상 데리고 다니는 청년이었다. 이번 전쟁에도 따라왔다는 소문이었다. 배현경은 왕건의 성의가 통했고 이 화평은 오래 갈 것으로 생각했다.

왕신도 왕건이 등극한 후로는 장사를 그만두고 왕건의 시종으로 그를 모셨고 이번 전쟁에도 동행하여 본영에 와 있었다. 부모를 참혹하게 잃은 그에게 왕건이 자별하다는 것은 세상이 다 아는 일이었다.

그러나 배현경은 걱정도 되었다. 상보로 모신다고 했으니 아버지에게 인사를 오라면 거절할 명분이 없고 붙잡아 버리면 그만이다. 임금 왕건이 공연한 소리를 써 보낸 것은 아닐까? 그런데 견훤이 부하 장수들을 보고 일렀다.

"중간 지점에 장막을 하나 치오."

"네?"

그들은 알아듣지 못했다.

"사람을 적지로 떠나보내는데 강아지처럼 보낼 수야 있겠소?"

몇 사람이 서둘러 밖으로 나가는 것을 보고 이쪽에서 간 사람들도 일어섰다.

"장막이 서는 것을 보고 인질과 함께 그리로 나오겠습니다."

머리를 숙이는데 견훤의 소리가 울렸다.

"나두 가겠소."

배현경은 돌아오면서 견훤을 다시 생각했다. 고려 조정에서는 무지막지하고 이치도 아무것도 없는 인간이라고 욕설이지마는 그렇지 않았다.

조리에 닿지 않는 억지도 없었고 똑 찍어 말은 안 해도 조카를 보내는 것을 가슴 아파하는 피눈물도 있는 인간이다. 전에 완산성에서 한 번 보기는 했으나 통 말이 없고 접한 시간도 짧아서 몰랐으나 이번에는 그의 진면목을 눈으로 보았다.

"선필 장군께서는 견훤을 어떻게 보십니까?"

배현경이 물었다.

"드문 인걸이지요."

자기 임금 왕건과 비교해서 어떨까? 왕건이 봄바람이면 견훤은 폭풍, 왕건이 만발한 꽃밭이라면 견훤은 하늘에 치솟은 거목이다.

천하는 어디로 갈지 그는 판단이 서지 않았다.

장막에서 중요한 장수들과 함께 왕신을 불러 놓고 이야기하던 왕건은 보고를 듣고 만족했다.

그러나 장수들 중에는 걱정하는 사람들도 없지 않았다.

"그 흉측한 견훤이 태제(太弟) 분을 어떻게 대접할지 염려가 됩니다."

유금필이었다.

왕건이 등극한 후 신하들은 왕신을 태제라고 불렀다.

그러나 왕신은 생각보다 태연했다.

"저는 장사를 그만두고 국록을 먹으면서부터 나라에 한 일이 없습니다. 어떻게 대우하든 개의치 않겠습니다."

장사는 장사라도 해적과 싸우며 대륙을 내왕한 그는 배짱이 보통 이상이었다.

예로부터 인질로 갔다가 돌아오지 못하고 죽은 예도 얼마든지 있다. 유금필은 행여 그런 일이 있지 않을까 염려하면서도 떠나는 마당에 차마 입 밖에 내지 못하는 눈치였다.

잠시 앉았던 선필은 유금필을 힐끗 돌아보고 일어섰다. 좀스럽다는 눈치였다.

"저는 일이 끝났으니 장막으로 돌아가겠습니다."

왕건은 장막 밖까지 나가 전송하고 돌아와 유금필에게 말했다.

"견훤은 그런 소인이 아니오. 약속은 지키는 사람이고 왕신의 대접은 그에게 달려 있는 것이 아니라 이쪽에 달려 있소. 우리가 진호를 대접하는 데 따라 왕신도 대접을 받을 것이니 걱정할 건 아무것도 없소."

배현경은 역시 왕건은 보는 눈이 다르다고 생각했다.

유금필은 또 걱정을 꺼냈다.

"아까 들으니 장막에서 인질을 교환할 때 견훤이 나온다고 하는데 폐하께서도 나가십니까?"

"나가야지."

왕건은 당연한 것으로 대답했다.

"견훤이 무슨 술책을 부려 성상께 위해를 가한다든지 아니 할 말로 장사들을 동원하여 결박해 가지고 가면 어떻게 합니까? 나가지 마십시오."

"견훤은 그런 소인이 아니라니까."

유금필은 더 말을 못하고 복지겸이 한말씀 드렸다.

"만일 이런 경우는 어떻게 하시지요? 나온다 해 놓고 견훤은 안 나오고 군사들만 보내 분란을 일으키면 말입니다."

왕건은 웃었다.

"할 수 없지요."

"그리 되면 천하는 견훤에게 돌아가는 것이 아니겠습니까?"

"이봐요, 복 장군. 천하는 이 왕건이 잡아야 하고 견훤이 잡아서는 안 된다는 법이 있소? 누가 잡든 평화가 와서 빨리 이 어리석은 살육전이 끝나면 그것으로 되지 않겠소?"

그는 일찍이 경유 스님이 하던 말을 생각하고 이렇게 대답했다.

장내는 숙연해지고 장수들은 서로 마주 보았다. 견훤과 만나고 온 배현경은 왕건이 전보다 몇 배나 커 보이고 적어도 견훤보다 작은 인물은 아니라고 생각했다.

그러나 복지겸은 가만있지 않았다.

"그것은 될 말이 아닙니다. 견훤같이 흉악한 인물이 천하를 잡으면 평화는 고사하고 더욱 분란이 올 것입니다."

"허어, 말귀를 못 알아듣는구만. 복잡한 얘기는 그만두고, 상보루 모시자고 한 것은 복 장군이 아니었소?"

"그렇습니다마는 화평을 성립시키기 위해서……."

왕건은 가로막았다.

"경위야 어떻게 됐건 상보로 모신 건 사실이 아니오? 또 잘못됐다는 것도 아니오. 아버지가 나오는데 아들이 안 나간다는 것은 인사가 아니지요."

왕건은 배현경을 거느리고 왕신과 함께 장막을 나섰다.

왕건이 장막에 들어서자 견훤도 몇 사람만 거느리고 들어왔다.

두 인물이 생전 처음 만나는 장면이었다.

왕건은 다가가 허리를 굽혔다.

"화평이 성립되고 폐하를 어른으로 모시게 되니 저로서는 기쁘기 이를 데 없습니다."

"나두 마찬가지요."

견훤은 간단히 대답하고 자리를 권했다. 왕건의 눈에 비친 견훤은 행동거지가 대범하고 주위를 압도하는 인상이었다. 말도 군더더기 없이 필요한 말만 했다.

"이 애가 진호요. 다 아실 테니 긴말은 필요 없을 것이고 잘 보살펴 주시오."

이십 대의 훤칠하게 큰 청년이었다. 왕건도 왕신을 소개했다.

"조카 되시는 분, 친자식처럼 돌보겠습니다. 제 아우도 잘 부탁드립니다."

그들은 말없이 더운 차를 한잔씩 나누고 견훤이 먼저 일어서면서 민극을 돌아보았다.

"일은 이것으로 끝났지?"

"네."

민극이 대답하자 두 사람은 각각 떠나가는 혈육의 절을 받고 장막을 나섰다.

말에 오르는 견훤을 전송하면서 왕건은 머리를 숙였다.

"안녕히 가십시오."

"또 만납시다."

견훤 일행은 뒤도 안 돌아보고 자기 진영으로 말을 달렸다.

본영에 돌아와 늦은 점심 겸 저녁을 마친 왕건은 개경을 오래 비워 둘수 없어 홍유, 복지겸 등에게 적의 철수를 감시하도록 이르고, 신숭겸이 지휘하는 친위대만 거느리고 북으로 향했다.

북으로 달리면서 멀리 견훤의 본영을 바라보니 감시할 것도 없었다. 그의 기병집단은 대왕기(大王旗)를 바람에 나부끼며 이미 완산성으로 통하는 길을 질주하고 있었다.

왕건은 낚시에 걸렸다가 빠져나온 물고기의 심정이었으나 결코 마음이 편할 수는 없었다. 뺏었던 땅을 반환하는 일은 고사하고, 애써 기른 군마 육천과 수천 명의 사상자를 내고 적수 견훤을 상보로까지 떠받들고야 적의 그물을 벗어나는 자기의 모습이 초라하게만 생각되었다.

따지고 보면 실수의 근원은 자기에게 있었다. 등극 전의 왕건으로 돌아가라던 선필의 충고가 천 근의 무게로 가슴을 쳤다.

겸허하리라. 분수를 잊지 않으리라. 이번 굴욕은 부지불식간에 퇴색했던 예전의 마음가짐을 새롭게 하고 고개를 쳐들려던 자기 과신에 쐐기를 박았다.

숱한 피를 흘리고 굴욕 속에서 얻은 이 귀중한 교훈은 종생토록 잊지 않으리라, 마음속으로 다짐했다.

도중 천안도호부에 잠시 들러 연산진과 임존군을 즉시 백제에 돌려주도록 이르고 그대로 개경길을 재촉했다.

개경에 당도한 것은 자정이 지나서였다.

높고 낮은 관원들과 백성들은 횃불을 들고 마중을 나왔다.

왕건은 말에서 내려 그들의 인사를 받고 곧바로 궁중으로 들어갔다. 대궐의 문을 들어서자 여기저기 우둥불을 피워 놓고 왕후들 이하 숱한 비빈들이 추위에 몸을 오그리고 있다가 일어서 머리를 숙였다.

이렇게 여자들이 많았던가? 여자가 많다는 것을 모르지 않았으나 한군데 모인 것을 보니 감회가 달랐다.

심심치 않게 아무 부인이 아들 또는 딸을 낳았다는 보고가 들어와도 알아서 처리하라고 이르면 그것으로 끝났다. 이 속에는 문제가 없을까? 왕건은 등극 후 처음으로 이런 생각이 머리에 떠올랐다.

생각하면서도 겉으로는 그들의 인사는 받는 둥 마는 둥 사화의 처소로 들어갔다.

사화가 따라오면서 무어라고 했으나 대답도 하지 않고 목욕간부터 찾았다.

여러 날을 두고 산야를 달리며 생사지간에 식은땀도 많이 흘린지라 몸은 온통 때를 반죽해서 좌악 발라 놓은 듯했다. 목욕을 맡은 시녀들도 코를 벌름거렸다

어태까지는 죽느냐 사느냐 판에 몸치장 같은 것은 염두에도 없었으나 벌름거리는 여자들의 코를 보고 자기도 모르게 코를 벌름거렸다. 자기 몸에서 이렇게 고약한 냄새가 날 줄은 몰랐다.

그는 더운 물속에 몸을 내맡겼다. 온몸이 노곤하고 눈이 감겨 씻겨 주는 대로 꾸벅거렸다.

"황공하오이다."

이런 소리가 어렴풋이 들렸으나 대답이 나가지 않았다.

"황공하오이다."

"응?"

아직도 전쟁터의 긴장이 가시지 않은 왕건은 벌떡 일어섰다.

목욕탕이었다.

"지금 뭐랬지?"

"황공하오나 돌아누워 주시면……."

왕건은 시키는 대로 엎드려 또 졸면서 몸을 내맡겼다.

머리까지 감고 나니 몸이 거뜬하고 지옥에서 빠져나온 기분이었다.

그는 새 옷으로 갈아입고 사화의 방으로 들어갔다.

오래간만에 제대로 된 식사를 대하니 시장기가 한꺼번에 몰려 평일의 배는 먹는 듯싶었다. 사화도 아무 말 없이 그의 구미에 맞도록 시중을 잘 들어 주었다.

식사를 끝내고 양치질을 하는데 사화가 물었다.

"이번에는 크게 이기셨다면서요?"

"……."

"관가마다 써내 붙이고 성내는 온통 야단들이라는데요."

"크게 졌어."

"농담이시지요?"

"농담할 일이 따루 있지."

"폐하께서 지신다는 건 도시 생각두 못하겠어요."

"하여튼 졌어."

그는 옷을 벗고 잠자리에 들었다. 며칠이라도 잘 듯 곧 잠들어 코를 골기 시작했다.

밤중에 놀라 잠이 깬 왕건은 일어나려다 도로 누웠다. 그 큰 견훤이 칼로 내리치는 꿈이었다.

"꿈을 꾸셨나 봐요."

그때까지 옆에 누워 자지 않고 있던 사화가 물었다.

"응."

"이번 싸움은 대단했던가 부지요?"

"대단했지. 남의 자식을 많이 죽이구 왔어."

"대군이 서로 맞부딪쳤는가 부지요?"

"부딪쳤지."

"그럼 저쪽두 많이 다쳤겠네요."

"저쪽은 아무렇지두 않고 우리만 당했지."

"그럴 수도 있나요?"

"그렇게 됐어."

"폐하두 명장, 견훤두 명장, 비슷했다면 몰라두."

"나는 명장이 못 되는가 봐. 한 번도 아니구 두 번이나 크게 당했으니까."

"저 같은 게 군사에 대해서 뭘 알겠어요마는 폐하는 폐하 나름으로 명장이시구 견훤은 그 나름으로 명장이라구 들었는데."

"……."

"떠나시기 전에 신숭겸 장군이, 폐하께서 견훤과 싸우실 때 견훤의 방식으로 나가실까 봐 걱정하더라는 소리를 들은 일이 있어요."

"그게 무슨 소리야?"

왕건은 정신이 바싹 들었다.

"다 같은 명장이시지마는 두 분은 여러 면에서 다르시대요. 견훤은 대군으로 겨루는 데 능하구 폐하께서는 성을 지키시거나 차근차근 공격하는 데 능하시구."

"……."

"견훤은 폐하의 방식을 못 따르고 폐하께서는……, 황공해요, 견훤의 방식을 못 따르시구……."

지내 놓고 보니 사실이다. 나주에서는 크게 이겼다. 그때는 나 왕건 나름대로 했다. 그런데 이번에는 야전에서 견훤을 일거에 무찌르려고 했다. 자기가 그렇게 생각한 것은 아니었지만 결국 견훤의 방식대로 싸우려다 싸워 보지도 못하고 그에게 대패했다.

왕건은 잠자코 있었다.

"외람된 말씀을 드려 죄송해요. 들은풍월이니 용서하세요."

"아냐, 좋은 말을 해 줬어."

"그래도 마무리를 잘 지으셨는가 봐요."

"잘 짓지두 못했지. 머리를 숙이구 뺏은 땅을 도로 주고 겨우 호구를 빠져나왔구만."

"잘하셨어요. 질 때 지체 없이 깨끗이 지구 물러날 줄 아는 것도 명장이라구 하던데."

"……."

"폐하는 영웅이세요. 폐하 나름대로 나가시면 꼭 성공하실 거예요."

"……."

대답은 않았으나 과히 기분 상하는 소리는 아니었다.

"저희들이 꽃을 수놓아 봐도 그래요. 남이 잘 놓는다구 그대로 해 보려고 아무리 애써도 그 사람을 못 따라가요. 제가 나름대로 하면 남이 못 따라오구요."

만사 근본 이치는 마찬가지인가 보다.

종희와 선필의 충고를 알아듣기 쉽게 풀어서 듣는 느낌이었다.

"오늘 사화한테서 좋은 것을 배웠어. 그런데 장수들은 왜 나한테 그런 말을 안 해 줄까?"

"폐하께서는 달라지셨어요."

"달라지다니."

"제가 왔을 당초만 하더라두 한 사람, 많아야 두 사람을 불러다 친구처럼 못할 말 없이 다정하게 이야기하시더니 차츰 그런 일이 드물어지구, 작금에는 통 없잖아요? 여러 사람이 모인 좌석에만 잠깐 나가시구."

생각해 보니 틀린 말이 아니었다. 이것도 사화의 문자로 자기 방식에서 벗어난 일, 옛날 왕건 아닌 단순한 임금, 어쩌면 오만의 소치라고 할 수 있었다.

"여러 사람이 있는 데서 어떻게 거북한 말씀을 아뢸 수 있겠어요."

"옳은 말이야. 내 잘못이지. 그 밖에 무엇이든지 아픈 소리를 좀 해 줘."

"그 밖에는 없어요. 다만 폐하의 좋은 점을 살리시면 좋겠어요."

"무슨 뜻이지?"

"폐하께서는 일을 공정히 처리하시니 훌륭한 임금이시지요. 거기 그치지 마시면 좋겠어요."

"어떻게."

"사사로이 대하면 폐하같이 다정하구 매력이 있는 분이 어디 있어요. 아까와 같은 말씀이 되겠지마는 공식으로는 군신, 사사로이는 친구, 이렇게 하시면 좋을 듯싶네요."

"⋯⋯"

"폐하께서 용상에 앉게 되신 것도 폐하의 좋은 성품 때문이 아니겠어요? 이걸 살리셔야지요."

"잘 일깨워 줬소."

"그리구 이건 딴 얘기지마는 다른 분들한테두 가끔 가세요. 여자가 원한을 품으면 오뉴월에도 서릿발이 내린다구요."

"⋯⋯"

"더구나 전쟁에서 돌아오시는 오늘 같은 날은 유씨 마마(첫째 왕후)께 가시는 게 도리가 아니겠어요?"

왕건은 듣고만 있었다.

"되지도 않은 말을 떠들어서 죄송해요."

사화가 가슴에 파고들었다.

"아니야, 이번 전쟁에서 배운 것이 많았구, 돌아와서는 사화가 또 많은 것을 깨우쳐 줘서 새 사람이 된 느낌이 드는걸."

이것은 왕건의 숨김없는 심정이었다. 그 밤을 세상모르게 자고도 다음 날 아침과 점심을 거르고 오후 늦게 일어난 왕건은 오래간만에 유 씨를 찾았다.

유 씨는 저녁상을 차려 놓고 기다리고 있었다. 옛날 등극하기 전과 같은 단출한 밥상에 마주 앉아 유씨는 따끈한 술을 한잔 권했다.

"밖은 몹시 춥지요?"

"춥구만."

"이 추위에 어려운 일을 잘 마무리 짓구 돌아오셨어요."

"마무리구 뭐구 진통 굴욕만 당하고 왔구만."

왕건은 빈 잔을 내밀며 유 씨를 바라보았다. 촛불에 비친 그의 얼굴은 전에 없이 수척했다.

"어디 아프시오?"

"괜찮아요. 굴욕이라구 하셨는데 당신 한 번쯤 굴욕을 당해 봐야 해요."

"왜?"

"굴욕의 맛을 모르는 사람은 오만해지니까요. 아직 통일은 멀었는데 벌써부터 사람을 사람같이 보지 않게 되면 일은 낭패지요."

"그렇지."

"종희 오라버니 말씀이 맞았어요. 당신은 야전에서는 견훤을 못 당한다구. 그런 일이 있으면 손을 잡고 말리라구 하더군요."

"언제 일인데?"

"떠나기 며칠 전, 제가 밤에 찾아갔었어요."

"그런 일이 있었으면 귀띔이라두 해 줄 것이지."

"낮에는 조정에 나가시구 밤이면 젊은 여자의 방에 틀어박혀 있는데 낮살 먹은 것이 주책없이 기웃거릴 수도 없구. 저도 마흔여섯이에요."

"……."

"임금이라 생각 말구 옛 친구들을 소중히 여기세요. 그들이 기둥인데……."

"알아듣겠소."

"당신은 총명한 사람이니 알아서 잘하시겠지마는……."

"이건 딴 얘긴데 궁중 여자들 사이에 시샘이라도 없는지 모르겠소."

"시샘이 없다면 그게 이상하지요."

"그럼 탈인데."

"당신은 총명한 사람이 왜 그러세요. 여자니까 시샘한다고 생각하면

안 돼요. 처지를 바꿔 한 여자에 여러 남자가 붙었다면 무사할 것 같아
요? 사람의 본성이에요."

"허허……."

왕건은 소리를 내어 웃었다.

"웃을 일이 아니에요. 남자들은 자기만 생각하구 시샘이라지만 말이
나 돼요?"

"하긴 그래. 처지가 바뀌었다면 시샘 정도가 아니라 머리가 터지든지
다리가 부러지든지 조용한 날이 없을 거요."

"알기는 아누만."

"당신 얘기를 듣구 비로소 알았소."

"시샘이다, 큰일이다, 그것으루 넘겨 버리지 말구 잘 생각해 두세요.
당신두 내년이면 오십이 아니에요?"

"알아듣게 얘기해 줘요."

"당신 생전에는 시샘으로 넘겨두 별일은 없겠지요. 그런데 그 숱한
여자들 배 속에서 몇 달이 멀다 하구 아이가 하나씩 빠져나오는데 장차
어떻게 될 것 같아요?"

왕건은 대수롭게 생각하지 않았다.

시장기가 동해서 왕건은 국에 밥을 말아 먹다가 한참 만에 대답했다.

"고적한 왕실에 아이들이 많이 생기는 건 좋은 일이라구, 당신도 그
러지 않았소?"

유 씨는 응대를 하지 않았다. 밥을 조금 뜨고 국을 마시고는 숟가락을
놓았다.

왕건이 물었다.

"왜 그렇게 식사를 안 드시오?"

"추위에 집안에만 있다 보니 움직이지 않아 그렇겠지요."

"아무래도 당신 보약을 써야겠구만."

"괜찮다니까요."

"아까 아이들 얘기……, 당신 생각이 달라졌소?"

"달라지지 않았어요. 많은 건 좋은 일이지요. 다만 그애들이 장성한 연후의 일도 생각해 두시란 말씀이에요."

"장성한 후라……. 무슨 문제가 있을까?"

"당신 바빠서 거기까지 머리가 안 도시는가 보구만요."

"밤낮 생각하는 건 통일이라……."

"어차피 통일할 사람은 당신이에요."

"통일은 어쨌든 간에, 내가 죽은 후라도 모두 형제들인데 오순도순 힘을 합해서 잘해 나갈 것이 아니오?"

"미리부터 잘 처리해 두지 않으면 권력에 손이 닿을 수 있는 사람이 많을수록 위험한 게 아닌가요?"

"……."

아이들은 어리고 건국 초라 일은 바쁘고 왕건은 이때까지 한 번도 생각한 일이 없는 문제다.

"당신은 남이 받들어서 그 자리에 앉아 실감이 안 나는 모양인데 때로는 부모형제도 눈에 안 보이는 것이 권력 아닌가요?"

"……."

"고구려는 이복형제들의 싸움에 망할 수 없던 나라가 망했구, 신라는 백 년에 걸친 형제 숙질 간의 살육전으로 결국 저 모양이 되지 않았어요?"

"이미 태자가 책립됐는데 누가 감히 어쩌겠소?"

"잊으셨나요? 당태종(唐太宗)은 이미 태자로 책봉된 친형을 자기 손으로 죽이구 그 자리를 차지하지 않았어요?"

"참, 그렇지."

"제일 위험한 게 이복형제들이에요. 지금은 단순히 젊은 여자들의 시샘이지마는 그것이 아이들에게 옮겨가면 증오로 변하지 않겠어요? 형제들끼리 서로 미워하고 이를 갈게 되면 왕실은 망하는 거지요."

왕건은 생각했다. 함께 나라를 창시한 이 여인, 별다른 나도 없이 외로이 지내면서 앞날까지 깊이 생각하고 통찰하고 있다. 자식이 없는 그의 생각은 사심 없이 나라를 생각하는 지성이었다.

"젊은 여자들을 상대로 무심한 시간을 보내면서 그런 생각을 못한 내가 부끄럽고 미안하오."

"나라만 잘된다면 저는 그것으로 족해요."

"당신 생각에는 어떻게 하면 좋겠소?"

"인간이 생각해 내는 일에 완전한 것이 있겠어요? 허지만 이렇게 하면 그런 풍조를 조금이라도 누그러뜨릴 수 있지 않을까 생각했어요. 이미 태어난 아이들이나 앞으로 태어날 아이들이나 친남매는 할 수 없지마는 이복인 경우에는 남매끼리 결혼을 시키는 거예요. 시샘하던 어머니끼리는 사돈이 되어 감정이 누그러질 것이구 미워하던 아이들끼리는 부부가 되어 화합할 것이구. 제 짧은 생각일까요?"

왕건은 대단한 여자라고 생각하면서 유 씨를 다시 보았다.

"못마땅하신가요?"

"못마땅하기는커녕 범인은 꿈도 못 꿀 비범한 생각이오. 그대로 하지요. 그런데 정윤인지 태잔지, 여하튼 그애 배필로는 임희(林曦)의 딸을 지명 공포했는데 그건 어떻게 하면 좋겠소?"

"일단 결정한 것을 까닭 없이 변경해서야 쓰겠어요?"

"그렇지, 윤음(綸音)은 여한(如汗)이라구, 군왕이 이랬다저랬다 하는 것은 제일 안 될 일이지……."

왕건은 또 유 씨를 뚫어지게 바라보았다.

"왜 그런 눈으로 보셔요?"

"당신, 병을 감추고 있는 건 아니오?"

"괜찮다니까요."

왕건은 시녀를 불렀다.

"마마께서 저렇게 진지를 안 드시는 지 얼마나 되느냐?"

"일 년도 넘었습니다."

"그런데 왜 알리지 않았느냐?"

"골치 아픈 성상께 심려를 끼쳐 드린다구 입 밖에 내지 못하도록 엄명이 계셨습니다. 매일 문안드리는 의원에게도 아무 일 없다고 말씀하시구."

"전의시에 가서 입직한 의원을 불러오너라."

젊은 의원은 숨을 허덕이며 달려와서 진맥을 했다.

"마음을 쓰지 마시구 느긋하게 지내시지요.."

의원은 이렇게 말하고 왕건의 눈치를 살폈다. 병자 앞에서는 못할 말이 있는 모양이었다. 왕건은 일어나 대청으로 나가고 의원이 따라 나왔다.

"무슨 병이냐?"

"마음을 너무 쓰신 데서 온 전신쇠약이올시다."

"나쁘지 않은 데가 없다는 말도 되겠구나."

"그렇습니다. 그런데……, 황공하오나 시기를 놓친 듯합니다."

가망이 없다는 소리였다.

"너희들 전의시에서 성의를 다해 봐라."

왕건은 도로 방에 들어와 시녀에게 일렀다.

"여기서 자구 갈 테니 자리를 보아라."

의원이 약을 가져오는 동안 왕건은 촛불을 바라보면서 자책을 금할 길이 없었다.

삼십 년 전 정주에서 우연히 만난 이 여인, 시침이란 이름으로 하룻밤을 같이 지내고는 잊어버리고 있다가 만 오 년 만에 가사를 입고 나타난 것이 미망해서 부부가 되었다. 그러나 송악과 쇠둘레에서 잠시 함께 지냈을 뿐 자기가 오래도록 나주에 가 있는 바람에 젊은 세월을 혼자 고적을 달래면서 살아왔다.

함께 나라를 세우고 궁중에 들어오자 자기는 여자 풍년이라도 든 듯 단둘이 마주 앉아 이야기한 것은 사 년 전 태자를 정할 때였고 그 후로는 지나는 김에 잠깐 얼굴을 들이밀었을 뿐 젊은 여자들만 상대로 살아왔다.

그도 여자다. 그 숱한 세월을 고독으로 엮다 보니 병도 안 날 수 없었을 것이다. 말이 없다고 이 성인 같은 여인을 등한히 해 온 자기는 죄인이 아닐 수 없었다.

함께 잠자리에 들자 왕건은 더욱 가슴이 무거웠다.

"당신한테는 미안한 일뿐이고 나는 죄인이오."

"무슨 말씀을……, 제 명수(命數)지요. 그것도 오래지 않다는 것을 알구 있어요. 부디 몸조심하시구 즐거이 보내다 오세요."

왕건은 대답할 말이 없었다.

밤새 유 씨는 잔다기보다 탈진한 사람같이 축 늘어져 맥을 추지 못했다.

알고 보니 벌써 여러 달째 앉아 있는 시간보다 누워 있는 시간이 많아졌고 바깥출입도 없었다.

이튿날부터 왕건은 정사만 끝나면 유 씨의 처소로 직행하였다. 함께 긴 시간을 보내면서 깜빡이는 촛불같이 사라져가는 그의 운명을 다시 생각하게 되었다.

고적은 이기기 어렵다는 말은 들었어도 경험한 일은 없었다. 어쩌면 유 씨는 고적보다 죽음의 안온을 택했을지도 모른다는 생각마저 들었다.

짧은 여생, 의원의 말로는 길어야 한 달이라는 여생만이라도 함께 지내려고 했으나 유 씨는 한사코 돌려보냈다.

"당신이 우울해서는 나랏일에 지장이 있어요. 병자와 함께 지내는 것은 남편으로서는 무방해도 이 어려운 시기에 군왕으로서는 잘못일뿐더러 실수의 근원이 돼요."

"그럴 리가 있겠소?"

"우울해서 판단을 잘못 내리면 수백 수천 명의 생명을 그르치는 수도 있으니까요."

유 씨의 병으로 머리가 걱정으로 찼는데 신라에서 사신이 왔다는 전갈이 있었다. 왕건은 소문이 퍼져 문병차 사람이 온 줄 알고 내키지는 않았으나 만나지 않을 수 없었다.

그러나 문병이 아니라 뚱딴지같은 조서(詔書)를 내밀었다.

— 짐이 듣자하니 너 충신 왕건은 조물성 하에서 역적 견훤과 싸우다가 이를 격멸할 생각을 버리고 화해를 하였을뿐더러 그를 상보(尙父)로 받들고 이 종주국 신라와 내왕을 끊기로 하였다 하니 심히 유감지사로다. 역적 견훤은 속임수를 일삼는 말종(末種)인즉 짐은 이에 엄숙히 명하노니 즉각 맹약을 파기하고 견훤을 토벌할지어다. —

왕건은 묵묵히 읽고 말없이 일어섰다.

신라 왕은 세상을 모르는 철부지라고 하지마는 사십을 바라보는 사나이다. 소위 임금이라는 자가 적을 상보라 떠받들고 손에 넣은 땅을 돌려주면서까지 화해를 한 것은 패망을 막기 위한 마지막 수단이었다. 그런 일을 좋아서 할 사람이 이 세상에 어디 있단 말인가. 앉아서도 짐작이 갈 만한데, 정말 불치의 병신들이다.

왕건은 아무 소리도 하지 않았고 회신도 보내지 않았는데 사신이 돌아간 지 얼마 안 되어 당치두 않은 소식이 들렸다. 신라 왕이 일부러 만조백관을 불러 놓고 조물성 하에서 맺은 맹약이라는 것은 왕건이 일시 방편으로 한 것이다, 견훤을 상보라고 한 것도 그를 농락한 데 불과하고 신라에 대한 충성에는 변함이 없다고, 왕건 자신의 입으로 분명히 이야기했으니 안심하라, 이랬다는 것이다.

왕건은 큰일 났다고 생각했다. 성미가 불같은 견훤은 속았다고 노할 것이고, 노하면 가만있을 사람이 아니었다.

무엇이나, 심지어 발까지 남이 씻겨 주는 버릇에 젖은 자들……. 근년에는 국방은 왕건이 도맡았고 자기들은 풍월이나 읊어도 되는 것으로 치부하고 있는 자들, 그 왕건이 손을 끊으면 금시라도 견훤에게 짓밟혀 죽을 것만 같아 겁을 집어먹은 것은 짐작이 가는 일이다.

그러나 천하를 노리는 견훤은 고려를 짓밟기 전에 신라에 손을 대는 것은 해로우면 해로웠지, 이로울 것이 없다는 것쯤은 알고 있는 인물이다.

신라의 철부지들, 잠자코나 있을 것이지. 아무래도 이 겁쟁이들의 주책 때문에 무슨 일이 일어날 것만 같았다.

예측대로 며칠 안 가 변경에서 견훤의 편지를 전해 왔다.

왕건은 인물인 줄 알았는데 그런 잔재주로 속임수를 쓸 줄은 몰랐다. 맹약을 어겼으니 맹약은 무효다.

사실상 선전포고였다.

고려 조정에는 긴장이 감돌고 신라를 비난하는 소리가 드높았다.

이런 가운데서도 유 씨의 병은 더욱 위중해서 동짓달도 거의 갈 무렵 마침내 숨을 거두고 말았다.

유 씨의 임종에는 그의 가냘픈 손짓으로 의원과 시녀까지 물러가고 왕건 혼자 지켜 앉았다.

"오랫동안 고마웠어요."

유 씨는 그의 손을 더듬다 말고 힘없이 떨어뜨렸다. 왕건은 그의 손목을 잡았다.

"고마운 건 나지. 고생만 시키구."

"지내 놓고 보니……, 인생이란 것이 왜 있는지 모르겠어요."

유 씨는 숨이 차서 겨우 말을 이었다. 왕건은 무어라 해야겠다고 생각하면서도 말이 되어 나오지 않았다.

"만사 부질없구……, 쓸쓸하구."

"내 불찰이었소."

"당신은 너무 바빴어요."

"……."

"저승은…… 이러지 않겠지요?"

"……."

"어려운 때……, 오래 두지 말구…… 내일이라두 묻어 주세요."

유 씨는 끝을 맺지 못하고 잠자듯이 운명했다.

왕건의 흐느끼는 소리에 의원과 시녀들이 몰려들었다.

고요하던 유 씨의 처소에 사람들이 들끓고 분주히 돌아갔다. 왕건은 가는 생명을 붙잡지 못하는 인간의 무력함을 절감하면서 그 밤을 유해 옆에 앉아 떠날 줄을 몰랐다.

수의도 손수 입히고 관에 못질도 손수 했다. 남들은 폐하의 정성이라고 쑥덕인다지마는 생각하면 이것도 유 씨 말대로 부질없는 일이었다.

우선 다비에 붙여 유골을 궁성 안 일월사 불단에 안치하고 섣달의 추위 속을 달려 며칠이고 돌아다니다 개경 서북 십 리, 양지바른 산기슭에 능 자리를 정하고 역사를 맡은 대신에게 일렀다.

"나두 장차 함께 묻힐 터이니 석관을 하나 더 넣어 두시오."

같은 운명을 타고난 것이 인간이면서도 남의 사정을 아랑곳하지 않는 것도 인간이었다.

국상 중에도 남북으로 살벌한 소식만 들려왔다. 북에서는 동평부를 점령한 거란이 한동안 잠잠하다가 회원부(懷遠府, 장춘 서쪽 회덕 부근)까지 진출했다는 소식은 이미 들었다. 그런데 여기보다도 훨씬 추운 겨울에 또 움직이기 시작했다는 것이다.

남에서는 견훤의 동태가 아무래도 수상하다는 보고가 들어왔다.

북도 북이지마는 이것은 발등에 떨어지려는 불이나 다름없는 우환거리였다.

개인의 애환에 얽매일 수 없는 것이 임금의 직책이었다. 그는 중요한 장수들의 회의를 소집했다.

어느 때나 그렇듯이 여러 사람이 모이면 여러 가지 상충되는 의견이 나오게 마련이었다. 이 섣달의 강추위에 동병은 없으리라는 사람이 있는가 하면 반드시 있다는 사람도 있었다.

장수들이 저마다 의견을 토로한 후 왕건이 물었다.

"없다면 다행이고 있는 경우에는 어디로 올 것 같소?"

여기서도 의견이 속출했다. 신라의 서울로 진격할 것이라는 사람이 있는가 하면 조물성을 다시 치리라는 사람도 있고 웅주 방면으로부터 북상하여서 남방을 치리라는 사람도 있었다.

회의 도중에 급보가 들어왔다. 견훤의 기병집단이 대거 고창(古昌, 경북 안동) 방면에 나타났다는 것이다. 조물성보다 훨씬 북쪽 동해에 가까운 고장으로 죽령(竹嶺)을 넘어 신라와 통하는 중요한 위치였다. 견훤이 중간의 여러 성을 무시하고 멀리 여기 나타나리라고는 아무도 예상하지 못했다.

말이 많던 장수들도 별다른 대책을 내놓지 못했다. 왕건은 회의를 파하고 군의 원로인 신숭겸과 배현경을 따로 불렀다.

고창 방면은 대체로 자진 항복해 온 자들을 제자리에 그냥 두고 다스리게 해서 방비가 제일 허술한 지점이었다.

이를 구하려면 왕건 직속의 대병력을 출동시키는 길밖에 없는데 출동시키면 출동한 성의 방비가 문제였다. 기동력이 빠른 견훤이 또 어떤 전술로 나올지 의문이었다.

왕건은 우선 배현경에게 물었다.

"배 장군, 생각을 말해 보시오."

신중한 배현경은 잠시 생각하고 나서 대답했다.

"진실로 방책이 없습니다. 방책이 없을 때에는 움직이지 않는 것이 방책인가 합니다."

"움직이지 않는 것이 방책이라⋯⋯."

왕건은 중얼거리듯 그의 말을 되풀이했다.

"폐하께서는 바다를 잘 아시고 배에 익숙하시지요. 파도를 탄 배가 내려갈 때는 그대로 내려가다가 다음에 올라갈 때 올라가야지, 움직이면 파도에 부딪치게 마련이 아닙니까? 지금 우리 고려는 그런 처지에 있으니 움직이지 않고 다음에 올라갈 때를 기다리는 것이 옳을까 합니다."

원칙으로는 옳은 말이었으나 실지로 어떻게 한다는 말은 나오지 않았다. 왕건은 신숭겸을 향했다.

"신 장군은 누구보다도 실전의 경험이 많은 분이니 실전에 비추어 소견을 말씀해 주시오."

"배 장군의 말씀에 동감입니다. 조물성에서 보신 바와 같이 견훤은 우수한 기병집단을 가진 야전의 명수입니다. 신이 보기에는 고창에 나타난 견훤의 기병들은 거포 등 취사가 필요 없이 야외에서도 몇 달 지탱할 수 있는 식량을 가지고 폐하께서 대병력으로 나타나시기를 바라는 것 같습니다."

"조물성에서처럼 기습공격으로 나올 것이라는 말이요?"

"그것도 있겠지마는 견훤은 같은 전법을 두 번 쓰는 장수가 아닙니다. 고려의 대병력이 나타나면 칠 만한 경우에는 치고, 그 빠른 기동력을 이용해서 서쪽으로 이동했다가 추격하면 다시 동으로 또는 북으로 이동할 것입니다. 이 엄동설한에 그를 쫓아다니다가는 고려 군은 지리멸렬하고, 지리멸렬하면 황공하오나 이 개경까지도 능히 진격할 수 있을 것입니다. 이것은 나라의 흥망에 관계되는 일이니 생각에 또 생각하시기를 바랍니다."

왕건은 실망했다.

"결국 속수무책이란 말씀이구만."

"그렇지 않습니다. 견훤이 원하는 대로 그에게 휘둘리지 말자는 것입니다. 견훤은 야전에 능하고 폐하께서는 성을 지키는 데 능하십니다."

"……."

"지는 전쟁은 깨끗이 지면서 다음의 승리를 준비하고 견훤이 동에 나타나면 우리는 서를 치고, 서에 나타나면 동을 치고, 이런 식으로 명장이신 폐하 자신의 전법으로 그가 바라지 않는 장소에서 바라지 않는 방식으로 나가신다면 능히 이길 수 있습니다. 눈앞의 정황에 좌우되어서는 위험하니 참아야 할 때는 참자는 것입니다."

"알겠소. 당장 해야 할 일은 없겠소?"

"고창 북방의 성들은 그런 대로 쓸 만하오니 조금만 지원해 주시면 그 이상 북으로 올라오지는 못할 줄 압니다."

"그렇게 합시다."

결론을 내렸다.

다른 장수들이나 일반 대신들은 어명으로 국원, 청주, 괴양 등지의 성에 수백 혹은 천 명 내외의 군대를 보낼 뿐 움직이지 않는 왕건의 태도를 의심의 눈초리로 바라보았다.

"조물성에서 단단히 혼났으니까."

이런 뒷공론도 들렸으나 왕건은 모르는 체했다.

견훤의 군사작전은 신속 과감했다.

이해가 다 가기 전에 고창뿐만 아니라 하지(下枝, 안동시 풍산읍), 예천(醴泉), 용주(龍州, 예천시 용궁면), 근품(近品, 문경시 산양면) 등 지금의 경상북도 중부의 이십여 성을 공략하고 고사가리성(高思葛伊城, 문경)까지 점령했다.

이것은 고려 사람들이 계립령(鷄立嶺)을 넘어 신라와 내왕하는 중요한 통로였다.

이로써 신라와 통하는 동쪽의 두 줄기 대로는 다 막히고 말았다(문경의 새재는 고려 시대에 뚫은 것으로 이 당시에는 없었다).

국상(國喪) 중이어서 드러내 놓고 큰 소리는 하지 않았으나 젊은 장수들의 흥분은 대단했다.

드물기는 했으나 어쩌다 병서라도 알아보는 장수들 중에는 특히 법자고 궁중에 들어와 정중하면서도 강력히 반격을 주장하고 언외에 늙은 장수들이 잘못 진언했다고 비난하는 일도 있었다.

군사를 모르는 문관대신들은 한 길 더 뛰었다.

어전에서는 말을 못했으나 뒤에서 자기들끼리 모이면 그들의 특기인 고사(故事)를 인용해 가면서 입에 거품을 물고 팔뚝질을 하는가 하면 이렇게 무책(無策)으로 앉아만 있다가는 개경도 반드시 떨어진다고 단언하는 사람도 있었다

덕과 용기를 겸비한 명장인 줄 알았더니 사람을 잘못 보았다, 임금 왕건은 겁쟁이라고 종알대는 쑥덕공론도 나돌았다.

복지겸이 찾아와서 폐하의 깊은 계책을 알지도 못하면서 뒤에서 무어라고 하는 문무관과 백성들을 잡아 국론을 통일하자고 했다.

왕건이라고 유쾌할 수는 없었으나 한마디로 거절했다.

"팽개쳐 둬요."

"이러다가는 나라가 사분오열되겠습니다. 더구나 국상 중에 이런 무엄한 일이 어디 있겠습니까?"

"이봐요. 사람의 입은 밥만 먹으라고 있는 것이 아니라 말도 하라는 것이오. 말을 막으면 가슴에 맺히고 지나치면 폭발해서 오히려 사분오열되는 법이오."

복지겸은 하는 수 없이 물러갔다.

신숭겸이 말한 대로 견훤은 더 이상 북상하지 않고 점령한 성에 각각 장수를 배치하고는 완산성으로 돌아가 설날에는 크게 전승을 축하했다는 소식이 왔다.

왕건은 배현경과 신숭겸을 불러 그들의 선견지명을 칭찬하고 이렇게 말했다.

"그 선견지명을 나두 좀 배웁시다."

신숭겸은 말이 없고 배현경이 대답했다.

"선견지명이 아니올시다. 지금 고려와 백제는 힘으로 말하자면 백중

지세에 있는데 견훤이 점령한 성들에 병력을 배치하고 나면 더 진출할 형편이 못 되지요. 그 이상 진출하려면 다른 성들의 병력을 움직일 수밖에 없는데, 그런 성들은 비지 않겠습니까? 그리 되면 우리는 큰 힘을 안 들이고 그런 성들을 점령할 수 있을 것입니다. 견훤은 이겨도 한계를 알고 지더라도 한계를 아는 장수올시다."

"두 분은 나라의 기둥이오. 내 경황이 없으니 앞으로 할 일을 생각해 주시오."

왕건은 물러가려고 머리를 숙이는 두 사람의 반백을 넘은 수염을 바라보면서 이들이야말로 명장이요, 명장은 책을 보고 배우는 것이 아니라 타고나는 것이라고 생각했다.

견훤의 공격은 그 정도에서 그쳤으나 새해(926년)에도 좋은 소식은 없었다.

연말에 회원부에서 움직이기 시작한 거란 군은 혹한을 무릅쓰고 부여성(扶餘城, 장춘 북방 농안 부근)을 격파하고 동남으로 진격하여 마침내 발해의 서울 홀한성(忽汗城, 길림성 돈화현)을 점령했다. 발해왕 대인선(大諲譔)의 항복을 받으니 왕건이 기대를 걸었던 발해는 대조영(大祚榮)이 건국한 지 이백이십칠 년으로 그 막을 내렸다.

밀려오는 발해 유민들을 돌봐주라 이르고 왕건은 개인과 국가 그리고 만사만물의 흥망성쇠, 이 세상의 무상(無常)을 골똘히 생각했다.

구사일생

재앙이니 화(禍)니 하는 것이 그 정체가 무엇인지는 몰라도 한번 시작하면 그것으로 끝나는 것이 아니라 꼬리를 물고 밀어닥치는 습성이 있었다.

오십을 맞은 왕건은 지금의 자기가 바로 꼬리를 물고 오는 화에 시달리고 있는 중이라고 생각했다.

조물성의 패전에 이어 유 씨의 죽음을 당했고 이어서 고창 등 여러 성을 잃는가 하면 이번에는 큰 꿈을 그리던 발해 땅이 사나운 적수의 손으로 넘어가 버렸다. 발해는 합치지 못한다 하더라도 적어도 동맹관계를 맺을 수 있는 나라였으나 거란은 적이 되지 않을 수 없는 족속들이었다.

안으로는 유 씨를 잃은 슬픔이 가슴을 짓누르는데 밖에서는 남북으로 살벌한 일만 전개되었다. 자기의 생애에 이처럼 암담한 시기도 없었다. 앞으로는 또 무슨 일이 닥칠까?

그는 틈나는 대로 일월사의 불단 밑에 무릎을 꿇고 합장했다. 부처님과 그 앞에 안치된 유 씨의 혼백에 이 감당키 어려운 재앙이 더 이상 오지 말고 빨리 물러가도록 해 주시기를 기구하고 나면 한결 마음이 편했다.

이렇게 마음의 평화를 갈구할 때마다 생전의 유 씨의 모습이 생생히 떠올랐다. 이런 때 총명한 그가 살아 있다면 지혜를 주었을 것이다.

그러나 임금의 자리란 묘해서 함부로 입을 열어서도 안 될 뿐 아니라 희로애락도 잘못 나타내면 나라 전체에 영향이 있다고 했다.

울적할 때면 다른 사람들을 물리치고 홍유, 신숭겸, 배현경, 복지겸 등 옛 친구들을 불러 술로 마음을 달래면서 지난날의 이야기를 나눌 뿐 우울한 가슴속을 드러내는 일은 없었다.

원래 임금이 돌아가도 한 달 안에 매장하는 법이었으나 그동안 경황이 없었고 보내기 애석한 마음도 있어 돌아간 유 씨의 유골은 이월 말에야 미리 마련해 놓은 능에 매장하고 현릉(顯陵)이라고 이름하였다. 장차 자기도 묻힐 고장, 능호는 폐하 만세후(萬世後, 돌아간 후)에 짓는 것이 예법에 맞는다고 했으나 죽을 것은 분명하고 여기 묻힐 것도 분명하니 상관없다고 듣지 않았다.

그동안 잇따라 오는 불행으로 마음을 쓸 겨를이 없었으나 유 씨를 매장하고 나서 우연히 들으니 인질로 온 진호에게 구박이 심하다는 소문이었다.

그는 복지겸을 불러 그러는 법이 아니라고 했으나 복지겸은 그런 일이 없다고 잡아뗐다. 오히려 지나칠 정도로 융숭한 대접을 한다고 했다.

왕건은 진호와 그를 따라온 같은 또래의 두 친구를 궁중으로 불러 점심을 같이 했다. 진호는 집안 내력인지 장대한 체구에 잘생긴 청년이었다. 돌아간 아버지 능애를 닮았다는 이야기도 들었다.

"너희들, 생소한 땅에서 외롭고 불편한 일도 적지 않을 줄 안다. 불편한 일이 있으면 무엇이든지 말해라."

"잘 지내고 있습니다. 그러지 않아도 마음 산하시는 일이 많으실 텐데 저희들까지 걱정해 주시니 송구스럽기 이를 데 없습니다."

진호는 예절도 밝았다. 그러나 수척한 그의 얼굴이 마음에 걸려 왕건은 몇 마디 덧붙였다.

"너희들두 알다시피 그동안 국상으로 경황이 없어 소홀해서 미안하다. 남이라 생각 말구, 더구나 인질이라는 생각은 아예 잊어버려라. 나를 아버지, 그것이 거북하면 아저씨로 생각하고 마음 편히 지내라. 날씨가 풀리면 우리 함께 낚시도 나가자. 평화가 와서 돌아갈 때가 있을 게다."

"고맙습니다."

진호는 진심으로 고마운 눈치였다.

"무엇으로 소일하지?"

왕건이 물었다.

"장기를 두고 있습니다."

진호의 목소리에는 힘이 없었다.

"가끔 두는 것은 무방하지마는 젊어서는 공부를 해야지. 또 장차 무장으로 나설 사람이니 산야에 나가 기사(騎射)도 단련해야 한다."

그들은 서로 마주 볼 뿐 응대가 없었다.

구박을 받는다는 것은 아무래도 헛소문 같지 않았다.

작년 초겨울 조물성에서 그를 데리고 왔을 당시 졸지에 보낼 곳이 없어 처음 며칠은 궁중의 별당에 머물게 하고 복지겸에게 일렀다.

"진호는 백제 왕이 제일 아끼는 조카요, 장차 백제에서 큰 몫을 할 사람이니 잘 대접하오. 마필도 주고 알맞은 스승을 붙여 공부도 하게 하고."

복지겸은 어명대로 거행하겠다 했고, 며칠 후 거처가 마련되었다면서 데리고 갔다. 그대로 된 줄 알았고 유씨 왕후의 병환 걱정으로 그에게 마음을 돌릴 여유가 없었다.

얼마 안 가 견훤이 고창 등지를 공격해서 여러 성을 점령하자 복지겸이 들어와 이상한 소리를 한 일이 있었다.

"인질이라는 건 이런 때 써먹으려고 있는 게 아닙니까? 진호란 놈, 주리를 틀어 병신을 만들어 버릴까요?"

"복 장군, 그 무슨 철없는 소리요? 전과 다름없이 대접해요."

그러나 복지겸은 불평이었다.

"우리 땅을 마구 침범하는 적의 볼모를 우대한다는 건 도무지 알 수 없는 일입니다."

복지겸은 충신에 틀림없고 그 나름대로 애쓰는 사람인 것도 사실이었다. 그러나 그도 호미를 버리고 칼을 잡은 무장으로 그에게 대세를 보는 안목을 기대하는 것이 오히려 무리였다.

"진호를 병신으로 만들면 완산성에 가 있는 왕신은 무사할 것 같소?"

그도 알아들을 수 있는 말로 반문했다.

"참, 그렇구만요."

그러고 물러갔다.

죽은 유 씨의 장례와 재(齋) 등으로 그 일은 또 잊고 있었다.

그런데 구박한다는 소문이 돌고 지금 눈앞에 보는 그들의 모습으로 미루어도 자기의 뜻이 제대로 실천되지 않고 있는 것만은 짐작이 갔다.

왕건은 그런 내색은 하지 않고 계속했다.

"세상이 어지러워지면서 갈라서기는 했지마는 우리는 원래 한나라 한 족속이라는 건 너희들도 알 게다. 언젠가는 한나라가 될 것이다. 나라에는 인재가 있어야 흥하는 법인데 너희들은 그런 인재가 돼야 한다. 우리는 이제 늙었고, 너희들이 나랏일을 맡을 날도 그다지 먼 것은 아니다."

이것은 왕건의 진심이었다. 사람은 최선을 다할 뿐 결정은 하늘이 하는 것이다. 고려가 통일하건 백제가 통일하건 인재들이 많아야 나라 구실을 할 것이고 그래야 강적들이 넘보는 이 땅에서 우리 족속들이 목숨을 부지할 수 있을 것이다.

그러나 진호는 듣기만 하고 응대가 없었다.

점심을 마친 왕건은 그들과 함께 후원을 거닐었다.

"세월은 여전히 흐르는구나."

왕건은 여기저기 마른 풀을 헤치고 솟아오르는 새싹을 보고 혼자 탄식했다. 세월뿐 아니라 사람도 세상도 흘러 제자리에 머물지 않았다. 유씨도 가고 선종은 그보다도 훨씬 앞서 갔고 친근하던 사람 중에도 간 사람이 적지 않았다. 사람뿐 아니라 태봉도 흘러가고 발해도 세월 속에 영원히 자취를 감추었다. 그러면서도 때가 오면 새싹은 어김없이 돋아 또 흐름을 시작한다.

새싹. 그는 진호를 돌아보았다.

"너, 말을 좋아하느냐?"

왕건이 물었다.

"좋아합니다마는……."

말끝을 흐렸다. 마필을 주라고 했는데 주지 않았다고 짐작이 갔다.

그리고 보니 그의 얼굴은 수척할 뿐 아니라 바깥바람을 쐬어 본 지 오래된 듯 누런 기가 나타나고 올 때와는 딴판이었다.

왕건은 따라붙은 시종을 시켜 말을 한 필 끌어다 타 보라고 했다. 올라탄 진호는 능숙한 솜씨로 말을 몰아 후원을 한 바퀴 돌며 그렇게 좋아할 수 없었다.

"너, 그냥 몰고 밖으로 나가 이 궁성을 한 바퀴 돌고 오너라."

진호는 시종과 함께 대궐문을 빠져나가 한 바퀴 돌고 왕건 앞에 와서 말을 내렸다.

"참 좋은 말입니다."

그의 얼굴에 생기가 돌았다.

"마음에 드느냐?"

"네."

"오늘부터 네 말이다. 그냥 타고 가거라."

진호는 몇 번이고 감사하다는 말을 되풀이하고 두 친구와 함께 관원들의 인도를 받으며 말을 끌고 돌아갔다.

왕건은 그들이 돌아간 후 진호에게 맞으리라고 생각되는 경서(經書), 사서(史書), 병서와 함께 활과 도창(刀槍)도 보내 주었다.

얼마 안 가 구박이 멎었다는 소리도 들리고, 반대로 임금이 무슨 심사로 인질에게 그처럼 후한지 그 속셈을 모르겠다고 투덜거리는 축도 있다는 소리도 들렸다.

인간관계는 마음과 마음의 관계다. 왕건과 견훤은 서로 피를 보아야 한다는 법도 없고 마음이 통하면 숱한 사람들이 애매하게 피를 흘리지 않고도 평화를 가져올 수 있을 것이다.

그런 것은 제쳐놓고라도 진호는 한창 피어오르는 새싹, 알맞은 딸이 있으면 사위를 삼고 싶은 늠름한 청년이었다.

그의 거처에 가까운 법왕사(法王寺)에 영을 내려 글을 잘하는 스님으로 하여금 매일 그를 찾아 모르는 것을 물으면 가르쳐 주라고도 했다.

그 후에도 몇 번 그를 불러 말을 타고 함께 야외에도 나갔다. 활솜씨가 좋아 날아가는 까치를 쏘아 떨어뜨리기도 했다. 맥이 풀렸던 진호는 활기를 되찾고 왕건에게 마음을 주고 그를 따랐다.

"전쟁은 꼭 해야 하나요?"

한번은 이런 질문을 했다.

"그러게 말이야. 나도 제일 싫은 게 전쟁이다."

왕건은 속에 있는 대로 대답했다.

날씨가 풀리자 바다로 낚시도 함께 나갔다. 반드시 진호를 위해서만은 아니고 지난겨울부터 쌓이기 시작한 울적한 마음을 털어 버리려는 노력의 일환이기도 했다.

바다에서 자란 왕건에게는 바다는 마음의 고향같이 정답고 자자분한 인간 사회와는 달리 광활하고 시원해서 좋았다.

진호는 배도 잘 젓고 낚시도 곧잘 했다. 견훤은 아들이고 조카들이고 만능으로 키우려고 엄하게 단련하는 모양이었다.

"완산성은 바다에서 먼데 너 바다에도 익숙해 보이는구나."

"백부 폐하의 분부로 지정된 날이 오면 바다에 나가야 합니다."

짐작대로였다.

왕건은 그가 쪽배를 저으며 멀리까지 나가는 것을 바라보다가 종희를 생각했다. 지금쯤 어디 있을까?

그러나저러나 임금이 이렇게 나오는 바람에 진호에 대한 잡음은 없어졌다.

그러나 사월이 오자 뜻하지 않은 변고가 벌어졌다.

진호가 죽었다는 것이다.

오랜 군인생활이 몸에 배어 왕건은 등극한 후에도 아침에는 일찍 일어나 정원을 거니는 것이 일과의 시작이었다.

간밤에 입직한 시종이 잠을 덜 깬 눈을 비비면서 다가와 허리를 굽실했다.

"진호가 죽었답니다."

"뭐? 지금 뭐라구 했지?"

왕건은 가슴이 철렁했다.

"간밤 자정께 진호가 별안간 죽었답니다."

"왜 알리지 않았느냐?"

"이미 주무시길래……."

시종은 말을 떠듬거렸다.

"중대한 일이 있을 때에는 한밤중에도 알리기로 돼 있지 않느냐?"

"말을 끌어내라!"

"성상께서 가십니까?"

"간다."

"성상께서 가실 것까지야 있겠습니까?"

"전의시에 입직한 의원두 동행할 터이니 내령시켜라."

왕건은 그 길로 들어가 옷을 갈아입고 나와 말에 올랐다.

해도 뜨기 전에 임금이 이렇게 달려올 줄은 모른 듯 집을 경계하던 초병들은 하품도 하고 졸기도 하다가 깜짝 놀라 군례를 올릴 뿐 어찌할 바를 몰랐다.

"진호의 방으로 인도해라."

왕건은 초장(哨長)을 앞세우고 들어갔다.

홑이불에 가리운 시체 옆에서 하품을 하던 군관이 놀라 일어서면서 머리를 숙였다.

"너는 누구냐?"

"복 장군을 모시는 군관이올시다."

"복 장군의 군관이 왜 여기 있느냐?"

"소식을 듣고 달려왔습니다."

왕건은 의원을 시켜 홑이불을 벗기게 하고 진호의 얼굴을 내려다보았다. 창문이 밝아오기는 했으나 해 뜨기 전이어서 잘 보이지 않아 촛불을 가져오라고 일렀다.

한쪽 뺨에 전에 없던 검푸른 반점이 뚜렷하게 나타났다. 의원을 시켜 가슴을 헤치니 가슴에두 반점이 여기저기 부였다.

왕건은 자연사가 아님을 직감하면서도 의원에게 물었다.

"무슨 병이냐?"

앉아서 시체를 손으로 더듬던 젊은 의원은 서슴지 않고 대답했다.

"진심통(眞心痛, 심장마비)이올시다."

왕건은 건넌방에서 얼굴을 내민 진호의 동행 청년 한 사람을 불렀다.

"언제 일이냐?"

"간밤 늦게 이상한 소리가 나길래 건너와 보니 엎치락뒤치락하다가 곧 운명하셨습니다."

"의원을 불러 달라구 했느냐?"

"했습니다마는 의원이 왔을 때는 운명하신 후였습니다."

"저녁식사는 같이 들었느냐?"

"네."

"왜 시신을 모시지 않고 딴 방에 있느냐?"

"밤새 지키고 앉았는데 새벽에 이분이 와서 나가라고 하길래 할 수 없이 나갔습니다."

그는 분노에 찬 눈으로 군관을 손가락으로 가리켰다. 그도 진호의 죽음에 의혹을 품은 눈치였고 이런 환경에서 군관을 손가락질하는 품으로 보아 죽음도 두렵지 않다는 태도였다.

왕건은 임금이다. 초병, 식모 등 물을 사람이 한둘이 아니었으나 임금이 그 이상 캐묻는 것도 체통이 안 되어 말없이 시체 옆에 앉고 젊은 의원은 홑이불을 다시 씌웠다.

왕건은 생각 끝에 지금은 은퇴하여 집에 있는 의원, 전에 쇠둘레에서 선종을 돌보던 의원에게 사람을 보냈다.

기다리는 동안 동창에 아침 해가 비치고 신숭겸이 들어와 왕건에게 말없는 인사를 드렸다. 그는 의원인 양 손수 홑이불을 벗기고 얼굴이며 가슴을 찬찬히 들여다보았다.

갈수록 심각한 얼굴이었다.

다시 홑이불을 덮어 주면서 신숭겸은 크게 한숨을 내쉬었다. 그도 의혹을 품은 눈치였고 이 일의 중대성을 알고 걱정하는 모양이었다.

그는 말이 없고 왕건도 할 말이 없었다.

늙은 의원이 들어와 왕건 앞에 절하고 무릎을 꿇었다.

"오래간만에 뵈옵겠습니다."

왕건은 이 노인을 중히 여겼고 그에게는 하대도 하지 않았다.

"노인장, 아침 일찍 미안하오마는 소식은 들었겠지요. 무슨 병인지 좀 보아 주시오."

노인은 홑이불을 벗기고 얼굴에 이어 가슴을 헤쳐 보다가 머리를 쳐들었다.

"누가 아래 웃도리를 벗겨 줬으면 좋겠는데……."

군관이 노려보는 가운데 진호의 동행 청년이 그의 옷을 차례로 벗겼다.

검푸른 반점은 상반신뿐 아니라 온몸을 덮었고, 손바닥만큼 큰 것도 군데군데 있었다. 그중에서도 하복부는 빈틈없이 검푸른 색깔이었다.

몇 번 어루만지고 눌러 본 노인은 나체 위에 손수 홑이불을 씌우고 고개를 돌려 창문을 바라볼 뿐 아무리 기다려도 말이 없었다.

젊은 의원이 그의 턱밑으로 다가앉았다.

"저는 진심통으로 판단했는데 맞습지요?"

"진심통?"

노인은 그를 내려다보았다.

"아닙니까?"

"그럴지두 모르지."

노인은 내뱉듯이 대답했다.

젊은 의원은 불만인 모양이었으나 그런 대로 체면 유지는 된 듯 물러 앉았다.

왕건은 노인의 태도에서 죽음의 정체를 읽었으나 행여나 하는 심정 으로 물었다.

"노인장 보시기에는 무슨 병이지요?"

노인은 한마디 한마디 신중히 대답했다.

"신등 의원은 진맥으로 병을 분간하옵는데 죽은 사람은 맥이 뛰지 않 으니 다른 사람은 몰라도 신으로서는 무슨 병인지 혹은 병이 아닌지 분 간하기 어렵습니다."

왕건은 알아들었다. 노인을 돌려보내고 뒤따라 몰려든 시종들에게 관을 구해 오라고 이른 왕건은 사랑채로 옮겨 신숭겸을 불렀다.

"신 장군 보기에는 어떻소?"

"글쎄올시다……. 의원이 아닌 신이 함부로 무어라고 말씀드리겠습 니까?"

"짐작도 가지 않소?"

"짐작은 갑니다마는 어디까지나 짐작에 불과합니다."

"하기는 그렇지요."

"……."

"나는 여태 성심으로 살아왔소. 거짓이나 감추는 것이 있어서는 이미 성심이 아니지요. 그것은 하늘을 속이려고 드는 어리석음이 아니겠소?

아무리 난감한 일에도 이를 잊지 말자는 것이 내 심정인데 장군은 어떻게 생각하시오?"

"그것이 폐하의 덕이십니다. 신이 무엇을 알겠습니까마는 폐하께 배운 바 있어 그 많은 풍파 속에서도 당할 것은 피하지 않고 당하면서 오늘에 이르렀습니다."

"신 장군, 지금부터 장군의 부하들을 불러 시신을 소금에 절이도록 해 주시고 어느 누구도 간여하지 못하게 해 주시오."

왕건은 또 닥쳐온 재앙에 암담한 심정으로 진호의 거처를 나섰다.

궁중으로 돌아온 왕건은 붓을 들어 견훤에게 보낼 편지를 썼다. 사실을 있는 그대로 쓰면서 완산성에 가 있는 왕신의 운명을 생각하니 가슴이 막히고 저절로 눈물이 솟아 앞을 가렸다.

참느라 애썼으나 눈물은 방울이 되어 종이 위에 떨어졌다.

그는 마음을 진정시키려고 애썼으나 이미 운명이 결정된 것이나 다름없는 왕신의 지나온 일들이 자꾸 머리에 떠올라 눈물은 그칠 줄을 몰랐다.

먹을 갈면서 옆에 앉았던 사화가 위로했다.

"왕신 도련님을 생각하시지요? 수만 수십만의 이름 없는 백성들은 날마다 이런 일을 당하구 있어요. 진호도 가긍하고 왕신 도련님도 안되었지마는 백성의 생명을 초개같이 아는 왕자(王者)들도 가슴 아픈 일을 당해 봐야 정신을 차린다는 하늘의 경고로 아시지요."

그렇다, 그 많은 전쟁에서 얼마나 많은 병사들이 죽었는가. 그들을 장송할 때마다 슬픈 얼굴을 하고 애도라는 것을 했으나 그것은 겉치레였다.

그들의 생명쯤 초개같이 안 것이 사실이다. 그 부모형제들의 가슴 아픈 심정을 정말 이해했을까? 못했다. 하늘의 경고라는 말이 틀리지 않았다.

당할 것은 당하자. 왕건은 마음을 진정시키고 새 종이에 다시 편지를 쓰면서 대신들을 모이라고 했다.

조반도 드는 둥 마는 둥 하고 중신들이 모인 자리에 나가려고 하는데 시종이 달려와 알렸다.

늙은 의원의 집에 강도가 들어 노인이 칼에 맞아 죽었다는 것이다.

이제 왕건은 모든 것을 더욱 확실히 알아차렸다.

반역을 감시하라는 조직이 멋대로 놀아나서 큰일을 저지른 데다 이런 못된 짓까지 서슴지 않게 되었다. 그냥 둘 수 없는 일이었다.

그는 결심하고 중신회의에 나갔다.

진상을 모르는 사람들은 대수롭게 생각하지도 않았다.

"사람마다 명이 있는데 병으로 죽은 것을 어떻게 하겠습니까?"

이러는가 하면,

"아무리 흉측한 견훤이라도 병사한 걸 가지구 시비는 못할 것입니다."

엉뚱한 소리도 나왔다.

"만약 곡절이 있으면 나머지 두 아이도 처치해서 모두 화장을 해 보내면 누가 알겠습니까? 이것이 상책입니다."

예부상서(禮部尙書)가 이 말을 받았다.

"아닌 게 아니라 그 소식을 듣구 화장 준비를 하라고 이르구 나왔습니다."

왕건은 단호하게 선언했다.

"화장은 안 되오. 진호는 백제 왕의 지친이니 왕자(王子)의 예로 시신을 그대로 호송할 것이오. 예부에서는 절차를 갖추시오."

막상 여러 사람을 모아 놓고 보니 터놓고 이야기하게도 안 되어 호송 절차만 결정하고 해산했다.

왕건은 건국의 일등공신 네 명을 따로 불러 놓고 복지겸에게 늙은 의원의 살해사건부터 물었다. 자기도 들어오다 들었노라는 것이 정말 모르는 모양이었다.

"복 장군, 장군은 진호 사건이 얼마나 중대하다는 것을 알 것이오. 아는 대로 말씀하시오."

"진실로 황공합니다. 지난겨울 견훤이 고창 등지를 휩쓴 후부터 부하들 가운데 진호를 죽여 원수를 갚는다고 벼르는 풍조가 감도는 것을 눌러 왔는데 이번에 기어코 일을 저지른 모양입니다. 주동자와 하수인도 대개 짐작이 갑니다마는 간밤에 일어난 일이라 지금 조사 중이고 단정할 단계는 못 되었습니다."

왕건은 철저한 조사를 명령하고 배현경에게 편지를 주면서 일렀다.

"수고스럽지마는 전이갑을 대동하고 즉시 떠나 백세에 다녀와 주시오."

배현경은 먼저 자리를 떴다.

집에 돌아온 배현경이 옷을 갈아입고 짐을 챙기는데 전이갑이 오고 이어 궁중에서 시종이 달려왔다.

"시신은 준비가 되는 대로 예성강구를 떠나 뱃길로 백강구(白江口, 금강의 하구)에 당도하기로 마련했으니 장군께서는 육로로 완산성까지 직행하라는 어명이십니다."

말에 오른 배현경은 사지로 들어가는 참담한 심정으로 밤낮을 가리지 않고 남으로 말을 달렸다.

"철없는 아이들 때문에 이거 큰 변고가 나는 게 아닙니까?"

동행한 전이갑이 물었다.

"변고는 이미 난 것 같소."

접경에서 백제 군의 말로 갈아타고 그들의 호위를 받으며 이튿날 밤

자정 조금 못미처 완산성에 당도했다.

고려의 중신 배현경이 이렇게 온 것은 예삿일이 아니라고 밤중인데도 궁중으로 인도되어 들어갔다. 견훤은 기다리고 있은 듯 곧 나와 만나주었다. 거북한 것은 떠날 때부터 느꼈으나 막상 견훤을 만나니 인사말도 제대로 나오지 않았다.

절을 하고 왕건의 편지를 바치는 수밖에 없었다.

옆에서 민극이 편지를 읽기 시작했다. 촛불에 비친 견훤은 안색이 변하고 다 듣고 나서도 입술을 떨 뿐 배현경 일행을 뚫어지게 바라보다가 아무 소리 없이 자리에서 일어나 안으로 들어갔다.

배현경은 직접 그에게 무어라고 할 분위기가 못 되어 머리를 숙이고 있다가 그가 들어간 후 시립했던 대신에게 운구절차를 알렸다.

아무도 말이 없고 어느 얼굴도 제 색깔이 아니었다. 배현경은 이렇게 난처한 일은 난생처음이라 우두커니 서 있는데 한 사람이 다가왔다.

"예빈경(禮賓卿)이올시다. 객관으로 가시지요."

그의 인도로 객관에 들어간 배현경은 혼자 중얼거렸다.

"전쟁보다 어렵구나."

그는 눕자마자 코를 골았으나 옆방의 전이갑은 긴장한 탓인지 오만가지 생각에 잠을 이루지 못했다.

백전노장, 언제 어디서나 생명을 내던지고 처신하는 인물이구나.

전이갑은 혼자 생각했다.

다음 날 정오경 전이갑은 요란한 소리에 잠을 깼다. 뭇사람이 달리는 발자국 소리였다. 마당에 나가 세수를 하는데 울타리 밖에서 병정들이 웅성거리고 군관이 구령을 부르는 소리가 울려왔다.

방으로 들어가는데 시중드는 사람들이 점심상을 날라 왔다.

"아침에 예빈경이 다녀갔소. 백제 사람들의 능애에 대한 애정은 상상

이상인데 그 아들이 또 무참히 죽었다면 야단이 날 것 같다는구만. 소문이 퍼지면 이 객관을 들이칠지 모른다고 경비를 강화했다는 것이오."

배현경은 점심도 깨끗이 치우고 전이갑도 한 끼 굶은지라 반찬까지 남기지 않고 먹었다.

"갑갑한데 바둑이나 둘까?"

배현경은 여전히 덤덤했다.

"바둑을요?"

"달리 할 일이 있나?"

전이갑은 바둑을 두면서도 걱정이 머리를 떠나지 않았다.

"어떻게 될 것 같습니까?"

"십중팔구 전쟁이겠지. 가만있자, 자네 한꺼번에 두 수를 두지 않는가?"

전이갑은 바둑보다 걱정이 앞서 정말 두 수를 놓았다. 한 알을 떼고 물었다.

"우린 여기 갇히는 것이 아닙니까?"

"할 수 없지. 똑똑히 보게, 이 대마가 죽네."

배현경은 바둑 외에는 아무것도 머릿속에 없는 듯했다.

"불편하신 일은 없습니까?"

오후에도 예빈경이 찾아와 문안을 드렸다.

"너무 수고를 끼쳐 미안하외다. 한 가지 청이 있는데……."

배현경이 말을 끊고 그를 바라보았다.

"무슨 청이신지요?"

"모처럼 왔으니 태제(왕신) 어른을 찾아뵙게 해 주셨으면 고맙겠소이다."

"찾아보시지요. 여기서 멀지 않습니다. 걸으실랍니까, 말을 준비할까요?"

"걷지요."

그들은 사월의 따스한 햇살을 받으며 사람의 내왕이 잦은 거리를 빠져 산기슭의 큰 기와집 앞에서 발을 멈췄다. 여기도 많은 병정들이 지키고 있었다.

"태제분께서는 아직 모르시니 그리 아시구……."

예빈경이 귀띔해 주었다.

마당에 들어서자 방에서 책을 보던 왕신이 대청으로 나오고 그를 따라온 두 청년은 마당으로 달려 내려와 인사를 드렸다.

"말씀들을 나누시지요."

예빈경은 사랑채로 들어가고 배현경과 전이갑은 대청에 올라 큰절을 했다. 왕신은 절을 받으면서 아주 반가운 기색이었다.

"성상께서도 안녕하시구?"

"네."

무릎을 꿇은 배현경은 간단히 대답했다.

"나를 맞으러 왔소? 이야기가 잘된 모양이구만."

"아직 두구 봐야 할 것 같습니다. 성상의 친서를 가지고 여기 폐하를 뵈러 왔습니다."

"얘기가 잘될 거요. 여기 폐하는 마음이 넓고 소탈하신 분입니다."

"만나뵈었습니까?"

"그럼요. 지난가을에는 사냥에도 몇 번 동행하구 이해에 들어서는 한 달에 한 번은 점심 아니면 저녁에 불러 주셨지요."

"불편하신 일은 없으신가요?"

"왕족과 같은 대접을 하라는 어명이라누만. 그래서 출입도 마음대로 하고 불편은 없는데 아무래도 고향만 같겠소?"

왕신은 쓸쓸히 웃었다.

"그래, 어떻게 소일하십니까?"

"셈자나 깨우치고 장사를 하다가 팔자에도 없는 왕족이 돼 가지구 비로소 공부를 시작했지마는 낮살 먹구 보니 제대로 머리에 들어가야지요. 요 위 절간의 스님을 찾아 사기(史記)를 배우다가 십여 일 전에 경보(慶甫) 스님이 마침 거기 들리셨길래 부처님 말씀을 듣는 중이올시다."

경보라면 견훤의 왕사(王師)였다. 김씨로 신라의 왕족이었으나 출가하여 유명한 무염(無染) 스님에게 배우다가 스님이 돌아간 후 여러 절을 돌아다닌 끝에 나이 스물다섯에 중국으로 건너갔다. 이름난 스님들을 찾아 수도하고 삼십 년 만인 칠 년 전에 돌아왔는데 내년이면 육십이 된다고 했다.

임금 견훤도 그의 제자로 깍듯이 머리를 숙이고 온 나라의 존숭을 받았으나 서울 완산성을 마다하고 벽지에 있는 남복선원(南福禪院)에 거처하고 있었다.

인질에게 왕사의 가르침까지 받게 허용하는 견훤은 역시 작은 인물일 수 없었다.

불행은 순시에 와서 순시에 끝나는 것이 좋고 미리 안다는 것은 고통을 앞당겨 사람을 말리는 것이나 다름없었다. 배현경 일행은 무난한 이야기를 주고받다가 물러나왔다.

감사하고 경의도 표할 겸 경보 스님을 뵈려고 했으나 일체 사람을 안 만난다기에 그냥 돌아오는데 예빈경이 귀뜀했다.

"진호 어른의 시신은 내일 낮, 늦어도 밤에는 당도하리랍니다."

긴장의 한밤이 가고 또 불안한 새날이 왔다. 그러나 완산성의 성내는 어제와 다름없이 조용하고 가끔 지나가는 젊은 남녀의 웃음소리도 들려왔다.

점심을 마치고 한잠 자고 난 배현경은 또 대청에서 전이갑을 상대로 바둑을 두었다.

그러나 한 판이 끝나기 전에 바깥이 웅성거리기 시작하고 소동은 차차 더해 갔다.

"소문이 퍼진 모양이군."

배현경은 한마디 할 뿐 바둑판에서 눈을 떼지 않았다. 그러나 시간이 갈수록 더욱 떠들썩하고 간간이 여자들의 통곡 소리도 들렸다.

전이갑은 일어서 담 너머로 내다보았다. 온 성내 사람들이 쏟아져 나온 듯싶었다. 임금 견훤이 앞뒤에 수십 기의 친위대를 거느리고 질주해 지나가는 것이 눈에 들어왔다.

사이를 두고 여자들의 통곡 소리가 더욱 요란해지는 가운데 '백제국 태질 진호공지구(百濟國 太姪 眞虎公之柩)'라고 쓰인 깃발을 앞세우고 기마대의 경호를 받으며 영구를 실은 마차가 서서히 지나갔다.

"왔습니다."

전이갑은 앉으면서 손에 쥐었던 바둑돌을 판 위에 던졌다.

드높아지는 뭇 남녀의 울부짖는 소리, 그것은 반드시 사람이 아니라고 해도 됨직한 음성이었다. 삶과 죽음 사이를 헤매는 생령의 뼈저린 울부짖음이 예리하게 옆으로 퍼져 거리거리의 벽을 울리고 인간의 가슴을 쳤다.

두 사람은 무어라고 집어서 말할 수 없는 착잡한 심정으로 서산에 지는 해를 바라보고 있는데 영구를 호송하여 온 고려의 예부시랑 익훤(弋萱)이 이곳 예빈경의 인도로 고려 관원 사오 명과 함께 대문을 들어섰다. 그들을 호위하고 온 창기병들은 마당에까지 들어왔다가 물러가고 예빈경도 뒤따라 나갔다.

익훤은 배현경에게 무언의 인사를 드리고 전이갑은 일어서 그에게 머리를 숙였다. 아무도 입을 열지 않았고 열 계제도 못 되었다.

저녁식사를 날라 오는 여자들도 상을 내려놓고는 눈물을 훔치고 한 방에 몰려 흐느끼는 소리가 들렸다.

세상에 이처럼 어색하고 거북한 일도 없었다. 배현경 이하 고려 관원들은 국만 마시고 상을 물렸다.

어둠이 내리자 성내는 차차 조용해지고 어쩌다 사람들이 모여 앉아 큰 소리로 떠드는 소리가 들렸다. 딱히 내용을 알 수 없으나 고려에 욕설을 퍼붓고 있는 것만은 짐작이 갔다.

그런 속에서도 이 집을 관리하는 백제 관원은 등잔이 있는 곳마다 돌아다니며 불을 켜고 물러갔다.

고려 요원들은 배현경의 방에 모였다. 배현경은 이 고장 특유의 죽침(竹枕)을 베고 누워 익훤을 바라보았다.

"생각보다 빨리 왔구만."

"더운 때라구 성상께서 여간 독촉이 심해야지요. 그날루 떠났는데 마침 순풍이라서……, 백강구에는 여기 폐하께서도 나오셨더군요."

"……."

"이거 어떻게 되는 겁니까?"

익훤은 걱정이 아물거리는 얼굴이었다. 분노와 적개심이 소용돌이치는 적지에서 한 치 앞이 안 보이는 자기의 운명, 동료들의 운명으로 머리가 꽉 차 있는 눈치였다.

"모르지."

배현경의 대답은 간단했다.

밤도 어지간히 깊어서 십여 명의 병사들을 거느린 예빈경이 대문으로 들어왔다.

"배 장군께서는 궁중으로 들어오시라는 어명이십니다."

"나 한 사람만이오?"

"그렇습니다."

궁중의 서쪽 어지간히 큰 전각, 밖에는 초롱, 안에는 촛불이 수없이 켜져 대낮같이 밝았다.

넓은 대청 중앙에 대로 깎아 만든 듯 칠도 하지 않은 단 위에 진호의 관이 안치되고 양쪽에는 문무백관이 빈틈없이 늘어서 있었다.

향이 피어오르는 가운데 제상이 있고 여러 개의 만장(輓章)이 서 있는 것으로 보아 제례가 있는 모양이었다.

관 주위에 두 손을 모아 쥐고 서 있는 늙고 젊은 인원은 행색으로 보아 의원이라고 짐작되었다. 배현경은 예빈경이 인도하는 대로 관 옆에 가서 지정된 자리에 섰다. 자기에게 쏠린 뭇시선, 인간의 시선이 이렇게 날카롭고 견디기 어렵다는 것을 오십육 세의 배현경도 처음 경험했다.

이윽고 견훤이 나타났다.

배현경은 허리를 굽히고 백관들도 일제히 머리를 숙였으나 그는 돌아보지도 않고 턱으로 의원들을 가리켰다.

젊은 의원 한 사람이 관 뚜껑을 열고 나머지 몇 사람이 저마다 큼직한 촛불로 안을 비추는 가운데 수염이 하얀 의원이 그들더러 시신을 덮은 흰 천을 걷어내게 하니 나체의 진호가 나타났다. 노인은 머리에서 발끝까지 만지다가 하복부에서 오래도록 손이 멎었다. 쓰다듬고 누르고 하다가 젊은 의원의 손에서 촛불을 넘겨받아 스스로 비추면서 찬찬히 들여다보았다.

머리를 쳐든 노인은 견훤 앞에 깊숙이 허리를 굽히고 아뢰었다.

"독살에 틀림없고 약은 짐독(鴆毒)인가 합니다."

견훤은 배현경을 힐끗 내려다보고는 관 양쪽 모서리를 짚고 머리를 떨어뜨린 채 아무리 기다려도 쳐들 줄을 몰랐다. 눈물이 쏟아져 시체를 적시는 것이 배현경의 눈에도 보이고 백관들의 호곡소리가 전각을 뒤흔드는 듯했다.

배현경도 저절로 눈물이 솟아 고개를 떨어뜨리고, 눈물은 흘러 두 뺨을 적셨다.

견훤이 물러가자 예빈경이 눈물을 닦으며 다가왔다.

"돌아가시지요."

배현경은 고개를 떨어뜨린 채 예빈경을 따라 밖으로 나온 후에야 남몰래 손바닥으로 얼굴을 훔쳤다.

칼을 잡은 지 삼십육 년, 숱한 죽음과 맞서 왔으나 졸병으로 처음 단짝 전우를 잃었을 때 가슴이 터질 듯한 슬픔을 맛본 그는 인간의 죽음이 이토록 가슴 아픈 것인 줄은 잊고 있었다. 더구나 장군이 된 후로는 이름 없는 병사들의 죽음은 죽음으로도 보지 않게 되었고 잡초가 뿌리를 뽑히거나 불에 타는 정도의 감각 이상은 아무것도 없었다.

그렇지 않고 장군이 개개 병사의 죽음을 슬퍼하다가는 되지도 않는 것이 전쟁이기도 했다. 오늘 밤의 이 장면도 전쟁의 연장이요, 누가 뭐래도 전쟁은 죄악이었다.

객관으로 돌아왔으나 초조하게 기다리고 있던 사람들이 뭐라고 물어도 고개만 끄덕일 뿐 그대로 자기 방에 들어가 잠자리에 들었다.

첫 닭이 울 무렵, 말굽 소리에 잠귀가 빠른 배현경은 일어나 문을 열고 내다보았다.

대문이 열리면서 초롱불을 든 병정을 앞세운 예빈경이 들어서고 왕신을 모시고 온 두 청년이 그를 뒤따랐다. 다른 사람들도 잠을 설친 양 대청으로 몰려나왔다.

"무슨 일이지요?"

배현경의 가라앉은 목소리였다.

"고려 사신들께서는 즉시 떠나시라는 어명이십니다."

"우리 태제 어른께서는 어디 계시지요?"

예빈경은 머뭇거리다가 대답했다.

"안되었습니다마는 간밤에 하옥(下獄)되셨습니다."

예측한 일이었으나 배현경은 마음이 편할 수 없었다. 그렇다고 두려가 있는 것도 아니었다.

그들은 서둘러 채비를 하고 밖으로 나왔다. 대기하고 있던 말을 타고 삼엄한 호위 하에 북행길을 재촉했다.

견훤은 왕신의 목을 베고 진호를 독살한 고려의 죄상을 천하에 공표하였다. 유해도 보내오지 않았다.

뿐만 아니라 하늘도 인간도 용서할 수 없는 이 간악한 왕건의 무리를 기필코 토벌하고야 말겠다고 선언했다.

왕건은 가슴을 짓누르던 진호 사건은 뒤로 물러가고 왕신의 죽음으로 가슴이 미어질 듯했다. 군에 출동 준비를 명령하고 분노, 비애로 며칠 동안 식음도 전폐하였다.

그는 복지겸 군의 전면개편도 단행하였다. 자기의 영역을 넘어 엉뚱한 백성들을 괴롭혔을 뿐 아니라 상사의 통제를 무시하고 나라의 정치에까지 간여해서 이 같은 국가의 위난을 초래한 자들은 이미 군인일 수 없고 죄인일 수밖에 없다고 대로하였다.

진호의 독살에 관련된 자들은 철저히 색출되어 처단을 받고 부정이 있는 자들은 가차 없이 처벌을 받았다. 많은 자들이 쫓겨나고 새 사람으로 대체되었다.

임금의 아우마저 죽게 만들 정도로 방자한 자들이었던지라 누구의 동정도 못 받았고 백성들은 갈채를 보냈다.

부하들이 이처럼 엄청난 일을 저질렀으니 복지겸도 그냥 있을 수 없었다. 자청해서 물러났으나 왕건은 계속 건국의 원훈(元勳)으로 대접하도록 조처했다.

견훤의 백제에서는 만 명 가까운 기병집단이 움직이기 시작했다. 고려에서는 작년에 점령한 고창 방면으로 오리라고 생각했으나 견훤은 웅진(熊津, 공주)에 본영을 설치하고 북진 준비에 들어갔다.

백강 때문에 이쪽은 어려우리라고 생각했는데 고창 방면으로 가는 듯이 보이면서 일대 우회작전을 감행하였다. 역시 견훤은 적이 생각하지 못하는 것을 감히 하는 장수였다.

견훤이 웅진에 나타나자 왕건은 이미 출동 준비를 끝낸 군대에 홍유를 총대장으로 진격을 명령하고 자신도 친위대를 거느리고 떠날 채비를 했다. 반드시 견훤의 목을 쳐서 왕신의 원수를 갚는다고 측근에서 누가 무어래도 듣지 않았다.

신숭겸이 찾아왔다.

진호 사건 후 시름시름 앓다가 집에 몸져누워 있던 그가 나타난 것이다.

부르지 않으면 찾아오는 법이 없고 묻지 않으면 알아도 말이 없는 이 묵중한 장수가 제 발로 찾아온 자체가 희귀한 일이었다.

수척한 얼굴로 들어온 신숭겸은 힘없는 목소리였다.

"성상께서 친정을 하신다는 말씀을 들었는데 사실입니까?"

"사실이오."

"그만두시지요."

"왕신의 억울한 죽음을 잊었소?"

"신이라고 어찌 마음이 편할 수 있겠습니까? 그러나……."

신숭겸은 사이를 두고 계속했다.

"잘못은 우선 이쪽에 있었고 배 장군이 보고를 드린 바와 같이, 백제는 상하 일치하여 분노에 떨고 있습니다. 노한 병사들은 생사를 가리지 않고 일당백으로 싸울 터이니 황공하오나 승패는 내다보이는 듯합니다."

"우리 고려 백성들은 왕신의 죽음을 아무렇지도 않게 생각한단 말이오?"

왕건은 ㅅ했다.

"애석하게 생각하지요. 그러나 이쪽이 먼저 잘못을 저질렀다는 것은 천하가 다 아는 사실이 아니겠습니까? 백성들은 물론 병사들 사이에서도 진호의 죽음을 동정하고 견훤이 동병하는 것은 당연하다는 공기가 농후합니다. 말하자면 음흉하고 비열한 짓을 해서 싸움을 걸었다, 적이 옳고 이쪽이 잘못이다, 이렇게 생각하는 병사들을 가지고 죽음을 무릅쓰는 적과 대적이 되겠습니까? 안 되지요."

왕건은 노한 얼굴로 그를 바라보았다.

"다른 사람들은 모든 군인들이 분노에 떨고 있다는데 유독 신 장군만 그렇게 보시오?"

"다른 사람들의 일은 알지 못하옵고 신이 알기로는 그렇습니다. 더구나 폐하께서 친정하시면 야전이 될 수밖에 없는데 적이 옳다고 적에게 동정하는 병사들인지라 멋대로 달아나 지리멸렬되어 크게 패하리라는 것이 신의 생각입니다."

왕건은 생각하는 눈치였다. 아무리 아픈 말이라도 참고 듣는 그의 특성은 살아 있었다. 신숭겸은 한동안 말이 없다가 계속했다.

"항상 냉정하시던 폐하십니다. 애통하시는 심정은 알고도 남음이 있습니다마는 그 위에 패전까지 겹치면 어떻게 되겠습니까? 예전의 냉정을 되찾으시지요. 또 설사 전쟁이 불가피하다 치더라도 폐하께서는 몹시 흥분하셨는데 장수가 흥분하면 판단에 잘못이 있기 십상입니다."

"흥분한 내가 나가서는 일을 그르친다는 말씀 같은데, 그렇다고 합시다. 그러면 누가 나가는 것이 합당하겠소?"

"누가 나가고 안 나가고가 아니라 이번 전쟁은 아예 안 하시는 것이 좋겠습니다."

"아ー니, 적이 쳐들어오는데 안 하려야 안 할 수 있소?"

"성을 굳게 지키고 나가 싸우지 않으면 공연한 싸움을 걸었다는 이쪽 병사들의 오해도 풀리고 적도 어쩔 도리가 없을 터이니 싸움이 되지 않을 것입니다."

왕건은 차차 누그러졌다.

"그러면 홍유가 이끌고 간 병사들을 되돌려온다는 말이오?"

"아닙니다. 접경의 중요한 성들에 분산 배치하여 수비를 도우면 사기도 올라가고 성은 염려 없을 것입니다."

"공격은 최선의 방어라고 했는데 적이 치고 또 치면 아무리 든든한 성도 결국 떨어지시 않겠소?"

"그것은 고립무원한 성의 얘기이고 그동안 이쪽도 가만있겠습니까? 제때에 적절히 인원과 물자를 지원하면 그럴 염려는 없을 것입니다. 이번 견훤의 움직임으로 보아 한두 개의 성은 혹시 떨어질지 모르겠습니다마는 아까 말씀대로 지키고 싸우지 않으면 대세를 바꿔 놓을 수는 없을 것입니다."

"무한정 싸움이 계속되겠구만."

"사람은 먹어야 하고 싸움은 무기가 있어야 합니다. 싸움이 시작되면 식량이고 무기고 갈수록 줄어들게 마련이 아닙니까?"

"……."

"목포에 있는 함선들은 나주를 위해서 그냥 둔다 하더라도 지금 정주(貞州, 개풍군 광덕면 풍덕리)에는 칠팔십 척의 함선들이 놀고 있습니다. 이 함선들이 출동해서 백강(금강)을 건너오는 보급을 막고 육지를 우회해서 오는 보급은 유격대를 요지에 파견해서 방해하면 길어야 석 달 이 내에 견훤은 물러갈 것입니다."

"어떻게 석 달로 잡소?"

"아시다시피 기병이 보병보다 무기와 식량을 많이 싣고 온다 하더라도 석 달 이상 가지 못하지요."

"참, 그렇지."

"그러나 폐하께서 나가지 않으시면 한 달 안팎에 견훤은 물러가리라는 것이 신의 짐작입니다."

"그건 무슨 까닭이오?"

"노한 견훤이 한두 개의 성을 뺏으려고 나선 것은 아닐 것입니다. 그가 노리는 것은 폐하의 목숨입니다."

"……."

"웅진에 유인해다가 일대 결전으로 일거에 결판을 내자는 것이 아니겠습니까? 야전의 명수인 그로서는 가히 할 수 있는 일인데 왜 그 함정에 빠져들겠습니까? 더구나 그는 이쪽 병사들이 오히려 자기에게 동정하고 있다는 것도 모르지 않을 것입니다."

왕건의 안색이 달라졌다.

"모두들 입만 열면 견훤을 야전의 명수라고 하는데 견훤이 그렇게 명장이오?"

"폐하나 견훤이나 몇백 년에 한 사람쯤 날까 말까 한 명장이지요."

"……."

"각각 그 장기(長技)가 다를 뿐입니다. 사람마다 타고난 재주가 달라서 어떤 사람은 목수 일에 능하고 어떤 사람은 석공 일을 잘하듯이 명장이라도 제각기 장기가 있지 않겠습니까? 견훤은 야전에 능하고 폐하께서는 성을 지키고 착실히 성을 공격하여 이를 빼앗는 데 능하십니다. 견훤이 야전의 명수라고 폐하께 말씀드릴 때는 그의 장기에 말려들지 말고 폐하의 장기를 살리시라는 충언으로 새겨들으시면 좋겠습니다."

"알았소. 이번 일은 신 장군의 의견대로 대처하고 친정도 그만두기로 하지요."

"들으시기 거북한 말씀만 드려서 죄송합니다."

"아니오. 듣기 좋은 말은 싫증이 나도록 듣구 있소. 앞으로도 듣기 싫은 말을 해 주시오."

"신은 오늘 살아서 돌아가지 못할 것으로 알고 찾아뵈었는데 너그러이 들어주시니 황공하기 그지없습니다."

"몸이 불편한데도 불구하고 이렇게 와서 잘못을 바로잡아 주시니 고맙고 송구스럽소."

"좀 차도가 있는 듯합니다. 전의시의 의원까지 보내 주셔서 황송합니다."

왕선은 물러가는 신숭겸의 겨드랑을 끼고 밖에까지 나와 가마에 태워 보냈다.

그는 자리에 돌아와 혼자 생각했다.

잘못은 이쪽에 있다고 감히 말한 사람은 신숭겸뿐이다. 싸우면 진다고 터놓고 이야기한 것도 그뿐이다. 그가 말한 대책은 옳다. 죽기로 작정하고 들어온 것도 사실일 것이다.

신숭겸이야말로 충신이요, 이런 신하가 있다는 것은 자기의 복이 아닐 수 없었다.

부자 이대에 걸쳐 참혹한 죽음을 당한 왕신의 운명, 고아로 불쌍하게 자랐고 벼슬은 싫다고 장사를 하면서 자기에게 그렇게도 다정하던 왕신의 죽음에 한동안 제정신이 아니었다. 자기가 임금이 되는 바람에 장사를 그만두지 않을 수 없었고 억지로 시종이라는 아무것도 아닌 벼슬을 하다가 인질로 가서 죽었다. 모든 것이 자기 때문이었다. 슬픔과 자책감이 뒤엉켜 냉정을 잃었는데 신하들은 자기의 비위를 맞추느라고 이쪽의 잘못은 덮어두고 견훤만 나무라고 싸우면 이긴다고 부추기기까지 했다.

나만 생각했지, 남의 심정은 생각하지 못했다. 친아우 능애를 그렇게 잃고 그 아들이 또 독살을 당한 견훤의 아픈 심정은 자기보다 더하면 더했지 못할 리 없다. 그것을 생각할 여유마저 없었다. 역시 수양이 부족했구나.

신숭겸은 임금인 자기 앞에서 '비열'이라는 말까지 썼다. 진호를 독살한 것은 비열한 짓이었다고…….

비열하다는 말이 맞다. 백성들이나 병사들이나 사람이기는 마찬가지다. 이 비열한 짓을 옳다고 할 까닭이 없다. 적이 옳고 이쪽이 그르다고 생각하는 병사들이 무엇 때문에 목숨을 걸고 싸울 것인가.

신숭겸은 옳게 보았다.

그는 민심의 동향도 생각해 보았다. 인질은 나라와 나라 사이에 교환하는 것으로 임금의 명령 없이 죽인다는 것은 있을 수 없는 일이다.

자기 귀에는 안 들어와도 왕건이 그렇게 비열한 줄은 몰랐다고 백성들은 등을 돌리고 있을 것이다. 이것을 어떻게 수습한다? 새로운 걱정이 생겼다.

민심은 천심이라고 백성들의 마음을 잃으면 그것으로 고려도 끝장이다.

병사들의 단련을 게을리하지 않았지만 병사들이라고 별종이 아니다. 백성들 속에서 뽑은 사람들이요, 따로 군사훈련을 받고 평화를 가져온다는 대의명분으로 사명감을 불어넣은 것이 다를 뿐이다. 임금이 비열하다, 그가 내세우는 대의명분은 겉치레다, 하면 그들도 백성들과 마찬가지 심정으로 돌아갈 것이다.

고려의 백성들뿐 아니라 강토 밖의 장수들과 그 백성들도 마찬가지다. 그들이라고 다를 까닭이 없고 왕건을 다시 보아야 하겠다고 생각할 것이다.

냉정을 되찾고 보니 이번 일을 계기로 고려는 중대한 기로에 서 있었다. 한번 시작한 재앙, 꼬리를 물고 일어나더니 더욱 기승하여 이 지경에까지 이르렀다.

그는 신숭겸의 말대로 남진 중인 홍유에게 편지를 써서 급사를 보내고 일이 손에 잡히지 않아 긴급한 문서에 수결을 하고는 평소보다 일찍 물러나왔다.

전쟁에서 갈아입을 옷을 바느질하던 사화가 일손을 놓고 일어서 그가 벗는 옷을 받으면서 물었다.

"무슨 일이 있었나요?"

"이건 뭐야?"

"출정하시면 입으실 옷이에요."

"출정은 그만두기로 했소."

"아이구, 참 잘하셨어요."

"울적한데 술이나 한잔 줘요."

사화는 왕건이 먹고 마시는 것은 주방에 나가 손수 마련해 오는 것이 습성처럼 되어 있었다. 그는 나가 간단한 찬과 술병을 얹은 소반을 들고 들어왔다.

왕건은 따라 주는 대로 몇 잔 마시고 창문을 바라보면서 한숨을 내쉬었다.

"또 무슨 걱정이라도 생겼나요?"

사화가 물었다.

"이번 일 말이야. 진호 사건으로 전쟁까지 벌어지게 된 것을 사화는 어떻게 생각하지?"

"글쎄요, 아녀자가 국사(國事)를 어떻게 알겠어요?"

"아녀자도 사람인데 생각은 있을 게 아니야?"

"말씀드리지요. 집을 떠날 때 아버지께서 엄히 이르셨어요. 설사 왕후가 되더라도 대소사를 막론하고 국사에는 일체 입을 열지 말라구요."

"훌륭한 아버지시지. 왕후라 생각하지 말구 백성이라 생각하구 내가 묻는 말에 대답해 봐요."

"……."

"이번 일은 어느 쪽이 잘못했다고 생각하지?"

"……."

사화는 고개를 떨어뜨리고 대답이 없었다.

"생각하는 대로 말해 봐요."

"아무 말씀 드려도 괜찮을까요?"

"그럼."

"이쪽이 잘못한 게 아닌가요? 틀렸는지 몰라도 그렇게 생각되네요."

왕비까지 이 지경이니 천하의 민심은 가히 짐작할 수 있었다.

"세상 사람들이 다 그렇게 생각하겠지?"

"글쎄요……. 나다니지 않으니 모르겠어요."

"사람의 생각은 다 마찬가지야. 내가 시키지 않은 건 사화도 알지?"

"알아요. 허지만……."

사화는 말꼬리를 흐렸다.

"허지만?"

"세상 사람들이야 그렇게 생각하나요?"

왕건은 빈 잔을 내밀었다.

술을 따르는 사화의 안색이 좋지 않았다.

"걱정이라두 있어?"

"사실은 이 일이 있은 후 저도 저 나름대로 걱정해 왔어요."

"세상 사람들은 내가 시켰고 나를 간악한 인간이라구 생각하겠지?"

"……."

"신 장군이 일부러 찾아왔더군."

"신 장군은 세상물정을 잘 아실 터인데요."

"신 장군도 사화와 같은 말을 하구 갔지."

왕건은 비밀도 아니기에 술을 들면서 신숭겸과 주고받은 이야기를 했다.

"신 장군은 역시 생각이 깊은 분이군요."

이야기를 듣고 난 사화는 조용히 응대를 했다.

"그래, 충신 중의 충신이지."

"그런데 신 장군은……, 아이 그만두겠어요."

"말해 봐요."

"짐작에 불과해요."

"짐작이라두 좋아."

"신 장군은 한 가지 말씀 안 하신 게 있는 것 같아요. 그것만은 신 장군이라도 말씀드리기 어려웠겠지요."

"무언데?"

"그저 짐작한 것이니까 그쯤 알구 들으세요. 천하 사람들은 여태까지 고려 왕은 인자하신 임금이라구 생각해 왔는데 알구 보니 잔인무도하구 전쟁을 좋아하는 인물이다. 이렇게 생각하지는 않을까요?"

"왜?"

"진호를 죽이면 왕신 도련님이 무사하지 못할 것은 뻔한데, 집안 아우의 목숨마저 초개같이 알고 진호를 죽였으니 백성의 목숨 같은 것은 아무것도 아닐 것이다, 그래 가지구 시비를 걸어 백제와 싸운다, 혹시 이런 생각들은 안 할는지……. 순전한 추측이니 개의치 마세요."

왕건은 거기까지는 생각하지 못했다.

오십이 되도록 잔인무도한 일을 해 본 일이 없고 생각한 일조차 없었다. 그런데 자기가 잔인무두한 인간으로 천하 사람들의 손가락질을 받는다?

어처구니없었으나 냉정히 생각하니 있을 수 있는 일이었다.

지금 급한 것은 전쟁이 아니라 천하의 민심을 돌리는 일이다.

재앙이라는 것이 여기까지 자기를 몰아세울 줄은 몰랐다.

"그렇게 생각하는 것이 당연할 거야."

"제 말씀 무겁게 듣지 마세요. 짐작에 지나지 않으니까요."

신숭겸이 전쟁을 막아 준 것은 참으로 고마운 일이었다. 천하 사람들에게 이쪽에서 싸우려고 한 것도 아니요, 그럴 의사도 없다는 것을 분명히 해야겠다. 그러나 그것으로는 부족하다. 말 많은 사람들은 왕실에 불화가 있어 그런 수단으로 왕신을 죽였다느니, 막상 일으키고 보니 감당할 수 없어 싸우지 못하고 지키기만 한다느니, 얼마든지 만들어 낼 수 있을 것이다.

인간은 남의 칭찬보다 헐뜯는 것을 듣기 좋아하는 묘한 취미를 가진 동물이다. 되풀이되고 널리 퍼지면 이 왕건은 정말 잔인무도한 인간이 될 수밖에 없을 것이다.

난세란 파고들면 세상인심의 소란인데 이것을 진정시키려는 사람으로는 이처럼 큰 장애도 없었다.

"사화의 말이 옳아."

왕건은 무한정 생각하다가 이렇게 말했다.

"무슨 방책이 없을까?"

"글쎄요."

"백성의 처지에서 생각해 봐요."

"……."

사화는 얼른 대답하지 않았다.

"모든 사람이 과연 그렇구나! 하고 오해를 풀게."

왕건은 사화를 지켜보았다.

"무슨 일이나 정직한 것이 좋지 않을까요? 나라를 움직이는 일은 다른지 몰라두요."

사화는 말조심하면서 대답했다.

"다를 게 없지."

"진호가 무슨 영문인지 별안간 죽었다, 의원들은 진심통이라구 한다, 희미하게 발표하셨지요. 이상한 눈치를 보인 의원은 그날로 암살을 당하구."

"그 소문까지 세상에 퍼졌는가?"

"세상에 비밀이 있나요? 어떤 관원들은 화장을 주장했는데 그것두 어리석지 않아요? 더 의혹을 사구 말이 많았을 거예요. 시체를 보낸 건 백 번 잘하신 일인데 백제에서도 화장할 줄 안다는 걸 모르나 부지요?"

"그러게 말이야."

"강도를 가장해서 그 늙은 의원을 암살한 것도 여기 관련된 관원, 군인들이라면서요?"

"그런 소리는 어디서 들었어?"

"앉아 있어두 저절로 들어오는걸요."

"……."

"제 생각에는 진상을 정직하게 공표하는 것이 제일 좋을 것 같아요. 앞뒤가 안 맞으니 믿지 않지, 앞뒤가 맞으면 잡음도 없어지지 않을까요?"

"그럼 다 믿는다는 말이지?"

"그건 과욕이세요. 성현의 말씀도 다는 안 믿는데, 열 명 중에서 여섯 이나 일곱 명쯤 믿어도 성공이지요."

왕건은 새삼스레 사화를 총명하다고 생각했다. 성현의 말씀도 안 믿어 별의별 죄악이 성행하고, 결국 이런 난세까지 되었는데 이 왕건의 발표를 다 믿으라는 것은 과욕일시 분명했다.

"백제 왕에게도 진상을 적은 편지를 보내서 사과하시구요."

"사과?"

"잘못했으니 사과하시는 것이 옳지 않을까요?"

왕건은 화제를 돌렸다.

"견훤은 천하에 당할 자 없는 야전의 명수, 나는 착실하게 성을 공방 (攻防)하는 데 능한 장수라고 하는데 맞는 말일까?"

"저는 전쟁은 모르지마는 그런 소리를 들었고, 맞는 말이라구 생각했어요."

"왜?"

"두 분의 성품을 그대로 나타낸 게 아닌가요?"

"성품?"

"바람으로 치면 백제 왕은 폭풍 같은 분이고 폐하는 봄바람 같은 분이니까요."

"결국 폭풍이 이기겠군."

"왜요?"

"더 세잖아?"

"계절 나름이지요. 겨울에는 폭풍이 세지마는 봄이나 여름에는 훈훈한 바람이 결국 승하잖아요?"

"듣기 좋으라구들 하는 소린데 결국 견훤은 명장이고, 이 왕건은 장수로는 성장(城將) 정도밖에 안 된다는 얘기로군."

"돌아가신 아버지가 하시던 말씀을 드릴까요?"

"해 봐요."

"듣기 거북해도 그냥 들으세요. 장수로는 견훤을 덮을 사람이 없고, 폐하는 아까 말씀대로 성장 정도라구 하셨어요. 허지만 두 분이 다 제왕의 그릇인데 백제 왕은 너무 걸출해서 그 밑에서는 아무리 뛰어난 사람도 기를 펴지 못하구 재능을 발휘하지 못해서 크지 못한대요. 그러니 백제 왕만 돌아가면 인물이 없어서 당대로 끝날 것 같다구요. 그러나 폐하께서는 사람을 볼 줄 알구 아끼구 키워서 좋은 신하를 많이 두신 분이래요. 장수들을 거느리고 마음대로 부릴 수 있는 장수 이상의 인물이라구 하시더군요."

"……."

"제가 보기에도 그러세요."

왕건은 말없이 그를 바라보았다.

"백제 왕은 혼자 결정하구 남의 말을 잘 안 듣는대요. 그러나 폐하께서는 하찮은 사람의 말에도 참을성 있게 귀를 기울이시더군요."

"……."

"또 다른 점은 폐하께서는 머리를 잘 숙이세요. 백제 왕이 누구에게 머리를 숙였다는 소리는 못 들었어요. 요즘은 덜하다지마는 성을 뺏으면 그때까지 그 성에 있던 장수들은 사람 같지 않은 것들이라고 내쫓구 자기 부하들을 배치한다면서요. 누구나 제 잘난 멋에 산다는 말이 있잖아요? 세상에서는 건달 장군이라고 하지마는 그쯤 된 사람들은 작으나 크나 한가락씩은 있는 사람들 아니겠어요? 폐하께서는 머리를 숙이고 성을 그대로 주시고 명절에는 선물까지 보내시잖아요?"

"……."

"머리를 숙이실 때마다 저는 아교를 생각했어요."

"아교?"

"깨진 물건을 붙이는 아교 말이에요. 사람들을 폐하의 주위에 붙여서 떨어질래야 떨어질 수 없게 만드신단 말이에요."

"……."

"그 못난 신라의 임금에게도 머리를 숙이셔서 못 떨어지게 붙어 놓으시니 아교라도 여간한 아교가 아니지요."

"아교라……."

비애, 분노, 전쟁 준비 등으로 여러 날을 긴장 속에 보내고 나니 피곤이 한꺼번에 쏟아져 간단히 저녁을 들고 잠자리에 들었다.

이튿날 그는 시종에게 녹용을 한 틀 들려가지고 문병도 겸해서 신숭겸의 집을 찾았다. 임금의 거동인지라 신숭겸은 아픈 것을 무릅쓰고 마당까지 내려와 맞아들였다.

자리에 앉자 신숭겸은 이렇게 말했다.

"병이라는 것을 모르고 이 나이가 되어 처음 앓아누우니 어찌나 맥이 풀리는지 죽는 게 아닌가 했습니다. 그러나 이제 고비를 넘기고 살아날 것 같습니다."

"신 장군은 내 팔인데 빨리 일어나야지요."

신숭겸의 용태가 괜찮은 것을 보고 어제 사화가 하던 이야기의 내용을 차마 사화의 의견이라고 할 수 없어 자기의 의견처럼 꺼냈다.

"성상께서는 역시 영명하십니다. 신이 듣기에도 당장 이 개경의 민심마저 흉흉하다고 합니다. 하루라도 빨리 진상을 밝히시고 고을에도 소상히 알리는 것이 좋겠습니다."

"어제 그 말씀을 해 주시지 그랬어요."

"성상이 너무 애통해 하시길래 후일로 미뤘습니다."

그러나 견훤에게 사과 편지를 보내는 데는 반대였다.

"태제 분을 처단하기 전이라면 합당한 일이지요. 그러나 이미 전쟁까지 일어난 마당에 그런 편지를 보내시면 항복이나 다름없이 해석되기 쉽고 우리 군사들의 사기에도 영향이 있을 것입니다. 또 견훤은 무어라고 해도 분을 풀 성품이 아닙니다. 공표하여 천하사람들의 마음을 돌리면 그것으로 족하지 않을까 합니다."

"그렇게 합시다."

왕건은 돌아오는 길로 형조(刑曹)와 병조(兵曹)의 대신들을 부르고 문하(門下), 상서(尙書)의 두 원로대신들을 합석시켜 발표문을 작성케 했다.

그들은 형조나 병조에서 발표하는 형식으로 문안을 만들어 가지고 왔다.

"우리는 진호, 진호 하지마는 진호는 백제 왕의 지친이오. 내 이름으로 발표해야 하오."

그들은 문안을 고쳐 당일로 발표하고 고을에도 사람을 보내 소상히 알렸다.

사월이 가고 오월이 다 가도록 고려 군은 성을 지키기만 하고 적이 공격해 오지 않는 이상 나가 싸우지도 않았다.

웅주 땅에 대기병집단을 대기시켜 놓고 왕건이 오면 일대 섬멸전을 벌이려던 견훤은 기다리다 지쳤다. 왕건은 반드시 올 것으로 생각했고, 또 초기에는 친정을 공언하고 금시 떠나리라는 소식도 있었다.

그런데 오지 않았다.

자기의 전법을 아는 사람이 말린 것이 틀림없었다. 누구일까? 세상의 공론이 일치해서 자기에게 동정이 쏠린 이때처럼 좋은 기회도 없는데 왕건이 움직이지 않으니 안타깝기 이를 데 없었다.

그렇다고 멀리 북상하여 개경을 직격할 수도 없었다. 적중에서 고군(孤軍)이 되어 자멸할 것이다.

왕건은 나타나지 않고 고려 군은 성들을 지키기만 하고 나와 싸우지 않으니 도무지 전쟁이 되지 않았다. 어지간한 성들이라면 짓밟을 수도 있건만 수비를 강화해서 어쩔 도리가 없었다.

그는 야전에는 자신이 있었으나 성을 공격하는 데는 서툴다는 것을 스스로 알고 있었다.

한 달만 더 기다려 보자.

개경의 왕건은 대세를 지켜보고 있었다. 신숭겸의 말대로 전쟁도 되지 않고 성도 하나 떨어진 것이 없었다.

세상 공론도 달라졌다.

처음에 진상을 공표했을 때는 믿는 사람도 있었으나 믿지 않는 사람들이 더 많았다. 그러나 싸울 생각이 없다고 공언했고 실지로 싸우려고 하지 않으니 차차 그것이 사실이었다고 믿는 사람이 늘어 가고 민심도 돌아섰다.

못된 군인 관료들의 철없는 짓으로 집안에 변까지 당했으니 어진 임금이 얼마나 상심하셨겠느냐, 동정론도 나왔다. 나중에는 피차 인질을 죽였으니 마찬가지 아니냐, 고려에서는 임금 몰래 군인 관료배들이 한 짓이지마는 백제에서는 임금이 직접 명령해서 죽였으니 백제가 더 나쁘다는 소리도 나왔다.

신숭겸의 병도 차도가 있어 아침이면 집 근처에 나와 거닌다고 했다. 왕건은 그가 고마웠다. 결국 그의 말대로 이 전쟁은 흐지부지될 전망이 확실해졌다.

그런데 난데없이 신라의 사신이 조서(詔書)를 가지고 나타났다.

―짐이 듣건대 너 충신 왕건은 성을 지키기만 하고 나가 싸울 생각을 하지 않는다니 답답하도다. 개경에서 웅주까지는 육지로 연속되어 보급도 편하고 병력도 막강한데 이런 기회를 허송하는 경의 심사를 알지 못하겠노라. 견훤은 어리석게도 양양한 백강(금강)을 뒤에 하고 배수지진(背水之陣)을 쳤으니 이 기회를 놓치지 말고 총력으로 밀어붙여 그 흉악한 역적으로 하여금 백강의 물귀신이 되어 영영 없어지도록 할지니라.―

제법 아는 소리까지 곁들였다.

충신이요, 보호자인 왕건이 강해야 안심이 되겠는데 견훤이 무서워 싸우지 못하는 모양이니 이거 큰일이라고, 신라 조정이 떠들썩한다는 소문도 들렸다.

왕건은 좋은 말로 타일러 보냈다.

"흥망은 하늘에 달렸으니 두고 봅시다."

얼마 안 되어 신라에서 묘한 소문이 되돌아왔다. 역적 견훤은 악이 쌓이고 쌓여 망하게 되어 있다. 그때에 쳐부수려고 기다리는 중이다. 왕건이 이렇게 대답했다는 것이다.

소문을 들은 웅주의 견훤은 신라 애들이 조물성 전쟁 때도 괘씸하게 나불거리더니 또 우습게 논다고 가슴에 접어 두고 유월이 오자 철군했다.

이제 백제와는 돌이킬 수 없는 원수지간이 되고 말았다. 왕건은 아이들이 크면 혼인관계라도 맺어 평화로운 가운데 일을 해결해 보려는 생각도 마음 한구석에 없지 않았다. 그러나 등극 전에는 태자 무(武)를 제외하고는 어떻게 된 셈인지 아이가 없었고 등극 후에야 여자들이 모여들고 아이들도 많이 태어났다. 그나마 등극한 지 구 년, 아이들이 어려서 그런 말을 입 밖에 낼 계제가 못 되었다.

그런데 서로 인질을 죽이는 참사가 벌어졌으니 피로 생사를 결판 짓는 외에는 방도가 없이 되고 말았다.

　궁중의 일월사에 나가 부처님 앞에 절하고 오래도록 생각해도 이것은 자기의 뜻도 견훤의 뜻도 아니었다. 진실로 인간의 힘은 미미하고 역사는 곧바로 흐르는 것이 아니라 심술궂은 소용돌이로 인간을 희롱하면서 제 갈 길을 가고 있었다.

　그러나 할 수 있는 일은 하지 않을 수 없는 것도 인간이 타고난 운명이었다. 되고 안 되는 것은 하늘만이 아는 일이지마는 평화의 길은 견훤을 쳐부수는 외에 달리 있을 수 없었다.

　견훤이 웅주에서 물러가자 가끔 바다에 나가 배를 타고 낚시로 머리를 식히고 틈나는 대로 고을에 나가 농황(農況)을 살폈다. 소란 속에서도 곡식은 제대로 자라 풍년이었다.

　역시 인간은 자연의 아들이었다. 궁성을 나와 바다며 산이며 두루 돌아다니는 사이에 마음의 상처도 차차 아물어 가고 인간 왕건은 다시 정사에 몰두하는 임금으로 돌아왔다.

　군대의 단련을 독려하면서 어디부터 칠 것인가 지도를 펴놓고 골똘히 생각했다. 부하들이 저지른 잘못이요, 임금 왕건은 여전히 어진 사람이라는 공론은 돌았으나 견훤이 강하다는 공론은 한층 드높아졌다. 고창 등 이십여 성을 쳐도 꼼짝 못하고 웅진으로 진군해도 나가 싸우지 못한 임금은 어질기는 해도 약하다는 것이다.

　이것도 문제였다. 백성의 눈에 왕이 약하게 비치면 믿음성이 없어지고 살기 위해서는 강자에게 마음을 돌리게 마련이었다. 이기는 쪽에 붙으려고 양다리를 걸치고 있는 건달 장군들의 경우는 더구나 그랬다.

　크게 쳐서 왕건이 살아 있고 약하지도 않다는 것을 보여 줄 필요가 있었다.

추수가 끝나자 왕건은 홍유, 배현경, 신숭겸 등 군권(軍權)을 잡고 있는 건국공신들을 불러 자기의 심정을 이야기했다. 그들도 동감이었다.

"즉시 동병하여 작년에 견훤의 손에 들어간 고창 등지부터 칠까 하는데 어떻게 생각하시오?"

다른 사람들은 좋겠다고 했으나 신숭겸은 말이 없었다.

"신 장군의 의견은 다른가 보구만."

"고창 등지를 치는 것은 좋은데 지금 동병함은 합당치 못한 듯합니다."

"무슨 까닭이오?"

"용병의 첫째가는 조목은 적이 생각하지 못할 때 생각하지 못하는 고장에 나타나 그 허를 찌르는 데 있다고 들었는데 견훤은 능란하게 이 수법을 써 왔습니다. 적에게서도 배울 것은 배워야지요. 여태까지 추수가 끝나면 언제나 동병이 있었으니 지금은 적도 가장 긴장할 때인가 합니다. 눈에 뜨이지 않도록 조금씩 병력을 파견하여 그 북쪽의 우리 성들을 강화하고 천안도호부의 병력을 대폭 증강하여 적이 알더라도 서남방을 치는 것으로 보이다가 적이 생각지 못할 때에 출격하는 것이 좋을까 합니다."

배현경과 홍유도 그럴듯하다고 찬성했고 왕건도 이의가 없었다.

가을이 지나고 겨울도 십이월이 거의 갈 무렵, 왕건은 중신들을 거느리고 서경 평양에 가서 성을 쌓다가 희생된 사람들을 위해서 재를 올리고 고을을 순시했다.

전쟁의 기미는 아무 데도 보이지 않고 개경이나 백제의 완산성이나 설 준비에 바빴다.

설을 며칠 앞두고 서경에서 돌아온 왕건은 하룻밤을 자고 이튿날 추위를 무릅쓰고 길을 떠났다.

사화가 물었다.

"어디 가시나요?"

"응, 좀 다녀올 데가 있어서."

"설에는 오시겠지요?"

"가 봐야지."

왕건 일행은 쏜살같이 말을 달렸다.

정월 초하루.

계립령을 넘은 왕건의 보기(步騎) 일만은 용주(龍州)를 포위하고 맹렬한 공격을 개시했다.

적으로서는 생각지도 못한 일이었다. 고려 군이 온다 하더라도 그 북쪽에 있는 고사가리성(문경)부터 칠 줄 알았는데 엉뚱한 때 엉뚱한 곳에 나타난 것이다.

어제는 섣달 그믐이라 해가 지면서부터 연회가 시작되어 술에 곤드레가 되었던 장병들은 허둥지둥 성벽에 올라 활을 당기고 돌을 굴렸다.

때를 같이하여 죽령을 넘은 배현경의 오천 군은 고창(안동)을 포위하고 그 남쪽에 버티고 있던 의성 장군 홍술도 이천 명으로 합세했다. 여기서도 당황하기는 마찬가지였다.

적은 잘 싸웠으나 고립무원으로 용주성은 삼 일 만인 정월 삼일에 함락되고 이어서 동쪽의 고창도 고려 군에 점령되었다.

왕건은 며칠 쉬고 바로 서쪽에 있는 근품성(산양)을 공격 중에 전장(戰場)에서 오십일 세의 생일이 내일로 다가왔다.

신하들은 전쟁 중이라도 임금의 생신인 천추절(千秋節)을 그냥 넘길 수 없으니 내일은 공격을 멈추고 하루 축하를 하자고 했으나 왕건은 듣지 않았다. 이 추위 속에 많은 장병들이 생사를 걸고 싸우는 판국에 축하란 말이 안 된다고 하였다.

그런데 생각지도 않던 군상이 나타났다. 신라의 사신이 오백 명의 군사들과 함께 나타나 또 조서를 전달했다.

왕건의 충절과 이번 쾌거를 심히 가상하게 여기는 터인즉 기필코 이 지역에서 역적 견훤의 세력을 몰아내라는 내용이었다.

조서를 읽고 난 왕건은 그와 함께 온 군사들을 바라보면서 물었다.

"경호댄가요?"

사신의 대답은 의외였다.

"아니올시다. 우리 폐하께서는 이번 고려의 장거를 심히 기뻐하사 특히 원병(援兵)을 보내신 것입니다."

사십이 넘는 노병, 십여세의 소년, 남루한 입성에 창마저 겨운 듯 추위에 오그리고 모아선 신라병들은 도시 병정이라고 할 수 없는 글자 그대로 어중이떠중이들이었다. 별안간 긁어모은 것일까? 어쨌든 이런 것을 원군이라고 보내는 자체가 어처구니없는 일이었으나 왕건은 고마운 일이니 신라 폐하에게 그 뜻을 전해 달라고 부탁했다.

사신은 선물로 술 단지도 몇 개 싣고 왔다. 내일 왕건의 생일을 축하하는 신라 왕의 선물, 그의 말대로 한다면 하사품이라고 했다. 왕건은 이것도 고맙다고 받아 두었다.

"그런데 보시는 바와 같이 전쟁 중이어서 하사품을 받고도 드릴 것이 아무것도 없으니 널리 양해하시기를 바란다고 아뢰어 주시오."

"그러문요. 우리 폐하께서는 양해하고도 남으실 분입니다."

경망한 청년이었다. 임금이 경망하다더니 경망한 자는 비슷한 인간을 좋아하고 측근에 두는 모양이었다.

왕건은 비위가 상했으나 내색은 하지 않았다.

"여기는 위험하니 대접도 못해 드리고 죄송하지마는 그대로 돌아가시지요."

그러나 사신은 이상하다는 얼굴이었다.

"일만 군이 지키는데 무어가 위험하겠습니까? 더구나 내일의 가일을 축하하러 온 사신이 그 축전(祝典)에도 참석하지 않고 돌아간다면 무슨 낯으로 우리 폐하를 뵙겠습니까?"

"전쟁터라 축전은 없습니다."

"아무리 전쟁터라도 임금의 생신을 그냥 넘기다니, 고려의 신하들은 예를 가리지 못하는구만요. 내가 타이르지요."

경망한 사나이는 이 사람 저 사람 붙잡고 그럴 수 있느냐, 축전을 베풀어도 성대히 베풀어야 한다고 주책을 떨고 돌아다녔다.

왕건은 그를 장막에 모시라 이르고 싸움을 독려하러 나갔다.

불의의 기습을 받은 용주성과는 달리 근품성은 쉽사리 떨어지지 않았다.

하루 종일 추위 속에서 이리저리 말을 달린 왕건은 저녁을 마치자 일찍 잠이 들었다.

밤이 깊어 시종으로 따라온 왕육(王育)이 흔들어 깨웠다.

천안도호부의 유금필로부터 급사가 와서 주무시는 중이라도 기어이 뵈어야겠다고 한다는 것이다.

왕건은 견훤이 움직이는 줄만 알고 급사를 불러들였다.

"오늘 새벽, 견훤이 접경의 초소를 통해서 돌아가신 태제 어른의 유골을 단지에 넣어 보내왔습니다. 받기는 받았는데 유 장군께서도 어떻게 하면 좋을지 몰라 이렇게 신을 보냈습니다."

"으-음."

왕건은 신음에 가까운 소리를 내고, 형의 유골이 왔다는 소리에 왕육은 소리 없이 눈물짓고 손등으로 훔쳤다.

싸움터다. 만사 지체 없이 결단을 내려야 했다.

왕건은 서 있는 왕육을 쳐다보았다.

"너, 즉시 채비를 하고 이 사람과 함께 천안부에 가서 유골을 맞아 개경으로 옮겨라. 도중의 영구 행렬은 왕자의 예에 준할 것이고 개경에 닿으면 제례를 올리고 유골은 우선 궁중의 일월사에 안치해라."

그들을 보내고 난 왕건은 날이 밝을 때까지 다시는 잠을 이루지 못했다.

잠자던 슬픔이 되살아나는 것을 누를 길이 없었다. 알 수 없는 것은 견훤의 심사였다. 진작 보낼 수도 있는 것을 하필이면 자기의 점령지를 공격 중인 지금 보낼 것은 무엇이냐.

견훤은 그런 일로 이쪽을 무마하려고 할 사람이 아니다. 내일의 생일 선물로 보낸 것일까? 아니면 공격 중이니까 일부러 보낸 것일까? 어느 경우든 자기를 대수롭게 안 본다는 태도의 표시에 틀림없었다.

다음 날(십사일)은 그의 생일인 천추일.

그냥 지내려고 했으나 신라의 사신 때문에 아침 일찍 중요한 장수들 몇 사람만 장막에 불러 사신과 함께 찬 술을 한잔씩 나누고 그를 돌려보냈다.

그날도 공격은 멈추지 않았다. 밤이 되자 신라에서 온 병사들은 떼를 지어 슬금슬금 도망쳤다. 왕건은 내버려두라고 했다. 밥이나 축을 냈지, 아무짝에도 못 쓸 물건들이었다.

적도 잘 싸워 십여 일 후에야 이를 점령하고 동진하여 배현경 군과 합류했다.

주위의 성들이 무너지자 순주(풍산), 예천은 저절로 무너지듯 손아귀에 들어왔다.

누구나 다음은 이 지역에서 가장 큰 고사가리성이라고 생각했으나 왕건은 일부 병력을 남겨 성으로 통하는 양도(糧道)를 끊게 하고 다시 계립령을 넘어 오던 길을 북진했다. 막혔던 신라와의 통로도 뚫렸으니 이것으로 이번 전쟁은 마무리 짓는 모양이라고 생각했으나 계립령을 넘은 지 얼마 안 되어 정지명령이 내렸다.

이미 추위는 가고 삼월 초하루.

병사들과 풀밭에 앉은 왕건은 함께 점심을 들면서 그들의 노고를 치하했다. 장수들에게는 제각기 자기 성에 돌아가거든 이번 전쟁에 참가한 병사들에게는 후한 상을 내리라고 일렀다.

또 전쟁이 아닌가 걱정했던 병사들은 살아서 돌아간다는 감격에 가슴이 벅찼다.

그러나 기병들만은 따로 대열을 짓고 점심도 따로 했다. 언제나 그러니 이상하게 생각하는 사람은 없었다.

점심이 끝나자 개경 이북에서 온 보졸들이나 멀지 않은 성들에서 온 보졸들이나 저마다 자기들 장수의 지휘 하에 제 고장을 향해 차례로 떠났다. 그러나 기병들은 움직이지 않았다.

보졸들이 사라지자 왕건은 기병 중에서도 정예 삼천 기만 선발하여 배현경, 신숭겸 두 장수에게 지휘를 맡기고 삼월의 훈풍 속에 서쪽으로 질풍같이 달렸다.

천안도호부에 들러 유금필 휘하의 일천 기병까지 합세한 왕건 군은 도중에 크고 작은 성들을 무시하고 곧바로 운주(運州, 충남 홍성)를 공격했다.

삼월이면 씨를 뿌릴 때로 전쟁 철이 아니었다. 또 고창 지방을 치던 왕건이 별안간 여기 나타날 줄은 모르고 전투에 대해서는 대비도 없는 모양이었다.

운주 장군 긍준(兢俊)은 잘 싸웠으나 얼마 안 가 식량이 떨어지자 부하들과 함께 성문을 열고 쳐나와 왕건의 본영으로 돌진하다가 전사하고 성은 떨어졌다.

성에 들어간 왕건은 이 용감한 장수의 시체를 거둬 제례를 지내고 다비에 붙여 그의 용전분투의 시말을 적은 글과 함께 유골을 접경의 적에게 보냈다.

운주에서 한숨 돌리면서 쉬는데 웅주(공주) 이북의 이십여 성이 항복하여 왔다. 잃었던 땅을 되찾은 것이다.

이제 웅주만 치면 선종의 태봉국이 지배하던 강역은 모두 수복되는 셈이었다.

그는 곧 웅주로 진격하였다. 시일을 끌면 적도 증강할 염려가 있었다.

그러나 웅주는 백제 이래의 큰 성으로 도무지 끄떡도 하지 않았다. 기필코 이것을 뺏으려고 들면 승패도 예측하기 어려울뿐너러 설사 뺏는나 하더라도 많은 사상자가 날 형편이었다.

시일이 가면 견훤도 움직일 것이고 고려도 대병력을 동원하지 않을 수 없을 것이다. 자칫하면 두 나라의 결전장이 되기 쉬운데 이 외진 땅은 결전장으로는 불리한 고장이었다.

왕건은 후퇴를 결심하고 철수령을 내렸다. 신숭겸과 배현경은 말이 없었으나 유금필이 극구 반대였다. 그러나 왕건은 한마디로 물리쳤다.

"승리도 중용(中庸)이 좋고 이겼다고 지나치게 나가다가는 모든 것이 허사로 돌아갈 염려가 있소."

개경에 돌아온 왕건은 수군에 명령하여 강주(康州, 경남 진주) 해역을 치게 했다.

강주는 한때 윤웅(閏雄)의 지배 하에 있던 땅이다. 윤웅은 고려에 항복했으나 일찍이 그가 배반한 강주 도독 소송(蘇淞)의 후예에게 암살당하고 말았다. 이어 윤웅의 일당 왕봉규(王逢規)가 도독을 칭하고 중국의 후당(後唐)에 사신을 보내는 등 독립국처럼 행세하고 있었다.

영창(英昌)과 능식(能式)의 지휘 하에 정주로부터 남하한 고려 수군은 강주의 전이산(轉伊山, 경남 남해군)을 비롯하여 일대의 모든 섬들을 점령해서 왕봉규의 해상통로를 봉쇄하는 데 성공했다.

한때 침체하던 고려는 전례 없이 기세가 올라가고 왕건의 명망은 움직일 수 없이 굳어졌다.

그래도 견훤은 움직이지 않았다.

칠월에 들어 장군 김낙(金樂)을 대장으로 중앙에서 대군을 파견하여 대야성(大耶城, 합천)을 공격하고 명지성(命旨城)의 장군 왕충(王忠)에게 명령하여 이를 지원케 하였다.

적은 끝까지 싸웠으나 견훤으로부터는 아무런 지원도 없고 보급이 떨어진 성은 결국 함락되어 병사들은 해산되고 장군 추허조(鄒許祖) 이하 삼십여 명의 간부들은 포로로 끌려왔다.

팔월에는 고사가리성의 장군 홍달(興達)이 이 지방을 순시 중인 왕건에게 아들을 보내 항복했다. 왕건은 성을 그대로 홍달에게 맡기고 녹(祿)을 첨가해 주었을 뿐 아니라 세 아들에게도 녹과 전택(田宅)을 주어 후히 대접했다.

홍달은 견훤이 신임하는 장수로 요지인 고사가리성을 맡았었다. 왕건이 동에 번쩍 서에 번쩍 그 기세가 대단할 뿐 아니라 주위의 성들을 모조리 쳐서 고사가리성은 고성(孤城)이 되고 말았다. 그렇게도 중요한 대야성이 떨어지는데도 손가락 하나 까딱하지 못하는 견훤, 대야성이 그 지경인데 이 고사가리성쯤은 버린 성이나 다름없다. 아무래도 왕건의 천하가 되는 것 같다는 것이 그의 판단이었다.

별별 소문이 다 돌았다. 환갑을 맞은 견훤이 노망이 들었다느니 중풍에 걸려 말도 제대로 못한다느니 심지어 죽었다는 소문도 있었다.

왕건은 진상을 알려고 세작들을 동원했으나 살아 있는 것은 틀림없는데 그 이상은 알 길이 없었다.

그러나 견훤은 병도 노망도 들지 않았다. 두 나라의 힘은 비등하고 이대로 밀고 당기다가는 언제 끝장이 날지 알 수 없었다.

왕건과 그 밑의 쓸 만한 장수 몇 명만 없애면 고려는 끝장이다. 태자라는 아이는 칠칠치 못하고 대신들이라는 것들도 볼 것이 못 된다.

그들만 없어지면 불과 한 달 안에 서경(평양)까지 밀고 올라갈 수 있을 것이다.

문제는 왕건을 끌어내는 데 있었다.

임금인 그가 출동하면 장수들 중에서도 쓸 만한 장수들이 나올 것이고 나오면 몰살해 버린다. 그것으로 일은 끝나는 것이다.

왕건으로 하여금 설치게 하라. 우쭐해서 이 견훤쯤 우습게 알도록 만들라.

그는 사자가 수염을 건드리는 들쥐를 모른 체하듯이 대야성이 떨어져도, 고사가리성이 배반해도 아는 체를 하지 않고 대세를 보고만 있었다.

나중에는 왕건이 무서워 견훤이 숨도 제대로 못 쉰다는 소문마저 돌았다. 좋은 일이다. 왕건으로 하여금 잔뜩 만심하게 하라.

구월이 되자 견훤의 기병집단은 별안간 근품성에 나타나 순식간에 짓밟고 불을 질러 아주 없애버리고 말았다.

기다렸으나 왕건은 움직이지 않았다.

주위의 성들, 특히 자기를 배반한 고사가리성의 홍달부터 치리라는 것이 공론이었으나 견훤은 눈도 돌리지 않고 그 이남 의성(義城) 등 고려에 가담한 성들마저 무시하고 껑충 뛰어 멀리 남하하여 고울부(高鬱

府, 경북 영천)를 포위하였다.

사방은 적이었다. 미친 짓이다. 적중에서 고군(孤軍)이 되어 전멸하리라는 것이 공론이었으나 견훤의 생각은 달랐다.

고울부는 신라의 서울 금성에서 불과 칠십 리, 신라 왕은 겁을 먹고 왕건에게 출병(出兵)을 요청할 것이고 겉으로나마 신(臣)을 칭하는 왕건은 그 종주국의 수도가 위험하다는데 스스로 나서지 않을 수 없을 것이다. 고려에 붙은 주위의 잡다한 건달 장군들은 문제될 것도 없었다.

예상대로 신라에서는 연식(連式)이라는 고관이 그들의 눈을 피해 샛길을 북으로 달렸다. 견훤은 붙잡으려는 부하들에게 못 본 체 내버려두라고 일렀다.

견훤의 계산대로 고려에는 동원령이 내렸다.

기회는 왔다고 왕건 군을 섬멸할 계획을 짜고 다듬던 견훤은 실망했다. 왕건도 그 밑의 쓸 만한 장수들도 나오지 않고 시중 공훤(公萱)을 총수로 손행(孫幸)이니 연주(聯珠)니 하는 별것도 아닌 장수들의 지휘 하에 보기(步騎) 일만 명의 지원군이 온다는 것이다.

이따위는 일만이 아니라 십만을 없애도 대세에는 영향이 없다. 왕건과 그 충신 일당을 잡아야 하는데 예상이 빗나갔다.

공훤이라는 자는 글줄이나 해서 시중이 되었지, 전쟁은 구경도 못한 인간으로 사실상 왕건의 서사(書士)에 지나지 않는 위인이다. 역시 왕건의 측근에 있는 백전노장들은 군사를 아는지라 자기의 의도를 간파하고, 신라에 대해서는 시중이 출동했다는 명분으로 고비를 넘길 모양이었다.

아닌 게 아니라 공훤은 오면서 강을 보아도 행진을 멈추고 시 한 수, 묘한 산을 보아도 시 한 수, 때로는 대군을 이끌고 죽으러 가는 장수의 비장한 심정을 읊어 부하들에게 보이기도 했다. 말인즉 장병들의 결연한 각오를 고취한다는 것이었다.

이런 판국이니 행군은 굼벵이같이 느릴 수밖에 없었다.

견훤은 이따위들은 안중에도 없었다. 어떻게 하면 왕건을 끌어낼 수 있을까. 머리에는 그 생각뿐이었다.

장수마다 자기에게 싸우기 좋은 지세(地勢)가 있는데 계립령에서 금성에 이르는 일대가 그에게 맞는 지세였다.

왕건이 나오기만 하면 개경에서 여기까지 날아올 수는 없고 땅 위로 올 수밖에 없는데 도중의 알맞은 지점에서 벼락같이 쳐서 없애버리는 것이다.

그는 비로소 금성을 칠 생각을 했다.

지금 신라가 차지한 땅은 큰 군(郡)만도 못하고 그 힘이라야 어지간한 건달 장군에도 비길 것이 못 되었다. 이것을 다스리는 임금 이하 대신들이라는 것들도 조상의 뼈를 팔아먹는 부잣집 자식들 같은 김씨, 박씨네 풋내기들이다.

말하자면 밤낮 주색으로 세월을 보내는 큼직한 주사(酒肆, 기생술집)로 전락했다.

불면 날아갈 이 신라를 힘이 없어 안 친 것이 아니다. 백성들의 마음 한구석에 남아 있는 천 년 역사에 대한 미련, 그 천 년이 지니는 무게와 권위를 생각했기 때문이었다.

치는 것은 문제가 아니었으나 민심이 문제였다. 등극 초에 신라를 쳐서 옛날 의자왕의 분을 풀겠다고 공언한 것은 실수였다. 그것은 젊은 혈기의 탓이었고 흩어진 천하를 합치려는 사람이 적을 만들고 분열을 조장한 것은 어리석은 일이었다.

깨달으면 고치는 데 인색하지 않았다. 돌아간 석 왕후도, 지금 왕사로 모신 경보 스님도 신라 왕족이었으나 극진히 대접했고 신라에서 쓸 만한 사람이 오면 오히려 우대해 왔다.

그러나 이제 그런 것이 문제가 아니라 천하대세를 결정지어야 할 단계에 왔다.

금년에 환갑.

왕건은 십 년이나 연하다.

이 기회를 놓치면 자기 생전에 통일은 어려울 것이고 아이들 대로 넘어갈 터인데 불출들은 아니지마는 구렁이 같은 왕건에게는 턱도 없었다.

신라는 어차피 없어져야 하지마는 왕건이 없어진 후로 계산해 왔었다.

그러나 이렇게 되면 할 수 없지 않을까? 그는 다시 한 번 생각했다. 아무리 생각해도 왕건을 끌어내기 위해서는 금성을 쳐서 신라 왕을 족치는 길밖에 없었다.

왕건이 신라 왕에 대해서는 신(臣)이라 칭하고 갖은 아양을 떤다는 것은 세상이 다 아는 일이다. 민심을 얻기 위한 간교한 술책이건만 속을 모르는 백성들 가운데는 왕건이야말로 의로운 인물이라고 칭송하는 축이 태반이라고 한다. 그런 인물이, 신라 왕이 죽게 되었는데도 나서지 않는다면 여태까지의 술책, 거짓 충성의 껍데기가 벗겨져 세상인심은 그를 버릴 것이다.

쳐서 자기가 잃는 인심이나, 돕지 않아 왕건이 잃는 인심이나 다를 것이 없었다. 오히려 왕건이 간사한 술책꾼으로 드러날 것이니 그가 입는 피해가 더 클 것이다. 아무리 계산해도 잃는 것보다 얻는 것이 많을 것이요, 최악의 경우라도 비슷할 것이다.

그 대신 세상의 민심을 생각해서 신라는 치되 없애지는 않기로 했다. 지금 임금이라는 박위응이 왕건에게 가담하여 사사건건 자기를 훼방한 사실을 모르는 사람이 없다. 세상에 대해서는 그 화풀이로 공언하고, 신라 자체는 없애지 않고 그냥 두면 상처를 입더라도 적게 입을 것이다.

그는 결단을 내렸다. 금성을 치자.

견훤이 친히 지휘하는 정예 오천 기는 고울부의 공격을 중지하고 백주에 동남으로 금성에 이르는 대로를 질풍같이 달렸다.

도중에는 간간이 허름한 군복을 걸친 초병들이 길가에 모여 앉아 장기 아니면 투전판을 벌이고 있었다.

견훤 군이 몰아닥치자 그들은 혼비백산해서 뿔뿔이 도망쳤다. 초병의 임무는 적의 동태를 알리는 데 있건만 얼빠진 신라 조정은 그들에게 알릴 수단마저 주지 않았다. 기병이 전속력으로 달리는데 말 한 필 없는 그들이 뛰어 보아야 따를 재간이 없고, 도망치는 것도 당연한 일이었다.

견훤 군은 도망치는 초병들을 무시하고 계속 달렸다.

앞을 달리던 척후병들이 서산(西山) 모퉁이 무열왕릉 앞에 이르자 여태까지보다 많은, 수십 명의 병사들이 지키고 있다가 활을 몇 번 당기는 시늉을 하고는 대개 산으로 도망치고 일부는 그냥 금성 쪽으로 죽자 사자 뛰었다.

척후병들이 산에 올라 금성을 바라보았다. 성내는 조용하고 모기내 건너 남쪽 교외의 포석정에서는 알록달록한 채색 옷을 입은 수십 명의 남녀가, 갖가지 악기 소리가 온 들판에 울리는 가운데 술을 마시고 춤을 추고 노래를 부르며 돌아갔다. 일부는 시냇물같이 흐르는 좁은 내를 사이에 두고 마주 앉아 붓으로 종이에 무엇인가 긁적거리다가 머리를 갸우뚱거리기도 했다. 시(詩)라는 것을 짓는 모양이었다.

마지막으로 일단 정지했던 견훤은 척후의 보고를 듣자 계속 진격을 명령했다. 목표는 포석정, 사십 년 전 핫바지 병정으로 이 금성에 와 본 일이 있는 견훤은 포석정의 위치를 대충 알고 있었다.

포석정은 임금의 놀이터다. 그는 필시 거기 있으리라.

그때는 진성여왕의 포석정 놀이, 오늘은 현 임금 박위응의 포석정 놀이. 포석정과 자기는 무슨 인연이 있는가 보다. 그는 속으로 쓴웃음을 지으면서 선두를 달렸다.

무열왕릉을 지나면서 바라보니 포석정 일대는 수라장이었다. 여자들의 찢어지는 듯한 비명, 채색 옷을 걷어안고 남산으로 올리뛰는 자들, 덮어놓고 벌판을 이리 뛰고 저리 뛰는 자, 남으로 달리는 마차, 심지어 무릎을 꿇고 하늘을 쳐다보며 합장하는 자가 있는가 하면 풀밭에 앉아 그냥 뭉개기만 하는 자들도 있었다. 견훤은 뒤를 따른 군관에게 빨리 달려 마차를 따라잡으라 이르고 말에 채찍을 퍼부었다.

포석정 주변은 폭풍이 지나간 자리를 방불케 했다.

쓰러진 술단지들, 이리저리 뒹구는 술잔들, 바람에 흩어지는 종이, 먹과 벼루들, 진수성찬과 함께 땅에 흩어져 흙발에 짓밟힌 식기들, 아직도 앉아 뭉개면서 쉬지 않고 머리를 조아리는 늙수레한 남녀들.

견훤은 일부 병력만 남기고 나머지는 성내로 진입하라고 명령했다. 아무런 저항도 없는 성으로 쏟아져 들어가는 부하들을 바라보던 견훤은 고개를 돌리고 물었다.

"너희들은 무어냐?"

"악공(樂工)들이올시다."

흰수염의 남자가 떨리는 소리로 대답했다.

"악공들은 도망치지 않아도 무사할 줄 알았느냐?"

"젊은 악공들은 도망쳤습니다만 늙어서……."

"무슨 악공들이냐?"

저마다 대답했다. 가야금, 퉁소, 북, 쟁(箏), 피리 등등……. 견훤은 그린 데는 흥미가 없었다.

"너희들의 임금이라는 자는 어디 갔느냐?"

"글쎄……, 창졸간에 어디 가셨는지……."

정말 모르는 모양이었다.

병사들이 마차로 도망치던 사나이를 마차에 태운 채 끌고 와서 엎어 놓았다. 남녀 한 쌍이었다.

"너는 어떤 놈이냐?"

삼십 대로 보이는 사나이를 임금이라고 생각했으나 뜻밖의 인물이 었다.

"시중 김영경(金英景)올시다."

와들와들 떨었다.

"이 여사는 여편네구?"

"네."

"이런 때 놀이가 다 뭐냐?"

"성상께서 마지막 가는 가을의 국화와 단풍을 즐기신다고 하셔서……."

칠십 리 밖에 대적이 와서 남에게 원조까지 청한 처지에 실로 어처구 니없는 친구들이었다. 정신이 나갔는가, 아니면 멍텅구리들인가.

견훤은 한참 바라보다가 말머리를 돌렸다.

"이건 임금이 타는 마차지?"

"네……."

"위급한 때에 시중이란 자가 임금을 대신해서 죽어도 시원치 않은데 그 마차를 타고 도망쳐?"

영경은 고개를 숙이고 대답을 못했다.

"임금이라는 자는 어디 갔느냐?"

여자가 남산 밑의 궁궐 같은 집을 가리키며 대답을 가로맡았다.

"아까 보니 저기 저 별궁으로 들어가십디다."

견훤은 남자를 묶게 하고 별궁을 포위했다. 별궁이니 초병들이 있었을 터인데 아무도 없었다. 다 도망친 모양이다.

병정들이 나오라고 외쳤으나 대답이 없자 몰려 들어가 다락에 숨어 있는 왕과 왕후를 끌고 나왔다.

떠는 정도가 아니라 축 늘어져 반이나 죽은 물건들이었다.

"굵직한 밧줄로 묶어."

병정들은 안에 들어가 유난히 굵은 밧줄을 찾다가 그의 상반신에 칭칭 감았다.

견훤은 곧 성내에 들어가 대궐에 좌정했다. 뒤이어 왕후와 시중의 부인은 마차를 타고 궁중으로 들어왔으나 임금과 시중은 오랏줄 끝을 거머쥔 병정들의 채찍을 맞으며 맨발로 거리를 한 바퀴 돌고 견훤이 좌정한 궁중으로 끌려왔다.

용상에 앉은 견훤은 마당에 꿇어 엎드린 임금에게 호통을 쳤다.

"너는 네 죄를 알 것이다."

대답을 못했다.

"너는 죽어야 한다."

그는 임금과 시중을 궁중의 감옥에 넣고 김씨, 박씨 중에서 신라를 주름잡는 대신들과 종실의 유력자들을 잡아들이라고 명령했다.

빠른 말을 타면 개경까지 일주야면 닿을 수 있다. 왕건에게 소식이 안 갔을 리 없었다.

며칠이 지났다. 견훤은 개경에 있는 세작으로부터 보고를 받고 이대로는 안 되겠다고 판단했다. 왕건이 크게 화를 내고 친정(親征)을 한다고 야단인 것을 장수들이 말렸다는 것이다. 신라 왕이 잡히기는 했어도 죽은 것은 아니고 아무리 견훤이라도 설마 죽이기야 하겠느냐고 말리는 바람에 왕건도 수그러들었다는 것이다.

신라 왕을 죽일 생각은 없었다. 쓰레기 같은 것을 죽여야 이로울 것은 하나 없었다.

그러나 이렇게 되면 문제가 달랐다. 비상수단을 쓰는 수밖에 없었다. 신라 왕을 죽이는 것이다. 죽여도 세상이 왁자지껄하게, 적어도 왕건이 그냥 있을 수 없도록 비상한 방법으로 죽여야 효과가 나타날 것이다.

살살이 왕건이 크게 노했다는 것은 연극이었을 것이고 장수들이 말리니 못 이기는 체 주저앉았을 것이다. 아무리 살살이라도 종주국의 임금이 무참하게 살해되었다면 겉으로나마 신하로 자처해 온 처지에 싫어도 움직이지 않을 수 없을 것이다.

그날 밤은 여자라고 여태까지 그냥 두었던 왕비를 끌어다 시침을 들게 했다.

이튿날 견훤은 궁중의 감옥에 갇혀 있는 대신들을 끌어내다 마당에 꿇어앉히고 잡아넣지 않은 귀족들도 불러다 그 뒤에 도열하게 했다. 전정(殿庭)에는 글자 그대로 입추의 여지없이 빽빽이 들어섰다.

마지막으로 옥중에서는 풀어 놓았던 임금을 더욱 굵은 밧줄로 묶어 개처럼 끌어다 맨앞에 엎어 놓았다.

견훤의 노한 목소리가 울렸다.

"너는 네 죄를 아직도 모르느냐?"

잡히던 날과는 달리 약간 제정신을 차린 모양이었다.

"제가 무슨 죄가 있겠습니까? 너그러이 보아 주십시오."

"너, 내가 조물성에서 왕건과 화해를 했을 때 무어라고 왕건을 부추겼지?"

"……."

"우리 진호가 무참히 죽어 그 원수를 갚으려고 출병했는데 무서워 나오지도 못한다는 왕건더러 싸워서 이 견훤을 아주 없애버리라고 한 것은 누구냐!"

"……."

"그 밖에도 심심하면 걸레 같은 조서라는 것을 보내서 우리 백제를 치라고 씨도 먹히지 않을 붓장난은 왜 했느냐?"

"……."

"지난번에 왕건이 용주를 칠 때에는 헝겊막대 같은 병정 몇 놈을 지원군이라는 이름으로 보내기까지 했지!"

"……."

"내가 잠자코 있는데 너는 무엇 때문에 사사건건 나를 적으로 돌렸느냐?"

"……."

"이번에 또 왕건에게 원병을 요청해서 이 견훤을 잡으러 오는 중이라지?"

신라 왕은 비로소 입을 열고 애원했다.

"다시는 그런 일이 없겠습니다. 하늘에 맹세합니다. 이 신라도 바치겠습니다. 제발……."

그를 흘겨보던 견훤은 병정들에게 일렀다.

"결박을 풀어라."

병정들은 달려들어 그를 묶었던 결박을 풀었다. 모두들 용서하는 줄 알고 한숨을 내쉬었다. 그러나 그게 아니었다.

한동안 말없이 내려다보던 견훤이 고함을 질렀다.

"이걸로 그 개만도 못한 목숨을 제 손으로 끊어라!"

고함과 동시에 용상에 앉은 견훤은 윗도리에 비스듬히 꽂았던 단도를 그의 앞으로 내리던졌다.

단도는 정확히 신라 왕 앞에 떨어지고 왕은 애절한 얼굴로 두리번거렸다.

"그걸로 죽어 없어지란 말이다."

견훤의 우렁찬 목소리가 온 궁궐에 메아리치고 사람들은 겁에 질려 숨을 죽였다.

신라 왕 박위응은 칼을 집을 엄두도 못 내고 그저 살려 달라고 연거푸 머리를 조아렸다. 노한 견훤의 눈치를 살피던 병정들이 달려들어 발길로 차고 억지로 칼을 그의 손에 쥐어 주었다. 그러나 박위응은 칼자루를 잡고도 머리만 연신 숙이고 눈물까지 흘렸다.

옆에 지켜 섰던 군관이 발길로 냅다 찼다.

"네 손으로 죽을 것이냐, 내 손에 죽을 것이냐?"

박위응은 나동그라진 채 칼로 왼팔을 살짝 그었다. 옷이 약간 찢어졌을 뿐 살은 긁히지도 않았다. 군관은 비루한 놈이라고 중얼거리면서 한바탕 짓밟아 놓고는 일으켜 앉혔다.

"칼을 입에 물고 엎어지든가, 아니면 여기를 찔러야 숨이 얼른 끊어진다."

군관은 앉아서 그의 가슴에 손을 넣고 북 치듯 심장을 짚었다. 박위응은 죽음을 피할 수 없다는 것을 각오한 듯 가슴을 헤치더니 이를 악물고 심장을 찌르고는 짐승 같은 비명을 지르며 쓰러져 버둥거렸다. 군관은 허리를 구부리고 가슴에 박힌 칼을 더욱 깊숙이 박았다가 한 번 핑 돌리고 일어섰다.

신라 왕은 몇 번 팔딱이다가 다시는 움직이지 않았다.

병정들이 몰려들어 거적 위에 옮겨 놓고, 구석으로 끌고 가더니 다른 거적으로 덮어 놓고 제자리로 돌아왔다.

용상에서 일어난 견훤은 층계까지 나와 마당에 엎드린 자들을 훑어보았다.

"나는 살생을 좋아하지 않는다. 그러나 오늘의 일은 너희들도 짐작할 것이지마는 순전히 박위웅 때문에 만부득이 해서 일어난 것이다. 나는 신라를 칠 생각도 없었고 장차도 치지 않을 것이며 근일 중에 물러갈 것이다."

말을 끊고 가만히 내려다보던 견훤은 병정들에게 일렀다.

"김영경은 다시 옥에 집어넣고 나머지 사람들은 모두 풀어 줘라."

김영경은 옥으로 끌려가고 묶였던 사람들의 결박이 풀어지자 마당에 있던 자들은 군관의 구령에 따라 견훤을 향해 네 번 절하고 일어섰다.

"연전에 대야성에서 전사한 김효종의 아들 김부(金傅), 부인과 함께 이리 나와."

김부는 아버지의 유언대로 벼슬을 하지 않았고 따라서 이번 통에 감옥에 들어가지도 않았다. 남들과는 달리 집에 있다가 부인과 함께 불려 와서 뒤에 서 있었다.

견훤은 대야성에서 아버지와 싸운 사람이다. 앙심을 품고 무슨 벼락이 떨어지는 것은 아닐까? 부부는 떨리는 다리를 가누며 맨 앞으로 나가 머리를 숙이고 두 손을 모아 쥐었다.

그러나 삼십 대 중반의 이 청년 부부를 아래위로 훑어보던 견훤은 부드럽게 나왔다.

"나는 용사를 좋아한다. 너의 아버지 김효종은 진정한 화랑으로 용사 중의 용사였다."

견훤은 말을 끊고 마당의 군상에 큰 소리로 물었다.

"나라에 임금이 없을 수 없으니 김효종의 아들 김부를 임금으로 삼는 것이 어떻겠느냐? 이의가 있는 자는 말해라."

살벌한 분위기 속에서 이의가 있어도 감히 말할 처지가 못 되었다.

"이의가 없는 모양이니 김부를 세워 임금으로 삼는다."

견훤은 선언하고 묶였다가 풀려 마당의 군중 속에 서 있는 예부령(禮

部令)을 불렀다.

"즉시 즉위식을 올릴 차비를 해라."

견훤이 일렀으나 예부령은 망설이고 대답을 못했다.

"못하겠다는 말이냐!"

견훤의 호통이 떨어졌다.

"그게 아니옵고 악공들이 도망쳐서 구색을 갖춰 주악을 하려면 약간 시일이 걸릴 듯해서 그게 걱정이옵니다."

예부령은 떨리는 소리로 떠듬떠듬 대답했다.

"이 판국에 주악이 무슨 소용이냐!"

견훤의 호통에 예부령은 어리둥절 서 있는 김부 내외를 별전(別殿)으로 인도했다.

김부는 강사포에 면류관을 쓰고 부인은 부인내로 왕후의 복색을 갖추고 나타나자 견훤은 용상에서 옆 교의에 물러앉았다. 그는 손짓으로 김부 내외를 당상에 불러 용상에 앉히고 예부령을 턱으로 가리켰다.

"진행해라!"

즉위조서(卽位詔書)가 마련된 것도 아니고 신하들이 올리는 하례사도 있을 까닭이 없었다. 예부령은 하는 수 없이 생각나는 대로 진행했다.

"새 성상 폐하의 등극을 축하하여 구배(九拜)를 올리십시다."

그의 구령에 따라 마당의 군상은 아홉 번 절하고 일어섰다.

"이제 됐다."

견훤의 한마디로 식전은 그것으로 끝났다. 실지로 더 하려야 할 것도 없었다. 이리하여 김부는 신라 왕(敬順王, 경순왕)이 되고 부인은 왕후가 되었다.

"너희 내외는 저리 내려가!"

견훤은 턱으로 용상에 앉은 김부 내외에게 층계 밑을 가리켰다. 부부는 시키는 대로 층계 아래로 내려가 설 수밖에 없었다. 천천히 교의에서 일어선 견훤은 층계 가까이까지 나와 큰 소리로 외쳤다.

"이제부터 신라 왕녀 김부는 내 아들이다. 아버지로 모시는 절을 해라!"

견훤은 다시 용상에 앉고 김부 내외는 몇 번 하는 법인지 몰라 서로 마주 보다가 그만하라는 소리가 떨어질 때까지 연거푸 엎드렸다 일어섰다 수없이 되풀이했다. 어리둥절해서 속으로 셀 경황도 없었으나 스무 번도 더 한 듯 허리가 아파 올 때까지 계속한 후에야 그만하라는 소리가 울렸다.

절은 끝났으나 다음에 어떻게 해야 할지 몰라 김부 내외는 두 손을 모아 쥐고 서 있었다.

견훤이 용상에서 일어나 모여 선 군상을 둘러보고 한마디 했다.

"임금이 섰으니 나는 군영으로 옮겨 며칠 쉬고 돌아갈 것이다. 너희들은 술만 퍼마시지 말고 새 임금을 도와 일을 잘해 봐라."

김부가 거적에 덮인 박위응의 시체를 힐끗 보고 떨리는 소리로 물었다.

"선왕의 시신은 어떻게 하면 좋겠습니까?"

"괘씸한 것으로 말하면 그대로 거적에 싸서 시궁창에 처박을 것이로되 네가 임금이 됐으니 이제부터 모든 것은 네 마음대로 해라. 그 대신 내일 안으로 치워버려야 한다."

견훤은 부하들을 거느리고 궁성을 나와 모기내 건너 벌판에 친 장막으로 들어갔다.

신라 사람들만 남은 궁중에서는 비로소 통곡이 울리고 수의를 만들고 관을 짜고 법석이라는 소식이 곧 들어왔다.

서당(西堂)에서 하룻밤을 보낸 박위응의 시신은 이튿날 남산 기슭에 묻히고 시호(諡號)를 경애왕(景哀王)이라 하였다.

신라 사람들은 말은 못해도 이를 간다는 소문이었다. 좋은 일이다. 그래야 죽자 살자 왕건에게 달려가 애걸복걸할 것이다. 견훤은 왕족 김웅렴(金雄廉)이 밀사(密使)로 떠나는 것을 알고도 모르는 체했다.

신라 사람들뿐만 아니라 온 세상이 견훤은 포악한 인간이라는 공론으로 들끓는다는 소문이었다. 더욱 좋은 일이다. 살살이 왕건은 싫어도 움직이게 생겼고 움직이면 요절을 내고야 말 것이다.

견훤의 예측대로 밤낮을 가리지 않고 말을 달려 온 신라의 밀사 김웅렴은 왕건 앞에서 주먹으로 가슴을 치며 통곡부터 했다. 한바탕 통곡을 하고 나서 자기가 본 대로 소상하게 알렸다. 그리고는 살까지 붙여 견훤의 군대는 살인 약탈을 떡 먹듯이 해서 신라의 서울 금성은 아주 쑥밭이 되었다고 또 한바탕 통곡이었다.

이야기를 들은 왕건은 대로하였다.

"내 친히 가서 이 원수를 갚을 터이니 안심하고 돌아가시오."

"견훤은 근일 중에 돌아간다고 하니 하루가 급합니다."

"알겠소."

김웅렴을 돌려보낸 왕건은 중요한 장수들을 불렀다.

"견훤은 짐승이지, 사람이 아니오. 내 친정(親征)을 해서 이 짐승을 영원히 없애버릴 것이오."

조물성에서 견훤의 능숙한 용병에 혼이 난 장수들은 말렸다. 이미 공훤이 떠났으니 적절히 할 것이고 반드시 새로 군대를 보낸다 하더라도 임금이 친히 나설 것까지는 없다고 입을 모았다.

그러나 왕건은 무엇에 홀린 사람처럼 고집불통이었다.

"모두들 견훤을 야전의 명수라고 걱정인 모양인데 두고 보시오. 반드시 견훤을 무찌를 것이오. 또 이번에야말로 이 왕건이 나서지 않으면 무슨 낯으로 천하 사람들을 대하겠소?"

시종 말이 없던 신숭겸이 마지막으로 제의했다.

"반드시 성상께서 나서지 않으시더라도 원수만 갚으면 되지 않겠습니까. 신이 나가서는 안 되겠습니까?"

"친정에는 변함이 없소. 신 장군을 주장(主將)으로 할 터이니 오천 기를 급히 모으시오."

신숭겸이 출동 준비를 하는 사이에 왕건은 견훤을 비난하는 소리가 온 세상에 드높다는 소문도 들었다. 그는 더욱 친정을 해야겠다는 결의를 굳혔다.

마침내 신숭겸을 주장으로 하고 김낙(金樂), 전이갑(全以甲) 등을 부장(副將)으로 하는 출정군 오천 기가 편성되었다. 왕건은 견훤이 완산성으로 돌아가기 전에 쳐야 한다고 즉시 개경을 떠나 전속력으로 남하하였다.

도중에서 공훤이 지휘하는 일만 명은 돌려보내고 밤에도 잠깐 눈을 붙일 뿐 그대로 달렸다. 오면서 들으니 견훤은 그대로 신라의 서울 금성에 눌러앉아 움직일 기색이 없다고 했다.

신숭겸은 죽령(竹嶺)을 넘어 금성을 포위하고 견훤 군의 식량이 떨어지기를 기다리는 장기전을 주장했으나 왕건은 이것도 듣지 않았다. 고려 군이 온다는 소문을 들으면 금성에 앉아 포위를 당하고 있을 견훤이 아니다. 반드시 돌아갈 것이니 퇴로를 차단하고 기다렸다 돌아가는 것을 친다고 계립령을 넘어 남하했다.

신숭겸은 걱정이었다. 견훤은 자기가 원하는 장소에 적을 유인해서 치는 데 솜씨가 있다. 도중에서 당하지 않을까? 금성에 나타나면 왕건의 말대로 포위를 당하고 있지는 않을 것이다. 빠져나가도 왕건의 인사치레는 될 터이니 그쯤 해 두는 것이 좋겠다고도 했으나 이것도 듣지 않았다.

척후를 앞세워 면밀히 살피면서 천천히 진군하자, 이대로 가면 위험할뿐더러 병사들이 피곤해서 전투에 지장이 있다고 했으나 견훤을 놓친다고 이것도 들으려고 하지 않았다.

계립령을 넘고 추풍령(秋風嶺)에 이르러서도 견훤은 그대로 금성에 있다는 소문이었다. 왕건은 만족하고 대구 근처 적당한 지점에 매복하고 있다가 돌아가는 견훤을 일거에 섬멸할 작정으로 진격의 속도를 늦추지 않았다.

주변은 모두 이쪽에 가담한 성들이어서 만일의 경우 지원을 받을 수도 있고 임금인 견훤이 오래 자기 수도를 비울 수 없을 터이니 근일 중에 돌아간다고 했다는 그의 말은 거짓이 아닐 것이다. 무엇보다 급한 것은 빨리 가서 포진하는 일이었다.

추풍령을 넘어서부터는 신숭겸의 완강한 주장으로 제대로 된 척후대를 편성하여 앞을 살피면서 달렸다.

"마음대로 하시오마는 금성에 있다는 견훤이 날아왔겠소?"

왕건은 쓸데없는 걱정이라는 태도였다.

공산(公山, 팔공산) 기슭을 지날 때는 정오 가까이 되었다. 앞서 가는 척후로부터도 아무 이상이 없다는 보고뿐이었다.

조금 더 가서 시냇가에 앉아 점심을 들리라 생각하는데 별안간 북이 울리고 골짜기마다 숨어 있던 견훤의 기병들이 쏟아져 나와 완전히 포위되고 말았다.

금성에 있어야 할 견훤이 어느 틈에 여기 와서 그물을 치고 기다렸는데 왕건은 고스란히 그 그물 속으로 빠져들고 말았다.

견훤은 왕건에게 포진(布陣)할 틈조차 주지 않았다. 잠도 제대로 자지 못하고 먼 길을 달려 지친 데다 방심하고 있던 왕건 군은 맹렬한 기세로 달려드는 적을 당하지 못하고 우왕좌왕하다가 무더기로 쓰러져 갔다.

왕건은 너무나 뜻밖의 일이라 수습할 엄두도 못 내고 있는데 신숭겸은 이 혼란 속에서도 오백 기를 모아 가지고 왕건을 감쌌다.

늦가을 해는 짧았다. 그 짧은 반나절에 우군은 거의 전멸하고 견훤 군은 왕건을 목표로 총공격을 퍼부었다.

동쪽 골짜기가 약하다고 판단한 신숭겸은 맹렬한 돌격으로 적을 격파하고 혈로(血路)를 개척했다. 그러나 견훤 군은 공세를 늦추지 않고 바싹 뒤쫓아왔다.

이대로 가면 전멸이었다.

왕건의 옆에 붙은 신숭겸이 적에게 활을 겨누면서 외쳤다.

"폐하, 빨리 피하시오."

왕건은 울상이었다.

"부하들을 이렇게 죽이구……. 나도 여기서 죽어야겠소."

그를 에워싼 김낙, 전이갑 형제 등 다른 장수들도 피하라고 권했으나 왕건은 듣지 않았다.

신숭겸은 김낙에게 외쳤다.

"김 장군, 잠시 부탁하오."

그에게 지휘를 맡긴 신숭겸은 왕건의 말고삐를 잡아채었다. 그대로 끌고 외진 바위틈으로 가서 그의 멱살을 잡고 함께 땅에 떨어졌다.

"무슨 짓이오?"

왕건이 화를 냈으나 신숭겸은 대답도 않고 그를 깔고 앉았다. 그의 투구와 갑옷을 벗겨 내동댕이치고 다시 말에 태우고는 빨리 가라고 재촉했다.

"내 차마……."

왕건이 망설이는 것을 가로막고 신숭겸은 호통을 쳤다.

"넋두리는 그만두구 빨리 가요. 고려가 무너져, 고려가!"

그는 자기 채찍으로 왕건의 말을 후려치면서 또 외쳤다.

"네가 이뻐서가 아니다. 세상의 평화를 위해서다!"

왕건의 말이 달리기 시작하자 신숭겸은 각각으로 밀리는 우군을 질타하여 다시 적중으로 뛰어들었다.

왕건이 도망갈 시간을 벌려고 대적과 좌우충돌하던 그들은 신숭겸이하 전원이 전사하고 말았다.

오솔길을 따라 말을 달리던 왕건은 얼마 안 가 해가 떨어지자 비로소 시장기가 몰려 육포를 꺼내 씹으면서 전진을 계속했다.

북두칠성을 왼쪽 하늘에 바라보면서 계속 동으로 말을 달렸다. 장수들의 말을 듣지 않은 것이 후회 막심했고 창피하기 이를 데 없었다. 이번에는 무엇 때문에 혼자 고집을 부리고 그렇게 서둘렀는지 자기가 생각해도 알 수 없는 일이었다.

신숭겸의 말대로 하루빨리 개경으로 돌아가야겠다. 임금 왕건이 죽었다는 소문이라도 돌면 큰 혼란이 일어날 염려가 있었다.

밤새도록 산길을 헤매다가 동이 트자 멀리 남북으로 달린 큰길이 눈에 들어왔다. 죽령길이리라. 이제 적의 그물에서 벗어났다는 생각이 들었다. 여기서부터 개경에 이르는 연변은 남쪽은 자진해서 항복한 성들이고, 북으로 가면 직할지여서 안심도 되었다.

큰길에 나선 왕건은 북으로 달려 해가 뜨자 홍술이 지키는 의성(義城)을 지났으나 들르지 않았다. 그를 볼 면목이 없었다.

죽령을 넘어서도 그대로 달리다가 밤이 오자 민가에서 하룻밤을 쉬고 이튿날 일찍 떠나 밤늦게 개경에 당도했다.

견훤은 크나큰 승리를 거두었다. 그러나 도망치는 왕건을 눈앞에 보면서도 신숭겸 이하 장병들이 결사항전하는 바람에 놓치고 말았다. 무엇보다도 자기 생전에 통일하려던 꿈이 깨어진 것이 천추의 한이었다.

처음부터 신라가 심복(心服)하리라고 생각도 안 했고 밀사를 개경으로 보내는 것도 모르는 체했다. 그러나 그대로 둘 수는 없었다.

어느 날 밤 소리 없이 사라졌다가 다시 나타난 견훤 군을 보고 임금 이하 신라 사람들은 기겁을 했다. 자기들이 몰래 끌어들인 왕건 군이 공산에서 전멸하고 왕건도 십중팔구 전사했다는 소문이 자자했다.

견훤이 가만있을 까닭이 없다. 무리죽음이 날 것이라고 밥도 목으로 넘어가지 않고 개경에 갔던 김웅렴을 비롯하여 이 밀사를 주동한 사람들은 일찌감치 자취를 감췄다.

견훤은 대궐 밖 멀리까지 마중 나온 임금에게 호통을 쳤다.

"너 이놈, 용상에 앉혔더니 그날로 배반했겠다. 무사할 수 없지."

"죽을죄를 지었습니다, 아버님."

그 길로 궁중에 들어가 용상에 앉은 견훤은 노한 목소리였다.

"말로는 안 된다. 너의 아우 효렴(孝廉)을 인질로 내놔."

두 손을 모아 쥐고 그의 앞에 선 신라 왕은 사색이 되었다.

"박위옹과 장단을 맞춘 김영경은 아직 감옥에 있지?"

"네."

"영경도 인질이다. 개경에 갔던 김웅렴도 내놓구."

"네, 네."

견훤은 부하들을 시켜 밀사 사건에 관련된 자들의 재산을 몰수하고 김웅렴은 잡지 못해 할 수 없이 효렴과 영경을 인질로 끌고 다음 날 금성을 떠나 완산성으로 향했다.

이기기는 이겼는데 목표를 놓쳤으니 최종 결전은 못 되고 어중간한 싸움이 되고 말았다. 입 밖에는 내지 않았어도 그의 실망은 여간 큰 것이 아니었다.

불운 不運

이 년을 계속해서 일어나던 재앙은 마침내 공산에서 오천 기가 전멸을 당하는 불운까지 몰고 왔다.

많은 병사들과 특히 선배이자 오랜 친구요 충실한 신하였던 신숭겸, 김낙 같은 우수한 장수들을 잃고 시체조차 건지지 못한 것은 가슴에 못이 박히는 일이었다. 견훤은 공산에서 전사한 우군의 시체들을 여러 개의 구덩이를 파고, 장수고 병사들이고 가릴 것 없이 파묻어 버렸다고 하니 설사 갈 수 있다 하더라도 찾을 길이 없었다. 훗날 틈이 생기면 원당(願堂)이라도 지어서 그들의 넋을 위로하리라.

고마운 것은 강역 내의 장군들이었다. 비록 패전은 했으나 아무도 동요하는 사람이 없고 의성부의 홍술, 명지성의 왕충, 벽진군(碧珍郡, 경북 성주)의 이총언(李悤言) 같은 장군들은 견훤의 만행에 분격하여 왕건이 출격한다는 소식을 듣고 병원을 동원하였다가 공산에서 대패하였다는 소식을 듣고 출동을 중지했다는 소식도 사후에 들었다.

세상의 인심을 얻는 효과는 있었다.

사람의 마음이란 묘해서 이때까지 부패 타락한 신라는 망해야 한다고 공언하던 사람들도 그 임금이 참변을 당하자 동정을 부내고 견훤은 포악한 인간이라고 욕설이었다.

그러나 동정은 멸시와도 통했다. 적이 칠십 리 밖에 왔는데 들놀이로 술을 마시고 여자들을 희롱하는 임금도 임금이냐, 불쌍하게 죽기는 했으나 평소부터 경망하다는 소문이 들리더니 죽을 짓을 했다고, 은근히 비난하는 소리도 적지 않았다.

이런 가운데서도 먼 길을 마다 않고 친히 군사를 이끌고 무도한 견훤을 치러 오다가 패하기는 했지만 역시 왕건은 의로운 사람이다, 이런 공론이 태반이고, 소수이기는 하나 견훤은 여전히 천하명장이다, 그의 처지로는 왕건과 짜고 자기를 없애라고 부추긴 신라 왕을 친 것은 당연한 일이다, 이러는 축도 없지는 않았다.

인심은 그렇다 치고 고려의 사기가 떨어지고 백제의 사기가 올라간 것은 어쩔 수 없는 일이었다.

이 같은 불운 속에서도 왕건은 재빨리 냉정을 회복하고 고금의 병서를 탐독하는 한편 여태까지 견훤과 싸운 전투 경위를 면밀히 검토했다.

견훤이 명장이라는 것을 인정하지 않을 수 없었다. 이번에도 그의 전법에 말려들어 참패를 당했다. 자초지종을 냉정한 머리로 생각해 보니 견훤은 개경에 있는 자기를 치기 위해서 엉뚱한 신라를 쳤다는 결론이 나왔다.

생전에 신숭겸은 견훤을 따라다니지 말라, 그가 동을 치면 서를 쳐야 한다, 장수마다 장기가 있으니 자기 장기를 살리라고 했다. 그의 말이 옳았다.

그러나저러나 재앙이라고도 하고 액운이라고도 하는 이 불운은 언제나 가실까…….

아무리 냉정하려고 해도 계속되는 불운에 자칫 황폐하기 쉬운 마음은 사화의 총명하고 따뜻한 마음씨로 그럭저럭 지탱할 수 있었다.

그는 겨우내 개경을 떠나지 않고 떨어진 관원들의 사기를 북돋고 기병집단을 보충하고 재편하는 일에 몰두하였다.

장수들에게 자기의 실수를 숨김없이 털어놓으면서 견훤의 전법을 이야기해 주고 거기에 따라 병사들의 단련방법도 일부 고쳤다.

어차피 견훤과는 피를 보고야 말 운명에 있었다. 대비를 소홀히 할 일이 아니었다. 오직 새해부터는 액운이 가시고 밝은 날이 오기를 마음속으로 빌었다.

그러나 새해는 더욱 불운의 연속이었다.

오십이 세를 맞은 왕건은 새해(928년) 벽두부터 좋은 소식은 하나 없었다.

우선 강주(康州, 진주)가 문제였다. 강주는 원래 고자(古自, 경남 고성), 거창(居昌) 등 여러 군을 거느린 넓은 지역으로 팔 년 전 윤웅이 암살당한 후 그의 일당 왕봉규가 차지한 것을 작년 사월 영창(英昌) 등을 보내 우선 도서지방을 점령하고 여세를 몰아 왕봉규를 몰아내고 유문(有文)을 장군으로 앉혔었다.

공산에서 크게 이긴 후 기승한 견훤 군이 작년 겨울부터 자주 접경을 침공하여 구원을 요청해 왔기에 김상(金相)을 총대장으로 하여 육로로 지원군을 보냈다. 그들은 샛길로 가다가 견훤의 지배하에 있는 초팔성(草八城, 경남 초계) 지역에서 초팔성 장군 흥종(興宗)에게 포착되어 섬멸되고 대장 김상마저 전사했다는 소식이 왔다.

그렇다고 멀리 떨어진 강주를 어떻게 할 도리가 없고, 요즘은 수군도 함선들이 낡아 맥을 쓰지 못했다.

왕건은 속수무책으로 보고만 있었다.

마침내 오월 들어 견훤 군이 대거 출동하여 강주를 공격하는 바람에 부장(副將) 이흔 적지 않은 장수들이 전사하고 장군 유문은 항복하고 말았다.

칠월에는 삼년산성(三年山城, 충북 보은)이 견훤 군에 함락되었다. 이 성은 옛날 백제를 칠 때 무열왕도 한때 본영으로 삼을 만큼 요지에 있는 견고한 성이었다.

여기가 떨어지면 가까운 청주가 위험하고 그 이동 고창 지역까지 위협을 받게 마련이었다.

왕건은 앉아만 있을 수 없어 친히 군사들을 이끌고 탈환작전에 나섰으나 결국 실패하고 청주로 후퇴하는 수밖에 없었다.

팔월에는 작년 칠월 김낙, 왕충 등이 쳐서 뺏은 대야성을 도로 뺏겼고, 견훤은 여기다 관흔(官昕)이 지휘하는 강력한 군대를 배치했다.

이어서 조물성도 견훤 군에게 함락되었다.

공산 패전의 영향은 컸다. 어느 싸움에서나 백제 군은 의기양양한 반면 고려 군 안에는 적을 두려워하는 풍조가 돌아 예전처럼 악착같이 싸우지도 않고 성을 내주거나 항복했다.

어떻게 하면 이 대적공포증을 몰아낼 수 있을까? 왕건은 군영들을 돌며 격려하고 고명한 스님을 보내 설법도 시켰다.

그러나 십일월에 들어 견훤이 친히 군사들을 이끌고 오어곡성(烏於谷城, 岳溪, 경북 영천시 청통면)을 치자 일천 명의 병사들이 전사하고 장군 양지(楊志)와 명식(明式) 등 다섯 명의 장수들이 항복하고 말았다.

말만으로는 안 되겠다, 본보기를 보여야겠다고 결심한 왕건은 군인들을 궁중의 구정(毬庭)에 모아 놓고 항복한 여섯 명의 처자들을 끌어다 주리를 틀어 모조리 처형했다. 처형했을 뿐만 아니라 시체를 사람들의 내왕이 많은 길거리에 버리고 항복하는 자는 가족이 모두 이렇게 된다고 선언했다.

왕건으로서는 처음 있는 일이었다.

저녁에 사화가 그의 눈치를 살피다가 항변조로 나왔다.

"처자에게 무슨 죄가 있어요?"

"없지."

"군왕이라고 죄 없는 사람을 하나도 아니고 그렇게 무더기로 죽여도 되나요?"

"안 되지. 군대를 묶어세우자니 부득이했소. 아마 예로부터 지옥에 가지 않은 군왕은 없을 것이오."

글자 그대로 연전연패의 한해를 보내고 새해(929년) 사월이 되자 바람도 쎌 겸 북으로 서경에 가서 완성된 성을 돌아보고 부근 고을도 순시했다.

식렴은 근실한 사람으로 성도 마음에 들고 오랑캐들을 잘 막아 고을의 민생도 안정되었다. 밀려오는 발해의 유랑민들도 황무지에 정착시켜 보살펴 주고 있었다.

왕건은 그의 노고를 치하하고 돌아와 여름은 안온한 가운데 가끔 바다에 나가 낚시로 머리를 식혔다. 견훤도 별다른 움직임을 보이지 않고 봄부터 여름까지 오래간만에 반년이나마 살육전이 없는 세월이 흘렀다.

그러나 칠월에 들어 오천 병력을 거느리고 별안간 의성부에 나타난 견훤은 단박 성을 짓밟고 장군 홍술은 전사하고 말았다.

좋은 협조자였고 부하였는데 지원군을 보낼 틈조차 없었다.

앞서 신숭겸, 김낙 등을 잃고 졸지에 홍술을 잃은 왕건의 슬픔도 컸지마는 의성을 잃은 타격도 컸다.

작년 십일월에 잃은 오어곡성은 계립령을 넘어 신라로 통하는 길과 죽령을 넘어 통하는 두 길의 중간에 위치해서 내왕을 방해하여 왔는데 의성은 바로 죽령길의 요충으로 이제 두 길이 다 완전히 막히게 되었다.

액운은 여전히 계속되고 언제 끝날지 알건은 암담했다.

그칠 줄 모르는 운명의 매질에 절망을 느끼는 일도 드물지 않았는데 그때마다 총명한 사화는 그의 마음을 누그러뜨리고 용기를 불어넣는 신비로운 힘을 가지고 있었다.

"이 세상 만물 치고 오르막만 있거나 내리막만 있는 것이 있나요? 언젠가는 내리막이 끝나고 오르막이 올 거예요. 그때 올라갈 힘이 없으면 영영 굴러 떨어질 것이니까 힘을 길러야 하지 않을까요?"

왕건은 그의 말에 힘을 얻고 때로는 고승들의 설법도 들었다. 틈만 있으면 일월사의 부처님 앞에 꿇어앉아 그칠 줄 모르는 이 불운에 끝장을 내 주시도록 정성을 다해 기구했다.

이렇게 마음을 가라앉히고 병법의 연구에 더욱 몰두하는 한편 군대의 단련에 정력을 쏟으면서 사화가 말하는 오르막이 올 때를 기다렸다.

앉아서 기다렸을 뿐만 아니라 장차 벌어질 전쟁에 대비해서 전장(戰場)으로 예상되는 지역에 나가 산천과 도로, 교량, 민심 등을 살피고 전쟁에 유리한 지점과 불리한 지점을 면밀히 조사하여 자세한 지도도 만들고 기록도 해 두었다.

견훤이 오어곡성에서 의성까지 진출한 이상 그것으로 그치지 않을 것이다. 반드시 이 방면에서 또 살육전이 벌어질 것을 예측한 왕건은 구월에는 개경을 떠나 천천히 지세를 살피면서 강주(剛州, 경북 영주)까지 내려갔다. 만일의 경우 병력과 물자를 동원하고 수송할 구상까지 마련하고 월말에야 개경으로 돌아왔다.

시월이 되자 삼년산성에 머물러 있던 견훤은 자기 고향 가은(加恩) 고을을 포위하고 형세를 살피고는 크게 싸우지도 않고 물러갔다.

별로 강력한 힘이 있는 고장이 아니어서 치려면 못 칠 것도 없는 작은 고장이었으나 그는 그냥 회군하여 삼년산성으로 들어갔다.

가은은 삼년산성에서 고창(경북 안동)으로 통하는 요지에 위치한 만큼 왕건은 그의 행동을 일종의 탐색전이라고 생각했다. 무시해도 좋다고 생각했거나 산지대여서 생각을 달리한 모양이라고 판단했다.

의성에 병력을 집결 중이라는 소식이 왔다. 역시 수송에 편한 죽령길의 대로를 택한 것이다. 견훤은 십이월이 되자 의성으로부터 북진하여 대병력으로 고창을 포위하였다. 그동안 고창 장군 김선평(金宣平)과 긴밀히 연락해 오던 왕건은 움직이기 시작했다.

고을에 동원령을 내린 왕건은 우선 수하에 있는 정예 삼천 기로 남하하여 고창 동북 삼십 리 예안진(禮安眞, 경북 안동시내)에 본영을 설치하고 행동을 개시했다.

그러나 공산(公山) 패전의 교훈을 잊지 않고 견훤의 전법을 연구할 대로 연구한 왕건의 행동은 신중했다. 예전 같으면 포위 중인 견훤 군을 직접 공격했을 터인데 그러지 않았다. 일부 병력을 적의 배후에 돌려 죽령길에 출몰하면서 의성으로부터 오는 보급을 방해하는 동시에 주로 밤이면 기동력이 빠른 기병대를 동원하여 포위군의 진영을 교란하고 재빨리 물러섰다.

보급은 어느 정도 가지고 왔으니 당분간 버틸 수 있었으나 밤이면 줄기차게 반복되는 왕건 군의 기습공격에 견훤 군은 안심하고 잘 수가 없어 날로 피곤이 더해 갔다.

적과 대적해서 싸우지 말라. 불의에 습격하고 적이 대항해 오면 때를 놓치지 말고 피하라. 이것이 왕건의 전술이었다.

쉬려고 하면 달려들고 싸우려고 하면 도망가고……, 견훤은 왕건을 잡기만 하면 단번에 무찌를 터인데 잡을 도리가 없었다. 한번은 예안진의 왕건의 본영을 기습공격했으나 어떻게 알았는지 깨끗이 사라지고 없어 허탕을 치고 돌아왔다. 돌아오니 왕건은 다시 예안진에 나타났다는 것이다.

견훤은 일대 결전을 생각하고 왔기에 그 병력은 적어도 이만은 넘는다는 것이 왕건의 계산이었다. 그는 적의 병력을 감안하여 그보다 우세한 병력이 집결하기를 기다리면서 포위군을 괴롭히는 동안 해가 바뀌어다시 새해(930년)를 맞았다.

진중에서 맞은 정초에 재암성 장군 선필(善弼)이 찾아왔다. 여태까지 좋은 동반자요, 협력자였다. 왕건은 이 늙은 장군을 반가이 맞아들이고 조석으로 식사도 함께 했다.

"이 기회에 전에 진보성까지 합쳐 보성부(甫城府)로 승격하여 주신 저희 땅도 폐하의 강역 안으로 들어오고 저도 폐하의 신하가 되려는데 받아주시겠습니까?"

승패가 미결일뿐더러 세상사람들의 눈에는 견훤이 우세하게 보이는 이때 자기에게 협력하겠다고 나서리라고는 생각하지 못했다. 왕건은 그의 두 손을 잡고 머리를 숙였다.

"여태까지 진 신세만도 태산 같은데 이렇게까지 생각해 주시니 황송하기 그지없습니다. 저도 되다 보니 임금이 되었지, 별것이 있겠습니까. 이제부터 어른을 상보(尙父)로 모시겠습니다."

"고맙소이다."

선필은 반백도 더 되는 수염을 내리 쓰다듬었다. 상보라면 아버지같이 모신다는 뜻으로 왕건이 평생에 상보로 우대한 것은 전에 부득이해서 한때 견훤을 상보라고 했을 뿐 그 외에는 이 선필밖에 없었다.

"오래지 않아 결전이 벌어질 터인데 어른께서는 돌아가 쉬시지요."

"일단 신하가 된 이상 폐하께서 이 추위에 몸소 출정하셨는데 어찌 편히 쉬고 있을 수 있겠습니까?"

선필은 사리에 밝은 사람이었다.

"혹시 여력이 계시면 견훤의 보급기지인 의성이 어른의 처소에서 가까우니 그 보급을 교란해 주시지요."

"그렇게 하지요."

선필은 쾌히 승낙했다.

예안진으로 몰려드는 고려의 대군을 지켜보던 선필은 하직하고 떠나면서 한마디 남겼다.

"천명이 폐하에게 있으니 반드시 대승을 거두실 것입니다."

930년 정월 이십일일.

마침내 견훤과 왕건 사이에는 공전의 일대 결전이 벌어졌다.

예안진에 집결한 왕건 군 이만여 명을 격파하지 않고는 고창성을 무찌를 수 없고, 도중에서 방해를 받아 보급도 제대로 되지 않았다. 우선 왕건부터 치기로 결심하고 간밤에 출동 준비를 끝낸 견훤은 소수 병력을 포위군으로 남긴 채 북진을 개시했다.

견훤의 동태는 제때에 왕건의 귀에 들어왔다.

아무리 뛰어난 전술이라도 적이 모를 때에 효과를 발휘하는 것이지, 적이 알면 무용지물이나 다름없었다.

견훤의 전술을 경험으로 알 대로 알아낸 왕건은 간밤에 기병들을 은밀히 선발대로 보내 병산(瓶山, 경북 안동시 관내) 이남 저수봉(猪首峰) 일대의 골짜기에 은닉 배치하였다. 이 고장 지세는 견훤의 전법에 알맞고 그가 먼저 점령하는 것을 막기 위한 조치였다.

아침 일찍 일어난 왕건은 대군을 이끌고 병산으로 진격하여 해돋이에 견훤의 대군과 마주쳤다.

추위 속에 두 달에 걸친 고창 포위로 지친 견훤 군이었으나 새로 당도한 고려 군 못지않게 잘 싸웠다. 피차 후퇴를 모르는 병사들이어서 많은 사상사를 내면서도 오정이 되도록 격전이 계속되었다.

왕건은 초조했다. 빨리 적을 남으로 밀어붙여 저수봉까지 가야 대기하고 있던 기병들이 옆으로 공격을 퍼부어 적을 섬멸할 수 있을 것이었다.

견훤 군은 강병들이었으나 역시 오랜 전투로 지친 듯 오후가 되자 차차 밀리기 시작했다. 저수봉 기슭에 이르자 골짜기마다 숨었던 왕건의 기병들이 나타났다. 그러나 견훤은 미리 알고 있는 듯 잘 조직된 기병대들을 이리저리 동원하여 기병은 기병으로 능란하게 막아 냈다. 이쪽에서는 기습으로 생각했으나 미리 알고 있는 견훤에게는 기습도 아닌 듯싶었다.

견훤의 옆에 붙어선 군관들이 흔드는 깃발에 따라 질서정연하게 움직이고 질서정연하게 싸우는 그의 용병을 보고 왕건은 여전히 견훤은 명장이라고 감탄하지 않을 수 없었다.

그러나 해 질 무렵에 이변이 일어났다. 성을 지키던 김선평 군은 성문을 나와 소수의 포위군을 격파하고 견훤 군의 후미를 치기 시작했다.

이것은 견훤도 예상하지 못한 모양이었다. 그의 진영에는 혼란이 일어나고 사기가 오른 고려 군은 맹렬한 공세로 나와 어둡기 시작할 무렵에는 전사자만도 팔천을 넘고 부상자는 더욱 많았다.

고려 군의 사상자도 적지는 않았으나 비할 바 못 되고 적은 이미 조직된 군대로서의 전투 능력을 잃어 가고 있었다.

병기(兵機)를 보는 데 능숙한 견훤은 재빨리 남은 병력을 수습해 가지고 산을 넘어 어둠속 서쪽으로 사라졌다.

낮이라면 추격해서 얼마 안 되는 잔적(殘敵)을 섬멸할 수도 있었으나 어둠속에서는 별도리가 없었다.

그러나 적의 대부분을 격파했고 전투는 끝났다. 왕건이 야전에서 견훤을 이기기는 이것이 처음이고 전과(戰果)도 공산 패전의 몇 배였다.

왕건은 야전에서 자신을 가졌고 떨어졌던 고려 군의 사기도 올라 견훤 군은 못 당한다는 풍조는 말끔히 가셨다. 그는 오래간만에 구름이 끼었던 가슴이 트이는 기분이었다. 견훤의 전법을 열심히 연구하고 병사들을 단련한 덕이요, 김선평이 두 달 동안 잘 견디고 성을 지켰을 뿐 아니라 마지막 순간 성을 나와 후미를 공격해 준 덕이었다.

왕건은 김선평의 공과 노고를 치하하면서 그의 인도로 고창성에 들어갔다.

김선평은 원래 신라의 왕족이었으나 못된 짓만 하는 집권자들의 꼴이 보기 싫어 일찍부터 자원해서 고창군 태수로 나와 있던 사람이었다.

전국이 혼란에 빠지는 내란이 일어났어도 그만은 평소에 잘한 덕으로 무사했다. 신라는 어차피 망한다 생각했고 세상 돌아가는 형편을 정관하다가 선종이 죽은 후로는 견훤이나 왕건 두 사람 중의 한 사람이 천하를 잡을 것이고 어느 쪽이 잡든 상관없다고 생각해 왔다.

그러기에 한때 견훤이 고창을 점령할 때도 저항하지 않았고 왕건이 이를 회복해 주었을 때도 유달리 고맙다는 생각도 들지 않았다.

그러나 견훤이 금성에 들어가 경애왕을 무참히 죽게 한 후로는 완전히 왕건에게 돌아섰다. 견훤같이 무도한 사람은 천하를 잡아서도 안 되고 잡을 수도 없다는 것이 그의 신념이었다.

고창성에 들어가 나흘 동안 쉰 왕건은 그의 공을 생각해서 고창군을 안동부(安東府)로 승격하고 그에게 당시로서는 최고인 대광(大匡)의 품계를 내렸다. 부장 김행(金幸)과 장길(張吉)에게는 대상(大相)의 품계를 내렸는데 특히 김행에게는 권(權)씨 성을 하사하여 공을 치하했다. 그도 원래는 왕족인 김씨였으나 이리하여 안동권씨의 시조가 되었다.

안동에서 들으니 견훤은 서쪽 산지대를 거쳐 완산성으로 돌아가면서도 그저 돌아가지 않았다. 장수를 보내 순주성(順州, 경북 풍산)을 치고 백성들을 붙들어 자기 나라로 끌고 갔는데 순주 장군 원봉은 싸우지도 않고 야간도주를 해 버렸다.

왕건은 도망쳤다가 적이 물러간 후에 돌아온 원봉을 문책했으나 자진 항복한 전공(前功)을 생각해서 용서하고, 다만 순주를 본래 이름 하지현(下枝縣)으로 강등하고 성을 수축하도록 하는 데 그쳤다.

그는 병산에서 잘 싸운 유금필을 불러 이 기회에 남으로 밀고 내려가 도중의 견훤 군을 소탕하고 죽령길을 다시 소통케 하라 이르고 개경으로 돌아왔다.

만조백관과 백성들이 멀리까지 쏟아져 나와 영접하는 가운데 성내로 들어가면서 그는 한때 시들했던 고려 전체가 생기를 되찾는 것이 눈에 보이는 듯했다.

온탕에 몸을 담그니 추위에 오그라들었던 몸 전체가 풀리는 듯하고 삶과 죽음 사이를 오락가락하는 사이에 긴장할 대로 긴장했던 마음도 녹고 화기가 돌았다.

칼을 잡은 지 햇수로 삼십육 년, 임금으로 등극한 지 십삼 년, 크고 작은 싸움에 수없이 출전했고 죽을 고비도 몇 차례 넘겼으나 생애에서 가장 큰 전쟁에 대승을 거두었다는 것을 비로소 피부로 느꼈다.

견훤은 이번에 입은 상처를 고치려면 적지 않은 시일이 걸릴 것이고 그만큼 고려에는 여유가 생길 것이다.

몸이 풀리면서 졸음이 몰려오는데 기다리고 있던 욕간나인(浴間羅人) 두 사람이 조심조심 머리를 감기고 몸을 씻겨 주었다. 그는 반은 잠든 채 그들이 하는 대로 몸을 내맡겼다.

목욕을 마치고 나니 근심걱정은 다 사라진 새 사람이 된 듯싶었다. 이미 날이 어두워 나인들이 초롱을 비추는 가운데 방에 돌아오니 사화가 저녁상을 마련해 놓고 기다리는 중이었다.

그는 지금도 등극하기 전과 마찬가지로 일반 사람들과 다를 것이 없는 밥상에 보리가 섞인 밥을 먹었고 '진지'니 뭐니 하는 궁중용어도 좋아하지 않았다.

그는 사화가 권하는 술은 한 잔만 마시고 식사를 마치고는 곧 잠자리에 들었다. 쌓인 피로에 곧 잠이 드는 것을 보고 사화는 묻고 싶은 것도 많았으나 잠자코 지켜보다가 시간이 흐르자 자기도 같이 자리에 들었다.

어떤 환경 속에서도 군대 생활의 오랜 습성으로 왕건은 날이 밝으면 제때에 눈을 떴다.

먼저 일어나 몸단장을 하고 옆에 앉았던 사화가 말렸다.

"오늘만이라도 더 주무시고 피곤을 아주 푸시지요."

"피곤은 다 풀렸어."

왕건은 일어나 세수를 하고 조반상에 사화와 마주 앉았다.

"폐하께서는 전쟁이 좋으신가 봐요."

"왜?"

"생기가 도시고 아주 새사람이 되어 오신 것 같아요."

"제일 싫은 것이 전쟁이야."

"한창 싸우실 때는 무얼 생각하세요?"

"무얼까……?"

왕건도 졸지에 생각이 나지 않아 지나간 경험을 되살려 보고 대답했다.

"아무것도 생각하지 않지."

"어떻게든 살려고 궁리하는 것은 아닌가요?"

"그래 가지구는 싸움이 안 되지. 안 될뿐더러 살 생각만 하는 자는 대개 죽더군."

"왜 그럴까요?"

"그건 잡념이니까. 머리에 잡념이 차면 틈이 생기고 틈이 생기면 적에게 당하게 마련이지. 농사를 짓는 사람이 장사할 생각을 하면 농사가 될 까닭이 없잖아? 이치는 마찬가지요."

"그럼 죽음을 생각하는가요?"

"죽음도 삶도 아무것도 생각하지 않지……. 무아(無我)의 심경으로 그저 싸우는 것이 전쟁이오."

"폐하같이 수만 명을 거느린 분들도 그래요?"

"마찬가지지. 병사들이 창을 이리 휘두르고 저리 휘두르듯이, 복잡한 혼전 속에서 이 장수는 저렇게 저 장수는 이렇게 움직이도록 그 생각밖에 없어."

"가족 생각은 안 하나요?"

"전쟁이 없구 한가한 때면 하지. 나두 사화 생각, 아이들 생각을 많이 했구만."

"황송해요. 폐하께서는 추위 속에서 그렇게 고생하셨는데 따뜻한 방 안에서 뒹굴구. 그저 한 가지, 부처님 앞에 폐하께서 무사하시기를 비는 것이 고작이었어요."

"고마운 일이오. 그 부처님 덕분으로 이긴 것이지, 내 재주로 이긴 건 아니니까."

"이번에 보니 견훤은 세상에서 떠들던 것처럼 명장도 아닌가 부지요?"

"아니야, 여전히 명장이지."

견훤은 불리한 조건을 다 갖췄고 자기는 유리한 조건을 다 갖춘 싸움이었다. 만약 처지가 바뀌었더라면 자기는 아주 패망했을지도 모르는 싸움이었다. 견훤의 실수는 엄동설한에 무리한 싸움을 너무 오래 끈 데 있었다.

예전의 견훤이라면 결코 그렇게는 하지 않았을 것이다. 예순네 살, 늙은 탓일까?

"명장인데 왜 졌지요?"

"명장도 때로는 그런 일이 있지."

왕건은 길게 말하지 않았다.

피곤이 풀렸다고는 했지마는 식사를 마치고 나니 노곤해서 잠깐 눈을 붙였다가 신하들이 마련한 축하연에 나갔다.

고려 창시 이래 최대의 전승이다.

크게 개선 축전을 벌인다는 소문을 안동 현지에서 듣고 어려운 때에 쓸데없는 짓이라고 못하게 일러 보냈었다.

어제 개경에 도착하자 축하연이라도 없을 수 없다고 하기에 오늘 간단한 점심으로 대신하라고 일러두었던 터라 나가지 않을 수 없었다.

그는 시중 공훤이 백관을 대신해서 올리는 축하인사를 받고 점심을 같이 하고는 곧 들어왔다.

생각해야 할 일이 한두 가지가 아니다.

부상자들은 추위에 개경까지 오는 것이 도리어 해롭다 하여 안동 부근에서 치료를 받게 하고 현지에서 고향으로 떠나는 전사자들의 유골도 정중하게 치제(致祭)한 후에 보내고 돌아왔다.

그러나 개경 부근에 고향을 둔 병사들의 유골은 개경에 모아 왕건 자신이 제주가 되어 제사를 지내고 병사들을 딸려 고향으로 보냈다.

고향이 개경이거나 고을이거나 전사자들에게 포상이 없을 수 없고 부상자들에게는 위문이 없을 수 없었다.

왕건은 대신들과 의논해서 국고를 감안하여 전사자들의 유족에게 포곡(布穀)을 보내고 특히 공이 뛰어난 자들에게는 대를 이어 농사를 지을 땅두 내렸다. 공이 남다른 부상자들의 경우두 마찬가지였다.

시중 공훤을 안동으로 보내 부상자들을 위문하고 그들에게 소용되는 물건들을 전하는 것도 잊지 않았다.

이처럼 제일 급한 일부터 처리한 왕건은 신라 왕(경순왕)에게 사신을 보내 이번 전쟁의 경과를 보고하고 자기는 변함없이 신라에 충성할 것이라고 하였다.

이미 소식을 알고 있던 신라 왕은 왕건의 변함없는 충성에 대해서 칭찬이 자자하고 사신의 대접도 융숭했다. 임금뿐만 아니라 대신들도 죽다가 살아난 듯 생기가 돌고, 돌아가면서 집에 초청해다가 극진한 대접을 했다. 어느 대신의 집에서나 화제는 왕건의 칭찬과 견훤의 욕설이었다.

돌아올 때 임금은 특히 사신을 불러 편지를 주면서 덧붙였다.

"이처럼 일부러 사람과 편지를 보내 알려준 왕 장군이 고맙기 그지없소. 편지에도 썼소마는 한번 서울에 오셔서 서로 만났으면 좋겠다고 전해 주시오."

개경으로 돌아온 사신이 전하는 편지를 읽고 왕건은 세상의 변천을 새삼스레 생각하게 되었다.

편지에는 선왕(경애왕) 때까지 서두에 반드시 보이던 '조서'라는 글자도 없었고 '너 충신 왕건' 어쩌구 거드름을 피우던 문구도 보이지 않았다. 아직 서로 대면한 일이 없는 친구가 미지의 친구에게 보내는 편지요, 전승을 축하하고 한번 방문해 달라는 정중한 초청이었다.

새 임금의 성격 탓도 있겠지마는 신라 사람들이 견훤에게 짓밟혀 기가 죽어 버린 것이 그대로 문면에 나타나 있었다.

그러나 왕건은 여전히 칭신(稱臣)을 하고 답장을 보냈다. 틈만 나면 어명대로 금성을 찾아 용안을 뵙겠다고 하였다.

유금필 군은 죽령로를 남하하여 잃었던 의성부와 오어곡성을 탈환했을 뿐 아니라 남진을 계속하여 일어진(昵於鎭, 경북 포항시 신광면)까지 이르렀다는 보고가 왔다.

왕건은 즉시 개경을 떠나 죽령로를 남으로 달려 일어진까지 가서 돌아보고 고울부 장군 능장(能長)에게 영주열(英周烈), 궁총희(弓念希)등 장수를 붙여 일어진 장군을 겸하게 하고 유금필과 함께 돌아왔다.

농사철도 다가오는지라 돌아오는 길로 군대도 필요한 인원만 남기고 나머지는 고향에 돌려보내 농사를 짓게 했다. 그들에게도 공에 따라 포곡과 땅 등 포상하는 것을 잊지 않았다.

전승에 도취해서 관기가 문란해지는 일이 없도록 이것은 한때의 승리에 불과하니 앞으로 어떤 일이 일어나도 대처할 수 있도록 하라고 더욱 기강도 강화했다.

군대에도 특별히 지시해서 통일도 되지 않은 이때 한번 이겼다고 백제 군을 얕보는 일이 없도록 엄계하고 단련을 게을리하지 말라고 일러두었다.

그러나 승전의 효과는 안에서보다 밖에서 먼저 나타났다.

명주는 칠 년 전에 자진 항복했으나 그 이남 동해안의 크고 작은 고을들은 거취를 분명히 하지 않았었다.

자기에게 동조하는 것처럼 보이면서도 뒤에서는 견훤과도 통해 왔다. 난세에 우선 급한 것은 살아남는 일이니 강자들에게 다 같이 호의를 사 두었다가 마지막으로 이기는 자에게 붙자는 속셈이었다.

왕건은 알면서도 그들의 양다리를 걸친 호의를 받아 두었고 잘 쓰다

듣어 보낼 뿐 탓하는 일은 없었다. 또 어떻게 할 여력도 없었다.

신라가 견훤에게 짓밟히고 왕건 군이 공산에서 대패한 후로는 그 양다리를 걸친 호의조차 보내는 사람이 별로 없었다.

그러던 것이 안동이 병산에서 대승하자 동해안 사람들도 이제 세상은 왕건에게 기울었다고 판단했는지 하나 둘씩 때로는 여럿이 한꺼번에 오거나 오지 못하는 사람들은 자식이나 친척을 보내 공공연히 항복해 왔다.

돌아서려야 돌아설 수 없이 자기 길을 택한 셈이었다. 멀리 서해 쪽에 있는 견훤에게 당장 짓밟힐 염려가 없는 동해안 사람들은 안심하고 이렇게 나왔다. 견훤의 백제에 가까운 자들 가운데도 이런 사람들이 없지 않을 것이나 당장 견훤에게 당할 일이 두려워 그들과 보조를 같이하지 못하는 것이라고 생각했다.

왕건은 그들의 항복을 받아들이고 후한 상과 벼슬을 주면서 큰 공을 세웠다고 잘 대접해 보냈다.

몇 해를 두고 괴롭혀 오던 액운도 이것으로 끝나고 앞으로는 밝은 날이 계속될 듯하였다. 왕건은 느긋한 마음으로 쉬면서 옛 친구들을 부르기도 하고 예성강에 배를 띄워 함께 타고 낚시를 즐기면서 세상 돌아가는 형편과 민심의 동향을 묻기도 했다.

그들도 견훤은 이제 늙고 다시 옛날처럼 기승을 부리지는 못하리라는 의견이었다. 그것은 백성들의 생각이요, 소리라고 짐작했으나 견훤은 늙어서도 남달리 건장한 사람이었다. 상처가 아물면 죽지 않는 한 다시 일어설지 모른다고 왕건은 생각했다.

안된 것은 종희였다.

배를 타고 나간 지 오 년째 되어도 종무소식이요, 어김없이 폭풍을 만나 변을 당했으리라는 것이 친구들의 의견이었다. 왕건도 그렇게 생각되었다.

그는 종희의 집을 찾아 부인과 아이들을 위로하고 죽은 형을 대신해서 시종으로 있는 왕육에게 종희의 처자들이 불편함이 없도록 돌봐주라고 일러두었다.

오월 말에는 서경을 찾아 팔 일 동안 주변 고을을 시찰하고 유월 초에 돌아와서도 쉬는 일이 없었다. 고을을 돌아다니며 전사자의 유족들과 돌아온 부상자들을 찾아 위로하고 민정도 살피는 한편 군영에도 들러 해이함이 없도록 거듭 당부했다.

순전히 자기 때문에 죽은 왕신을 생각하고 안화선원(安和禪院)을 지으면서 군왕이란 남 보기에는 화려해도 고달픈 사람이라고 탄식하기도 했다.

동해안이 고려에 붙는 풍조를 타고 염두에도 없던 울릉도에서도 사람과 선물을 보내 항복해 왔다. 가상한 일이라고 칭찬해 보냈는데 구월에는 개지변(皆知邊, 울산 학성공원 일대를 중심으로 한 지역) 장군 박윤웅(朴允雄)이 부하 최돌(崔突)을 보내 충성을 맹세하고 항복해 왔다.

그는 넓은 땅을 차지한 이 지방의 유력자였다. 왕건은 최돌을 후히 대접하고 개지변을 흥례부(興禮府)로 승격하였고 박윤웅에게 상과 벼슬도 내렸다.

이로써 명주 이남 백십여 성이 모두 고려의 강토로 들어온 것이다.

고려 조정에는 경사가 겹치고 왕건의 위신은 더욱 올라갔다.

새해(931년) 이월 구일.

신라 왕의 사신 태수 겸용(謙用)이 개경에 와서 왕건을 초청하는 임금의 친서를 전달했다.

왕건은 대신들과 의논했다. 기세가 오른 대신들 중에는 그까짓 고을 태수만도 못한 신라 왕이 앉아서 부르는 것부터 건방지다고 반대하는 사람도 있었으나 왕건은 결론을 내렸다.

"여태까지 나는 신라 왕에 대해서 신하의 예를 취해 왔는데 임금이 부르시는데 가지 않는다는 것은 도리가 아니오. 신라에 다녀올 터이니 채비를 갖추시오."

이리하여 어명대로 곧 찾아뵙겠다고 겸용을 돌려보냈다.

서둘러 여행 준비를 갖춘 왕건은 만일의 경우를 생각해서 천여 기의 정예를 거느리고 남으로 달렸다. 죽령을 넘은 왕건은 의성에 잠시 머물다가 동남으로 말 머리를 돌려 선필의 재암성으로 들어갔다.

여기서 하룻밤을 쉬고 다음 날인 이십삼일 오후 신라 접경에 다다랐다. 오십여 기만 거느리고 나머지는 접경에 머무르게 한 채 신라 영내로 들어가자 먼저 선필을 성내로 들여보내 문안을 드리라고 했다.

줄어들 대로 줄어든 신라의 강토는 금성 주변뿐이고 망을 보는 파수병조차 없었다. 말에 풀을 뜯기면서 쉬었다. 이 지경이니 견훤이 쳐들어오는 것도 모르고 야외에서 들놀이를 하다가 임금조차 도망가지 못하고 붙들려 참변을 당한 것도 알 만하다고 생각했다.

얼마 안 되어 채색 관복을 입은 신라의 관료들이 선필과 함께 성문 밖으로 쏟아져 나와 도열했다. 왕건은 선필의 인도로 그들 앞으로 다가가 인사를 주고받았다.

제일 먼저 소개를 받은 것이 임금의 당제(堂弟)로 시중으로 있는 김유렴(金裕廉)이었다. 차례로 인사가 끝나자 왕건은 다시 말에 올라 경호대의 호위를 받으며 그들과 함께 성내로 들어갔다.

임금은 시종들을 거느리고 응문(應門, 대궐의 정문) 앞에 서서 기다리고 있었다. 왕건은 말에서 내려 그에게 다가갔다.

왕건 오십오 세, 신라 왕(경순왕) 삼십삼 세, 첫 대면이었다.

그의 앞에 이른 왕건은 먼저 인사를 드렸다.

"신 왕건, 삼가 문안을 드리오."

땅에 엎드려 절하려는데 신라 왕이 두 손을 잡고 말렸다.

"신이 무슨 신이겠습니까. 어서 들어가십시다."

이 임금은 경망하다는 소문만 남기고 참혹하게 죽은 전왕(景哀王)과는 달랐다. 유다른 데는 없었으나 경망하지도 않고 침착한 태도로 왕건에게 깍듯이 손님대접을 했다.

정전(正殿)으로 들어갈 때도 동렬로 그를 우측에 모시고 당상에 나란히 놓인 두 개의 옥좌에 이르러서도 그를 상좌인 우측에 앉혔다.

"이건 신하의 도리가 아닙니다."

왕건이 사양했으나 그는 듣지 않았다.

"나는 백성들이 당하는 고초를 모르고 자란 사람이지만 생전의 아버지 말씀을 듣고 세상이 크게 변해 간다는 것은 알고 있습니다. 대왕께서 겸손하셔서 칭신하는 것을 선대까지 그대로 받아들인 것이 잘못이지요. 군신 관계가 아니라 동맹 관계로만 해 주셔도 과만한 일입니다."

"동맹입니까?"

"안 되겠습니까?"

"황송합니다. 안 될 까닭이 있겠습니까?"

임금은 자리에서 일어나 고려와는 이제부터 동맹관계요, 여기 오신 고려 왕은 자기의 귀중한 손님이라고 선포했다.

이어서 뜰아래 도열한 시중 김유렴 이하 백관들은 왕건에게 네 번 절하여 신하의 예를 갖추었다.

이로써 고려는 신라로부터도 국가로 인정을 받았다.

저녁에는 임해전(臨海殿)에서 성대한 연회가 있었다. 백관들이 다 모이고 천 년 가까이 신라를 주름잡아 온 왕실의 종친들 중에서 두드러진 사람들도 빠짐없이 모였다.

여기서도 신라 왕은 왕건을 상좌에 모시고 극진히 대접했다.

"고려 대왕께서는 신라 천 년 역사에 으뜸가는 귀한 국빈(國賓)이십니다."

이런 찬사를 시작으로 가지가지 칭송이 꼬리를 물고 나왔다.

"작년에 병산대전에서 역적 견훤을 무찌르셨다는 소식을 듣고 외신(外臣) 등은 폐하의 만수무강을 빌면서 축배를 들었습니다."

"역적 궁예를 없이 해 주신 것만 해도 황공하기 이를 데 없는 일이었습니다."

"머지않아 역적 견훤도 영특하신 대왕의 손에 목을 잘려 그 죗값을 하고 패망하고야 말 것입니다."

관상론도 나왔다.

"대왕께서는 훤칠하신 키에 용(龍)의 상이시니 타고나신 군왕이십니다."

그런가 하면 애걸조로 나오는 사람도 있었다.

"어쩌다가 천년사직이 이렇게 되었는지 모르겠습니다. 제발 대왕께서 나라의 명맥을 유지하도록 보호하여 주시기를 바랍니다."

"천년사직이 무너지는 것이 아깝지 않으십니까. 제발 붙들어 주십시오."

그러나 옆에 앉은 신라 왕은 생각보다 사리를 아는 사람이었다.

견훤이 세운 사람이라 제일 못난이를 고른 줄 알았더니 그렇지 않았다.

"천년사직을 입버릇처럼 내세우는 것부터 철없는 짓이지요. 훌륭한 조상 덕에 세상 어려운 줄 모르고 사치에 호의호식을 하고 백성이야 죽건 말건 짜고 짓밟은 죗값을 하는 것이 오늘의 신라올시다. 생각하면 당연한 일이지요."

왕건은 옳게 보았다고 생각했으나 그렇다고 대답할 수도 없었다.

"다시 일어서실 날이 있겠지요."

"너무 늦었습니다. 부처님의 말씀에 어김이 없지요. 사람도 나라도 흥망성쇠의 법칙을 벗어날 수 없는 모양입니다."

그는 이런 말도 하고 탄식했다.

"얼떨결에 할 수 없이 이 자리에 앉았지마는 쇠잔해 가는 나라의 임금처럼 고달픈 사람도 없을 것입니다."

왕건은 그의 심정을 짐작할 수 있었으나 응대할 말도 없어 잠자코 있었다.

김유렴이 견훤에게 짓밟히던 이야기를 하고 눈물을 흘리자 모인 사람들은 모두 훌쩍거리고 개중에는 소리를 내어 흐느끼는 사람도 있었다.

옛날 백제가 망할 때 철부지 백제 왕비의 주장으로 적장 소정방(蘇定方)에게 주식(酒食)을 대접해서 제발 나라를 살려 달라고 애걸하다가 구박만 받고 멸망했다고 한다.

이들은 아직도 제 발로 일어설 생각은 못하고 눈물로 불운을 피할 작정인가. 눈물을 제일 멸시하는 것이 있다면 그것은 불운이리라. 왕건은 동정도 가지 않았다.

그러나 옆에 앉은 신라 왕의 한마디는 가슴을 쳤다.

"중국의 어느 임금은 나라가 망하는 것을 보고 목을 매면서 다시 이 세상에 환생하더라도 결단코 왕가에 환생하지 않는 것이 소원이라고 했다지마는 내가 바로 그런 심정이올시다."

그의 뺨에는 소리 없이 두 줄기 눈물이 흘렀다. 왕건도 그의 심사를 헤아리고 저절로 눈물이 돌았다.

"그런 불행이 없도록 있는 힘을 다해 드리지요."

결국 연회는 눈물바다로 끝났다.

왕건은 자기가 거느리고 온 경호대 오십여 기가 지키는 가운데 궁중 별전에서 숙식을 했다.

여색을 싫어하지 않는 그도 일체 시침을 거절하고 아침이면 일찍 일어났다. 산해진미를 사양하고 간소한 음식으로 끼니를 때우고는 저녁이면 제때에 잠자리에 들었다.

경호대 병사들도 예절이 바르고 군기가 엄숙해서 신라의 친위대와는 비교도 안 되었다. 모두들 새로 일어나는 나라는 임금도 군인들도 다르다고 칭찬이 자자하고 부러워했다.

며칠 묵고 돌아가려고 했으나 신라 왕이 한사코 말렸다. 모처럼 오셨으니 푹 쉬면서 금성의 봄을 즐기다가 가시라는 것이었다.

왕건은 변경에 큰일은 없을 것 같고 군복을 입은 지 만 삼십칠 년, 제대로 쉬어 본 일이 없는지라 마음이 동했다.

신라 왕의 권유대로 봄을 여기서 보내기로 작정하고 접경에 머물게 한 천여 기는 본국에 돌아갔다가 기별이 있는 대로 다시 오라고 일러 보냈다.

자고 싶으면 자고 거닐고 싶으면 거닐고 일체의 간섭이 없었다. 신라의 궁성을 마치 자기의 궁성인 양 아무 데고 마음대로 구경했고 그때마다 임금이 따라붙어 일일이 그 유래를 설명해 주었다.

처음에는 간소한 궁궐이었으나 연못과 임해전은 통일 후 문무왕이 만든 것이고 세월이 흐를수록 전각이 늘고 이에 따라 사치도 늘었다. 높은 자리에 있는 자들은 아득한 나라에서 온 진귀한 물건이 아니면 물건으로도 보지 않는 풍조까지 생겼다고 했다.

경호대를 거느리고 멀리 바람 쐬러 나갈 때는 고려 사람들끼리만 나왔으나 성내 구경을 나올 때는 언제나 임금이 친히 인도하고 설명했다.

천년사직의 수도는 하루아침에 되는 것이 아니었다. 거대한 사찰도 많고 탑들도 근사한 것이 적지 않았다. 거기 모두 유래가 붙어 있었다.

한꺼번에 싯거나 세운 것이 아니고 오백여 년 전 법흥왕 때 불교가 들어온 후 수백 년을 두고 만든 것들이었다.

신궁(神宮)도 많고 왕릉도 많았다. 허술한 수도 개경은 여기 비하면 수도라 할 수도 없었다.

왕건은 예절상 김씨 왕조의 조상을 모신 내을신궁(奈乙神宮)을 찾아 예를 올리고 토함산에 올라 동해에 뜨는 해를 처음으로 구경했다. 석굴사의 부처님 앞에 절도 하고 동해에 배를 띄워 문무왕의 수중릉도 찾았다.

천 년을 두고 건설한 수도, 나라는 망하더라도 이 정교하고 웅장한 수도만은 그대로 보존할 수 없을까? 모두가 영원히 보존하고 싶은 유산들이었다.

삼월과 사월, 아름다운 산천과 인간의 기교를 다한 천 년의 수도에서 왕건은 처음으로 한가한 세월을 보냈다.

오월의 초여름이 오자 왕건은 본국에 연락해서 돌아갔던 기병대를 다시 오게 했다.

그동안 임금과 대신 종친들로부터 받은 진귀한 선물은 기차게 많았다. 본국을 떠날 때 선물을 마련해 가지고 왔으나 받은 선물에 비하면 초라하기 그지없었다. 그렇다고 그냥 떠날 수도 없어 떠나기 며칠 전에 임금 내외와 왕태후, 대신, 모모한 인사들에게 초라한 대로 선물을 보내고 오월 십육일 금성을 떠났다.

청하지도 않았는데 시중 김유렴을 동맹의 표시라면서 인질로 딸려 보내고 임금 자신도 멀리까지 전송을 나왔다.

왕건이 신라에서 돌아온 후에도 병산대전 후 잠잠하던 세상은 별다른 풍파가 없었고 백성들은 이것이 영원한 평화가 되기를 빌었다.

그렇다고 다소의 충돌이 없는 것은 아니었다. 신라에 다녀온 다음

해(932년) 칠월에는 친히 군을 이끌고 청주를 위협하는 일모산성(一牟山城, 충북 청원군 문의면)을 공격했으나 견훤의 수비군이 잘 지키는 바람에 이기지 못하고 돌아왔다.

구월. 견훤은 그 앙갚음으로 장군 상귀(相貴)의 지휘 하에 그동안 건설한 수군을 북상시켜 염·백·정(鹽白貞) 삼주(州)의 연안을 습격해서 백여 척의 선박을 불태워 버리고 저산도(猪山島, 경기도 강화의 교동)에 방목 중인 군마 삼백 필을 끌어갔다.

또 다음 달인 시월, 장군 상애(尚哀)가 지휘하는 수군은 대우도(大牛島, 남양만)를 공격해서 사람과 가축을 끌어갔다. 왕건은 장군 만세(萬歲)가 지휘하는 수군을 보냈으나 패하고 말았다.

마침 모함을 받아 근처의 섬(鵠島, 곡도)에 귀양 와 있던 유금필이 여기저기 섬에 사는 장정들을 군인으로 뽑아 함선들을 수리하고 훈련하여 해로를 차단하고 다시 북상하는 적의 수군을 막아 내어 위기를 모면할 수 있었다. 이것을 보고 왕건은 자기가 모함을 믿은 것을 후회하고 유금필을 다시 불러들였다.

고려도 앉아만 있을 수 없어 다음 달인 십일월 기어코 일모산성을 빼앗고야 말았다.

이러한 일부 충돌이 있은 외에는 그해도, 또 그다음 해(933년)도 큰일은 없이 넘어갔다.

그러나 오래지 않아 왕건과 견훤이 마지막으로 맞붙을 때가 왔다.

934년 구월. 고려와 백제의 접경에서 동요가 심한 서남지방이 걱정되어 왕건은 작년부터 정남대장군(征南大將軍)으로 의성부에 가 있던 유금필을 불러 올려 함께 군대를 이끌고 운주(충남 홍성)에 내려와 형세를 보고 있었다.

왕건이 운주에 있다는 것을 탐지한 견훤은 오천 장병을 이끌고 웅주

(공주)를 거쳐 북상하였다. 기병집단을 능란하게 구사하여 야전에서 백전백승하여 온 견훤이건만 병산 패전에서 기병대를 잃은 그는 아직도 재건을 끝내지 못하고 보졸들만 거느리고 왔다.

남과 자기를 냉정히 평가하는 견훤은 왕건을 치러 온 것이 아니라 더 이상의 남침을 막자는 것이 목적이었다. 그는 운주 경내에 들어오자 즉시 군사(軍使)를 보내 끝없는 싸움으로 인명을 살상하는 일은 이제 그만 두고 경계선을 확정하여 화친하고 싸움을 그만두자고 제의하였다.

왕건은 의논해서 회답하겠다고 군사를 돌려보내고 장수들과 상의했다. 그동안 견훤은 평화를 원하는 의사 표시로 진도 치지 않고 왕건의 진영에서도 볼 수 있는 들판에서 병사들을 쉬게 했다.

다른 장수라면 몰라도 견훤은 다르다. 응하지 않으면 어떻게 나올지 몰라 장군들은 그의 제의에 응하자고 했으나 유금필은 반대였다. 일찍이 먼저 평화를 제의해 온 일이 없는 견훤이 이렇게 나오는 것은 약점이 있는 증거라고 했고 다른 사람들은 오히려 수상하다고 했다.

유금필은 정 그렇다면 오늘 싸움은 자기에게 맡기고 다른 분들은 보고만 있으라고 주장하여 왕건의 승낙도 얻었다.

그는 적의 눈에 뜨이지 않는 산 뒤에 있던 수천 기의 기병을 지휘하여 별안간 쉬고 있는 적을 기습 공격하였다. 회답을 기다리고 있던 견훤은 미처 진을 정비할 사이도 없이 적의 기병들에게 짓밟혀 삼천여 명의 사상자를 내고 뿔뿔이 흩어져 버렸다.

소수의 부하들과 함께 웅주 방면으로 말을 달려 도망치는 견훤을 바라보면서 왕건은 견훤도 이제 옛날의 견훤이 아니요, 나이라는 것은 무서운 것이라고 생각했다.

반란

935년 삼월.

육십구 세의 봄을 맞은 견훤은 궁중의 정원을 거닐다가 큼직한 돌등에 앉아 마른 풀을 헤치고 돋아나는 새싹을 물끄러미 바라보았다.

석양에 광채를 발하는 새싹과 생명을 잃고 덤불이 되어 버린 마른 풀들.

몹시 피곤하고 쉬고 싶었다.

내년이면 칠십……, 늙었구나.

핫바지를 입고 가은(加恩) 고을 두메산골을 떠난 지 사십팔 년, 서남해에서 염소를 몰아내고 사방을 치고 사실상 임금 노릇을 시작한 지도 사십사 년, 병도 피곤도 모르고 비바람 속을 동서남북으로 치달려도 지치는 일이 없었건만 육십을 넘으면서 달라지는 것을 느끼기 시작했다.

뜻은 천하에 있었는데 북쪽에 난데없이 선종이라는 중이 나타나 바람을 일으키는 통에 실망이 컸다. 자기가 보기에도 그는 용병의 천재였다.

호랑이가 덮치는 바람에 이 중이 머리가 돌았다는 소식을 들었을 때는 하늘은 역시 자기편이요, 천운은 자기에게 있다고 생각했다.

의원에게 물어도 한번 돌아간 머리는 가끔 제자리에 돌아온 듯이 보이지마는 그것은 쉬지 않고 돌아가는 바람개비의 한쪽 날개가 돌아가는 과정에서 제자리에 올 때도 있듯이 한때뿐 돌고 돌게 마련이라고 했다.

더욱 잘된 것은 이 중의 오장육부가 튼튼해서 장수하리라는 것이었다. 될수록 장수해라, 그리하여 오래오래 돌라. 그 사이에 그의 나라는 결딴나고 이 견훤은 앉아서 천하를 통일하게 되는 것이다.

그런데 그의 졸개 왕건이 바다로 금성군을 침공해서 나주라 이름을 고치고 몇 해 설치더니 올라가 이 중을 깔아뭉개고 용상에 앉아 버렸다.

뱃놈은 배를 타고 장사를 하든지 고기를 잡는 것이 제격인데 어려서부터 중을 안 덕분에 분수에도 없는 출세를 했다. 두고 보았더니 나중에는 역시 못된 뱃놈의 근성을 드러내 은인을 차 버렸다.

변변치 않게 보았다.

자빠진 중의 부하들을 꼬시느라고 편지질이나 하고 선물을 보내 사방 아첨이나 떠는 임금이 하늘 아래 또 어디 있느냐. 엎드려서 신하들의 절을 받으려는 살살이에 어김없다고 판단했다. 하늘이 용서하지 않을 것이고, 하는 모양새를 보아도 신통치 않은지라 그가 세운 소위 고려라는 나라는 불원간 사분오열되리라고 팽개쳐 두었었다.

세상은 맹추 천지요, 꼬시는 재간도 비상했던지 살살이는 갈수록 지반을 굳혀 강력한 힘으로 등장하기 시작했다.

분수를 모르고 남의 땅을 갉아먹으려고 날뛰길래 조물성에 유인해다가 한 대 후려쳤더니 살살이의 본성을 드러내 아버지같이 모신다(尙父)

어쩌구 아양을 떨었고 상판대기를 한 번 보고 용서해 주었다.

식충은 면한 얼굴이고 살살이의 왕초로는 알맞겠다는 것이 그때의 인상이었다. 그렇게 얕잡아본 것이 탈이 되어 도리어 오늘 이 지경에 이르렀다.

진호를 죽인 것은 살살이의 편지대로 그가 시킨 것은 아닐 것이다. 그런 일은 무지막지한 것들이 하는 짓이지, 살살이는 하고 싶어도 못할 일이다. 그러나 무사답지 못한 것은 예나 지금이나 다름없고 살살이로 본 자기의 눈에는 어김이 없었다.

요절을 낸다고 공산에 끌어내다 없애버리려고 했는데 부하 오천을 다 죽이고도 혼자 미꾸라지처럼 빠져 도망쳤다. 세상에 이런 비겁한 자가 어디 있느냐?

지난거울 운주에서 군사(軍使)를 보냈는데 의논해서 회답한다 해 놓고는 별안간 들이쳤다. 이따위 비열한 물건도 무장 축에 든단 말인가?

그는 생각할수록 괘씸했고 왕건은 인종지말이었다.

그러나 힘이 지배하는 세상이다.

이 사람 같지도 않은 살살이가 어리석은 자들을 꾀어 가지고 힘을 축적해서 남의 천하통일을 방해하고 나섰다.

젊었다면 긴 세월 두고 이리저리 쳐서 그 물건을 없애버리고 천하를 통일할 자신이 있지마는 여생이 멀지 않았다.

여생이 멀지 않았다는 생각은 육십이 되면서 시작되었고 차차 초조한 마음이 들었다.

그래서 단번에 결판을 지을 생각으로 세상의 공론이 좋지 않을 것을 각오하고 금성에 들어가 소동을 벌였고 그 결과로 살살이를 공산에 끌어내다가 칼탕을 칠 작정이었다. 그해가 바로 환갑이었다.

다 잡았던 미꾸라지를 놓치듯이 공산에서 살살이를 놓친 후 생각을 바꿨다. 생전에 통일은 가망이 없다. 죽령, 계립령 이남, 반도의 남쪽 절반을 손아귀에 넣고 절대불패의 태세를 갖춰 통일 사업은 아이들의 과업으로 물려주려고 작정했다.

그래서 육십오 세의 노구에도 불구하고 엄동설한에 고창군까지 출전하여 몇 달을 두고 싸웠으나 결국 살살이에게 크게 패하여 그 상처는 지금도 남아 있다.

그 후 다시 생각을 바꾸었다.

여생은 더욱 짧아져서 또다시 그런 결전을 준비할 시일도 없고 기력도 없어졌다. 살살이와 화평을 하고 옛날 백제 땅이라도 굳혀서 아이들에게 물려주자. 아이들은 살살이보다 젊었으니 이것을 발판으로 착실히 다지다가 기회가 오면 크게 뻗을 수도 있을 것이다.

지난 구월 운주까지 가서 경세선을 긋고 서로 친하게 지내자고 제의한 것도 본뜻은 거기 있었다. 그런데 살살이한테 속아서 병정들만 죽이고 돌아왔다.

그렇다고 살살이에게 지금 당장 이 백제를 쳐부술 힘이 있는 것은 아니다. 앞으로 남은 문제는 잘 지키고 잘 다지는 데 있다.

내년에 칠십, 가장 시급한 문제가 이 일을 감당할 후계자였다. 그는 다시 새싹을 보면서 생각을 계속했다. 아이들은 새싹이다. 그런데 소문에 들으니 살살이의 태자라는 애는 변변치 못하고 내가 태자로 세운 맏아들 신검(神劍)은 거기 비하면 다섯 배는 잘났다고 한다.

아첨도 섞였을 터이니 탕감해도 배쯤은 될 것이다. 그러나 배를 가지고는 안 된다. 살살이의 기반은 갈수록 넓어지고 굳어지는데 내가 죽고 살살이가 없어진 다음에 아이들끼리 대결해서 이기려면 열 배는 돼야 한다.

아이들이 성장하면서부터 여러 차례 싸움터에 보내서 단련을 시켰다. 태자 신검은 사람됨이 성실은 해도 장수로는 천 명 이상 거느릴 재목이 못 되고 둘째 양검(良劍)과 셋째 용검(龍劍)은 아예 장수감이 못 된다고 판정을 내렸다.

제일 뛰어난 것은 넷째 금강(金剛)이었다. 몸집이나 용병하는 수법이나 꼭 자기를 닮았다. 나이 들고 경험을 쌓으면 자기 이상 가는 장수가 될지도 모를 재목이었다.

태자를 바꿀 생각도 해 보았다.

지난 이월 초에 금강을 낳은 귀비(貴妃) 목련(木蓮)에게 몰래 의논했더니 펄쩍 뛰었다.

"아이를 잡을라구 그러세요?"

이미 나이든 목련은 젊었을 때와는 달리 대등하게 나왔다.

"잡다니?"

"사람이구 물건이구 제각기 앉을 자리에 앉아야지, 잘못 앉으면 변고가 나요."

"금강은 못 앉을 자린가?"

견훤이 물었다.

"안 돼요."

목련은 조리 있게 설명했다.

"그 자리는 원래 맏이가 앉아야 하고 또 이미 앉았는데, 이를 몰아내고 껑충 뛰어 넷째를 앉힌다면 무사할 줄 아세요?

"내가 있는데 누가 감히 무어라겠소?"

목련은 한참 바라보다가 대답했다.

"폐하는 늙으셨어요."

"예순아홉이 됐으니 늙어두 꽤 늙었지."

"뒤집어 말씀드릴까요? 아이들이 다 장성했다는 말씀이에요."

"장성하면 뭘해? 그까짓 것들, 이 애비를 거역할 수 있을 것 같소?"

"그렇게만 생각 마세요. 그건 폐하의 결점이세요."

"결점이라?"

"폐하께서 당대의 인물이라는 것은 세상이 다 아는 일이에요. 만사 폐하의 기준으로 생각하셔서는 안 돼요."

"……."

"산을 보세요. 높은 산도 있고 낮은 산도 있잖아요? 높은 산이 낮은 산을 보구 자기만큼 높이 솟으라구 성화를 한다면 그것이 될 일이에요? 낮은 산도 있을 만해서 있는 것이구."

"……."

"사람도 그렇지요. 뛰어난 사람도 있구 그렇지 못한 사람도 있는 게 세상이 아니에요? 자기가 뛰어났다구 그렇지 못한 사람 보고 자기만큼 되라구 암만 족쳐야 될 수 있나요? 뛰어나지 못한 사람도 설 자리가 있어야 할 게 아닌가요?"

"……."

"산으로 치면 폐하는 유달리 우뚝 솟은 산이지요. 자기보다 낮은 산은 산도 아니다. 이리저리 짓부수고 엉뚱한 데 있는 높은 산을 옆에 가져온다면 낮은 산들이 가만있겠어요?"

"……."

"사람도 같지요. 더구나 맏이를 내쫓구 넷째더러 맏이노릇을 해라. 누가 좋아하겠어요?"

"나라의 앞날을 위해서 하는 일인데 아이들도 철이 들었으니 이해하지 못할까?"

"폐하께서도 용상에 오래 앉으시더니 달라지셨군요."

"달라져?"

"다섯째 이하는 모르겠어요. 셋째까지는 금강은 내 아우다, 내 말을

듣는 것이 당연한 아이다, 이렇게 생각하지, 걸출한 인물이라구 생각할
줄 아세요?"

"보면 모를까?"

"다 불출은 면했고 다 자기가 잘났다구 생각한다는 걸 왜 모르세요?"

"이 애비 말두 안 들을까?"

"권력을 위해서는 부자 형제도 눈에 안 보인다는데 말을 안 들으면
어떻게 하실래요? 아들인데 죽일 것이오? 감옥에 넣을 것이오? 평지풍
파를 일으키지 마세요."

수십 년 동안 자기의 말 한마디로 누구를 막론하고 가라면 가고 오라
면 오고 죽으라면 죽는 자리에 앉아 있었다. 옛날 시끄럽게 구는 아버지
에게 대들던 핫바지 시절은 잊고 있었다.

더구나 둘째 양검은 강주도독(康州都督), 셋째 용검은 무진주도독(武
珍州都督)으로 휘하에 막강한 군대를 가지고 있다. 자중지란이라도 일
어나면 백제는 저절로 망하는 것이다. 그렇다고 그들을 없앨 수도 없고,
견훤은 잠자코 생각하다가 입을 열었다.

"알았소. 오늘 얘기는 없었던 것으로 합시다."

"잘 생각하셨어요. 그리구 남의 눈에 띄게 금강을 총애한다는 냄새를
풍기지 마세요."

"내가 그랬던가?"

"제가 보기에도 그런걸요."

견훤은 고개를 끄덕이고 일어섰다.

그러나 벽에도 귀가 있었다.

옆방에서 시녀가 엿들은 것이다.

칠십이 다 된 임금은 오래지 않아 돌아갈 것이요, 태자가 대를 이을

것이니 그 생모인 왕후 애련(愛憐)에게 잘 보여 두는 것도 앞날을 위해서 해롭지 않겠다고 생각하던 터에 저쪽에서도 손을 뻗쳐 왔다. 심복 시녀를 보내 목련의 주변에서 일어나는 일을 샅샅이 알려 달라는 부탁이었다. 두말없이 승낙해 두었다.

그로부터 왕후의 처소에서는 진귀한 물건이 심심치 않게 오고 행여 왕후와 전각 모퉁이에서라도 마주치면 미소로 호의를 표시해 주곤 했다.

임금 견훤이 열 명도 넘는 아들 중에서 금강을 유달리 아낀다는 것은 궁중뿐만 아니라 대신들도 다 아는 일이었다. 왕후로서는 범연할 수 없었다. 자기가 낳은 아들 신검이 태자로 책봉된 지 오래되었으나, 자고로 책봉되었다 쫓겨난 태자는 얼마든지 있고 쫓겨난 태자 치고 무사한 예는 흔치 않았다. 목을 졸리지 않으면 잘돼야 귀양 가는 것이 고작이고 외가까지 화를 당한 예도 드물지 않았다.

임금이 금강을 그토록 총애한다면 말 한마디로 얼마든지 신검을 내쫓고 금강으로 갈아치울 수도 있는 것이다. 그것은 자기의 의견만도 아니다. 나이 들어 임금의 사랑을 잃어 가는 비빈(妃嬪)들도 가끔 문안이라고 찾아와서 그런 이야기로 왕후의 걱정에 부채질하곤 했다. 자기들 깐에는 왕후의 환심을 사느라고 깊은 생각 없이 화제에 올린 것이나 왕후로서는 횟수가 늘어 감에 따라 걱정은 조바심으로 변했다.

목련의 방에 손을 뻗쳤을 뿐 아니라 금강의 주변에도 뻗쳤다. 임금은 다른 아들에게는 대범하면서도 그의 집에는 귀한 물건을 보내는 일이 잦고 불러들이는 일도 월등 많았다.

친히 전쟁에 나갈 때마다 데리고 가는 것은 금강이었고 그때마다 잘 싸운다고 칭찬하면서 이런 경우는 이렇게, 저런 경우는 저렇게 하는 것이 낫다고 가르쳐 주곤 했다.

옛날 젊어서 사랑을 받을 때 같으면 잠자리에서 임금의 진의를 떠보기라도 하겠는데 차차 뜸해지던 발길이 사십을 넘자 아주 끊어져서 단둘이 앉아 이야기해 본 지도 아득한 옛날이다.

목련은 자기보다 젊었으나 사십 가까이 되었고 임금의 발길도 끊어지다시피 했다. 그런 목련의 처소에 임금이 나타났다는 것은 예삿일이 아니었다.

왕후는 심복 시녀더러 알아보라고 내보내고는 바짝 긴장하고 하회를 기다리고 있었다.

벽이 가로막기는 했으나 목련의 시녀는 귀가 밝아 대강은 어김없이 들었고 임금이 물러간 후 틈을 보아 밀회 장소로 지정된 버드나무 밑에서 왕후의 시녀에게 그대로 전했다.

'역시 그런 속셈이 있었구나!'

시녀로부터 이야기를 들은 왕후는 가슴이 떨렸다.

목련이 말려서 안 하기로 했다지마는 언제 마음이 변해서 태자를 바꿀지 누가 아느냐? 생각하면 할수록 바꿀 것만 같았다.

태자를 불러 자초지종을 알려 주었다.

그러나 태자 신검은 크게도 생각하는 눈치가 아니었다.

"안 하기로 했으면 그만이지, 무슨 걱정입니까?"

"그러나 성상의 마음이 언제 어떻게 변할지 누가 아느냐?"

"아버지는 안 한다면 안 하는 분입니다."

"금강을 사랑하는 건 사실이 아니냐?"

"금강이 형제 중에서 제일 뛰어났으니 사랑하는 것이 왜 잘못인가요?"

이야기가 되지 않았다. 태자를 돌려보내고 왕후는 방도를 달리해야겠다고 궁리를 시작했다.

궁리 끝에 시중으로 있는 친정아버지 능환(能奐)의 말이라면 태자가 들을 듯했다.

능환은 궁중에 불려 들어가 왕후인 딸 앞에 절하고 무릎을 꿇고 앉았다.

"요즘 안색이 전 같지 않습니다."

"걱정이 태산 같은데 안색이 좋을 리 있나요?"

왕후는 태자에게 한 이야기를 되풀이하고 한숨까지 내쉬었다.

"이러니 걱정으로 세월을 보낼 수밖에 있어요?"

그러나 능환은 오래도록 대답이 없었다.

"어떻게 생각하세요?"

"글쎄올시다. 국가대사이온데 언동을 섣불리 해서 성상의 진노라도 사면 큰 변이 날까 걱정입니다."

"큰 변은 이미 시작되지 않았어요?"

"바꾸지 않기로 하셨다면서요?"

여기서 왕후는 약간 살을 붙였다.

"오늘 아침에 뵙고 슬쩍 떠보았더니 폐하께서는 묵묵부답이시더군요. 아직두 그 생각을 버리지 않으신 모양이에요."

만난지도 않은 임금 견훤을 만났다고 했다. 수십 년을 그 밑에 있어 능환은 견훤의 성품을 알고 있었다. 이상하다 생각하는데 왕후는 더욱 부채질이었다.

"나이 드시면서 전에 없던 변덕이 여간 심하셔야지요. 두구 보세요. 바꿔치우실 터이니까요."

능환도 걱정이 되었다. 여태 임금이 국사에 변덕을 부리는 일은 없었다. 그러나 집안에서 변덕을 부리는지는 알 수 없고 그것은 가까이 있는 왕후가 더 잘 알 것이다. 일부러 아버지를 불러 거짓말을 할 까닭이 있을까?

태자를 바꾸는 일은 나랏일이라면 나랏일이지마는 임금의 집안일이기도 했다.

정말 태자가 쫓겨난다면 그 외가인 자기 집안도 무사하지 못할 것이다.

"그렇다고 제가 어떻게 할 수 있겠습니까? 성상께서 의논이라두 하신다면 안 된다고 말씀드리겠지마는……."

"폐하께서 중신들과 의논 없이 처결하시는 일이 얼마나 많아요? 아버지는 걱정두 안 되세요?"

"어떻게 하면 되겠습니까?"

"동궁에게 의논을 드려 보시지요. 제 말은 안 들어도 외조부이신 아버지 말씀은 무겁게 들을 거예요."

"그럴까요?"

"평소에도 아버지를 나라의 기둥이라구 더없이 존경해요."

능환은 태자가 자기를 무겁게 보고 존경한다는 데 으쓱해져서 자기 말이라면 들을 듯도 싶었다. 아니, 들을 것이다. 그는 나라의 운명이 자기의 말 한마디에 달려 있는 듯한 기분으로 일어섰다.

능환은 그 길로 태자가 있는 동궁을 찾았다. 외조부라 반가이 맞아 주는 태자에게 첫마디부터 크게 나왔다.

"국가대사에 그렇게 태연하실 수 있습니까?"

"무슨 일이 있었습니까?"

"태자위(太子位)가 위태롭게 됐는데 이보다 큰 국가대사가 어디 있겠습니까? 손을 쓰셔야지요."

태자 신검은 어머니가 보내서 왔다고 직감했으나 그런 내색은 하지 않았다. 외조부인지라 겉으로 예절은 갖춰도 이간질과 모함으로 억울한 누명을 씌워 쫓아낸 사람이 적지 않고 죽인 사람도 한둘이 아니었다.

태자는 말도 못 붙이게 했다.

"손을 쓰다니요? 아버지를 뒤집어엎으란 말이오? 다시는 내 앞에서 그런 소리를 꺼내지 마시오."

태자는 대답할 겨를도 주지 않고 나가 버렸다.

일이 난처하게 되었다.

무안을 당한 능환은 여러 날 동안 생각하고 또 생각했다.

임금은 안 한다고 하면 안 하는 사람이지, 딸의 말처럼 변덕을 부리는 사람이 아니다.

남편의 사랑을 잃고 고적을 달래다가 그런 소리를 듣고 천하대사인 것처럼 주책을 떠는 것을 낫살 먹은 것이 말리지 못한 것이 한이었다. 듣기만 하고 돌아왔어도 괜찮았다.

태자가 자기를 존경한다느니 나라의 기둥이라느니 한다는 바람에 우쭐해서 나잇값을 못하고 그 자리에서 동궁으로 쪼르르 달려간 것이 돌이킬 수 없는 실수였다.

태자는 입이 무거운 사람이어서 괜찮을 듯했으나 생과부로 주책이 늘어 가는 딸이 걱정이었다. 외로운 나머지 툭하면 대신들의 부인들을 불러다 수다를 떠는 것이 요즘 그의 일과였다. 수다 끝에 무심코 비슷한 말이 튀어나올 수도 있고 가까운 친지라면 세상없는 비밀이라면서 이러저러한 일이 있어 아버지가 나섰다고 하는 날이면 끝장이다.

태자에게는 손을 쓰라고 해 놓았으니 들고 일어나라는 말밖에 되지 않았다. 이것을 반역을 선동한 것이라고 하면 해명할 여지가 없는 일이었다. 자기가 생각해도 그렇게밖에 해석이 되지 않았다. 태자는 입 밖에 내지 않는다 하더라도 누가 엿들었을지는 모른다.

더구나 자기는 적이 많은 사람이다. 어느 대신의 귀에 들어가고 그로 해서 임금의 귀에 들어가는 날에는 이 능환은 능지처참을 당하고 삼족은 모조리 땅속으로 들어가고 말 것이다.

임금의 불같은 성미, 생각할수록 가슴에 소름이 끼치고 그냥 있을 수 없었다.

그는 모사답게 은밀한 계획을 짰다.

동복의 두 형제 양검과 용검을 움직이는 것이다. 다 같이 가볍고 귀가 얇은 위인들이다. 태자가 쫓겨나는 날은 동복형제들도 무사하지 못할 것이니 알아서 하라고 하면 펄쩍 뛸 것이다.

더구나 그들에게는 군대가 있다.

그는 심복 중의 심복을 골라 강주의 양검과 무진주의 용검에게 밀서를 보냈다.

빈틈없이 완전한 살을 붙였다. 태자가 머지않아 쫓겨나게 됐는데 쫓겨나면 어떻게 된다고 가장 비참한 사실(史實)들을 예로 들어 부추겼다.

가까운 무진주의 용검이 먼저 달려와 능환을 만났다.

조리있게 꾸며놓고 기다리던 능환이 엮어내려 가는 것을 들으니 정말 큰일 났고 눈앞이 캄캄했다.

궁중에 들어가 아버지에게 문안을 드렸더니 화부터 냈다.

"허가 없이 임지를 왜 떠났느냐? 다시 그런 짓을 하면 군법으로 다스리겠다!"

호통을 맞고 나왔다.

자기들 형제를 미워하는 것이 사실이로구나. 그 길로 어머니를 찾았더니 능환의 이야기같이 절박한 것은 아니었으나 희미할망정 비슷하게 맞아떨어졌다.

동궁으로 당사자인 형을 찾았다. 그러나 형은 달랐다. 금강이 출중한 것은 사실이고 아버지로서는 한번 생각할 수도 있는 일이 아니냐, 다른 사람도 아닌 그의 어머니가 반대해서 안 하기로 했으니 안심하고 빨리 임지로 돌아가라고 했다.

이 말을 들으면 이것이 옳고 저 말을 들으면 저것도 옳고, 용검은 종잡을 수 없었다.

"시중은 우리 외조부이지마는 이름난 모사가 아니냐? 모함질을 하다 못해 이제는 부자지간까지 갈라놓으려고 든다. 아예 상종을 말아라."

태자 신검이 타일렀다.

용검은 반신반의하고 돌아갔다.

용검이 돌아간 후 강주의 양검도 나타났다.

같은 과정을 밟아 능환의 이야기에 동조하고 아버지의 역정을 듣고 어머니의 두서없는 말에 어리둥절하고 형이 타이르는 소리에 그도 반신반의하고 돌아갔다.

음모를 꾸며 실수한 일이 없는 능환은 세정신이 아니었다. 두 사람만 알던 비밀을 두 사람이 더 알게 되었다. 더구나 양검도 용검도 젊은 것들이다. 잠자리에서 그들의 처에게 이야기하기 십상이고 이야기하면 두 사람이 더 알게 될 것이 아니냐.

더구나 젊은 여자들은 입이 싸게 마련이다. 이것들이 다른 여자들에게 입을 나불거리는 날에는 온 세상에 퍼질 것이요, 그렇게 되면 음모의 명수인 이 능환도 어찌해 볼 도리가 없을 것이다.

음모의 비결은 속전속결에 있다.

그런데 시일은 흐르고 움직여야 할 사람들은 움직여 주지 않고, 죽을 지경이었다.

그렇다고 가만있을 능환이 아니었다.

큰일 났으니 무진성에서 아무 날 만나자고 두 사람에게 급사를 띄웠다. 완산성에서 다시 만나기도 어렵지만, 만난다 하더라도 왕후는 하는 말이 두서가 없고 태자는 극구 반대여서 지난번 실패를 되풀이할 염려가 있었다. 또 그들이 와 보아도 아무것도 달라진 것이 없으니 자기의 모략으로 돌려 버릴 염려도 없지 않았다.

임금 견훤에게는 파종을 할 때니 고을에 나가 농사를 독려하고 오겠다고 허락을 받고 이월 말에 심복 영순(英順), 신덕(新德) 등을 거느리고 완산성을 떠나 남으로 말을 달렸다.

몇 군데 들러 지방관으로부터 보고도 받고 직접 농촌에 들어가 씨를 뿌리는 사람들을 어루만지고 삼월 초에 관료들의 영접을 받으며 무진성으로 들어갔다. 시중의 순시라고 환영연을 베풀려는 것을 만사 절약해야 한다고 사양하는 겸양도 보여 관료들의 감명을 받기도 했다.

그는 용검의 저녁 초대에 참석하여 그대로 눌러앉았다가 밤늦게 도착한 양검과 함께 셋이 밀담으로 들어갔다.

"왜들 저의 말씀을 안 들으십니까? 시중인 제가 모를 까닭이 있나요? 날짜는 알아내지 못했습니다마는 곧 태자는 쫓겨나고 두 동복 형제분도 위태롭게 됐습니다."

능환은 심각한 얼굴에 눈물까지 글썽거렸다.

"그 후에도 아무런 징조가 없었는데 무슨 일이 있었는가요?"

양검이 물었다.

"저는 황송한 말씀이오나 외조부 되는 처지라 세 분을 위해서 궁인들 중에 궁중의 동태를 살피는 사람을 박아 놓았습니다."

"그게 누군데요?"

한 살이라도 더 먹은 양검은 가벼운 중에서는 신중한 편이었다.

능환은 한층 목소리를 낮추고 속삭였다.

"절대 밖에 새서는 안 됩니다. 목련 귀비의 시녀올시다. 귀비께서 아드님(금강)을 불러 놓고 성상께서 곧 너에게 자리를 물려주게 돼 있으니 그렇게 알고 언동에 조심하라고 타이르시는 걸 들었다는 것입니다."

형제는 안색이 달라졌다.

"말렸다는 건 속임수였구만."

용검이 볼멘소리를 했다.

양검은 좀 더 알아보자고 했으나 용검은 듣지 않았다.

"못하겠으면 형은 그만두시오. 내 당장 군대를 끌구 올라가 결판을 낼 것이오."

결국 강경한 용검이 이겨 거사의 방법과 날짜를 정하고 헤어졌다.

견훤은 여전히 새싹을 바라보고 있었다. 마른 풀들은 쓸모도 없으면서 솟아나는 새싹에 방해가 되었지, 득이 될 것은 없었다.

육십구 세······.

긴 세월이었고 고달픈 세월이었다. 그 세월을 거치는 동안 새싹처럼 기운이 넘쳐흐르던 자기도 마른 풀같이 되고 말았다.

육체도 정신도 시들었다.

전에는 싸움터에 나가 며칠을 두고 밤낮 치달려도 하룻밤 자고 나면 거뜬했다. 나갈 때와 물러설 때, 칠 때와 안 칠 때를 깊이 생각하지 않아도 명령이 저절로 나가고, 나가면 다 적절한 조치로 나타났다. 자기도 모르게 머리가 빨리 돈 것인데 이제 머리도 쇠잔해서 제대로 돌아가지 않았다.

견훤은 자기를 목표로, 바로 자기 집안에서 진행 중인 음모의 검은 그림자가 각각으로 다가올 줄은 생각도 못하고 지나온 세월을 더듬었다.

연전의 병산 싸움에서는 안 할 무리를 했다. 그때까지만 해도 무리라는 것을 모르지 않았으나 어떻게 할 듯도 싶어 내밀다가 크게 패했다.

작년 구월 운주에서는 도시 전쟁이라는 것을 모르는 자와 같은 어리석은 실수를 저질렀다. 적진에 군사(軍使)를 보내더라도 만일에 대비해서 진을 치고 보낼 것이지, 적이 보는 들판에서 병사들을 쉬게 한 것은 무엇이냐. 살살이 왕건이 무사답지 못하게 비열한 짓을 한 것은 말할 것도 없지마는 나 견훤도 어리석었다. 한마디로 머리가 노쇠해서 돌아가지 않은 것이다.

물러설 때가 왔다. 신검에게 자리를 물려주고 가끔 경험담이나 해 주면 보탬도 될 것이고 자기 생전에 물려주면 그의 권위를 세워 주는 데도 나쁘지 않으리라.

요즘 사랑을 독차지하고 있는 고비(姑比)가 자기 소생의 아들 능예(能乂)의 손목을 잡고 다가왔다. 걸음마를 타기 시작한 막둥이, 애처롭게 죽은 아우 능애를 생각하고 비슷하게 능예라고 이름을 지었다.

"감기 드실라구요, 들어가시지요."

만면에 애교를 담고 말을 거는 고비를 손짓으로 돌려보내고 옆에 지켜선 시종에게 태자를 불러오라고 일렀다.

태자 신검이 오자 맞은편 돌에 앉으라 하고 시종도 물러가게 했다.

"이제 나는 늙었다……."

서두를 꺼낸 견훤은 신검의 성실한 몸가짐을 보고 태자를 바꾸지 않은 것은 잘한 일이라고 생각했다. 전쟁은 금강이 맡고 이 아들이 내정에 전념하면 오히려 나을 듯싶었다.

"너에게 자리를 물려주고 쉬어야겠다."

신검은 사양했다.

"아버지께서는 젊은이 못지않게 정정하신데 그런 말씀, 아예 거두십시오."

"아니다. 오십 년 가까이 치닫고 보니 이제 지쳤다. 너는 천성이 근실하니 잘할 것이다."

"아직 미숙합니다. 피곤하시면 쉬시면서 보약을 드시지요."

"쉬어서 될 일이 아니다. 그 말은 더 하지 말아라."

"……."

"날짜를 택해서 양위식(讓位式)을 올리자."

"……."

"내가 두메산골의 핫바지로 시작했다는 집안 내력은 너도 알 것이니 긴 말은 하지 않겠다. 자리에 앉거든 밑바닥 백성들부터 생각해라."

"네."

"작은 싸움은 누가 나가도 무방하나 큰 싸움에는 금강이 알맞을 게 다. 그리고 형제간에 의좋게 지내도록 해라. 틈이 생기면 나라가 위태롭 다. 나는 언제든지 좋으니 날짜는 네가 정해라."

말을 마친 견훤은 대답을 기다리지 않고 고비의 처소로 들어가 버 렸다.

신검에게 자기 뜻을 밝히고 들어온 견훤은 무거운 짐을 벗은 듯 홀가 분한 기분이었다.

이제 몇 해나 더 살까? 다만 일이 년 더 살더라도 마음 편한 가운데 한가로이 보내고 싶었다.

그는 저녁식사를 들면서도 그 생각이었다. 무엇으로 소일할까? 글을 모르니 책으로 소일할 수는 없고 가을에서 겨울은 사냥, 여름에는 낚시 가 알맞을 듯했다.

신검이 날짜를 정하는 대로 대신들에게 알려 준비를 시킬 생각도 했 다. 사치를 할 것은 없으나 왕조를 창설한 후 처음 대를 잇는 양위식인 만큼 너무 초라해도 새 임금을 경시하는 인상을 줄 염려가 있으니 적어 도 신검의 위신이 설 정도로는 해야 할 것이다.

봄이 오면 누구나 노곤하고 글줄이나 하는 사람들은 이것을 춘곤(春 困)이라 부르는 모양인데 자기는 이 춘곤인가 하는 것을 모르고 살아왔다.

그러던 것이 작금양년에는 봄이 되면 몸이 노곤해 오는 것을 느끼기 시작했다. 항우에 비길 만큼 건장하던 몸도 이제 다되었나 보다.

그는 시사를 마치고 곧 잠자리에 들었다. 요즘은 눕기만 하면 땅속으로 가라앉은 듯 깊은 잠속에 빠져들었다.

천여 기를 이끌고 전날 무진성에 당도한 양검은 해 질 무렵에 역시 천여 기를 거느린 용검과 함께 북으로 달리기 시작했다. 서로 합동으로 훈련하는 일도 있고 전쟁이 잦은 때라 군대의 이동은 신기한 일이 아니었다.

도중 요소마다 초병들이 있었으나 왕자 두 사람이 직접 지휘하는데 감히 어디 가느냐고 물을 엄두도 못 냈고 의심할 근거도 없었다.

견훤은 여전히 먼 길을 다녀온 사람같이 곤히 자고 있었다.

그는 우수한 정탐조직을 가지고 있었으나 자기 자식들까지 감시하라고는 안 했고 그럴 이유도 없었다. 정탐을 맡은 사람들은 그들대로 시키지도 않는데 섣불리 왕자들의 동태를 넘보다가 무슨 변을 당할지 몰라 염두에조차 두지 않았다.

두 왕자는 아무런 장애도 받지 않고 새날이 밝기 전에 완산성 남문에 이르렀다.

"어명이시다. 문을 열어라!"

용검이 외쳤다.

왕자가 어명이라는데 의심할 사람은 없었고 설사 의심이 간다고 하더라도 도리가 있을 수 없었다.

성문은 열리고 이천 기는 성내로 쏟아져 들어갔다. 어디 숨었다 나타났는지 능환의 심복 영순과 신덕이 마전에 나와 오늘 밤 궁중의 형편과 금강의 동태를 소상히 귀띔해 주었다.

미리 짠 계획대로 성내 요소에 병력의 배치가 끝나자 용검이 심복 부하에게 십여 기를 붙여 금강의 집으로 보냈다.

"집안에 있는 자는 남녀노소를 막론하고 모조리 죽여 없애라!"

성내를 장악한 이상 궁성은 많은 병력이 필요 없었다. 형제는 각기 일백 기씩 말에 재갈을 물리고 궁성 정문에 다다랐다.

여기서는 신중할 필요가 있었다. 떠들썩해서 소란이라도 벌어지면 명장으로 이름난 아버지가 자기들은 생각도 못한 방법으로 대처해서 일이 뒤집어질지도 모른다.

양검은 인사를 드리는 초장(哨長)에게 속삭였다.

"폐하의 어명으로 오는 길이다. 일체 소리를 내지 말고 명령이 있을 때까지 누구를 막론하고 들어서는 안 된다."

문이 열리자 용검은 곧바로 아버지 견훤의 침전을 포위하고 양검은 형 신검이 거처하는 동궁을 포위해 놓고 안으로 들어갔다.

말굽 소리에 잠을 깬 신검은 귀를 기울이고 있었다. 궁중의 위사(衛士), 즉 친위병들은 창을 들고 돌 뿐 말을 타는 법이 없었다. 더구나 이렇게 많은 말발굽 소리가 난다는 것은 아무래도 수상했다.

문을 열고 초병을 불렀으나 대답이 없고 대문이 열리면서 십여 명의 그림자가 들어섰다.

"양검이올시다. 그동안 안녕하셨어요?"

"너 웬일이냐?"

"형님과 조용히 의논할 일이 있어서요."

신검은 촛불이 하늘거리는 방에서 그의 거동을 지켜보았다.

그는 병사들을 마당에 남겨 두고 신발을 신은 채 방으로 들어오고 태자비인 형수는 옆방으로 물러갔다.

양검은 앉지도 않고 독촉했다.

"일이 급하니 어서 옷을 입고 나오시오."

신검은 짐작이 갔다.

"하여간 앉아라."

"앉을 여유가 없어요."

"앉으라면 앉아! 너희들 능환의 꾐에 빠졌지?"

"우리 형제가 다 죽게 됐는데 무슨 잠꼬대 같은 소리요? 빨리 나와 아버지 대신 용상에 앉으시오."

"글쎄 앉으라니까. 잠깐이면 된다."

양검은 신발을 신은 채 문간에 앉았다. 신검은 조용조용 타일렀다.

"이건 어머니의 주책이구 능환의 농간이다."

이렇게 서두를 뗀 신검은 어제 저녁 무렵에 아버지와 나눈 이야기를 하고 동생을 나무랐다.

"여생이 얼마 남지 않은 늙은 아버지를 이렇게 대하는 법이 어디 있느냐?"

"양위라구요? 속임수지요."

"아버지가 속임수를 쓰실 분이냐?"

그러나 능환의 달변에 넘어간 양검은 무슨 소리를 해도 곧이듣지 않고 오히려 무시무시한 소리를 했다.

"금강이란 눔아새끼, 일가 몰살을 당해서 지금쯤 지옥 어귀까지 갔을 거요."

"뭐?"

신검은 가슴이 뛰었다.

"없애버렸단 말이오."

"너희들도 사람이냐!"

"잔말 말구 빨리 옷을 입으시오."

"용상이 그렇게 좋거든 네가 앉아라. 난 절간에나 들어가겠다."

형이 이렇게 나오는 것도 곤란한 일이었다. 아버지와 형을 내쫓고 동생을 죽이고 용상에 앉았다면 누가 따라올 것인가. 또 설사 형의 말이 사실이고 자기들이 능환의 농간에 놀아났다 하더라도 이제 돌아서게는 못 되어 있었다.

"형, 정 못하겠단 말이오?"

"못하겠다."

지체할 시간이 없었다.

날이 밝기 전에 백성들의 눈에 띄지 않게 아버지를 처리하고 모든 마련을 해야 하는데 야단났다. 그렇다고 형을 가둘 수도 죽일 수도 없으니 완력으로 하는 수밖에 없었다.

아버지의 침전에서 고함 소리가 울리는 것을 보니 그쪽에서도 순탄치 않은 모양이었다.

양검은 마당에 있는 병정들을 불러들였다.

"옷을 입혀 드려라."

병정들도 흙발로 그냥 들어와 장롱을 뒤져 옷을 찾아 앙탈하는 신검에게 억지로 입혔다.

옷을 입히고 신발까지 신겨도 일어나려고 하지 않았다.

"할 수 없다. 너희들, 겨드랑이를 끼고 모셔라."

신검은 양쪽 겨드랑이에 손을 넣은 병정들에게 끌린다기보다 들려서 나오고 양검이 앞장서 걸었다.

초롱불이 여기저기 처마 밑에 켜진 아버지의 침전 앞에는 여러 채의 가마가 대령하고 부자간에 오가는 호통소리가 새벽 공기를 진동하고 있었다.

싸움터에서 근 오십 년을 보낸 견훤은 전쟁이나 이변에 대해서는 남다른 감각을 가지고 있었다. 그렇게도 깊이 잠들었던 그는 어느 틈에 일어났는지 갑옷에 투구까지 쓰고 대청에 나와 칼을 짚고 서 있었다.

"너 이 도척 같은 놈, 이 애비가 적수공권으로 오십 년 걸려 세운 나라를 아들이란 놈들이 망쳐! 썩 물러가지 못하겠느냐?"

그렇게도 큰소리를 치던 용검도 아버지가 이다지도 재빠르게 나올 줄은 몰랐다. 올라가면 누구라도 한 칼에 내려칠 무서운 기세에 마당에서 말대꾸를 할 뿐이었다.

"몇 번 되풀이해야 아시지요? 왜 맏이를 제쳐놓고 넷째를 세우시렵니까?"

"그렇지 않다고 몇 번 말했느냐!"

이때 금강의 집에 갔던 군관이 병정들을 이끌고 와서 용검에게 귀띔했다. 금강 내외와 어린 자녀는 물론 마침 이 집에 다니러 와 있던 금강의 어머니 목련까지 칼탕을 치고 왔다는 것이다.

병정들에게 겨드랑이를 끼여 억지로 들려오는 신검을 바라보던 견훤은 중얼거렸다.

"그래도 자식 같은 것이 하나는 있었군."

신검이 나타나는 것을 본 용검은 더욱 철없이 나왔다.

"이제 일은 끝났어요."

"뭐? 이놈!"

견훤은 그를 내려다보고 눈을 부릅떴다.

"아버지가 세우려던 금강 늠아는 돼지구 태자가 나타났으니 끝난 게 아닌가요?"

"뭐? 금강이 어떻게 됐다구?"

"잡아 죽였어요. 그 에미라는 불여우두 없애버리구요."

견훤은 짚었던 칼을 놓치고 교의에 주저앉았다. 이 틈에 병정들이 올라가 온몸을 떠는 그를 들고 내려와 가마에 집어넣어 버렸다.

다른 가마에는 고비를 비롯해서 이 전각에서 자고 있던 그의 소생 능예와 딸 애복(哀福)을 끌어다 쑤셔 넣었다.

가마의 행렬은 횃불을 선두로 기마병들에 둘러싸여 서서히 움직이기 시작하다가 차차 속도를 더하여 대궐의 남문을 빠져나왔다.

첫닭의 울음소리가 여기저기서 들렸으나 성내는 잠에서 덜 깨고 지나가는 행인도 없었다.

가마 속의 견훤은 아직도 말을 못하고 가슴이 막히는 양 오래도록 숨을 끊었다가는 가끔 크게 몰아서 내쉬었다. 다른 가마에 처박힌 고비와 어린 능예, 애복 남매는 겁에 질려 크게 숨도 쉬지 못하고 꼼짝하지 않았다.

남대문을 나와 한참 가서야 먼동이 트고 어쩌다 잠을 이루지 못한 노인이 나와 마당을 쓸다가 빗자루를 멈추고 바라보고는 다시 쓸기 시작했다. 그는 언제나 말을 타고 다니는 임금 견훤의 일행이라고는 생각도 못하고 어떤 귀부인들의 행차인지 유달리도 빠르다는 정도로 생각했다.

십 리도 더 가서야 견훤은 숨이 막힐 듯하던 가슴이 차차 가라앉고 어지럽던 머리도 진정되었다.

그는 가마의 장막을 젖히고 내다보았다. 오래지 않아 해가 뜰 무렵이었다. 밭을 가로질러 서남으로 달린 넓은 길, 수십 번 내왕하던 길이다. 부지런한 농부들이 쟁기를 들고 집을 나서는 모습들이 여기저기 눈에 띄었다.

"어디로 가느냐?"

외쳤으나 아무도 대답이 없었다.

견훤은 입을 다물고 주위를 둘러보았다. 하늘에는 구름 한 점 없고 산야에는 봄기운이 완연했다.

살 만큼 살았으니 죽어도 아까울 것이 없으나 아들이라는 것들한테 죽을 줄은 꿈에도 생각하지 못했다. 궁중에서 일을 벌이면 처리가 곤란해서 사람의 눈이 안 뜨이는 으슥한 골짜기에 끌어다 몰래 처치할 모양이다.

금강도 그 에미 목련도 참살을 당했다? 사실이라면 한시라두 빨리 이 목숨이 끊어져 모든 것을 잊어야겠다.

창피하고 괘씸한 것은 이루 말할 수 없었으나 그는 눈을 감고 마음을 진정시켰다. 얼마 안 있어 이 생명이 끊어지면 그것으로 모든 것이 끝난다. 제왕? 천하통일? 다 우스운 노릇이다.

빨리 이 광대놀음의 사바세계를 떠나 저승으로 가자. 경보 스님은 저승은 슬픔도 기쁨도 아니, 생각이라는 것조차 없는 고장이라고 했다. 그 말이 맞을 것이다.

해가 어지간히 오르고 모악산(母岳山)이 눈에 들어왔다. 완산성에서 서남으로 삼십 리, 금계(金溪, 전북 김제시 금구면) 땅에 있는 산이었다.

경보 스님의 말씀을 듣고 죽음이라는 것을 생각하면서부터 사바세계에서 지은 죗값으로 부처님 앞에 절간이라도 하나 지어 바칠 생각을 했고 그에게 부탁해서 고른 것이 이 산의 서남 기슭이었다.

즉시 공사를 시작해서 아담한 절을 지었고 이름도 그에게 부탁해서 금산사(金山寺)라고 지었다.

사월 파일은 물론 심기가 편치 못할 때에는 가끔 찾아 예불을 하고 보시(布施)도 잊지 않았다.

전쟁에 나가기 전에는 승리를 빌었고 돌아오면 재를 올려 전사한 부하들의 명복을 빌었다. 이리하여 관사(官寺) 중에서도 임금이 자주 드나드는 절이 되었고 중들도 우수한 자들만 뽑아들여 금산사의 스님이라면 백제 백성들은 누구나 우러러보았다.

이 견훤이 이승에 남긴 것이라고는 이 절 하나인가? 그래도 부처님과 통하고 저승과 통하는 일이니 할 만한 일을 했다. 원래 가은 고을의 핫바지 견훤, 절 하나라도 남겼으니 큰일을 했다 생각하고 가리라.

옆길로 빠져 으슥한 골짜기로 갈 줄 알았던 행렬은 곧바로 금산사로 들어갔다. 절 주위는 미리 달려온 듯 수십 명의 병정들이 둘러싸고 중들도 부산하게 움직이다가 달려 나와 합장했다.

가마에서 내린 견훤 일행은 군관과 주지 스님이 인도하는 대로 안에 들어가 큰방에 좌정했다.

궁중에서 끌려나와 여기 올 때까지 한마디 말이 없던 호송군관이 문 앞에 두 손을 모아 쥐고 처음으로 입을 열었다.

"폐하께서는 여기서 푹 쉬시랍니다."

견훤이 소리를 질렀다.

"어느 놈이 그러더냐!"

그러나 군관은 딴소리를 했다.

"황공하오나 이 절간 울타리 밖에 나가시는 건 안 된답니다. 안에서는 자유로이 거동하시옵고."

견훤은 다시 고함을 질렀다.

"어느 놈이 그러더냐고 물었다!"

군관은 대답도 않고 대문 밖으로 사라졌다. 평소에 돌보아준 중들이 몰려와 말없이 합장배례하고 말없이 물러갔다.

그들에게 물어야 소용없는 일이고 대하기조차 민망했다.

고비와 어린 아들딸은 아직도 겁에 질린 얼굴이고 견훤은 크게 한숨을 내쉬었다.

가마의 행렬이 떠나자 신검은 양검과 용검에게 끌려 밀실로 들어가 삼형제가 마주 앉았다.

"형, 이래도 못하겠어요?"

양검이 물었다.

"못하겠다. 나를 죽이고 네가 앉아라."

"왜 못해요? 왕건이 날쳐두 우리 백제 땅은 건드리지 못했구, 강주까지 들어왔으니 오히려 옛날 백제보다 강역이 더 넓잖아요?"

견훤은 나라를 세운 이래 강토를 넓혀만 갔지, 나주를 제외하고는 적을 한 번도 백제 땅에 들어오지 못하게 했다.

나주도 생각이 있었다. 해군을 건설해서 본국과 연락을 끊어 놓은 지육 년, 크게 싸우지는 않고 무시로 침범해서 못살게 굴고, 말려서 저절로 무너지도록 해 두었다. 실지로 나주는 죽는다고 아우성이었다. 이대로 가면 나주 회복도 그다지 먼 날은 아니었다.

삼형제 사이에는 여러 말이 오고 갔으나 양검과 용검은 고집불통이었다. 신검은 사정도 해 보았다.

"이러면 우리 백제는 망한다. 지금이라도 아버지를 도루 모셔 오자."

용검이 입을 삐쭉했다.

"우리는 뭐가 아버지만 못하지요? 형이 정 자신이 없으면 용상에 앉아만 있어요. 우리가 다 할 테니까."

"너희들, 금강을 죽였다는 건 거짓말이지?"

"왜 거짓말을 해요? 그 새끼 일가는 싹 쓸어 버렸어요."

용검은 두 손으로 마당을 쓸어 내는 시능을 했다.

"다 잘났다고 하자. 동생을 죽이고 애비를 내쫓고 그 자리를 뺏은 임금, 천하에 어떤 백성이 그런 임금의 말을 듣겠느냐?"

"버러지 같은 것들, 말을 안 들으면 목을 잘라 버리지요."

신검은 단념하고 입을 다물어 버렸다. 더 이상 어찌할 여지가 없었다.

잠자코 앉았는데 능환이 들어왔다는 전갈이 왔다.

"아버지는 금산사에 잘 모시기루 됐으니 안심하고, 해가 뜨면 즉위식이 있을 터이니 마음 준비나 하시오."

형제는 군관 한 사람을 감시로 붙여 놓고 나가 다른 방에서 능환과 쑥덕거리는 모양이었다.

능환, 이 간신 때문에 결국 나라는 거덜이 나는구나. 처음 들었을 때 아예 싹을 끊어 버렸어야 하는 건데 외조부라고 눈을 감았고 입 밖에도 내지 않은 것이 잘못이었다. 거기다 어머니의 주책, 신검은 생각할수록 암담했다.

오래도록 쑥덕거리던 세 사람이 들어오고 능환의 심복 신덕과 영순도 뒤따라 들어왔다.

능환은 심복들과 함께 절하고 능청을 떨었다.

"영특하신 새 성상 폐하를 모시게 되었으니 신들은 이보다 더한 기쁨이 없고 나라를 위해서도 이처럼 경사스러운 일은 없는가 합니다."

신검은 절도 받지 않았고 대답도 하지 않았다.

능환은 품에서 여러 겹으로 접은 문서를 내놓았다.

"즉위조서이온데 미리 한번 보시지요. 고치실 데가 있으면 말씀해 주시구."

신검은 문서를 옆으로 밀어 놓고 눈을 감아 버렸다. 능환이 문서를 도로 품에 넣고 모두들 물러가는 소리가 들렸다.

이미 해가 뜨고 온 전정(殿庭)이 웅성거리는 품이 대신 이하 관원들이 모여드는 모양이었다.

부인이 질린 얼굴로 들어와 옆에 앉으면서 속삭였다.

"이거 어떻게 되는 거지요?"

"묶인 몸이라구 생각해요. 입을 열지 말고 앞장서 나서지도 말구. 나 참 기가 막혀서."

대청에서 웅성거리고 사람들이 분주히 들락거리는 소리에 이어 예부 상서가 들어섰다.

"무슨 일이오?"

상서는 입술을 떨고 대답을 못했다.

신검은 궁중에 있어 성내의 사정을 알 길이 없었으나 아까 능환 일당 이 나타난 것이나 지금 눈앞에 보는 예부상서의 거동으로 보아 대신들 도 능환의 심복을 제외하고는 몰랐던 모양이다.

궁중에까지 기마병들을 몰고 들어온 무리들이니 병력을 끌고 와서 성내를 점령했을 것이다. 누구나 요란한 말굽 소리를 이상하다 생각하 면서도 설마 이런 일이 있으리라고는 짐작도 못했을 것이다.

나인들이 옷보따리를 들고 들어와서야 예부상서는 떨리는 소리로 말 했다.

"곧 식전이 있다고 합니다."

나인들이 옷보따리를 풀고 한 패는 부인에게 옷을 권했다.

"그저 겉에 입으시면 된답니다."

부인의 옷은 그럭저럭 맞고 족두리도 괜찮았으나 신검은 얼굴도 옷 도 문제였다. 자다가 끌려와서 여태까지 세수도 못했고 머리도 헝클어 진 채로 있었다. 낫살 먹은 상궁이 물수건을 들고 와서 얼굴을 닦고 머 리도 대강 빗질을 했다. 신검은 하는 대로 내버려두고 말도 없었다.

신검도 작은 체구는 아니었으나 아버지에게는 댈 것이 못 되었다.

시키는 대로 일어서 입으라는 대로 곤룡포(衰龍袍)를 입으니 소년이 어른의 옷을 입은 양 아래 끝이 바닥에 늘어지고 두 손조차 나오지 않았 다. 창졸간에 새로 지을 틈은 없고 아버지가 입던 것을 가져왔으니 그럴 수밖에 없었다.

나인들이 이리저리 자로 재고 다시 벗겨 부지런히 바늘을 놀렸다.

긴 대목이고 넓은 대목이고 접어 넣고는 안으로 감처 다시 입혔다. 옷은 됐으나 면류관은 눈 아래까지 내려오는데 줄일 수도 없고 나인들도 난처한 얼굴로 서 있었다.

"왜 이렇게 꾸물거리지?"

투덜거리며 대청에 올라온 용검이 방문을 열어젖혔다. 그래도 눈까지 내려오는 면류관을 쓰고 앉아 있던 신검은 꼼짝하지 않았다.

이 기묘한 광경에 용검은 씩 웃었으나 그도 엄두가 안 나는 모양이었다.

생각에 잠겨 있던 초로의 상궁이 다가가 면류관을 눈 위까지 밀어올리고 손가락을 몇 개 넣어 짐작하는 눈치더니 나인들에게 일렀다.

"천을 반 치 두께로 접어서 안으로 돌려라."

나인들의 솜씨는 빨랐다. 면류관을 벗겨 순식간에 접은 천을 바늘로 안에 꿰매고 다시 씌우니 그런 대로 모양새는 갖춘 셈이 되었다.

신검 내외는 용검이 재촉하는 대로 방을 나와 정전까지 걸어가서 옥좌에 앉고 양쪽에 양검과 용검이 지켜섰다.

능환의 무리를 제외하고는 모두들 제 얼굴이 아니었다. 주위에 창을 든 병정들이 늘어선 가운데 용검이 턱으로 가리키자 예부상서는 손에 쥐었던 종이쪽지를 보면서 식전을 진행했다.

서차에 따라 전정에 늘어선 문무백관은 주악이 울리는 가운데 그의 구령에 따라 네 번 절하고 일어섰다.

즉위조서를 읽을 차례가 되었으나 신검은 영순이 당상에 올라와 내미는 문서를 받으려고 하지 않았다. 용검이 눈짓을 하자 영순은 크게 헛기침을 하고 읽어 내려갔다.

우선 대왕(大王, 견훤)은 신무(神武, 神같은 用兵)가 초륜(超倫, 비길 데 없이 뛰어남)하고 영모(英謀, 계책)가 관고(冠古, 역사상 제일)하사 어려운 때에 백제국을 다시 세우시고 백성들을 안정시키는 한편 동분서주하여 강역을 넓히셨다고 치켜세우고는, 말기에 혼미해져서 간신들이 농간을 부리는 데다 그 재목도 못 되는 어리석은 자식 금강에게 자리를 물려주려 했다고 구구절절이 자기 아버지를 비방하고, 자기가 즉위하는 이 마당에 대사(大赦)를 명하여 역적 이외에는 모두 용서한다는 내용이었다. 백관은 머리를 숙인 채 귀를 기울이고 신검은 눈을 감고 생각에 잠겼다.

이것은 즉위조서라기보다 망국조서다. 이런 글이 자기 이름으로 나가게 될 줄은 진실로 몰랐다. 이런 것을 천하에 대고 공포해 놓았으니 큰일은 그만두고라도 이 신검은 세상을 대할 면목이 있을 수 없었다.

조서의 낭독이 끝나자 다시 예부상서의 구령으로 백관이 네 번 절했으나 눈을 감고 앉은 신검은 꼼짝하지 않았다. 이어서 시중 능환이 백관을 대표해서 하례사라는 것을 읽었다.

역시 아버지 견훤을 하늘같이 떠받들어 놓고는 마구 짓밟듯이 내리깎았다. 금강을 인간 같지도 않은 물건이라고 하는가 하면 그 어머니 목련은 구미호보다도 간사한 계집으로 아버지를 혼미하게 만들고 모자가 짜서 그 자리를 뺏으려 했다고 덮어씌웠다. 다음으로 새로 즉위하는 자기 신검은 문무에 아울러 뛰어난 만고의 인걸이라고 치켜세울 대로 치켜세우고, 그러니 백제의 앞날은 탄탄대로 같고 반드시 천하를 통일하리라고 단언했다.

하례사가 끝나자 또 절이었다. 신검은 그래도 움직이지 않았다. 식전이 끝나도 흩어지지 않고, 능환이 심복들을 거느리고 당상으로 올라왔다.

"성상 폐하, 영명하신 폐하의 즉위는 나라의 경사로 신 등뿐만 아니라 만백성이 기뻐하는 터인즉 이보다 더한 경사가 어디 있겠습니까?"

그는 머리를 숙였다. 신검은 바라보기만 하고 입은 열지 않았다.

밤중에 몇몇 모사들이 꾸며 가지고 방금 선포한 것을 아직 알지도 못하는 백성들, 그것도 한두 사람이 아닌 만백성이 기뻐한다니 거짓말에도 분수가 있어야 하는 것이 아닌가.

"폐하께서는 기쁘지 않으십니까?"

능환이 반문했다. 이것은 빈정대는 것이지, 질문도 아니었다. 예전에 아버지 앞에서 이렇게 입을 나불거렸다면 당장 목을 쳐서 없애버렸을 것이다.

"기뻐도 매우 기쁘구만."

신검은 자리에 앉은 후 처음으로 한마디 내뱉었다.

"그러시겠지요. 누구보다도 기쁘실 분이 바로 폐하시니까."

능환은 능청을 떨었다.

신검은 그를 노려보고 일어서려는데 능환이 가로막았다.

"폐하, 잠깐만. 등극 초에 국정을 쇄신하고 민심을 일신하기 위해서도 갈 사람은 갈고 등용할 사람은 등용해야 하지 않겠습니까?"

미리 짜고 드는 것을 막을 도리가 없었다. 어차피 자기는 허수아비일 뿐이다.

잠자코 있는데 그는 품안에서 문서를 꺼내들고 주욱 내리 읽었다.

대신과 시랑은 모두 그의 심복 일색이고 그 아래 어지간한 자리도 마찬가진데 개중에는 들지도 못한 이름도 적지 않았다.

가만있으려다 자기가 허수아비라도 어느 정도의 허수아비인지 떠보았다.

"내, 머리가 아물거려서 생각해 볼 터이니 그 종이를 이리 내시오."

"아니올시다. 이런 일은 이 자리에서 결정해야 합니다."

능환의 태도는 단호했다. 머리에서 발끝까지 허수아비로구나.

"그대로 하시오."

능환이 층계에 나가 인사를 발표하기 시작하자 양검이 속삭였다.

"폐하, 박영규(朴英規)도 바꿔야겠습니다."

박영규는 친위대장을 거쳐 완산주 도독으로 있는 매부였다.

"왜?"

"박영규를 강주도독으로 보내고 신이 완산주도독과 친위대장을 겸해야겠습니다."

사실상의 왕자(王者)가 왕자 행세를 하겠다는 선언이었다.

"마음대로 해라."

신검 내외는 자리에서 일어났다.

여자들의 입이 터졌다.

왕후에서 왕태후로 한 등 올라간 애련은 일이 기대 이상으로 잘되었다고 생각했다.

전에는 자기가 낳은 신검이 왕위에 앉으면 물러앉은 아버지와 자주 만나 의논하게 될 것이고, 의논하면 남편도 자연히 그를 낳은 어머니, 잊었던 자기를 다시 생각하게 될 것이다. 그러면 다만 한 달에 한 번이라도 찾아 회포를 풀 것으로 기대했다.

그런데 신검이 왕위에 앉았을 뿐 아니라 친아들 셋이 다 권세를 잡고 세상에서 영웅이라고 하는 그 무서운 남편을 잡아다 절간에 가둘 정도로 위세가 당당하게 되었다.

그들이 마음만 먹으면 아버지를 잡아다 자기 처소에 처박을 수도 있고 자기가 독차지할 수도 있을 것이다. 친자식들이다. 자기가 한마디만 하면 되고도 남을 일이요, 옛날같이 다정했던 시대가 되돌아올 것은 어김없는 일이었다.

그는 엿들은 목련의 시녀와 전해 준 자기 시녀에게 비단이며 패물을 두둑이 내리고 성안에 쓸 만한 집도 한 채씩 사 주었다.

대신들의 부인들을 불러다 놓고 떨던 수다는 횟수가 한층 늘었다.

"지금이니까 말이지만……."

언제나 이렇게 서두를 떼고는 이번 거사의 발단을 소상히 엮어 내려 갔다. 꼭 그렇다고는 안 해도 공으로 치면 자기가 으뜸이라고 누구나 알 아듣도록 이야기를 끌고 갔다. 대신들의 부인은 몇 번이고 초대를 받고 몇 번이고 같은 소리를 들어도 지칠 줄 모르고 칭찬이 자자했다.

"마마 같은 어른이 계시니 나라의 복이 아닐 수 없습니다."

한동안 젊은 때가 다시 돌아온 듯 남편을 만날 꿈에 가슴이 부풀었는 데 권세를 잡은 친자식들이라는 것이 통 얼굴조차 내밀지 않았다.

우선 양검과 용검을 불러 꾸짖었다.

"명색 에미라구 여기 앉아 있는데, 지척을 무시로 왔다 갔다 하면서 코빼기두 안 보이니 그래도 자식들이냐?"

"바쁘다 보니 죄송하게 됐습니다."

양검이 머리를 숙이자 용검도 따라 숙였다.

"아무리 바빠두 그렇지, 너희들 둘이 다 사십은 됐지? 그만한 예절두 모른단 말이냐?"

"죄송하게 됐습니다. 차후로는 조심하지요."

형제는 또 머리를 숙였다.

"그런데 말이야, 아버지는 언제까지 절간에 가둬 둘 작정이냐?"

"그건 왜 물으세요?"

용검이 똑바로 바라보면서 안색이 달라졌다.

"몰라서 물어? 아버지두 그만하면 잘못을 깨달았을 터이니 용서해 드려야지."

"그래서요?"

용검은 따지고 물었다.

"깨달으면 용서하는 것이 도리가 아니냐? 더구나 부자지간인데."

"용서해서 절간에 잘 모시구 있잖아요?"

"못쓴다. 기둔 지식이니 갇힌 에비니 세상이 창피하잖이?"

제법 그럴듯한 소리가 나왔다.

"가둔 게 아니라 모셨다니까요."

"세상은 그렇게 안 본다. 새 성상께 말씀드려 궁중에 도루 모셔다 내가 있는 이 전각에 거처하시도록 해라."

"그것도 말이라구 하시오?"

용검이 고함을 질렀다.

"에미 보구 그런 말버릇이 어디 있어!"

애련도 언성을 높였다.

"어머니는 세상 돌아가는 것을 잘 모르시니까 가만 계시지요."

양검이 약간 부드러운 소리를 남기고는 동생을 끌고 나갔다.

왕태후 애련은 궁리 끝에 신검을 불러 놓고 처음부터 크게 나왔다.

"너, 누구 덕에 용상에 앉았느냐?"

무릎을 꿇고 앉은 아들 신검을 노려보는 왕태후 애련의 눈에는 쌍심지가 돋았다.

"……."

그러나 신검은 시덥지도 않다는 얼굴로 천장을 바라보고 대답이 없었다. 일찍이 이런 얼굴을 한 일도 없고 하루에 한 번은 찾아 문안을 드리는 효자였다. 용상에 앉더니 사람이 달라졌는가 보다.

"하루 이틀이면 모르겠다. 아무리 용상에 앉았다구 한 달이 지났는데도 들여다두 안 봐?"

"……."

"용상에 앉아두 에미는 에미다."

"……."

신검은 천장에서 눈을 떼지도 않고 움직이지도 않았다.

"분명히 말해. 누구 덕에 앉은 용상이냐?"

신검은 비로소 천장에서 어머니로 시선을 돌렸다.

"어머니 덕이지요."

조용한 목소리였다.

"내 덕인 줄 알면서 그 모양이냐?"

그러나 신검의 대답은 뜻밖이었다.

"앉힐 힘이 있으면 끌어내릴 힘도 있을 게 아닌가요? 제발 끌어내려 주시지요."

"끌어내리다니?"

"저는 도무지 내키지 않으니 내려앉게 해 주시오."

"세상에 용상이 싫다는 인간두 있어?"

"나라가 망하는데 용상이 다 뭐요?"

애련은 가슴이 내려앉았다.

"그게 무슨 소리냐?"

"다 엎질러진 물인데 얘기해서 무슨 소용이 있겠어요?"

신검은 일어서려고 했으나 애련이 붙들어 앉혔다.

"나두 좀 알자. 무슨 소리냐?"

"젊어서는 총명하시던 어머니가 왜 그렇게 되셨지요?"

"내가 어떻게 됐단 말이냐?"

"도대체 아버지를 어떻게 생각하세요?"

"하늘이 낸 출중한 분이시지."

"그런 분이 안 계시구 이 어려운 때에 나라를 지탱할 수 있음직해요?"

"그럼 왜 금강에게 자리를 물려주신다구 했지?"

"그때두 말씀드렸잖아요? 또 아버지도 깊은 생각이 계셨어요."

화풀이라도 하고 싶었으나 갈수록 주책이 늘어 가는 그 입에서 무슨 소문이 퍼질지 몰라 붙잡는 것을 뿌리치고 나왔다. 여자 한 사람이 주책을 부리는 바람에 나라가 망하게 되었다. 어머니가 아니면 목을 졸랐을 것이다.

애련은 여태까지 큰일을 했다 생각했고, 대신들의 부인들도 칭송이 자자했다. 그런데 용상에 앉은 아들이 나라가 망하게 됐다고 상대도 안하려고 든다? 그는 처음으로 걱정이 동했다.

불안해서 귀한 사람들의 부인을 하나하나 불러들여도 잘돼 간다는 대답뿐이었다. 솔직하게 말하라고 해도 대답은 마찬가지였다.

후한 포상을 받고 특별히 시골 친가에 다녀온 심복시녀에게 물었다. 그도 같은 대답이었다.

"내 앉아서 세상 공론을 다 듣구 있다. 네가 나한테 거짓말을 할 줄은 몰랐다."

슬쩍 떠보았다.

시녀는 자기만 거짓말을 한 것은 아닐까. 딴 사람들은 다 사실대로 고한 줄 알고 불안했다.

"죽을죄를 지었습니다. 아뢰옵기 황공해서 그랬으니 용서를 비옵니다."

"용서하지. 듣고 본 대로 솔직히 말해라."

시녀의 입에서는 실로 놀라운 이야기가 터져나왔다.

민심은 아예 싹 돌아섰다는 것이다.

천하 제일가는 영웅이 나라를 세우고 잘해 나갔는데 그 덕에 호의호식하고 자란 조무래기 아이들이 일을 쳤다. 늙은 영웅을 잡아 가두고 철없이 날치니 백제는 이제 망했다고, 가까운 사람들끼리 모여 앉으면 쑥덕공론이 자자하다고 했다.

궁중에서는 몰랐지만 임금 이하 삼형제는 사람으로도 보지 않고 뒤에서는 심지어 개만도 못한 자식들이라고 한다는 소리도 들려주었다.

그렇게 사실대로 알려 주는 것이 참된 충성이라고 부추겼더니 시녀는 안심하고 실예도 들었다. 삼형제의 욕을 하다가 목을 잘린 사람들이 자기 마을에도 있고 이웃마을에도 있다. 백성들 가운데는 추수만 끝나면 노자를 만들어 가지고 망할 놈의 백제를 등지고 고려로 간다고 벼르는 사람도 있다고 했다.

그렇게도 일사불란하던 군대에서도 도망병이 속출해서 고려에 넘어가지 않으면 자취를 감춰 버리는데, 말인즉 개만도 못한 것들한테 누가 충성을 바치겠느냐는 것이다.

애련은 머리가 아찔하는 것을 참고 물었다.

"사실을 몰라 그렇겠지."

"모르다니요? 제가 모르는 것까지 소상히 알고 있습니다. 저는 엿들은 시녀로부터 마마께 전한 것밖에 모르잖아요? 그런데 마마께서 태자, 아니 지금 성상을 부르시구, 성상께서 말씀을 안 들으시니 능환 어른이 나서구 나중에는 그 어른이 순시를 핑계로 무진성에 가서 세 분이 마지막 계획을 짰다는 것까지 알고 있던데요. 정말입니까?"

오히려 반문을 했다. 이것은 자기도 모르는 일이었다. 애련은 자기가 여자들을 모아 놓고 떠든 생각은 안 하고 물었다.

"궁중의 비밀이 그렇게 소상히 새어 나간 건 어찌된 영문일까?"

"마마께서 대신들 부인을 불러 놓고 말씀하시는 걸 저도 몇 번 들은 걸요."

"내가 그랬던가?"

애련은 비로소 자기가 큰일을 저질렀다는 것을 깨달았다.

"그럼 나한테 대해서도 말이 많겠구나."

그년부터 사지를 찢어 죽여야 한다는 것이 공론이었으나 시녀는 차마 그 소리는 못했다.

"마마에 대해서는 못 들었사옵니다."

왕태후 애련은 그날부터 귀부인들을 다시 불러들여 전에 한 말을 약간씩 비틀어 자기는 이번 일에 전혀 상관이 없는 것으로 만들려고 애썼다. 누구나 그렇겠다고 삼가 경청했으나 뒤에 돌아서서는 이제 와서 발뺌을 한다고 욕지거리였다.

양검과 용검의 여자들은 달랐다. 요즘 데리고 사는 이십 대 초의 소실들은 당초부터 여태까지 시종일관해서 자기들의 뛰어난 공을 선전하여마지않았다.

박영규를 강주에 보낸 양검은 아주 완산성에 이사를 왔고, 용검은 무진성에 대리를 두고 소실만 거느리고 와서, 서로 질세라 권력을 행사했다. 신검은 이래도 그만 저래도 그만 허수아비였고 사실상 임금이 둘인 셈이었다.

용검의 소실은 귀부인들을 불러 놓고 무진성에서 형제와 능환의 삼자 밀담을 엿들은 내용을 공개하고 마침내 남편이 거사를 위해서 떠날 때는 손수 신발 끈을 매 주고 격려했노라 자랑이었다.

양검의 소실은 남편이 떠날 때 숭늉을 일부러 대접했다는 것이다.

쌀은 거저 자라는 것이 아니다. 땅에서는 땅의 정기를 받고 태양에서 하늘의 정기를 받고 자란다. 말하자면 천지의 정기를 받은 쌀로 지은 것이 밥이요, 그 밥으로 빚은 것이 숭늉이니 큰일을 위해서 떠나는 남편에게 이를 대접한 것은 자기의 창안이라고 자랑이었다.

그들의 자랑은 이에 그치지 않았다.

두 소실은 입자랑도 했다.

"여자들은 입이 가볍다고 하잖아요? 그러나 우리는 달라요. 우리가 입이 무거웠으니 그렇지, 뺑끗했으면 큰일을 그르칠 뻔했지요."

양검의 소실이 팔뚝질까지 하자 용검의 소실은 한 술 더 떴다.

"큰 분을 섬길 여자는 다른가 봐요. 시시한 여자들은 귀에 들어오는 대로 입으로 옮기지 않고는 못 배기지 않아요? 그러나 우리는 듣고도 속에 깊이 간직하는 천성을 타고났으니 말이에요."

듣는 귀부인들은 한결같이 그들의 남다른 내조와 뛰어난 머리, 무거운 입을 칭송하고는 산해진미를 포식했고, 돌아가서는 만나는 사람마다 한마디씩 없을 수 없었다. 사실은 여사여사하게 된 것이라고.

이리하여 사건의 내용은 대강뿐만 아니라 자초지종이 소설같이 백제 전국에 퍼지고 신라와 고려에서도 모르는 사람이 없었다.

모악산 금산사에 갇힌 견훤은 도시 입을 여는 법이 없었다. 그런 변을 당해서도 식사 때는 식사를 하고 마당을 거닐다가도 층계에 앉아 한없이 하늘을 바라보곤 했다.

분노, 애통, 비애로 가슴이 터질 듯했으나 일체 입 밖에 내지 않고 행여 주지가 찾아뵙고 적적하시면 장기라도 두시자면 거기는 응했다. 장기를 두면서도 말은 한마디도 없었다.

무엇을 생각하는 것인지 혹은 아예 생각을 단념한 것인지 그의 속셈을 아는 사람은 아무도 없었다.

경비를 맡은 양검과 용검의 부하들도 차차 생각이 달라졌다. 처음에 듣기에는 노망했다, 정신이 혼미하다고 했으나 막상 대하고 보니 그렇지 않았다. 건장하고 말짱한 품이 백 세도 넘게 살 듯했다.

난생처음 보는 거구에 사람을 위압하는 풍채, 무게 있는 거동, 자기들이 섬기던 양검이나 용검에 비하면 높은 산과 낮은 언덕 같은 차이가 있었다.

말로만 듣던 영웅을 눈앞에 보는 느낌이고 이런 분이야말로 진정한 임금이라고 생각했다. 양검, 용검 따위는 그에 비하면 보잘것없는 주무래기들이었다. 시키는 대로 하기는 했으나 무엇인가 잘못된 것은 아닐까?

병정이라고 별종은 아니고 그들도 사람이었다. 삼형제를 사람으로 보지 않는 세상 공론은 그들의 귀에도 들어왔고 민심이 싹 돌아서 백제는 이제 망하게 됐다는 소리도 들렸다. 도망병이 속출하고 백성들이 고려로 넘어간다는 소문도 들려왔다.

이야기를 듣고 보니 양검이니 용검이니 하는 조무래기들이 안 할 짓을 했고 자기들이 보기에도 백제는 망하게 생겼다.

돌아서려야 돌아설 수 없는 양검, 용검의 처가와 소실 붙이들이 감시하는 바람에 입 밖에는 내지 못했으나 날이 갈수록 처신을 달리해야겠다고 생각하는 병정들이 늘어 갔다.

절간이라 육식을 할 수 없어 취사는 병정들이 맡았다.

그래도 아버지라고 공급은 풍족하게 보내왔다. 그러나 견훤은 대범한 사람이었다. 먹고 남은 것을 주는 것이 아니라 애초부터 그들에게 밀어 주고 자기 일가는 보통 가정에서 먹는 것과 특별히 다르게 먹지 않았다.

다만 가끔 홀로 앉아 술잔을 기울이는 것이 다를 뿐이었다.

마음이 달라진 병사들 중에는 감시의 눈을 피해 세상 돌아가는 형편을 알려 주는 사람들이 드물지 않았다. 견훤은 듣기만 하고 말은 없었다.

금산사에 갇힌 후 입 밖에는 내지 않았으나 그도 제일 궁금한 것이 세상 형편이었다. 무슨 영문인지 딱히 모르던 그도 사건의 경위를 소상히 알게 되었다.

일이 터지면서부터 백제는 망했다고 생각했는데 소식을 듣고는 망하는 것이 어김없는 사실로 굳어졌다.

이제 자기가 할 수 있는 일은 아무것도 없었다.

어려서 땅을 파다 스물한 살에 고향을 등진 촌뜨기, 그 후의 파란곡절, 금강 일가의 참살, 모든 것이 생각할수록 가슴에 맺혔으나 어쩔 도리가 없었다.

단 하나 바라는 것은 도시 생각이 필요 없는 저승으로 하루 빨리 가는 일이었다.

하루는 경보 스님이 찾아왔다. 갇힌 이후 아무도 찾아올 처지가 못 되었고 찾아온 사람도 없었는데 첫 손님이었다. 더운 때라 문마다 활짝 열어젖힌 절간. 견훤은 산문(山門) 가까이 나무 밑에 자리를 깔고 부채를 놀리고 있었다.

양검, 용검의 붙이들이 산문을 막아서고 못 들어오게 했다. 경보는 큰 소리로 외쳤다.

"나는 상왕(上王) 폐하의 왕사(王師)다. 왕사가 상왕도 못 뵙는 나라가 하늘 아래 어디 있느냐?"

그러나 눈에 보이는 것이 없는 건달들은 칼을 빼어 들고 고함을 질렀다.

"안 가면 너 따위는 단칼에 없애버린다."

경보는 굴하지 않았다.

"단칼이라. 그거 고마운 일이군."

그는 걸망을 내려놓고 목을 내밀었다.

건달들도 이런 사람은 세상에 처음 보는지라 주춤거리고 자기들끼리 수군거렸다.

견훤은 산문으로 다가가서 경보 스님 앞에 절을 했다.

"선생님, 오래간만에 뵙겠습니다."

왕사는 스승이요, 임금은 제자여서 당연한 일이었으나 건달들은 처음 보는 광경에 어리둥절했다.

"이리 들어오시지요."

건달들은 얼떨결에 막을 생각을 못했다.

"모든 것이 불편해서……, 저 나무 밑에 앉으실까요?"

견훤은 앉았던 자리로 돌아오고 경보도 곁에 와 앉았다.

"어려운 걸음을 하셨습니다."

견훤이 말을 걸었다. 방에 들어가 밀담하는 것도 아니고 자기들이 보는 나무 밑에 함께 앉은지라 건달들은 더 이상 시비를 걸지 않았다.

"어려운 걸음이 아니라 축하의 걸음이올시다."

"축하라니요?"

"천하대세는 결판이 났고, 평화가 눈앞에 왔으니 축하해야지요. 미련을 갖지 마십시오. 만물은 흘러가게 마련인데 길고 짧은 차가 있을 뿐이지, 그게 무슨 대단한 일이겠습니까?"

"저는 일생을 헛살았습니다."

"천만에 말씀이십니다. 강물이 흐르는데 돌에 부딪칠 경우도 있고 소용돌이도 없을 수 없지 않습니까? 폐하께서는 부처님의 뜻에 따라 큰 소용돌이를 일으키셨으니 이보다 뜻 깊은 인생도 드물지요."

경보 스님의 뜻을 짐작한 견훤은 화제를 바꿨다.

"어떻게 소일하십니까?"

"산천과 더불어 얘기를 하고 산천과 더불어 늙어 가는 중입니다."

"……."

"이제 산들이 기다리고 있으니 가 봐야지요."

한동안 무탈한 이야기를 나누고 나서 경보는 산문을 나가고 건달들은 엿들어 봐야 별다른 내용도 없는지라 보고만 있었다.

경보가 다녀간 후에도 병정들이 몰래 전해 주는 세상 소식은 무시로 들을 수 있었다.

실권자인 두 형제와 능환의 집에는 뇌물이 공공연히 쏟아져 들어가고, 이것을 본이라도 받듯이 중앙과 지방의 관원들에게도 뇌물을 받는 풍조가 파도처럼 퍼져 간다는 것이다.

절약에 절약하고 추위와 더위를 가릴 것 없이 보리밥덩이를 씹으면서 건설한 나라다. 뇌물만이 아니었다. 뾰족한 말 한마디에도 매질, 더 뾰족하면 목숨을 잃는 백성들이 허다하다고 한다.

전에 없던 풍조는 이것뿐이 아니었다.

치맛바람이 거세게 분다는 것이다. 양검과 용검의 소실들이 날치고 그 일가붙이 여자들이 휘몰려 다니며 산놀이, 물놀이를 일삼고 그들의 말이면 통하지 않는 것이 없다는 소문이었다.

우둔한 즉위조서와 능환의 하례사로 뼈대만 노출되었던 사건의 내막은 나불거리는 여자들의 입을 통해서 살까지 남김없이 폭로되었다. 국내뿐만 아니라 밖으로도 퍼져 고려와 신라에서는 이제 백제를 망한 나라로 치부한다는 것도 알게 되었다.

세상에서 말하는 천운(天運)이라는 것이 있다면 천운은 왕건에게 갔고, 이 견훤을 등진 것은 부인할 수 없는 현실이었다. 젊었다면 모르겠다. 늙기까지 했으니 천하대세는 이미 결정된 것이다.

경보 스님은 미련을 버리라고 했다. 그 말대로 깨끗이 미련을 버리자. 다만 소원이 하나 있다면 장차 왕건의 칼밥이 될 백제의 백성들을 구하는 일이었다. 피를 흘려도 적게 흘리게 할 수는 없을까?

유월.

복날이라고 궁중에서 별식과 함께 술도 여러 통 왔다. 견훤은 술은 마시던 것이 있으니 병사들더러 마시라고 거들떠보지 않았고, 별식도 왔다는 부고만 듣고 그들에게 먹으라고 했다.

그는 평일과 마찬가지로 평범한 식사로 저녁을 마치고 긴 여름 해가 떨어지자 답답한 심사를 달래려고 술을 한두 잔 들었다. 울타리 밖에서는 때를 만난 듯이 경비병사들이 먹고 마시며 떠들썩했다.

그는 옛날 핫바지로 신라 서울 금성에 가서 임금이 내린 돼지에 술을 마시며 떠들썩하던 광경을 생각하다가 목침을 베고 잠이 들었다.

고비가 흔들어 깨웠다. 문밖에 병정 한 사람이 와서 뵙자고 한다는 것이다.

새 소식을 전해 주려나…….

그는 일어나 한 손으로 문턱을 짚고 앉아 초롱불에 비친 병정을 쳐다보았다. 평소에 소식을 자주 전해 주던 병정이었다.

"폐하, 얼른 떠나시지요."

"뭐?"

병정은 눈치가 빠른 듯 그의 의심을 풀었다.

"못된 놈들이 술에 곯아떨어진 것을 모두 처치했습니다."

"수고했다."

병정은 달려 나가 여러 명과 함께 들어왔다. 견훤은 고비를 독촉해 입은 그대로 나서고 병정들은 두 아이를 안고 밖으로 내달렸다.

견훤은 권하는 대로 말에 오르고 고비도 탔다. 두 병정은 아이들을 하나씩 안고 말에 오르고 다른 병정들이 앞뒤에 붙었다. 모두 기병들이어서 행동도 빨랐다.

"어디로 가실까요?"

옆에 따라붙은 병정이 묻는 말에 견훤은 간단히 대답했다.

"남으로!"

으스름 달밤을 한동안 달리다가 병정이 또 물었다.

"남쪽 어디십니까?"

"나주다."

"나주루요?"

"왕건과 담판 지을 일이 있다."

병정은 다시 묻지 않았다.

왕건이 등극한 지 십팔 년, 나주 장군도 여러 차례 바뀌었다. 사십여 촌락을 잘 지켜 왔으나 오 년 전 안동의 병산대전(甁山大戰)을 전후해서부터 백제 수군이 본국과의 해상연락을 봉쇄하는 바람에 나주는 고립무원 상태에 있었다.

견훤은 앞날을 내다보고 자기 생전에 반도의 남쪽 절반을 차지하지 못하면 최악의 경우라도 옛날 백제 땅만은 확보하여 다음 대에 물려줄 작정이었다. 그리하여 해로를 막고 무시로 변경을 침범하니 나주는 저절로 무너져 그의 손에 들어올 형편이었다.

당시의 나주 장군은 인일(仁壹), 여러 차례 왕건에게 곤경을 호소했다. 다른 고장의 공방전으로 여력이 없던 왕건도 병산대전이 끝나고 작년 구월 운주에서 견훤을 물리치자 나주에 눈을 돌리기 시작했다. 앞날을 생각하면 나주는 버릴 수 없는 땅이요, 여태까지 버티어 온 것만도 고마운 일이었다.

연초에 장수들과 의논하여 군의 원로인 유금필을 보내기로 결정했다. 원래 작은 일을 착실히 하는 정도의 장수로밖에 보지 않았으나 병산과 운주에서 보인 솜씨로 높이 평가하게 된 사람이었다.

모두가 유금필이 합당하다 했고 왕건도 그렇게 생각했다. 그러나 유금필은 이미 연로하여 칠십이 가까운 노인이어서 주저했으나 유금필 자신이 가겠다고 나섰다.

왕건은 그를 도통대장군(都統大將軍)으로 임명하여 나주 장군도 그의 통제를 받도록 했다. 떠날 때에는 예성강 나루까지 나가 사흘간이나 머물면서 노장군의 출정을 전송했다.

나주에 도착한 지 얼마 안 되는 삼월.

유금필은 백제에 정변이 일어나 견훤이 절간에 갇히고 아들 삼형제가 집권했다는 소식을 들었다.

처음에는 뜬소문이라고 일축했다. 견훤은 적이라도 당대의 영웅이다. 누가 감히 그를 몰아낼 수 있겠느냐고 생각했다.

그러나 얼마 안 가 백제에서 공표한 신검의 즉위조서와 능환의 하례사가 들어왔다. 사실인 모양인데 어떻게 된 영문일까. 그도 판단이 서지 않았다.

우선 그렇게도 극성을 부리던 접경의 적이 잠잠해지고 이어서 심심치 않게 도망쳐 들어오는 백제의 백성들 중에는 군인들도 적지 않았다.

그들은 이구동성으로 백제는 이제 망했다고 탄식하고 살 길을 찾아왔노라고 했다.

그들의 입을 통해서 사건의 전모를 눈으로 본 듯이 알게 되었다. 모두가 새로 권력을 잡은 자들의 여자들이 자랑삼아 떠들고 돌아간 내용이었으나 앞뒤를 맞춰 보니 과장과 군더더기는 있어도 사실이라고 판단되었다.

유금필은 제때에 왕건에게 보고하고 사태의 추이를 주시했다.

견훤이 없는 백제란 대들보가 떨어진 집이나 진배없었다. 이대로 가면 백제는 저절로 무너질 것이다.

그러나 견훤은 보통 사람이 아니다. 사태가 역전되어 다시 제자리로 돌아갈 수도 있는 일이었다.

주시했으나 삼사월이 가고 오월이 다 가도록 딴 소식은 없고 피난 오는 사람이 갈수록 늘어날 뿐 아니라 나중에는 접경 수비대 병사들 가운데서도 이쪽으로 넘어오는 자가 나타나기 시작했다.

백제는 그들의 말을 빌면 '개판'이라는 것이다.

그런데 마침내 유월에 들어 실로 생각지도 못한 소식이 날아들었다. 조반을 들고 있는데 접경에서 급사가 왔다는 전갈이 있었다. 기다리라고 했으나 시각을 다투어 알려야 할 일이라고 하기에 들어오라고 했다.

대문간에서 말을 내린 군관은 마당을 가로질러 그가 조반을 들고 있는 섬돌 아래 와서도 숨을 허덕였다.

"견, 견훤이 왔습니다."

유금필은 귀를 의심하고 쥐었던 숟가락이 약간 떨렸다. 군관은 한숨 돌리고 말을 이었다.

"오늘 새벽 백제 왕 견훤이 국경 초소에 와서 기다리는 중입니다. 어떻게 할까요?"

칠십이 멀지 않은 유금필도 이 뜻하지 않은 일에 가슴이 두근거리고 얼른 말이 나오지 않았다. 더 이상 밥 생각도 없었다.

그는 숟가락을 놓고 일어섰다.

"혼자 오셨느냐?"

"부인과 어린 자녀 두 분, 이십 명도 넘는 기마병들도 따라왔습니다."

유금필은 그와 함께 서 있는 본영의 군관에게 일렀다.

"내가 직접 모시러 갈 터이니 마차도 한 대 뒤따르라고 해라."

유금필의 본영은 언제나 출동 준비를 갖추고 있었다. 옷을 갈아입은 유금필이 말에 올라 달리기 시작하자 경호기병들이 앞뒤를 호위했다.

북으로 달리는 유금필은 흰 수염을 나부끼며 자기 생애에 오늘처럼 기막힌 날도 없다고 생각했다. 천하통일은 이제 다 된 것이나 다름없었다. 지금 백제에서 이러니저러니 하는 송사리들은 마당의 가랑잎을 쓸어내는 정도의 힘이면 능히 처치하고도 남을 것이다.

　견훤은 접경에서 훨씬 들어온 민가에서 쉬고 있었다.

　유금필은 그의 앞에 큰절을 했다.

　"혹시 철없는 아이들이 몰라뵙고 황공하온 일이 없었는지 걱정이올시다."

　아래위 흰 모시를 입은 견훤은 부채를 놀리고 있었다.

　"없었소. 내가 여기 온 것은 고려대왕과 얘기할 일이 있기 때문이오. 주선해 주시겠소?"

　"그러문요. 즉시 개경에 아뢰겠습니다."

　"고맙소."

　이쪽에서는 항복이라고 생각했으나 견훤은 이런 처지에서도 위풍이 당당한 대장부였다.

　"여기는 오래 머물 데가 못 되오니 우선 나주로 납시지요."

　"그렇게 합시다."

　고비와 아이들은 마차에 타고 다른 사람들은 말에 올라 남으로 행진했다.

　나주에 당도하자 객관에 모시고, 따라온 병사들도 일부는 그의 청대로 함께 유숙케 하고 나머지도 불편이 없도록 숙식에서 오락에 이르기까지 세심한 주의를 기울이라고 일렀다.

　유금필은 견훤 일행을 모시고 나서 곧 개경으로 급사를 띄워 왕건에게 보고하고 지시를 기다렸다.

　기다리는 동안 그는 견훤 일가에게 새로운 옷도 마련해 드리고 조석으로 문안도 드렸다.

가끔 장기도 두고 낚시도 함께 나갔으나 견훤은 당장 필요한 외에는 전혀 말이 없는 사람이었다.

가까이 대하고 보니 듣던 것보다도 훨씬 걸출한 인물, 그는 불운의 영걸이라고 생각했다.

유금필의 보고를 받은 왕건은 가슴이 뛰었다. 백제의 사정은 나주뿐만 아니라 웅주 방면의 접경에서도 들어오고 세작들로부터도 무시로 와서 잘 알고 있었다.

그러나 견훤이 백제 강토 내에 있는 한 안심이 되지 않았다. 백제 사람들은 그를 하늘같이 존숭하여 왔다. 기회가 와서 그가 다시 일어선다면 온 백제 사람들이 그의 주위에 뭉치고 다시 막강한 세력이 될 것은 가히 짐작할 수 있는 일이었다. 그렇게 되면 장차 어떻게 될지 판단이 서지 않았다.

견훤이 나이 들었다지마는 자기도 오십구 세, 어느 쪽이 먼저 죽을지 누가 아느냐.

그런 견훤이 제 발로 나주에 왔다고 한다. 그도 인물이다. 연명을 위해서 온 것이 아니라 생각하는 바가 있어 왔을 것이다.

대신들을 모아 놓고 유금필의 편지를 공개했다. 장내는 흥분의 도가니였다. 누구나 견훤이 고려 강토 내에 들어왔다는 것은 백제 전체가 들어온 것이나 다름없다고 생각했다.

언제 어디서나 나서기를 좋아하는 사람들은 저마다 한마디씩 없을 수 없었다.

"이 기회에 백제를 쳐서 대업을 마무리 지으시지요."

"그 못된 견훤이 못된 짓만 하더니 이제 운이 다했습니다."

아첨도 빠질 수 없었다.

"모두가 폐하 성덕의 소치올시다."

"하늘이 우리 폐하 같은 인걸을 보내신 것은 우리 족속의 복이 아닐 수 없습니다."

"이제 삼한(三韓)은 통합된 것이나 다름없으니 압록강 건너 거란 놈들을 칠 계획을 세우시지요. 폐하의 성덕으로 안 될 일이 어디 있겠습니까?"

왕건은 일언거사(一言居士)들이 떠들 대로 떠들게 내버려 두었다가 견훤의 처우에 대해서 의논했다.

"견훤을 어떻게 대접하는 것이 좋겠소?"

이번에도 말이 많았다.

"상서(尙書)쯤으로 대접해서 녹을 주어 밥이나 먹여 주시지요."

이것은 제일 나은 편이었다.

"그 못된 놈을 상서라니, 어느 외진 낙도에 귀양 보내서 푹 썩다가 죽게 내버려두는 것이 상책인가 합니다."

"아니, 어느 대신 집 종으로 부리는 것이 볼 만도 하구, 좋지 않을까요?"

"천명을 받으신 우리 폐하를 거역하고 그렇게도 괴롭혀 드린 놈을 살려 둔다는 것은 말이 안 됩니다. 목을 잘라 그 머리를 백제에 보내서 본때를 보이는 것이 제일인가 합니다."

이러는 자도 있었다.

듣고만 있던 왕건이 시종 말이 없는 배현경에게 물었다. 육십을 훨씬 넘은 건국의 원로로 백제에도 몇 번 다녀온 인물이었다.

"배 장군의 소견은 어떻소?"

배현경은 좌중을 둘러보고 천천히 대답했다.

"사람에 따라 의견이 다를 수 있으니 신으로서는 어느 의견이고 시비할 생각은 없습니다. 다만 폐하께서는 덕으로 나라를 다스려 오셨고 장차 덕으로 삼한을 통합하실 분으로 생각해 왔습니다. 견훤에 대한 대접은 폐하께서도 생각이 계실 터이니 더 말씀드리지 않겠습니다마는 신이 바라는 것은 항상 화합을 말씀하신 폐하의 덕에 손상이 없도록 하심이 좋을까 합니다."

"알겠소이다. 이 일은 내게 맡겨 주시오."

신하들로서는 이의가 있을 수 없었다.

이튿날부터 임금 왕건의 특명으로 궁성 남쪽에 있는 큼직한 객관을 새로 단장하였다. 그것도 모자라 이웃에 있는 관아 건물까지 한 울타리에 넣고 밤낮으로 공사를 서둘렀다.

한편 왕건은 만세(萬歲)의 지휘 하에 원보(元甫), 향예(香乂), 오담(吳淡), 능선(能宣), 충질(忠質) 등 장수들이 거느리는 함선 사십여 척을 나주로 급파하기로 하고 그들을 불렀다.

"가거든 유 장군에게 이르시오. 나주는 이제 크게 걱정할 것이 없으니 인일 장군에게 맡기도록. 임자들은 유 장군의 휘하에 들어가시오. 유 장군을 총호위사(總護衛使)로 하여 그분을 군왕의 예로 모시구 이 개경으로 돌아오도록 하시오."

며칠을 두고 준비를 서두른 만세 이하 장수들은 함선에 병사들을 싣고 나주 길을 떠났다.

유월 말.

유금필의 총지휘하에 군왕의 예우를 받으며 서해를 북상한 견훤은 예성강 포구에 내렸다.

친히 영접을 나온 왕건은 먼저 허리를 굽혀 인사를 드렸다.

"대왕께서 친히 이렇게 와 주시니 고맙기 이를 데 없습니다."

견훤도 정중히 답례를 했다.

"세상을 볼 면목조차 없는 사람을 이렇게 대해 주시니 황송합니다."

그의 소개로 고비와 아이들이 왕건에게 인사를 드리고, 인사를 받은 왕건은 뱃길에 고생이 많았겠다면서 아이들의 머리를 쓰다듬고 마차에 타는 것을 손수 도와주었다.

기마 행렬은 여름철의 산야를 바라보며 개경을 향하고 왕건과 견훤은 나란히 말을 몰았다.

"듣던 대로 산수가 아름다운 고장이군요."

견훤이 주위를 둘러보며 혼잣말같이 했다.

"산수만 아름답지, 해 놓은 것이라고는 별로 없습니다."

"난세라서……, 완산성에도 해 놓은 것은 아무것도 없습니다."

그들은 더 말없이 개경으로 들어왔다.

궁중에서 한동안 무탈한 이야기를 주고받던 두 사람은 모든 대신들이 참석한 가운데 미리 준비한 오찬에 참석했다. 견훤은 왕건과 동렬로 앉기는 했으나 그가 권하는 상좌는 사양했다.

오찬장에 참석한 대신들은 배현경 외에는 거의가 견훤을 처음 보는 사람들이었다.

뒤에서는 갖은 욕설을 다 퍼부었으나 막상 대하고 보니 당당한 체구와 풍채, 주위를 압도하는 위풍에 과연 인걸이라고 생각했다.

왕건은 거기 대면 키도 머리 하나는 작고 체구도 댈 것이 못 되었다. 다만 견훤이 엄숙한 분위기를 풍기는 반면 왕건은 온화하고 눈에서 유다른 광채를 발하는 것이 다를 뿐이었다.

서로 적대관계에 있던 만큼 요즘 세상 형편이나 지나간 전쟁 이야기는 일체 없고 날씨와 농황, 아름다운 풍경 이야기가 가끔 나올 뿐, 거의 말이 없었다.

그중에서도 견훤은 대신들을 하나하나 눈여겨볼 뿐 한 번도 먼저 말을 걸지 않았다.

식사가 끝나자 왕건은 견훤을 인도하여 궁중을 대충 구경시키고 대궐을 나와 그가 거처할 집으로 함께 걸어갔다.

편액에는 남궁(南宮)이라고 쓰여 있었다.

"불편하신 대로 여기 모시기로 했습니다."

왕건이 알리자 견훤은 고개를 끄덕였다.

"이렇게까지 해 주실 줄은 몰랐습니다."

그는 왕건이라는 사람을 다시 생각하는 눈치였다.

왕건은 안에까지 함께 들어가 일일이 안내했다.

안에는 모든 가장집기가 갖춰 있고, 외양간에는 말 열 필, 오고가는 남녀도 적지 않았다.

"저 사람들은 누구지요?"

견훤이 물었다.

"노비들입니다. 사십 명인데 부족하시면 더 드리겠습니다."

"과만하지요."

"양주(楊州)를 식읍으로 정했는데 마음에 안 드시면 좋으신 데로 택하셔도 무방합니다."

"그것도 분외의 일이올시다."

이때 훨씬 전에 백제에서 항복해 온 신강(信康)이 들어와 인사를 드렸다.

"참, 이 사람을 아관(衙官)으로 정해서 이 남궁의 일을 돌보게 할까 하는데 괜찮으시겠습니까?"

"고마운 일이외다."

모두 물러가고 단둘이 남게 되자 견훤은 왕건을 보고 무거운 입을 열었다.

"이승에서는 좋은 적수였는데 이제 결판이 난가 봅니다."

"글쎄올시다."

왕건은 그의 아픈 마음을 헤아리고 대답을 흐렸다.

"여태 고마운 일뿐이올시다마는 처음부터 분명히 해 두어야 할 일이 있습니다."

"무엇이든지 마음에 있는 일은 말씀해 주시지요. 힘닿는 데까지 해 드리겠습니다."

"내가 자식들한테 세상없는 수모를 당하고도 죽지 않고 살아서 대왕을 여기까지 찾아뵌 데는 연유가 있습니다."

"네……."

"우선 밝혀 둘 것은 항복하러 온 것이 아니라는 사실입니다."

"……."

"구차하게 연명하려는 것도 아닙니다."

"……."

"더구나 벼슬을 구하는 일 같은 것은 생각조차 할 수 없지요."

"……."

"다만 내가 여기 온 것은, 대세는 이미 결정되었으니 앞으로 평화로운 가운데 마무리를 짓는 것이 좋겠고, 그 보탬이 되어 볼까 하는 것이 목적이올시다."

"좋은 생각이십니다."

"내가 가은 고을 농부의 아들로 태어나서 맨주먹으로 시작했다는 것은 세상이 다 아는 일이니 더 말씀할 것이 없고, 그동안 백제사람들은 나한테 잘해 주었고, 나를 위해서 죽어 간 사람도 부지기수인데 종말이 이렇게 되니 갚을 길이 없소이다. 될 수만 있다면 더 이상 피를 안 흘리게 했으면 좋겠는데 아이들이 철이 없으니 십중팔구 흘릴 것입니다. 덜 흘리게 하자는 것이 소원이지요. 여생을 편히 살자고 온 것은 아닙니다. 이 난세가 마무리 되는 날로 나도 가야지요."

"난세가 끝나면 더욱 편히 쉬셔야지요."

"아니오, 사람이 살 때와 죽을 때를 분명히 하지 않으면 사람값을 못 합니다."

"……."

"내 심정이 이러니 대왕께 칭신(稱臣)은 못하겠습니다."

"좋습니다. 다시 상보(尙父), 즉 아버지로 모시겠습니다."

"고맙소이다."

"그러나 이것만은 분명히 해 두어야겠습니다."

왕건은 정색을 하고 말을 이었다.

"한 나라에 두 임금이 있을 수 없으니 상보께서는 위계로 말하면 백 관지상(百官之上)이올시다."

"그것은 부득이한 일이지요. 허나, 공식석상에 나가면 신하의 대열에 서야 할 터이니 그것만은 사양하겠습니다."

"그렇게 하시지요. 그리고 마음 편히 쉬시면서 낚시도 하시고 때가 오면 사냥도 하시고, 모든 것을 뜻대로 하십시오."

왕건은 물러나오면서 역시 영웅 견훤이라고 생각했다.

천년사직

왕건이 금성에 다녀간 후 신라 귀족들의 기대는 컸다. 두 달을 두고 그다지도 융숭한 대접을 했으니 그만한 보답이 있을 것은 당연하다고 생각했다.

전에 고울부(경북 영천)의 능장(能長)이 항복했을 때 신라의 수도에 가깝다고 벼슬만 올려 주고 종전대로 있으라고 한 왕건이다. 군신의 도리를 아는 사람이라고 칭송이 자자했다.

안동 병산에서 크게 이긴 후에도 사신을 보내서 전쟁의 경과를 임금에게 자세히 보고하여 신하의 도리를 다했다. 역시 왕건은 충신이요, 그의 충성으로 신라는 다시 일어선다고 가슴이 부풀었다.

그러나 이번 전쟁을 계기로 명주 이남 동해안의 백여 군데 크고 작은 고을이 그에게 항복하고 심지어 금성 남쪽, 뚝 떨어진 개지변(울산)까지 항복해도 그대로 삼켜 버리고 신라에는 알리지도 않았다.

충성을 알아주지 않아 그런가?

정중히 초청해다가 군신관계에서 동맹관계로 승격하고 더구나 임금이 상좌에 모시는 전례 없는 대우를 했고, 임금이 친히 모시고 다니면서 구경도 시켰다. 숙소도 임금이 계시는 궁중의 으리으리한 전각이었다. 그것도 만 두 달 동안이나…….

기록을 뒤져 보아도 신라의 역사가 천 년 가까이 되건만 이렇게 융숭한 대접을 받은 사람은 단 한 명도 없었다.

더구나 진골(眞骨)의 거룩한 피를 이어받은 신라의 임금이시다.

피로 말하자면 짐승이나 별로 다를 것이 없는 뱃놈 왕건, 그로서는 자손 만대를 두고 가슴에 아로새겨도 부족할 영광이었다.

효험이 없을 수 없으리라.

효험이 있기는 있었다.

오월에 돌아간 왕건이 팔월 추석을 오류 일 앞두고 임금에게 안장을 얹은 말 한 필과 능라에 채색비단, 관리들에게는 명주, 말깨나 하는 군인과 일반인에게는 차(茶)와 복두(幞頭, 머리에 쓰는 일종의 모자), 중들에게는 향차(香茶)를 추석 선물로 보내왔다.

짐을 실은 수십 마리의 말들이 들이닥치길래 거리에서는 구경거리가 되었고 받은 사람들, 특히 진골들은 보답의 시작이라고 기대는 더욱 부풀었다.

적어도 금성 주변, 그의 손에 들어간 고장은 돌려줄 것으로 생각했다. 그들의 머리로서는 왕건이 받은 선물에 비해 내놓은 선물이 너무나 초라해서 그 벌충으로 보낸 것이라고는 상상조차 못했다.

그러나 날이 가고 달이 가고, 선물마저 그것으로 그치고 다시는 아무것도 없었다. 더구나 해가 여러 번 바뀌어도 돌아올 줄 알았던 땅을 더욱 굳히고 연락관들이 금성 근처를 무시로 지나다녀도 거들떠보기조차

하지 않았다.

상스러운 피를 받은 자는 상스러울 수밖에 없다.

이런 공론이 일기 시작하고 두 달 동안 대접한 것이 억울하고 배신을 당했다고 사람들은 가슴을 쳤다.

그로부터 사 년, 백제에 이변이 일어나 견훤이 갇히고 그에게는 댈 것도 못 되는 아들 삼형제가 설친다는 소식이 날아들었다.

천하 사람들은 누구나 백제는 이제 망했다고 했다. 돌아가기를 멈춘지 오래된 신라 진골들의 머리도 그 충격으로 약간 움직여 백제는 망할 것으로 생각되었다.

그들은 다시 기대에 부풀기 시작했다.

그때는 견훤이 아직도 서슬이 푸르던 때라 그를 염려해서 돌려주지 않았을 것이다. 백제는 이제 염려할 것이 없으니 전에 기대했던 땅은 돌아올 것이다. 어쩌면 더 넓은 땅이 돌아올지도 모른다.

그러나 왕건으로부터는 아무 소식도 없었다. 그들은 다시 실망했다. 견훤이 전에 왕건을 살살이라고 했다지마는 이것은 살살이 정도가 아니라 아예 개뻑다귀다.

삼월에 갇혔던 견훤이 유월에 나주로 도망쳤다가 그냥 개경으로 들어갔다는 소식이 왔다.

또 한 번 기대가 되살아났다. 백제는 이로써 말로만 망한 것이 아니라 죽은 송장이나 다름없다. 견훤이 갇혔어도 만일을 염려해서 돌려주지 못했으리라. 신의가 두터운 왕건은 국토의 절반은 못 되더라도 사분의 일쯤은 되돌려주어 영광된 신라 천년사직을 보전해 주리라.

그러나 전에는 큰일이 있을 때마다 일부러 사람을 보내 알려 주기라도 했는데 군신관계에서 동맹관계로 바뀌었다 하더라도 이번에는 인편에조차 소식을 전하지 않았다. 쌍놈 견훤과 쌍놈 왕건이 배가 맞아 개경에서 무슨 꿍꿍이를 꾸미는지 궁금하고 초조했다.

개뼉다귀들은 역시 할 수 없구나. 하늘이 백성들을 다스리도록 점지하여 세상에 보낸 진골 어른들을 알아보지 못하고 전처럼 또 무지막지한 짓은 안 할까. 뼉다귀 한 마리의 행패도 무시무시했는데 둘이 배가 맞으면 무슨 참변이 일어날지 모른다. 진골들은 떨었다.

그것은 아직 닥치지 않은 일이니 그때 가서 본다 하더라도 당장 급한 것이 먹고사는 일이었다. 땅이 좁아지고 백성들이 줄어드니 세공은 들어오지 않고 자연히 궁할 수밖에 없었다. 있던 것을 다 먹고 패물을 헐값에 팔아도 그때뿐이고 또 걱정이었다.

짤 대로 짜다 보니 얼마 남지 않은 주변의 농사꾼들은 견디다 못해 고려 강역으로 도망치고 성내의 백성들도 무거운 세공을 이기지 못해 집을 팽개치고 사취를 감춰 버리는 자가 허다했다.

높은 진골들은 낮은 진골들을 짜기 시작했다. 그들도 하나둘 사라져 버리고, 금성은 퇴락해 가는 집투성이가 되었다.

녹을 못 주니 관원들도 태반이 사라지고, 먹이지 못하는 처지에 군대란 있을 수도 없었다.

높은 진골들은 황폐해 가는 천년사직을 보면서 장탄식을 했다.

천년사직을 저버리는 망종들이라고…….

특히 괘씸한 것은 아직 도망가지 않은 백성들이었다.

"애새끼들, 백성을 버러지같이 짓밟고 짜서 단물만 처먹더니 잘됐다."

"어서 빨리 망해라. 거들먹거리던 애들, 어떤 상판을 하는지 한번 보기만 해도 속이 시원하겠다."

이런다는 것이다.

몇 놈 잡아다가 볼기도 때리고 목도 베었으나 효력은커녕 더욱 기승을 했다.

짐을 꾸려 놓고 욕설을 퍼부을 대로 퍼붓고는 그 길로 도망쳐 버린다는 것이다.

그럭저럭 끼니 걱정이 없는 것은 중들뿐이었다. 그들에게는 경계선이 없으니 어디든지 가서 동냥해다가 세 끼를 거르지 않고 절간도 볼썽사나운 곳은 메워 가면서 지탱해 갔다.

견디기 어려운 진골들은 그들이 동냥해 온 쌀을 또 동냥해다가 허기를 메우며 행여나 하는 마음으로 북쪽 하늘을 바라보았다.

하늘이 낸 진골이다. 그 하늘이 무심할 리가 없었다. 그러나 여름이 가고 가을이 왔건만 하늘도 개경도 아는 체를 하지 않았다.

왕건은 간사한 개빽다귀라고 공공연히 욕설이 시작되었다.

그러나 욕설로 될 일이 아니었다.

천 년의 영광은 둘째 치고 살 길은 갈수록 막연했다. 앞으로 희망도 보이지 않았다. 신라는 이대로 있다가는 머지않아 굶어 죽거나 말라 죽을 것이 뻔했다.

대신 이하 유력한 진골들은 궁중에 들어가 임금 앞에서 회의를 열었다. 회의는 본색을 드러낸 왕건의 비난 공격으로 시작되었다. 분개하고 탄식하고 귀천이 뒤바뀌는 말세라고 눈물을 짜는 축도 적지 않았다.

세상이 어떻게 돌아가는지 고려에서 알려 주지 않으니 유력한 사람들은 저마다 개경에 사람을 보내 알아보았다. 임금 왕건은 만날 길도 없고 다리를 놓아 대신들의 의중을 떠보았다.

"견훤이 항복해 왔다니 장차 어떻게 될까요?"

대답은 한결같더라는 것이다.

"이제 삼한(三韓, 한반도)은 통합된 것이나 다름없지요."

"그러면 신라는 어떻게 될까요?"

이에 대해서도 대답은 약속이나 한 듯이 같더라고 했다.

"글쎄요."

캐어물어도 여전히 '글쎄요', 떠났던 사람마다 '글쎄요'를 가지고 돌아왔다.

개경에 가서 제일 못 볼 것은 신라에서 넘어간 자들이더라고 했다.

진골도 아닌 자들이 높은 자리에서 떵떵거리고 최언위(崔彦撝) 같은 자는 신라에서는 육두품(六頭品)밖에 안 되던 것이 태자태부(太子太傅)로 앉아 대신들도 그 앞에서는 쩔쩔맨다는 것이다. 신라에서 특히 생각해서 시랑(侍郞, 차관)을 시켜 준 자가 말이다.

임금부터 뱃놈이니 육두품이 그렇게 되는 것도 무리는 아니지마는 통틀어 상종도 못할 쌍놈의 나라더라는 것이다.

아무것도 아닌 백성놈들까지 우쭐해서 천하는 고려의 천하가 됐다, 백제는 먹은 것이나 다름없고, 신라는 썩을 대로 썩더니 이제 건드리지 않아도 자빠지게 됐다고 큰소리를 치는 데는 정말이지 치가 떨리더라는 사람도 있었다.

망하는 집안에 말이 많듯이 망하는 나라에는 더욱 말이 많았다.

고려의 욕설만으로도 여러 날을 보냈다. 왕건이 타고난 지저분한 피와 자기들이 타고난 거룩한 피를 입에 올리고 주먹으로 가슴을 치는 데도 며칠 걸렸다.

말끝마다 천년사직이 튀어나왔다. 무슨 일이 있어도 고귀한 진골이 통치하여 온 천년사직을 뱃놈 왕건에게 넘길 수 없다고 비장한 각오를 토로하는 축도 적지 않았다.

애걸파도 있었다. 아무리 보아도 그 뱃놈이 물고 놓지 않을 모양이니 그에게 사정해서 천년사직을 일부나마 보전하자고 했다. 그러나 비장한 중론에 압도되어 다시는 말을 꺼내지 못했다.

뱃놈을 다시 이 금성에 불러다가 나라를 넘기라고 어명을 내리고 들지 않으면 목을 베자는 용사도 나타났으나 누가 보아도 말이 안 되었던지 아무 반응이 없었다.

팔월 초에 시작된 회의는 날마다 계속되어 결론은 없고 달을 넘겨 구월도 거의 갔으나 여전히 말씨름이었다.

두 달 동안 참을성 있게 듣고만 있던 임금(敬順王)이 젊은 태자 김일(金鎰)의 의견을 물었다. 젊은 태자는 일어섰다.

"여러분이 천년사직을 아끼시는 심정은 알겠습니다마는 제가 보기에는 지탱하기 어렵게 되었습니다. 천년사직답게 우리 모두 관을 버리고 산으로 들어가든지 배를 갈라 천년사직의 최후를 깨끗이 마치는 것이 좋겠습니다."

좌중은 숙연해지고 임금은 둘러보았다.

"더 의견은 없소?"

임금이 물었으나 아무도 대답하는 사람이 없자 그는 비로소 자기 의견을 말했다.

"천년사직에 무한한 애착을 가진 것은 누구나 마찬가질 것이오. 또 우리 진골이 중심이 되어 삼한을 통합하고 사직의 기틀을 튼튼히 한 것도 사실이오. 그러나 진골은 너무나 오랫동안 그 공을 내세우고 너무나 방자했소. 나도 진골이오마는 진골인 박씨, 김씨 이외의 사람을 사람으로 본 일이 있소? 온 나라의 벼슬자리는, 심지어 고을의 군수, 큰 절간의 주지까지 진골이 차지하고 백성을 종 부리듯 해서 호의호식한 지 이백 년도 넘었소. 나라가 제대로 되려면 널리 인재를 등용해야 하는데 김씨 박씨 이외에는 아무리 뛰어나도 기껏해야 시랑, 그것도 가뭄에 콩보다 더 드물게 등용한 것이니 어찌 나라가 될 리 있겠소. 예를 듭시다. 당나귀에 불과한 대장이 사자 같은 병사들을 지휘한다면 전쟁이 제대로 되겠소? 우리 신라가 그런 식으로 나라를 다스려 왔소. 생각하면 백성들이 양순해서 이백 년이나 참아 주었으니 고마운 일이지요. 무참히 돌아가신 선왕의 예를 들어 황송합니다마는 칠십 리 밖에 적이 와서 남에게 원병까지 청해 놓은 처지에 들놀이가 될 말이오? 그 지경까지 우리 진골들은 정신을 차리지 못하고 오늘에 이르렀소. 천하의 민심이 신라를 등진 것은 당연한 일이오. 인과업보(因果業報)지요. 천년사직을 내세워 옛날의 호사를 다시 해 보겠다는 것은 망상이오. 생각해 보시오. 먹일 것이 없어 군대도 해체하고 녹을 못 주어 관원들도 거의 사라진 판국에 무엇으로 나라를 지탱할 수 있단 말이오? 왕건에게 어떻게 한다구요? 우리가 앉아서 술을 마시고 노닥거릴 때 비바람 속을 병사들과 함께 갖은 고초를 겪으며 피를 흘려 얻은 나라요. 여러분이면 남에게 넘겨주겠소? 역사에 없는 일이오. 진골이 잘났다구요? 진골이 잘났다고 생각하는 것은 진골 자신뿐이오. 천하 사람들은 진골이라면 머리를 흔든다는 사실을 깨달아야 하오. 내 생각은 이렇고, 나로서는 아무리 생각해도 사방이 다 막혀서 방도가 없소. 좋은 방책이 있어 나라를 지탱할 수 있는 분이 계시면 나는 당장이라도 자리를 물려드리겠소. 기탄없이 말씀하시오."

막다른 골목에 왔다는 것을 실감했는지 아무도 말이 없고 한숨 소리가 들릴 뿐이었다.

반응이 없자 임금은 태자를 지목했다.

"네게 방안이 있으면 네가 물려받아도 좋다. 나는 속수무책이다."

태자가 또 일어섰다.

"말씀을 듣자오니 구구절절이 가슴에 사무칩니다. 저라구 방안이 있을 까닭이 없고 다만 깨끗이 종생할 생각뿐인데 대위를 이어받을 분도 따로 안 계신 모양이니 어떻게 하실 생각이십니까?"

임금은 한동안 눈을 감고 생각하다가 좌중을 향했다.

"고려 왕이 백제를 치고 나면 신라를 그냥 둘 리 없소. 반드시 신라를 칠 터인데 얼마 남지도 않은 백성들, 단련도 안 된 백성들에게 녹슨 무기를 들려 내몬다고 이것을 막을 수 있을 것 같소? 이것은 무고한 사람들을 도살장으로 내모는 것이나 다름없는 죄악이오. 다음은 이 자리에 있는 우리들이 그들의 칼탕을 맞아 없어질 것은 뻔한 일이 아니겠소? 고려도 원래 우리와 한족속이니, 신라가 고려로 이름이 바뀌었다고 생각하고 너무 늦기 전에 나라를 해체하여 고려 왕에게 바치는 외에 딴 도리가 없소."

여기저기서 흐느끼는 소리가 일기 시작했다.

태자가 나섰다.

"진실로 방도가 없으니 할 수 없습지요. 그러나 저는 고려의 신하가 될 수 없으니 산에라도 들어가야겠습니다."

"그것은 네 뜻대로 해라……."

임금은 대답하고 좌중을 둘러보았다.

"지금 태자가 말한 것처럼 산야에 묻힐 사람은 산야에 묻히고 고려에 갈 사람은 가고 각자 뜻대로 해서 되지도 않을 살육전을 피하자는 것이 내 뜻이오. 다시 한 번 말하거니와 좋은 방도가 있는 분은 지금이라도 내 뒤를 이어 주시오."

흐느끼던 소리가 드높아질 뿐 아무도 나서는 사람이 없었다.

임금은 집사성(執事省) 시랑 김봉휴(金封休)를 불러 고려 왕에게 보내는 항서(降書)를 쓰라고 했다.

"어떤 조건으로 쓸까요?"

"무조건 나라를 들어 대왕께 바친다고 한 줄만 쓰시오."

김봉휴가 붓을 드는 것을 보고 일어서 안으로 들어가는 임금의 눈에는 눈물이 괴었다.

임금이 물러가자 장내의 흐느낌은 통곡으로 변했다. 이어서 자리를 뜬 태자는 밖에 나와 전각의 둥근 기둥을 어루만지며 소리 없이 눈물을 흘리다가 그 길로 동궁(東宮)에 돌아가 짐을 꾸리기 시작했다.

이튿날 김봉휴는 관원들과 함께 개경으로 떠났다. 그가 떠난 후 태자 김일도 금성을 등졌다. 그는 개골산(皆骨山, 강원도 금강산)으로 들어가 후세에 마의태자(麻衣太子)라는 이름을 남겼고 적지 않은 사람들이 그와 행동을 같이했다. 그 밖에도 솔가하여 저마다 살 길을 찾아 금성을 뒤로하는 사람들도 있었다.

김봉휴가 항서를 가지고 개경에 들어와 왕건에게 바친 것은 시월 초하루였다.

서경에 갔다가 황주(黃州), 해주(海州)까지 순시하고 돌아온 지 며칠 안 되는 왕건은 궁중에서 연회를 베풀고 김봉휴를 극진히 대접했다.

그는 김봉휴를 신라 왕의 대리라고 하여 옆에 앉히고 손수 술을 따라 주기도 하고 젓가락으로 진귀한 음식을 그의 접시에 옮겨 주면서 신라 왕의 현명한 처사를 극구 찬양하다가 이런 말을 했다.

"어전에 아뢰시오. 대왕께서 나라를 들어 저에게 주시니 이보다 더 큰 은혜가 어디 있겠습니까. 될 수만 있으면 우리 종실끼리 인척관계를 맺어 더욱 정의를 두터이 했으면 좋겠다구 전해 주시오."

김봉휴는 다음 날로 급사를 금성으로 띄워 이 뜻을 전하고 대신들로부터도 날마다 융숭한 대접을 받으면서 신라 임금을 맞을 차비가 되는 것을 기다렸다.

밤낮으로 달린 급사는 곧 신라 왕의 회답을 받아 가지고 돌아왔다.

"저에게는 마땅한 딸이 없고 일찍이 지대야군사(知大耶郡事, 대야군

수)를 지낸 백부 김억렴(金億廉)에게 미와 덕을 아울러 갖춘 딸이 있으니 마땅할까 합니다."

왕건은 즉석에서 좋다고 했다. 실지로 뱃놈이었고 지금도 뒤에서는 뱃놈이라고 첩담을 듣는 처지에 하늘같이 커다보이던 신라 왕족과 결혼한다 생각하니 감회가 깊을 수밖에 없었다.

또 급사가 여자를 호송하여 올 기마 행렬과 함께 금성으로 달렸다.

그동안 신라 왕을 맞을 개경의 준비도 끝나 섭시중(攝侍中) 왕철(王鐵)을 총호위사(總護衛使)로, 시랑 한헌옹(韓憲邕) 등을 부사로, 이천여 기의 기병들로 구성된 영접 행렬이 김봉휴와 함께 개경을 떠나 남으로 달렸다.

도중에서 김억렴의 딸을 호송하여 개경으로 올라오는 행렬과 마주쳐 인사를 드리고 그대로 남하하여 마침내 신라 서울 금성으로 들어갔다.

천년사직은 그저 해 보는 소리만은 아니었다. 오랜 연륜이 쌓이는 동안 왕실은 물론 귀족들의 집에 쌓인 유서 깊은 보물, 진귀한 서적, 버리기 아까운 가장집기들은 지천으로 많았다.

이것을 정리하고 포장하는 데만도 여러 날이 걸리고, 맞으러 간 사람들은 기다리는 수밖에 없었다. 그동안 개경에서는 왕건이 김억렴의 딸을 다섯째 왕후로 맞아 결혼했다는 소식도 왔다(후일의 신성왕태후[神聖王太后]).

드디어 임금이 신하들과 함께 금성을 떠난 것은 십일월 삼일이었다.

신라는 망하고 임금 이하 온 조정이 고려의 서울로 간다는 소문은 성 내는 물론 인근 고을에도 널리 퍼져 떠나는 것을 보려고 모여든 남녀 군중으로 연도는 인산인해를 이루었다.

기마 행렬뿐만 아니라 귀부인들이 탄 향차(香車), 짐을 실은 수백 대의 마차로 행렬은 삼십 리에 뻗치는 장관이었다.

천 년의 역사는 여기서도 그 깊이를 발휘했다. 그렇게도 원망하던 신라 조정이건만 막상 떠나는 것을 지켜보던 여자들은 목을 놓아 울고 남자들의 눈에도 이슬이 맺혔다. 천 년, 그래도 가고야 마는구나. 인간세상의 무상(無常)을 탄식하는 노인도 있었다.

그러나 임금 왕건의 특명으로 일행은 머무는 곳마다 대기하고 있던 관원들로부터 더할 수 없는 대접을 받았다.

금성을 떠난 지 구 일 만인 십이일, 신라 왕 일행은 왕건이 장엄한 의장(儀仗)을 갖추고 교외까지 나와 마중하는 가운데 개경으로 들어왔다. 함께 나온 태자 왕무(王武)도 대신들과 더불어 호위대열에 끼어 신라 왕의 옆에 따라붙는, 군왕으로서도 최고의 대접이었다.

왕건은 궁성 동쪽에 있는 큰 집을 새로 단장하여 유화궁(柳花宮)이라 이름하고 그리로 인도하면서 창졸간에 따로 마련이 없으니 잠시만 참아달라, 새로 궁전을 짓겠노라 하고 여전히 폐하라고 불러 대등하게 대했다.

궁중에서 찬란한 연회가 있고 두 왕실만의 식사도 몇 차례 있었다. 태자는 날마다 문안드리러 다녀가고 대신들도 번갈아 찾아오고 의원들도 매일 문안을 왔다.

하루는 왕건이 친히 와서 새로 지을 궁전 터까지 인도하고 자리가 마음에 드느냐고 물었다. 든다고 했더니 폐하께서 계실 곳이니 친히 이름을 지으시라고 하기에 생각 끝에 신란궁(神鸞宮)이 어떻겠느냐고 했더니 왕건도 좋은 이름이라고 했다.

도중에 왕건은 넷째 왕후 사화가 낳은 장녀 낙랑공주(樂浪公主) 이야기를 꺼내고 혼인하면 어떻겠느냐고 물었다. 궁중에서 몇 번 본 아름다운 소녀였다.

"뜻도 아름답고 옛날 고구려 고사를 생각해서 지은 이름이올시다."

왕건의 설명에 신라 왕은 황송하다고 대답했다.

왕건은 나라의 창시자답게 행동이 빨랐다. 신라 왕이 도착한 지 열흘 후인 십일월 이십이일 정전(正殿)인 회경전(會慶殿)에서 식을 올렸다. 이로써 신라 왕은 왕건의 사위가 되고 왕건은 신라 왕의 사촌매부가 되었다.

신라 왕은 항서를 보냈으니 그것으로 된 줄 알았으나 그렇지 않았다. 정식 절차를 밟지 않았으니 두 임금을 섬기는 셈이라고 불평하는 소리가 들렸다.

십이월 초하루. 신라 왕(敬順王)은 만조백관이 모인 가운데 천덕전(天德殿) 계하에서 용상에 앉은 왕건에게 네 번 절하여 정식으로 신하의 예를 밟았다. 왕건은 신라의 국호를 폐지하고 경주(慶州)라 이름하여 그의 식읍으로 삼았다. 신라 왕 김부(金傅)는 정승공(政丞公), 태자보다 상위로, 말하자면 부왕(副王) 대우가 되었다. 이리하여 신라는 기원전 57년에 건국한 지 구백구십이 년 만에 나라의 막을 내리고 지상에서 영원히 사라졌다. 왕건 오십구 세, 김부 삼십칠 세.

모든 강물은 바다로

936년.

왕건 육십 세.

견훤 칠십 세.

작년 삼월 견훤이 자식들에게 갇혔을 때부터 세상 민심은 크게 흔들리기 시작했다. 아들이라는 조무래기들이 무슨 일을 치겠느냐. 백제는 스스로 망하고 왕건은 앉아서 천하를 잡는 것이 아닐까. 이렇게 생각하는 사람들이 있는가 하면, 갇혔다 하더라도 견훤은 비상한 인물이니 비상한 방법으로 다시 일어설지도 모른다고 생각하는 사람도 있었다.

억측도 구구하고 말도 많았다. 도로 뒤집힌다, 아니다로 맞지 않는 쪽이 술을 내기로 하고 하회를 기다리는 사람들도 드물지 않았다.

그런데 견훤이 제 발로 나주를 거쳐 개경의 왕건에게 갔다. 견훤으로서는 천하의 일을 논하려고 갔지마는 세상사람들의 눈에는 그렇게 비치지 않았다. 견훤이 왕건에게 항복했다고 보았고 여기 이의를 다는 사람은 없었다.

왕건보다 걸출한 천하 제일가는 영걸이 왕건에게 항복했다는 소문으로 세상은 또 한 번 크게 요동을 쳤다. 견훤쯤 되는 사람이 항복했을 때는 생각이 있었을 것이고 보는 바가 있었을 것이다. 지금까지 잘 보아오는 사람들은 왕건을 견훤 다음 정도 가는 인물이라 했고, 은인 선종을 깔아뭉갠 망종이라고 보는 축도 적지 않았다.

그런데 견훤이 왕건에게 항복했다. 여태 몰라서 그렇지, 제일은 견훤이 아니라 왕건이 아닌가. 아니 왕건이었다.

온 세상이 이렇게 단정하게 되었고 왕건을 바로 보지 않던 사람들도 이에 동조하는 수밖에 없었다. 심성이 약간 비뚤어진 사람들 가운데는 그래도 모른다고 종전의 주장을 굽히지 않는 축도 없지는 않았다. 그러나 마음속으로는 그저 해 본 소리요 자신들도 중론을 인정하지 않을 수 없었다.

그러던 차에 가을부터 신라도 술렁거린다는 소문이 퍼지기 시작했다. 큰집이 망해도 삼 년이라고, 천 년의 역사를 가진 신라가 쇠잔했을망정 뱃놈 왕건에게 항복할 리 있겠느냐, 뜬소문이라고 하는 것이 공론이었다.

그동안에 무슨 말이 오고갔는지 내막은 알 길이 없었으나 동짓달 들어 신라 왕은 온 조정의 관원들을 거느리고 개경에 가서 왕건에게 항복하고 그 신하가 되었다. 왕건이 털끝 하나 건드린 일이 없는데 자진 항복했다. 금성을 떠나간 것도 어김없고 개경에 당도한 그가 크게 환영을 받은 것도 어김없는 사실이었다.

대접도 극진해서 태자보다도 윗자리에 앉혔다고 한다. 지금까지 임금이라면 천 년의 유서 깊은 신라의 임금이 진짜 임금이지, 뱃놈 왕건이

나 농사꾼 견훤은 아무리 영웅이라도 가짜라고 생각하던 사람들도 생각을 달리하지 않을 수 없었다.

자기들의 생각과는 달리 왕건은 하늘이 낸 사람이 아닐까? 왕건을 칭송하는 소리가 드높아지고 그것은 겉으로만 하는 소리가 아니라 마음속으로도 왕건은 천하의 주인이 될 모양이라고 생각하게 되었다.

남은 것은 백제의 송사리 임금에 송사리 신하들인데 그것들이 어쩔 것이냐, 백제는 아주 망해 버린 것으로 치부하게 되었다.

왕건은 흡족했다. 오십 년의 내란, 얽히고설켜 풀 길이 없어 보이던 내란도 뜻하지 않은 때에 뜻하지 않은 방식으로 풀리기 시작했다.

될 수만 있으면 더 이상 피를 흘리지 않고 평화로운 가운데 통합의 대업을 마무리 짓고 싶었다.

그는 견훤이 개경으로 들어온 후 여러 차례 백제 왕 신검에게 편지를 보내 대세는 이미 결정되었으니 서로 합쳐 함께 평화를 누리자고 제의했다.

그러나 해가 바뀌어도 신검으로부터는 응답이 없었다. 도리어 접경의 초소를 통해서 뱃놈 장사꾼의 살살이 근성으로 자기의 아버지 견훤과 신라 왕을 꾀서 갔다, 너의 목을 따서 천하에 그 본성을 드러낼 날도 멀지 않다고 욕설을 담은 편지가 가끔 날아올 뿐이었다.

왕건도 신검이 허수아비 임금이요, 두 아우가 실권을 잡고 있다는 것을 알고 있었다. 신검이 자기가 보낸 편지를 보았는지조차 의심스럽고 설사 보았다 하더라도 그로서는 어떻게 할 도리가 없으리라고 단념했다.

그동안 신라 왕에 대한 대접도 융숭했지마는 견훤에 대해서도 소홀함이 없었다.

신라가 항복할 의사를 표시하면서부터 그 임금이 개경으로 들어올 때까지 일일이 그 경과를 알려 주었다. 신라 왕이 오기 전인 작년 여름에서 초가을까지는 몇 번 낚시도 함께 나갔고, 온 후에도 사냥을 같이 할 정도로 친근하게 지냈다.

도시 말이 없고 무엇을 생각하는지 그의 속은 짐작도 가지 않았다. 대신들 중에는 그의 감시를 철지히 하지 않으면 위험하다고 주장하는 사람들도 있었으나 왕건은 듣지 않았다. 그가 혼자 산야를 거닐건 자기에게 배속된 사람들을 거느리고 사냥을 가건 간여하지 않았다. 왕건의 눈에 비친 견훤은 대장부요, 한번 이야기하면 그만이지 잔재주를 부릴 소인이 아니었다.

견훤은 누구에게도 머리를 숙이지 않았다. 항복해 온 신라 왕은 일찍이 그가 금성에 쳐들어갔을 때 세운 사람이고, 아들이라고 호통을 친 사람인데 이렇게 되고 보니 어색한 사이가 아닐 수 없었다. 더구나 개경에 와서는 임금과 태자의 사이에 위치한 높은 벼슬을 받아 처지가 거꾸로 되고 말았다.

그러나 견훤은 그가 어떻게 되었건 관심조차 없는 태도였고 그가 개경에 도착하는 날은 임금 이하 온 개경이 떠들썩해도 집안에서 아관(衙官) 신강을 상대로 장기를 두었다.

정초에 만조백관이 드리는 조하(朝賀)에도 나가지 않았고 임금 왕건이 특별히 초청해서 점심을 함께 하는 데 그쳤다. 무례하다고 불평하는 사람들도 있었으나 처음부터 신하의 대열에는 안 낀다고 약속한 만큼 왕건은 약속대로 아무 소리 하지 않았다. 왕건에 대해서 이 지경이니 신라 왕 같은 것은 안중에도 없었다. 결국 정초 느지막해서, 개경에 들어온 이래 처음으로 신라 왕, 지금은 부왕(副王)과 같은 대우를 받는 정승공(政丞公) 김부가 찾아왔다.

견훤은 칠십 세, 김부는 삼십팔 세를 맞는 설날이었다. 앉아서 절을 받고 차를 나누었으나 가타부타 말이 없었다. 백발에 흰 수염, 당당한 체구와 위풍에 삼십이 세 연하인 김부는 호랑이 앞에 앉은 노루같이 초라해 보였다. 그는 거북했던지 차 한잔 마시고는 총총히 물러갔다.

왕건으로서는 두 사람의 사이가 어떻건 문제될 것도 상관할 것도 없었다. 머리는 백제를 처리하는 일로 가득 차 있었다.

그런데 이월이 되자 강주도독으로 쫓겨난 견훤의 사위 박영규로부터 밀사가 왔다. 견훤에게는 그간의 소식을 전하고, 못된 자식들 때문에 큰 뜻을 이루지 못하고 도중에 꺾였으니 얼마나 마음이 아프겠느냐, 그러나 하늘의 뜻이라 생각하고 늙은 몸을 잘 돌보라는 위문편지였다.

임금 왕건에게도 편지가 있었다. 아내와 의논 끝에 대왕께서 백제의 역자(逆子), 즉 아버지를 거역한 못된 자식들을 치실 때에는 안으로부터 호응하겠다는 내용이었다.

왕건은 박영규에게 정중한 회답을 보냈다.

— 만약 장군의 혜택을 입어 삼한을 통일하는 날은 우선 장군을 뵈옵고(拜謁) 댁에 찾아가 부인에게 인사를 드리겠으며 장군을 형으로 모시고 부인은 누님으로 모시겠습니다. 천지신명(天地神明)이 보시는 앞에서 이 글을 쓰는 터인즉 어찌 추호라도 어김이 있을 수 있겠습니까……. —

일찍이 적국의 일개 장군에게 이처럼 정중한 글을 보낸 임금이 있을까? 평범한 사람이 윗사람에게 바치는 정중한 편지, 배알(拜謁)이라는 문구가 보이고 천지신명까지 쳐들었으니 어쩌면 약자가 강자에게 보내는 맹세 같기도 했다.

왕건은 홍유, 배현경, 복지겸, 유금필의 네 사람을 불렀다. 모두 흰 수염의 노장군들이었다.

그는 박영규의 밀서 내용을 알려 주고 지금 동병할 때냐, 아니면 언제가 좋겠느냐고 물었다. 누구나 지금이 천재일우의 기회라고 했다. 신검으로서는 뒤에 나주가 버티고 있는 데다 강주까지 이쪽에 가담했으니 정면으로 밀고 내려가면 협격을 당하는 형국이 되어 일거에 무찌를 수 있다는 데 의견이 일치했다.

왕건은 글을 아는 유금필에게 다른 분들과 의논해서 자세한 계획서를 만들어 오라 하고 그날은 헤어졌다.

왕건도 그들의 의견이 맞는다고 생각했고 갈기갈기 찢어졌던 나라가 빠르면 한 달, 늦어도 이삼 개월 안에 통합된다 생각하니 사십 년의 노고는 헛일이 아니었고 대업(大業)을 마무리 짓는 보람에 가슴이 부풀었다. 마음도 몸도 이십 년은 젊어진 느낌이었다.

근실한 유금필은 원로들과 상의해서 지도까지 첨부한 계획서를 마련했고 앞서 모였던 사람들은 다시 어전회의에 참석했다. 백제는 이제 죽은 송장이나 다름없으니 보기(步騎) 일만으로 족하고 내리밀기만 하면 며칠 안에 결판이 난다는 결론이었다. 꼼꼼한 유금필은 전국의 병력 배치도 기입했고 예정 진격로는 붉은 줄로 표시해 놓기까지 했다.

그러나 왕건은 실망했다. 죽은 신숭겸이 살아 있다면 이런 지도는 나오지 않았을 것이다. 당대의 전략가(戰略家)로 견훤과 맞먹는 왕건의 눈에 비친 이 지도는 평시의 병력배치도이지, 움직이는 전쟁의 기본이 될 전략일 수는 없었다. 그러나 그는 가부를 말하지 않고 물었다.

"지금 우리 고려 안에서 백제의 사정을 가장 잘 아는 사람은 견훤이 아니겠소? 그의 의견을 한번 들어보는 것이 어떻겠소?"

홍유가 반대하고 나섰다.

"이 같은 나라의 최고 기밀은 어지간한 대신들도 알면 누설될 염려가 있는데 항차 백제를 치는데 백제의 견훤에게 물으신다는 것은 적을 치는데 적과 의논하는 것이나 다름없는 일이 아니겠습니까?"

복지겸도 그에게 동조했다.

배현경은 말이 없고 유금필은 찬성이었다.

"성상께서는 역시 사람을 보시는 안목이 남다른 바가 계십니다. 나주에서 여러 날 가까이 대하고 보니 견훤은 듣던 바와는 달리 대인(大人)으로 속임수나 쓰는 소인이 아니었습니다. 두 분께서는 견훤을 잘 모르시니 그렇게 생각하시는 것도 무리가 아닙니다마는 신으로서는 견훤의 의견을 한번 들어 보시는 것이 좋을 듯합니다."

왕건은 다음으로 배현경의 소견을 물었다. 그는 견훤과 가까이 지낸 일은 없으나 몇 차례 백제에 사신으로 다녀온 사람인지라 그 나름대로 보는 바가 있을 듯싶었다.

"신이 보는 바로는 견훤은 적어도 자기를 믿고 의논하는 기밀을 누설할 소인은 아닌가 합니다."

찬성 반대 다 같이 두 사람씩이었다.

왕건은 언제나 모가 나지 않는 사람이었다.

"이 일은 내게 맡겨 주시오."

회의는 그것으로 끝났다.

왕건은 견훤의 사람됨을 잘 몰랐으나 그가 개경에 온 후 접하면 접할수록 당대의 인물이라고 생각했다. 항복하러 온 것이 아니다, 칭신(稱臣)도 못하겠다, 목숨을 부지하러 온 것은 더구나 아니다, 신세만 진 백제 백성들이 피를 흘리더라도 적게 흘리도록 할 방도를 찾으러 왔다, 견훤은 처음부터 이렇게 나왔다.

패잔한 몸으로 적국의 왕에게 이처럼 당당하게 나온 인물이 역사상 몇이나 될까? 배현경의 말대로 속임수나 써서 백제에 내통할 소인일 수 없는 거물이다. 천하대사를 걱정하는 큰 인물임에 틀림없었다. 세상 이

목을 위해서 김부를 더 대우하고 있으나 견훤에게는 댈 것도 못 되었다.

상보(尙父), 즉 아버지로 대우하는 인물이니 앉아서 부르는 것은 도리가 아니었다. 적중에 있는 몸이니 오라면 오지 않을 수 없겠지마는 그의 미음을 뒤집어 놓는 효과밖에 없을 것이다.

날이 어둡자 왕건은 친위병 몇 사람만 거느리고 멀지 않은 남궁까지 걸어가 인사를 드렸다.

견훤도 날이 경과함에 따라 왕건을 달리 보기 시작했다. 전에는 살살이라고 멸시했었다. 그러나 가까이서 몇 달 지내고 보니 그렇지 않았다. 겉치레도 한두 번이지, 시종여일하게 누구에게나 겸손하여 사람의 마음을 끄는 이상한 매력을 가진 인물이었다. 덕이란 이런 것이리라. 결국 자기의 용맹과 지략은 왕건의 덕에 진 셈이었다.

"이렇게 친히 왕림하시니 황송할 뿐입니다."

견훤도 머리를 숙였다.

두 사람 다 번다한 형식을 좋아하지 않는 성품인지라 다른 사람들을 물러가게 하고 단둘이 마주 앉자 왕건은 중신들과 의논한 내용을 그대로 이야기했다.

"보기 일만이라구요?"

견훤이 물었다.

"그렇습니다."

왕건은 대답하면서 견훤은 글을 모르기에 지도만 펴놓았다. 견훤은 지도를 촛불에 비춰 보면서 또 물었다.

"이 붉은 줄이 고려 군의 진격로인가요?"

"그렇습니다."

견훤은 지도를 옆으로 밀어 놓고 촛불을 바라보면서 말이 없었다.

고려에는 우수한 장수들이 많은 줄 알았는데 자자분한 전술가는 있어도 전국(戰局) 전체를 보는 전략가는 없는 것이 아닐까?

그는 세월을 생각하고 죽은 금강을 생각했다.

자기가 십 년만 젊었더라면. 그러나 이미 가 버린 세월을 도로 끌어올 수는 없었다. 금강이 살아 있다면 자기가 죽더라도 능히 왕건을 감당할 것이고, 그보다 젊었으니 천하통일은 고려 아닌 백제가 했을 것이다. 그러나 죽은 사람을 살릴 길은 없었다. 생각할수록 우둔한 양검과 용검이 괘씸했다.

아니면 고려 장수들은 백제는 맥없이 늘어진 것으로 치부하고 거저 먹을 생각을 하는 것일까?

"어떻게 보십니까?"

기다릴 대로 기다리다가 왕건이 물었다. 견훤은 천천히 고개를 돌려 왕건을 바라보고 대답했다.

"피차 피를 많이 흘리고 싸움은 오래 끌겠구만."

"그렇습니까?"

"대왕께서도 아시다시피 전쟁에서 가장 어리석은 것이 적이 준비하고 기다리는 고장에 병력을 투입하는 일이 아닙니까? 지도를 보니 이게 바로 그것이로구만."

"승산이 없다는 말씀이신가요?"

왕건이 묻자 견훤은 가볍게 머리를 흔들었다.

"대세가 결정되었으니 결국 이기기는 이기겠지요. 그러나 서투른 용병으로 피차 많은 병사들을 죽이게 생겼다는 말씀입니다. 무한정 보충하고 무한정 죽이고."

"……."

견훤은 왕건을 물끄러미 바라보다가 물었다.

"대왕께서도 사실은 이것이 마음에 안 드시지요?"

왕건은 솔직히 털어놓았다.

"어쩐지 마땅치 않았습니다. 그러나 모두 저보다 연로한 중신들이 의논해서 만든 것을 안 된다고 잘라 말하면 무안을 주는 듯싶어 어른의 지혜와 권위를 빌리고 이렇게 찾아뵈었습니다."

"여기 와서 대왕께 배운 것이 많습니다마는 오늘 밤 또 한 가지 배웠습니다. 저는 이런 경우에는 그 자리에서 잘못을 지적하고, 그래 가지고도 장수냐고 창피를 주기 일쑤였습니다. 좋은 것을 배웠는데 이미 늦었구만."

견훤은 쓸쓸히 웃었다.

"저는 부족한 사람입니다. 한 번 창피를 주면 다음에는 좋은 생각이 있어도 입을 열지 않더군요. 몇 번 실수를 거듭한 끝에 이래서는 안 되겠다 싶어 아무리 하찮은 사람이라도 마음에 있는 말을 할 수 있도록 무안을 주는 일을 삼가 왔습니다. 제가 부족한 데서 나온 것이지, 뛰어나서 그런 건 아닙니다."

"그게 바로 제가 미처 깨닫지 못한 점이올시다."

왕건은 화제를 바꿔 궁금한 것을 물었다.

"백제는 지금 어떤 형편일까요?"

견훤의 얼굴에는 언짢은 기색이 역력했다.

"전과 같지 않은 것은 사실이지요. ……그러나 대왕께서도 아시다시피 난세에 사람이 살아간다는 것이 오죽 힘든 일입니까? 대세가 기운 줄 알면서도 목숨을 부지하자니 눈앞에서 위세를 부리는 권력자들을 무시할 수는 없고, 도망가는 사람도 있기는 하지마는 사람마다 갈 데가 있는 것도 아니고……. 더구나 군대라고 해서 조직으로 묶어세우면 빠질래야 빠지기 어렵지 않습니까? 지도를 보니 대왕의 중신들은 이런 데 대한 배려가 없는 듯합니다. 빠질 수 없으니 이쪽에서 치면 자기가 살기 위해서도 대항할 수밖에 없지요. 그러니 정면으로 치면 전쟁은 오래 끌 수밖에 없고 많은 사상자가 나올 수밖에 없다고 말씀드린 것입니다. 어떤 전법을 쓰실지 모르겠습니다마는 지금까지 말씀드린 바와 같은 인정의 기미를 통찰하셔서 장차 통합의 대업을 이룩하시는 날은 대항하던 자에게도 관용을 베풀어 주셨으면 하는 것이 저의 소망이올시다.”

“부처님 앞에서는 임금이니 백성이니 하는 것은 부질없는 구분이요, 다 같은 중생이 아니겠습니까. 어쩌다 임금이라는 자리에 앉았다고 같은 중생을 초개같이 죽일 권능은 있을 수 없다는 것을 어른께서도 아실 줄 믿습니다.”

“그렇지요.”

견훤은 고개를 끄덕였다.

왕건은 더욱 진지하게 나왔다.

“평화로운 가운데 난세를 끝내려고 백제에 여러 번 제의했으나 도무지 응할 기미는 없고 전쟁은 불가피하게 되었는데 어떻게 하면 살상을 적게 할 수 있을지 어른께서 가르쳐 주시지요.”

“그것은 어떻게 전쟁을 이끌어 가느냐 하는 문제인데 대왕은 뛰어난 전략가이신 만큼 생각하시는 바가 있을 줄 믿습니다. 사람을 적게 다치자는 데는 의견이 같으니 제 소원은 성취된 셈이라 제가 더 이상 나설 계제는 아닌 듯합니다.”

견훤은 사양했다.

왕건은 견훤의 쓰라린 심정을 짐작했다.

“늙으신 어른 앞에서 외람된 말씀입니다마는 저도 금년에 육십입니다. 백 세를 살겠습니까? 또 왕조라는 것도 그렇습니다. 세상 만물이 다 그렇듯이 영원한 것이란 있을 수 없고 더구나 왕조가 숨을 거둘 때는 비참하기 그지없지 않습니까. 왕조의 창시자는 후손에게 처참한 죽음의 씨를 뿌리는 것이나 다름없는 일이지요. 이런 걸 생각하고 부처님의 뜻을 헤아려 어른께서 세우신 신라의 마지막 임금도 다치지 않았습니다. 저로서는 어차피 흘러갈 왕건이라는 개인이나 고려라는 나라에 크게 미련이 있는 것은 아닙니다. 마침 이런 때에 태어나서 곡절 끝에 어른 같은 분과 한자리에 앉아 의논할 수 있는 데까지 이르렀으니 이것도 전생의 인연이 아니겠습니까? 고려다 백제다 신라다 하는 구분을 잊어버리고 당대 제일가는 전략가이신 어른과 의논해서 얼마 남지 않은 여생 안에 큰 살상 없이 평화를 이룩하고 저승에 가서도 웃고 지냈으면 하는 것이 소원이올시다.”

견훤은 오래도록 생각했다. 왕건을 작은 사람이라고 생각한 일은 없으나 오늘 저녁에 보니 훨씬 크고 높게 보이는 거물이다. 무장이라기보다 뛰어난 정치가요, 생각이 깊은 철인이었다.

당초에 백제를 치는 데 협력할 생각은 없었다. 큰 살상을 막자는 것이 목적이었다. 그런데 지도에 나타나 있듯이 고려 장수들이 생각하는 것을 보니 큰 살상을 내게 생겼다. 이것을 막기 위해서는 어느 정도 협력할 수밖에 없는 형편이 되었다.

또 왕건의 말도 옳다.

이제 나이 칠십. 지내 놓고 보니 인생이란 수유(須臾)의 과객(過客)에 불과하고 왕자니 백성이니 왕조니 다 쓸데없는 구분이다. 평화가 와서 사람들로 하여금 짧은 인생이라도 마음놓고 살다 가게 하는 것이 도리가 아닐까. 수유의 인생, 그리고 영원한 잠. 견훤은 생각하고 있었다.

왕건의 조용한 음성이 울렸다.

“백제의 사정은 어른께서 잘 아시고 고려의 사정은 제가 잘 알고 있으니 함께 협력하면 무난히 평화를 가져올 수 있을 것입니다.”

견훤은 처음으로 협력에 관심을 나타냈다.

"고려에서는 얼마나 병력을 동원하실 계획인가요?"

"오만이면 충분하지 않겠습니까?"

"동원하실 수 있는 병력은 얼만데요?"

"다 긁어모으면 십만은 되겠지요."

"단 한 번의 전쟁으로 결말을 내실 작정이시지요?"

"그렇습니다."

"그러시면 동원할 수 있는 전 병력을 동원하시지요."

"……."

"외람된 말씀이지마는 단 한 번으로 끝내시려는 생각은 옳습니다. 또 오만으로 이길 수도 있을 것입니다. 그러나 많은 살상이 날 것입니다."

견훤은 여전히 왕건을 큰사람으로 보고 있었으나 무장으로서는 다른 장승들보다 한 등 나을 뿐 전략가로서는 이급이라고 생각했다.

"그럴까요?"

왕건은 이해가 안 가는 얼굴이었다.

"이것은 최후의 일대 결전입니다. 이런 때 전승의 요결은 적이 생각지도 못할 어마어마한 병력을 동원해서 우선 적장들의 기를 꺾는 데 있습니다. 장수들의 기가 꺾이면 병사들의 기는 더 꺾이지요. 널리 퇴로를 개방하여 마음만 먹으면 누구나 도망할 수 있도록 하면 적진에서는 도망병이 속출할 터이니 쉽사리 대승을 거둘 수 있을 것입니다."

왕건은 역시 견훤이 자기보다 월등 나은 전략가라고 생각하면서 대답했다.

"옳은 말씀이십니다."

견훤은 책상에서 벼루를 내리고 말을 이었다.

"글을 모르는 저에게 벼루까지 갖춰 주시니 무슨 영문인지 몰랐습니다. 오늘 보니 소용이 있군요. 대왕은 역시 선견지명을 가지신 분이올시다."

왕건은 견훤이 농담하는 것을 처음 보았다.

"제가 선견지명이 있는 것이 아니라 어른께서는 하늘이 내린 전략가 신지라 벼루가 붙어 다니는 모양입니다."

두 사람은 소리 없이 웃고 의논을 계속했다.

고려의 전 병력을 천안에 집결하면 백제 군의 주력은 그 남방 웅주(공주) 방면에 방어선을 칠 것이다. 그리하여 백제 군의 대부분을 웅주 방면에 동결해 놓은 다음 천안에는 소수 병력만 남기고 일대 우회작전을 감행하여 적의 배후로 돌자는 데까지는 두 사람의 의견이 일치하였다.

왕건은 여기서 괴양(충북 괴산)까지 동진(東進)하였다가 남하하여 웅주의 배후로 돌자는 안을 내놓으면서 붓으로 그 진격로를 그었다.

그러나 견훤은 듣기만 하고 대답이 없었다. 역시 왕건은 뛰어난 정치가지 뛰어난 전략가는 아니로구나…….

"마음에 안 드시는가 보군요."

"마음에 안 든다기보다 생각이 다른 것이지요."

"어른의 생각으로는 어디가 합당하겠습니까?"

"동쪽이 백지인 것을 보니 그 지도에 계립령이 없는 것 같은데."

"없습니다."

왕건은 계립령을 그려 넣었다.

"일선(경북 선산)도 없구요."

그는 일선도 그려 넣었다.

"내 생각으로는 계립령까지 크게 우회하여 거기서 남하하는 것입니다. 그래 가지고 일선을 결전장으로 하자는 것입니다."

이것은 왕건도 생각하지 못한 엉뚱한 고장이었다.

"적이 오지 않을 수 없고 이쪽에서 싸우기 쉬운 고장을 택하는 것이 전략이 아니겠습니까? 일선까지 진출하면 수도 완산성이 위협을 받으니 오지 않을 수 없겠지요. 웅진 방면에 배치한 병력을 반분하고 수도방위군까지 합쳐 가지고 올 것입니다. 적의 병력은 양분되고, 이쪽은 양분된 병력을 전군으로 치니 승패는 명백하지 않습니까?"

"그럴듯합니다."

"대왕의 안대로 괴양에서 웅주의 배후로 돈다면 적은 약간 남으로 이동하면 되지요. 그렇게 되면 적의 전 병력과 대치하게 될 것입니다. 또 하나 불리한 점은 그쪽은 평지여서 퇴로를 터놓아도 도망병이 숨을 곳이 없는 반면, 일선은 산지대여서 도망병에게는 아주 좋은 고장입니다."

"다 같이 저로서는 생각이 미치지 못한 일인데 한 가지 의문은 일선에서 승리한다면 웅진 방면에 남은 적은 어떻게 될 것 같습니까?"

"대왕께서 일선에 나가신다면 온 백제 조정이 나올 것이고, 온 조정이 나와 패하면 나머지는 누가 시키지 않아도 흩어져 도망칠 것입니다."

견훤은 앞을 훤히 내다보듯이 이야기하고 왕건은 그의 말을 들으니 결판은 이미 난 것이나 다름없었다. 명장이란 책을 읽거나 남에게서 배워 되는 것이 아니라 몇백 년에 한 사람 정도 하늘이 내는 모양이다.

"시기는 언제가 좋을까요?"

"그것은 의논해서 결정하시지요. 현우(賢愚)에 달린 것이 아니겠습니까?"

견훤은 더 이상 말하려고 하지 않았다.

어찌 되었건 견훤의 심사가 편할 리는 없었다. 왕건은 들고 간 술을 함께 나누었다.

"삼한이 통합되어 평화가 오면 명승고적을 유람하시면서 여생을 즐거이 보내시지요."

왕건이 위로했다.

그러나 견훤은 쓸쓸히 웃었다.

"평화가 오면 저는 가야지요."

또 말이 끊어졌다.

"밤도 깊었으니 술병은 제게 맡기고 환궁하시는 것이 어떻겠습니까?"

왕건은 술병을 남겨 두고 궁중으로 돌아와 잠자리에 들었다.

새로 왕비로 맞은 신라 김억렴의 딸과 신방을 차리고 몇 밤을 보내기는 했으나 밤마다 간 것도 아니고 가야 할 것도 없었다. 무엇이라고 똑 찍어 말할 수는 없어도 몸가짐부터 마음 쓰는 데 이르기까지 맞지 않았다. 도도하다면 도도한 데가 있었다. 이른바 진골의 왕족과 밑바닥 뱃놈의 차일까?

그렇다고 크게 마음을 쓰지도 않았다. 나이 육십이니 십 대 소녀와 희롱할 때도 지났다. 더구나 이렇게 생각이 많은 밤은 사화의 곁이 안식처였다.

자기가 세운 나라를 자기 손으로 무너뜨려야 할 견훤, 지금쯤 혼자 술잔을 기울이면서 한숨짓고 있을 것이다. 그의 아픈 마음을 생각하고 있는데 사화가 물었다.

"무슨 걱정이라도 생겼나요?"

"아니."

"전쟁이 있을 거라는 게 사실이에요?"

"누가 그래?"

"소문이 파다해요. 있어도 당장 있다구요."

"왜 당장이야?"

"신검의 지반이 굳어지기 전에 당장 백제를 무찌를 것이라구 야단들이라는데요."

"싸우면 어느 쪽이 이길까?"

왕건은 일부러 물었다.

"그야 뻔하잖아요? 우리가 이기지요."

진다고 믿는 것보다 이긴다고 믿는 편이 나은 것은 말할 것도 없었다. 그러나 적을 얕잡아보는 것도 좋은 일은 못 되었다. 적을 얕잡아보고 덤볐다가 도리어 크게 패한 예도 얼마든지 있다.

신검은 허수아비로 치더라도 양검이나 용검도 불출은 면해서 자기 앞가림은 할 사람들이다. 그들은 작은 전쟁이나마 여러 번 경험했다. 자기들이 살 방도를 강구하지 않을 까닭이 없었다.

견훤의 말은 한마디 한마디 다 옳았다. 밑바닥에서부터 올라온 만큼 도망병의 심리, 도망에 편리한 장소까지 알고 있었다. 지금 생각하면 공산에서 혼자 살아서 도망칠 수 있었던 것도 산지대였으니 가능했지, 평야지대라면 영락없이 잡혀 죽었을 것이다. 견훤의 말이 맞는다.

적을 양분하여 총력으로 치라는 것도 보통 사람은 상상도 못할 착상이다.

그런데 시기 문제는 현우에 달렸다고 하니 그것은 무슨 뜻일까?

"사화, 현우라는 걸 알지?"

"현명하고 어리석음이란 뜻이 아닌가요?"

"그렇지. 현우와 시간과 무슨 관계가 있을까?"

"글쎄요……. 저희들은 평범하게 이렇게 생각하지요. 현명한 사람은 시간을 잘 이용해서 크게 되고 어리석은 사람은 시간이 갈수록 일을 망친다구요."

그렇다, 견훤은 평범하게 말한 것을 이쪽에서는 어렵게 해석했다. 아무리 견훤이라도 못된 두 아들이 현명해서 가망이 있다고 보았으면 고려로 오지는 않았을 것이다. 시간은 이쪽에 유리하고 어리석은 그들에게 불리하니 서두를 것은 없다는 뜻이었다.

그는 모든 것이 윤곽이 잡혀 갔다.

이튿날 조회에서 왕건은 공공연히 백제 친정(親征)을 선언하였다. 직할지는 물론, 항복하여 제자리에 그냥 있는 장군들에 이르기까지 동원령을 내려 만반의 전비(戰備)를 갖추고 유월에서 구월에 이르기까지 천안부에 집결하라고 영을 내렸다.

계획에 참가한 원로 장군들은 자기들의 안대로 된 것으로 생각했으나 그까짓 죽어가는 백제를 치는 데 고려의 총 병력을 움직인다는 것은 닭을 잡는 데 도끼를 휘두르는 격이 아닌가, 입 밖에는 내지 않아도 쓸데없이 병사들만 고생시킨다고 탐탁하게 여기지 않았다.

빠르면 빠를수록 좋을 터인데 당장 치지 않고 가을까지 미루는 심사를 알 수 없다는 사람도 있었다.

군사는 기밀인데 가을에 칠 것을 이월에 공표하는 것도 역사에 없는 일이다. 적더러 준비하고 기다리라는 말밖에 안 된다고 걱정하는 사람들도 적지 않았다.

조회가 끝나자 왕건은 대신들만 모아놓고 병부상서로부터 전국의 병력 배치 상황을 들었다.

그의 보고가 끝나자 각 군영의 상황에 따라 출동 시기를 정하되 구월 초까지는 고려의 모든 병력이 천안부에 집결하도록 하였다.

며칠 후 계획서가 마련되자 왕건은 군의 원로들을 다시 모아 놓고 병부상서더러 설명해 드리라고 했다.

설명이 끝나자 병부상서는 물러가고 원로들의 질문 공세가 벌어졌다. 그렇게 많은 병력이 필요 없다느니, 친정은 필요 없으니 원로 장군 한 사람이 총 지휘를 맡으면 족하다느니 말이 많았다. 심지어 견훤의 술수에 넘어간 것이 아니냐고 묻는 사람까지 있었다.

명색이 군의 원로들이지마는 견훤에 비하면 대들보와 연목의 차이가 있었다.

신숭겸이 죽은 것이 두고두고 한이었다. 그러면 알아들었을 것이다. 이 자리에는 한 사람도 이해하는 사람이 없었다.

혁명에 공이 있어 원로가 되었을 뿐이지, 작은 전쟁의 경험은 적지 않으나 큰 전쟁을 지휘한 일도 없고 그럴 재목들도 아니었다.

이런 자리에서 전략의 내용을 상세히 알릴 수는 없었다. 이해하지 못하는 사람들이니 말이 많아질 것이고 말이 많아지면 기밀이 샐 우려가 있었다.

"견훤의 의견을 들은 것은 사실이나 들었을 뿐이지, 그의 의견을 쫓은 것은 아니고, 국운을 건 최후 최대의 결전이니 신중에 신중을 기하자는 것이오."

이렇게밖에 설명할 길이 없었다.

"물자의 낭비가 적지 않고 많은 병사들이 쓸데없이 먼 길을 왔다갔다 고생하는 것까지는 참을 수도 있겠지요. 그러나 적을 친다고 미리 공표해서 적에게 준비할 여유를 주시는 것은 도무지 이해가 가지 않습니다."

복지겸의 의견이었다.

미리 공표한 것은 적으로 하여금 쓸데없는 준비를 되도록 많이 해서 물자를 탕진하고 병사들을 피곤케 하자는 의도에서 나온 것이었다. 준비한 데는 가지 않을 터이니 준비할수록 좋은 것이다.

이에 대해서도 왕건은 무난한 대답을 했다.

"여러분이 생각하듯이 백제는 난장판이 돼 있소. 난장판이 된 데다 쳐내려 간다고 크게 외쳐 놓으면 더욱 난장판이 될 것으로 생각하고 미리 공표한 것이오. 여러분의 생각은 어떠신지?"

소규모 전투의 비밀주의를 금과옥조로 삼는 사람들이라 이해가 가지 않았으나 임금이 이렇게 나오는 데는 반박할 수도 없어 회의는 그것으로 끝났다.

각처에 동원령을 가진 군관들이 파송되고, 누구나 천안에서 웅주를 거쳐 완산성을 직격하는 줄 알았다.

얼마 안 되어 배제에서도 웅주 방면에 갖은 방비시설을 하고, 폐농을 무릅쓰고 병정을 모집하고 물자를 징발한다는 소식이 들어왔다.

유월.

이십오 세의 여름을 맞은 태자 왕무(王武)를 총대장, 전투 경험이 많은 장군 박술희(朴述希)를 대장, 그 밖에 유능한 장수들을 부장(副將)으로 하는 고려 군 보기 일만이 천안부로 남하하여 본영을 설치하고 활발히 움직이기 시작했다.

특히 그들은 기병의 장점을 이용하여 앞으로 다가올 결전을 위해서 끊임없는 교란작전을 전개하였다.

경기병(輕騎兵)은 기동력이 빠를 뿐만 아니라 보병과는 달리 어지간한 강은 헤엄쳐 건널 수 있는 이점을 가지고 있었다.

그들은 멀리 적의 후방에까지 우회침투하여 적정을 정찰하는 데 그치지 않고 크고 작은 부대들은 적이 생각지도 못한 지점에 불시에 나타나 방약무인으로 휩쓸고는 적이 미처 대항할 태세를 갖추기 전에 쏜살같이 사라지곤 했다.

이리하여 고려 군의 기병들은 무시로 움직여 적에게 쉴 틈을 주지 않았다. 서쪽으로는 아직도 백제에 속해 있는 부여에서 서해안을 돌아 백강까지 침투하는가 하면 동쪽에서는 웅진강(금강의 상류)을 건너 황산(충남 논산시 연산면)벌에까지 나타났다 사라지곤 했다.

그렇다고 적과 대결하는 것은 아니었다. 나타나서는 논이고 밭이고 마구 짓밟고 말에게 한창 자라나는 곡식들을 뜯기다가는 이쪽에서 나갈 기미를 보이면 재빨리 사라지곤 했다.

왕건이 이월에 이미 천안으로부터 백제를 치겠다고 공언해서 그들은 이 방면에 만반의 태세를 갖추느라 애썼으나 애쓸수록 부족하다는 느낌만 더해 갔다. 백제는 이 지역에 더욱 병력을 집중하여 다가올 결전에 대비하지 않을 수 없었다.

구월.

마침내 고려의 대군이 천안부에 집결하였다. 기병 사만 구천팔백 기, 보병 사만 삼천 명, 기타 명주의 순식(順式) 등 독립장군들의 병력 일만 사천칠백, 도합 십만 칠천오백의 대병력이었다. 이에는 유금필이 거느린 북계(北界)의 여진(女眞) 기병 구천오백 기도 참가하고 있었다.

왕건도 친위군을 거느리고 당도하였다. 그는 떠날 때 가혹한 일이라 생각하면서도 전략의 대가이며 용병의 명수인 견훤을 대동하고 싶었다. 변환무쌍(變幻無雙)한 것이 전장(戰場)이다. 만에 하나를 위해서도 그가 필요한 형편이었다.

견훤으로서는 차마 갈 수 없는 전장임을 알면서도 거절당할 각오를 하고 왕건은 친히 그의 거처를 찾았다.

"어른께서 동행하여 주시면 참으로 마음 든든하겠습니다."

전보다 수척해 보이는 견훤은 잠시 생각하다가 물었다.

"전부터 말씀드린 일이지마는 내가 원하는 것은 오직 살상을 줄이는 데 있습니다. 이 일을 잊지 않으셨겠지요?"

"저도 어른과 같은 생각입니다."

"모든 용병을 이 견훤에게 맡겨 주시는 건가요?"

이것은 중대한 조건이었다. 고려 군이 총동원된 만큼 그가 마음먹기에 따라서는 고려 군이 지리멸렬될 수도 있고, 따라서 나라가 어떻게 될

지도 모를 일이었다.

그러나 왕건은 서슴지 않고 대답했다.

"그럼요."

"가 보기요."

견훤도 간단히 응했다.

"칠십 노구에 미안합니다."

준비를 마치고 대문을 나서려는데 고비가 종이에 싼 것을 들고 나왔다.

"이 쌀쌀한 날씨에 괜찮으실지 모르겠어요. 하여튼 이 약을 갖구 가시지요."

"필요 없어."

견훤은 돌아보지 않았다.

"어디 편찮으십니까?"

왕건이 물었으나 대답도 않고 말에 올라 능숙한 솜씨로 함께 달리기 시작했다.

유월에 진주한 일만 군만으로도 천안부는 들끓듯 했는데 또 십만을 넘는 인원과 오만의 군마가 일시에 들이닥치니 천안 일대는 역사에 없이 떠들썩하고 산야는 천막과 사람과 군마로 뒤덮였다.

왕건은 견훤과 함께 박술희로부터 적정 보고를 받았다. 그는 그간의 적정을 날짜, 장소, 병종, 병력별로 정리하여 두었다가 지도를 펴놓고 정확하게 설명했다. 적은 그 병력의 대부분을 웅주 방면에 집결하고 대기하고 있었다.

왕건은 여기서 좀 더 떠들썩하는 것이 적에게 주는 충격이 크리라고 생각했으나 자기 의견은 말하지 않고 박술희가 물러가자 견훤에게 물었다.

"언제 움직일까요?"

"결전장까지는 사백 리, 지체 없이 떠나 먼저 도착해서 진영을 정비해야 합니다."

견훤의 목소리는 권위와 무게를 지니고 있다.

하루를 쉬고 난 고려 군은 유월에 온 병사들만 천안에 남겨두고 날이 어둡자 보기(步騎) 십만을 넘는 대군은 동으로 이동하기 시작했다. 그대로 남하하는 줄 알았던 군관들과 병사들은 무슨 영문인지 몰라 어리둥절하고 개중에는 장군에게 가서 길을 잘못 든 것이 아니냐고 묻는 군관들도 있었다.

장수들 중에도 작전 의도를 아는 사람은 몇 명 되지 않았다. 임금 왕건과 견훤이 나란히 말을 달리니 생각하는 바가 있는 것은 짐작이 갔으나 백제를 친나던 것이 엉뚱한 방향으로 가고 있으니 궁금할 수밖에 없었다. 그렇다고 함부로 임금에게 물을 수도 없었다.

왕건은 개경을 떠나기 전에 친정조서(親征詔書)를 발표하였기 때문에 완산성에도 곧 알려졌다. 상대가 임금의 친정으로 기세를 올리는 터인지라 백제에서도 임금 신검을 총수로 양검, 용검을 비롯하여 시중 능환, 장군 효봉(孝奉), 덕술(德述), 혼강(昕康) 부달(富達), 견달(見達), 애술(哀述), 명길(明吉) 등 이름 있는 장수들이 총동원되고, 예상 외로 엄청난 적군이 집결한다는 소식에 수도방위군과 친위군까지 동원하여 병력을 보강했다.

그들은 웅진강을 경계로 빈틈없는 방위망을 구축해 놓고 고려 군을 여기서 섬멸할 계획이었고 적어도 더 이상의 남침은 막을 수 있다고 자신했다.

다만 강주의 박영규만은 만일을 위해서 신라, 지금은 나라를 잃고 경주가 되어 버린 땅에 주둔 중인 고려 군이 무시로 접경을 침범하기 때문에 수천 병력을 거느리고 이에 대처하기 위해서 임지를 떠날 수 없는 처지에 있었다.

이것은 박영규에게 미리 알리고 하는 견훤의 전략이었다. 왕건은 박영규로 하여금 신검에게 반기를 들고 고려에 붙도록 종용하여 백제 내에 내란을 일으킬 생각이었으나 견훤이 극구 반대하였다. 내란이 일어나면 백제사람들끼리 살육전이 벌어져 무수한 사람들이 다칠 것이니 자기의 본의에 어긋난다. 정 그러면 자기는 고려를 떠나 북쪽 오랑캐 땅으로 가겠다는 바람에 왕건은 자기 주장을 철회하고 그 대신 견훤이 내놓은 것이 이 안이었다.

죽는 것을 무서워할 견훤이 아니니 협박해도 소용없을 것이고 또 그가 사라지면 박영규가 이쪽에서 시키는 대로 반란을 일으킬지도 의문이었다. 왕건은 속으로 불만이었으나 따르는 수밖에 없었다.

천하의 이목은 천안과 웅주 방면에 집중되었다. 병력면에서 고려가 약간 우세하나 백제는 장기간을 두고 방어망을 구축했으니 결과는 두고 보아야 알겠다는 것이 중론이었다.

그런데 별안간 천안에 왔던 왕건 군 십여 만이 밤사이에 사라졌다는 소식이 오고 백제는 그들의 행방을 찾는 데 혈안이 되었다.

자식들이 아버지를 감금하는 정변으로 백제는 크게 흔들리기는 했으나 견훤이 단련한 강병들이 아직도 적지 않았다. 그 위에 봄부터 가을까지 사지가 성한 청년들은 대개 군대로 끌어들여 방위군의 총병력은 구만. 거기다 천안에서 완산에 이르기까지는 웅진강과 백강이라는 천연의 요새가 있었다.

백제 군이 병력면에서 약간 열세이기는 하나 이들 천연의 요새가 그 열세를 보충하고도 남을 것이다. 왕건이 이것을 뚫기는 어려우리라는 것이 백제 장수들의 계산이었고 제삼자 중에도 그렇게 보는 사람들이 적지 않았다.

그런데 왕건 군이 사라졌다. 우수한 기마 척후들을 각처에 파견하여 탐색한 결과 왕건의 대군이 엉뚱하게도 계립령을 넘어 남하하는 것을 포착했다. 사실상 총수인 양검은 당황했다.

이것은 백제의 수도 완산성을 배후로부터 공격하려는 포석에 틀림없다고 판단한 그는 장수들을 긴급히 소집했다.

"고려 군이 계립로로 우회하여 우리 수도를 배후로부터 칠 모양이니 병력을 반분하여 반은 이 방위망을 고수하고 반은 계립로를 남하하는 적을 요격하여 섬멸할 것이오. 남은 장수들은 방위망의 고수에 전념하시오."

전략을 좀 아는 늙은 장수가 반대했다.

"자고로 병력을 분산하여 부족한 병력으로 우세한 적과 싸우는 것은 금물이라고 했습니다. 방위군 구만 전원을 급히 계립로에 돌려 적을 요격하는 것이 옳을까 합니다."

그러나 양검은 듣지 않았다.

"우리가 무엇 때문에 그 많은 물자와 인원을 동원해서 이 방위망을 구축했소? 만에 하나 여기를 버린다면 천안에 남아 있는 적은 휘파람을 불며 남하하여 수도를 점령할 것이 아니오?"

"바로 그 점을 각오하셔야 합니다. 수도를 점령당하는 한이 있더라도 우선 대적을 물리치고 다음에 다시 탈환하도록 하는 것이 좋겠습니다."

"무슨 일이 있어도 수도는 사수해야 하오."

양검은 더 들으려고도 하지 않고 남을 장수와 떠날 장수를 지정하고 일어섰다.

그는 자기 처소에 돌아와 박영규에게 편지를 쓰고 급사를 띄웠다.

사세가 이렇게 되었으니 자기는 성상(신검)을 모시고 계립로로 떠난다, 강주를 일시 버리는 한이 있더라도 남은 병력을 이끌고 와서 수도

방위를 맡아 달라고 했다.

양검과 용검은 임금 신검을 앞장세우고 당일로 구만 병력 중 오만을 거느리고 웅주로(熊州路)를 남하하다가 황산에서 동으로 방향을 바꾸어 반낫으로 진군을 계속했다. 추풍령에서 잠간 쉬는데 앞서 가던 기마 척후가 돌아와 왕건의 고려 군은 이미 일선에 당도했다고 알렸다.

그동안 견훤은 왕건과 의논하여 병사들이 피곤하지 않도록 보도를 조절하면서 계립령을 넘어 결전 예정지인 일선에 당도하여 일리천(一利川, 낙동강의 상류) 서안에 포진하고 두 사람이 함께 진지를 돌아보았다.

"동안이면 적을 막기도 쉬울 터인데 왜 서안에 포진하지요?"

"폐하는 동안에 계시지요. 동안에 포진하면 강 때문에 적은 막기 쉽고 우리는 공격하기 어렵습니다. 또 적의 퇴로 문제도 있습니다. 서안에서 대결하면 도망병은 그대로 달아나 제 땅으로 들어갈 수 있어 숨겨 줄사람들이 있으나 동안에서 도망치면 고려 땅이니 숨을 곳이 없습니다. 이미 춥기 시작했습니다. 안심하고 도망칠 수 있도록 퇴로를 활짝 열어 놓자는 것입니다."

견훤은 웅대하면서도 치밀한 전략가였다.

구월 팔일.

마침내 신검 이하 삼형제가 지휘하는 백제군 오만이 나타났다.

친위군의 호위 하에 동안 언덕에서 관전하던 마상의 왕건은 옆에 나란히 말을 멈춰 세우고 있는 견훤에게 물었다.

"적이 진을 정비하기 전에 치는 것이 옳지 않겠습니까?"

"아직 병기(兵機)가 안 되었습니다."

그는 형세를 바라보다가 뒤에 서 있는 군관에게 일렀다.

"내가 예전에 앞장세우고 다니던 깃발을 하나 만들어라."

"백제의 대왕기(大王旗) 말씀입니까?"

견훤은 고개를 끄덕였다.

그의 군대가 바람에 휘날리며 나타나기만 하면 고려 군도 떨던 대왕기는 고려의 군관들도 잘 알고 있었다. 그러나 지금 처지에서 그러한 깃발을 만들라는 것은 난처한 일이 아닐 수 없다. 군관이 망설이는 것을 보고 왕건이 언성을 높였다.

"어른의 말씀이 떨어졌으면 빨리 서둘러야지!"

어명인지라 다른 군관들까지 부산하게 서둘러 넓고 긴 천을 얻어 오고 글씨를 잘 쓰는 시종이 백제대왕기(百濟大王旗)라고 멀리서도 보이도록 크게 써내려 갔다.

적은 아직도 대열을 정비하느라 서두르는 중이었다. 오만은 대군이다. 정비에는 시간이 걸릴 것이다.

견훤은 또 군관에게 일렀다.

"나룻배를 이리 끌어오너라."

군관은 조금 떨어져 있는 나룻배를 언덕 밑에 댔다.

견훤은 서둘지도 않고 깃발에 쓰인 글자가 마르는 것을 지켜보다가 왕건을 돌아보았다.

"잠깐 건너갔다 오리다."

"노체에 여기 그냥 계시지요."

떠날 때보다도 더 수척해진 견훤을 보고 왕건이 말렸다. 그러나 잠깐 다녀오면 된다면서 견훤이 말을 탄 채 언덕을 내려가기 시작하자 왕건은 친위대장에게 일렀다.

"잘 모시구 갔다 와요."

친위대장은 그가 뱃머리에서 말을 내리려는 것을 그냥 타고 계시라고 했다. 군관과 병사들이 호위하는 가운데 말에 탄 채 배로 강을 건넌 견훤은 고려 군 진두에 아까 만든 대왕기를 되도록 높이 세우라고 했다.

깃발의 효험은 즉시 나타났다. 백제 군 좌장군(左將軍) 효봉(孝奉), 덕술(德述), 애술(哀述), 명길(明吉)의 네 장수가 재빨리 말을 달려 왔다. 그들은 견훤 앞에 무릎을 꿇었다.

"폐하께서 그런 변을 당하시는데 속수무책이었으니 신자(臣子)로서 뵈올 면목이 없습니다."

견훤은 간단히 응대했다.

"응, 그애들은 어디쯤 있소?"

"저기 중군(中軍)에 있습니다."

견훤은 각 군 책임자들을 불렀다.

"전 군은 총력을 기울여 중군을 공격할 것이고, 도망하는 자는 뿔뿔이 가건 떼를 지어 가건 일체 쏘지도 말고 쫓지도 마시오."

책임자들이 흩어져 가자 그는 혼자 생각했다.

'싸움은 곧 끝날 것이다.'

견훤은 책임자들이 돌아가 지시를 내리고 준비를 끝냈다는 깃발이 오를 때까지 진영을 바라보다가 친위대장에게 일렀다.

"전고(戰鼓)를 울리시오."

사처에서 북이 울리는 소리가 퍼지자 말 머리를 돌린 견훤은 친위대장을 돌아보았다.

"갑시다."

그들은 항복한 장수들과 함께 다시 강을 건너왔다.

왕건은 항복해 온 네 장수를 맞아들이고는 견훤과 함께 강 건너에서 전개되고 있는 전투를 정신없이 바라보았다.

오만 기병을 선두로 단일 목표를 향해 총공격을 퍼붓는 고려 군에게 적은 잠시 항전하다가 무슨 영문인지 자기들끼리 죽이고 살리는 놀음이 벌어졌다. 이윽고 뿔뿔이 흩어져 서쪽 산으로 도망치고 신검 이하 삼형제와 장수들은 불과 수백 기를 거느리고 남으로 도망치기 시작했다.

피아 십오만의 대군, 실로 어처구니없이 끝난 전투였다. 오만 적군이 순식간에 증발한 것이다.

왕건은 완전무결한 승리에 견훤을 극구 찬양했으나 그는 들은 둥 마는 둥 빛나는 눈을 부라리며 친위대장을 돌아보았다.

"빨리 신호를 보내요. 기병을 선두로 뒤를 바짝 추격하고 보병도 때를 놓치지 말고 따르라고. 목적지는 마성(馬城, 전북 익산의 미륵산성)."

신호기가 오르는 것을 보고 견훤은 왕건을 돌아보았다.

"건너가 보실까요?"

모두 기병인 친위대는 일부는 나룻배를 끌어다 타고 나머지는 말을 탄 채 강을 건넜다.

어처구니없어도 전쟁은 전쟁이었다. 포로 삼천이백, 전사 오천칠백여 명. 상처로 보아 죽은 자의 태반은 자기들끼리 싸우다 목숨을 잃은 듯했다. 딱히 알 수도 없고 입 밖에 내는 사람도 없었으나 백제 병정들에게는 임금은 여전히 견훤이요, 그 못된 아들 따위는 안중에도 없었다는 것은 짐작이 갔다. 그렇지 않고는 전에 없던 일, 오만 군대가 순시에 사라진다는 것은 생각조차 못할 일이었다.

왕건은 전장 정리를 맡은 보병들을 격려하고 견훤과 함께 적을 추격 중인 우군의 뒤를 따라 말을 달렸다.

일선에서 대패한 신검 일행은 추풍령을 넘어 황산벌로 나왔다.

웅진 방면을 수비중인 사만 군을 불러다 수도 완산성에서 농성할 작정이었다. 그러나 그들보다 발이 빠른 도망병이 부지기수였다. 이들은 지름길로 말을 달려 황산벌로 나와 각자 제 고장으로 흩어지면서 패전의 소식을 전했다.

소식은 순식간에 퍼져 웅진 방면의 수비군도 살 길을 찾아 야간도주를 해 버리고 실망한 장수들은 자취도 없이 사라져 버렸다.

그 위에 고려 군의 추격은 신속 과감했다.

신검 일행은 생각할 겨를도 없이 남으로 달려 마성을 지나 완산성으로 도망쳐 들어갔다. 그들의 뒤를 쫓던 고려 기병들은 마성에서 추격을 멈추고 진영을 정비하면서 보병부대와 임금 일행을 맞을 준비에 들어갔다.

도망병과 함께 패전 소식은 사처에 퍼져 완산성 내에서는 피난 보따리를 지고 인 남녀노소가 쏟아져 나왔다. 완산성에서 마성까지는 불과 삼십 리, 신검 일행은 제정신이 아니었다.

반겨 주는 사람도 없었다. 궁중으로 직행했으나 박영규가 나와 마지막까지 따라온 친위군마저 무장해제를 시켜 쫓아 버릴 뿐 아니라 그들의 무기도 뺏었다. 신검과 양검은 말이 없고 용검이 대들었다.

"매형, 남매간에 이럴 수 있소?"

일찍부터 견훤을 따라다니던 박영규와 그의 부인은 삼형제보다 연상이었다. 박영규는 삼형제를 노려보고 부인이 소리를 질렀다.

"남매간? 이 망종들아, 아우 일가를 몰살하구 늙으신 아버지를 가두구 그 자리를 깔고앉은 너희들두 사람이냐?"

"하필 넷째를 세우려고 노망을 부리시니 그랬지요."

"아니라잖아? 또 그러면 어때? 역사에 그런 예가 한둘이야?"

"지난 일을 어떻게 하겠어요. 매형, 여기서 농성을 해서 결판을 냅시다."

박영규는 말이 없고 부인이 또 화를 냈다.

"결판은 이미 났다. 아버지는 당대의 영웅이신데 너희들이 영웅을 망치구 나라를 망쳤다. 죗값을 해야지."

박영규는 경비병을 붙여 그들을 집으로 돌려보냈다.

"이승에서 마지막으로 집에 가서 하룻밤 자라."

왕건은 해돋이에 견훤과 함께 산성 안뜰을 거니는데 남쪽 대로를 백기를 바람에 펄럭이며 말을 달려 오는 두 사람이 눈에 들어왔다.

사이를 두고 앞뒤에, 기병들이 감시하는 가운데 관복을 입은 수십 명의 사나이들이 휘청걸음으로 다가오고 있었다.

함께 바라보고 있던 견훤의 눈에는 자기를 몰아낸 삼형제와 능환 이하 일찍이 장상으로 등용한 자들의 얼굴이 희미하게 보이고 거리가 좁혀짐에 따라 뚜렷이 윤곽이 드러났다.

관복의 군상은 도중에 멈춰서고 백기를 든 두 사람이 말을 달려 산성으로 올라왔다. 박영규의 부장과 군관 한 사람이었다.

그들은 먼저 견훤에게 절하고 난 다음에 왕건에게 인사를 드렸다.

그리고는 부장이 앞으로 나와 왕건을 보고 두 손을 모아 쥐었다.

"그분이 만조백관을 거느리고 항복하러 오는 중인데 대왕께서 받아주실지 알아 오라고 해서 찾아뵈었습니다."

"자네는 누군가?"

"박영규 장군의 부장이올시다. 찾아뵈오려고 했는데 성내 사정이 그렇지 못해서 모두 항복한 연후에 뵈오러 오겠으니 너그러이 보아주십사고 하셨습니다."

물으나마나 박영규가 성내를 장악하고 관복의 군상을 꼼짝 못하게 휘몰아 낸 것이 분명했다.

"그분이란 신검인가?"

"네."

왕건이 또 물었다. 견훤 앞에서 무어라 부를지 몰라 어중간히 나온 말인 듯싶었다.

"삼형제분이 모두 오시겠지?"

"그렇습니다."

"거서 항복을 받아들인다구 전하시오."

두 사람이 돌아서 나가려는 것을 견훤이 불러 세웠다.

"잠깐 거기서 기다려요."

견훤은 왕건과 함께 방에 들어갔다.

"내 할 일은 끝난 듯합니다. 그 얼굴들이 나타나기 전에 떠나게 해 주시지요."

왕건은 일선에서보다도 더욱 수척해진 얼굴을 바라보다가 물었다.

"몹시 편찮으신 건 아니십니까?"

"괜찮습니다."

그는 견훤의 심사를 헤아리고 동의했다.

"어른의 심정은 알 만합니다. 아무래도 편찮으신 듯싶은데 가마로 가시지요."

"염려하실 것 없습니다. 하여튼 삼한을 통합하는 대업을 이룩하셨으니 떠나는 마당에 진심으로 축하를 드립니다."

마지막 하직인사로 들렸으나 왕건은 덤덤히 대답했다.

"모두가 어른의 신묘한 계책 덕분입니다. 이 고마움은 잊을래야 잊을 수 없겠습니다."

왕건은 군왕과 같은 기마 경호대를 편성하고 의원과 가마를 같이 붙여 성문 밖 멀리까지 전송하고 돌아와서야 두 사람을 돌려보냈다.

무슨 병인지는 몰라도 중병인 것은 짐작이 갔다. 개경까지 갈 수 있을까? '영웅의 쓸쓸한 말로'라는 말까지 머리에 떠올랐다.

북행길을 달리는 견훤은 가끔 얼굴을 찌푸렸다. 호송대장으로 옆을 달리던 박수경(朴守卿)이 물으면 그때마다 괜찮다는 대답이었다.

황산벌을 지날 무렵 행렬을 멈춰 세우고 박수경에게 물었다.

"옛날 계백 장군이 전사하신 정확한 위치를 아는가?"

"그건 알 길이 없습니다."

다시 행렬이 움직이기 시작하자 견훤이 말에서 떨어질 뻔하는 것을 박수경이 부축했다.

"피곤하군. 좀 쉬어 갈까?"

견훤은 처음으로 심약한 소리를 했다. 가마는 요동이 심해서 일행은 맥을 추지 못하는 그를 번갈아 업고 가까운 절간으로 들어갔다.

늦가을의 찬바람이 문풍지를 울렸으나 바닥은 훈훈한 온돌방이었다.

모로 드러누운 견훤은 의원이 진맥을 하려고 해도 피곤할 뿐이니 진맥할 것이 없다고 듣지 않았다. 나중에는 홀로 있어야 잠이 오니 물이나 떠다 놓고 아무도 들어오지 말라고 했다.

음식이라고는 미음을 조금 마시다가 며칠 지나자 식욕이 없다고 그것마저 거절하고 속에 들어가는 것은 물뿐이었다.

그의 심기가 편치 못할 것은 누구나 짐작할 수 있는 일이었다.

그도 인간이다. 자기가 창시한 나라를 자기 손으로 부수고 죽어 가는 마지막 광경까지 보아야 했으니 그 심정이 오죽했겠느냐? 모두들 화병이라고 수군거렸다.

그러나 의원의 의견은 달랐다. 화병도 났겠지마는 무슨 병이 있는 것이 틀림없다고 했다. 며칠을 두고 눈여겨보아도 반듯이 눕는 일이 없고 모로 눕든가 아니면 엎드린다는 것이다.

"아무래도 잔등에 이상이 있는 것 같습니다."

박수경의 지시로 파수를 선 병정들이 밤낮 번갈아 지켜보다가 잠든 것을 확인하고 의원을 데리고 들어갔다. 소리를 내지 않고 몰래 들어간 의원이 윗도리를 처들어 보았다.

저질(疽疾, 등창)이었다. 그것도 추운 날씨에 오래도록 돌아다니며 약 한 번 쓰지 않았으니 도질 대로 도져 가망이 없다고 진단을 내렸다.

"고약이라도 붙일 수 없겠소?"

이야기를 들은 박수경이 물었다.

"붙여는 보겠습니다마는 가망은 없습니다."

의원이 기름종이에 고약을 발라 가지고 들어가 붙이려는데 견훤이 잠을 깼다.

"그건 붙여서 무얼 하느냐?"

"빨리 나으셔야지요."

"아니다. 갈 때는 가야 한다."

"진맥을 좀 해 봤으면 하는데요."

"부질없는 일이다."

의원은 할 수 없이 물러나왔다.

견훤은 도대체 자기라는 인간을 종잡을 수 없었다. 세상 밑바닥에 태어나 사람 사는 것이 모두 그렇거니 생각했다. 그러다가 이 세상에도 찬란한 대목들이 있다는 소문을 듣고 핫바지 병정을 지원해서 금성에 가 보니 정말 찬란하고 가슴이 두근거렸다.

난리가 나면서 밑바닥을 박차고 일어나 좌충우돌해서 그 찬란의 정상에까지 올라갔다. 항상 죽음을 옆에 거느리고 다니는 고달픈 세월이었으나 의식이 풍족하고 만인의 생사여탈을 한 손에 쥐고 보니 산다는 것이 경쾌하고 보람 있는 일이었다.

그러다가 죽을 나이가 다 되어 아이들에게 갇히는 몸이 되고 정상에서 밑바닥까지 떨어져 버렸다.

그리고 나서 생각하니 정상에까지 가기는 갔으나 일생은 약에 감초 같이 간간이 즐거움이 있었을 뿐 슬픔과 고달픔으로 엮은 밧줄 같은 물건에 불과했다. 아버지와 자식들의 배신, 능애와 금강의 애처로운 죽음. 석 왕후의 죽음은 피치 못할 것이라고 치더라도 싸움터에서 처참하게 죽어간 친근한 얼굴들. 산다는 것이 그렇게도 짐스러울 수 없었다.

지내고 보니 도시 부질없는 것이 인생이었다. 가슴 아픈 추억으로 충만한 사바세계를 떠나야겠다고 결심했다.

죽음을 찾아 금산사를 빠져나온 결과 이렇게 되었다. 잘됐는지 못 됐는지, 잘됐건 못 됐건 세상사의 끝장에 다를 것이 있을까? 다 소용없는 일이다.

세상에서는 왕건이 잘됐다고 하리라. 그러나 그도 십 년, 길어서 이십 년 안에는 역시 한 줌 재가 되어 내가 가는 저승으로 올 것이다.

박수경이 들어와 무릎을 꿇었다.

"좀 어떠십니까?"

의원이 필시 죽음이 다가왔다고 했을 것이다. 그의 얼굴에 나타나 있다.

"죽지."

한마디로 대답했다.

"약을 잘 쓰시면 곧 나으신답니다."

해 보는 소리다. 세상에는 알면서도 이렇게 해 보는 소리가 너무나 많다. 견훤은 응대를 하지 않았다.

"간호하시도록 개경에 계신 부인을 모셔 올까요?"

이것도 해 보는 소리다. 간호라? 오늘이 아니면 내일 죽을 터인데 개경에서 날아온단 말인가?

"그만둬요."

"정 그러시면 하실 말씀은 없으십니까?"

해 보는 소리를 할 대로 하다가 끝에 가서 진짜 소리가 나왔다. 세상에서 말하는 유언이라는 것을 받으러 온 것이다.

"유언을 하란 말이지?"

박수경은 말없이 고개를 떨어뜨렸다.

"이 지긋지긋한 세상에 남길 말이 무엇이 있겠는가? 없지."

"……."

"부탁은 있네."

"네……."

"내가 죽거든 화장해서 뼈를 가루로 만들어 바람에 날려 주게. 아주 흔적도 남기지 말란 말이네."

"……."

"또 있군. 완산성에는 내가 이러구저러구 하던 문서들이 남아 있을 것이네. 한 장 남기지 말고 불에 태워 없애 주게."

"……."

"알아듣겠는가? 견훤이란 사람은 이 세상에 나타난 일도 없고 지나간 일도 없듯이 깨끗이 모든 흔적을 없애 달란 부탁이네."

"네……."

"물러가게."

박수경은 물러나왔다. 진실로 할 말이 없었다. 인생이란 이런 것일까? 잠을 이루지 못하는데 보름을 며칠 앞둔 둥근 달이 창에 비치기 시작했다.

파수병이 달려왔다. 방안에서 들리는 숨소리가 이상하다는 것이다. 박수경은 의원을 데리고 견훤이 혼자 누워 있는 방으로 들어갔다.

"임종이십니다."

의원은 그의 치뜬 눈을 감기고 턱을 고였다. 두 사람은 힘을 합쳐 이 거인의 큰 몸집을 반듯이 뉘고 굳기 전에 사지를 펴서 똑바른 자세로 만들었다.

박수경은 병정들을 불러들여 촛불을 몇 개 더 켜고 밖으로 나왔다. 왕건에게 급사를 보내 그의 죽음을 알려야 했다.

마성에서 완산성에 들어가 궁중에 좌정한 왕건은 보고를 듣고 한동안 말없이 눈을 감고 있다가 비스듬히 뒤 옆에 앉은 유금필을 돌아보았다.

"나를 대신해서 급히 가 봐 주시오."

"네."

"총망중이라 모든 절차를 밟을 수는 없고, 가시는 대로 매장하되 장례는 군왕의 예로 하시오."

"군왕의 예라고 말씀하셨습니까?"

"그렇소. 백제 왕이었으니 그렇게 모셔야지요."

"네……."

"지관(地官)을 데리구 가서 그 고장 알맞은 곳에 모시고, 병정들과 백성들을 동원해서 능(陵) 역사를 빨리 마치도록 하시오."

유금필은 그 길로 필요한 인원을 데리고 달이 기우는 새벽길을 떠났다.

이리하여 견훤의 뜻과는 달리 황산벌에 높은 능이 외로이 솟아 대대로 그의 슬픈 사연을 속삭이게 되었다.

견훤이 북으로 떠난 후 신검 이하 백제의 고관들은 마성의 대청, 교의에 앉은 왕건의 정면 뜰에 무릎을 꿇고 앉았다.

왕건은 말이 없고 이번 전쟁에 나온 유일한 건국원로 홍유(洪儒)가 시키는 대로 신검이 섬돌 밑에 나와 머리를 조아렸다.

"백제국왕 신검이올시다. 백제의 온 나라를 들어 대왕께 바치오니 받아 주시기를 바랍니다."

왕건이 목소리가 짤막하게 울렸다.

"알았소."

이 한마디로 진성여왕 삼년, 889년에 시작된 내란은 이해, 936년 구월로 종막을 고하고, 모든 강물이 바다로 흘러 하나로 합치듯이 전국이 다시 통일되어 하나가 되었다. 통칭 오십 년, 정확히는 만 사십칠 년, 왕건이 등극한 지 십구 년째 되는 해였다.

왕건의 목소리가 또 울렸다.

"우리가 다시 합쳐 한집안이 되었으니 이보다 기쁜 일이 어디 있겠소. 앞으로 힘을 합쳐 나랏일을 잘해 봅시다."

겁에 질려 마당에 쭈그리고 앉았던 군상의 얼굴에는 약간 화색이 돌았다.

홍유가 왕건의 지시를 받고 나왔다.

"고마우신 성지를 전하겠습니다. 포로 전원을 즉시 무조건 방면하여 고향에 돌려보내라는 말씀이십니다."

그 길로 관원들이 몰려가 성내 한구석 장막에 수용되어 있던 포로들을 풀어놓았다. 그들은 엎드린 군상을 힐끗힐끗 곁눈으로 보면서 옆을 지나 성문 밖에 도열했다가 멀리 왕건에게 큰절을 하고 흩어져 갔다.

조용해지자 홍유가 선언했다.

"우리 성상께서는 살생을 싫어하시고 더없이 너그러우신 분입니다마는 인륜을 거역한 몇 사람은 부처님도 용서 못하실 터이니 부득이 벌이 없을 수 없을 것입니다."

군상의 얼굴들이 다시 긴장했다.

제일 먼저 능환이 불려나가 섬돌 밑에 엎드렸다.

"양검 등과 음모를 꾸며 자기 임금의 부자지간을 이간하고 그 임금을 가두고 아들을 세운 자는 너 능환인데 이것이 신하된 자의 도리라고 생각하느냐?"

왕건의 힐문에 능환은 머리를 떨어뜨리고 대답이 없었다.

"끌어내다 목을 베어라!"

능환은 병정들에게 끌려 나가 목이 떨어졌다.

다음으로 양검과 용검이 불려 나왔다.

"간신과 모의하여 늙은 아버지를 잡아 가두고 형을 허수아비 임금으로 앉혀 놓고 방자하게 논 너희들의 죄는 백 번 죽어 마땅하다."

형제는 사색이 되어 입술을 떨었다.

이들도 목을 자르는 것이 마땅했으나 방금 떠나간 견훤의 심경을 생각해서 목숨만은 건져 주기로 했다.

"죽어 마땅하되 내가 상보로 모시는 너의 아버지를 생각하고 둘을 다 정주(貞州)로 귀양 보내기로 한다."

죽음을 면한 형제는 크게 한숨을 내쉬고 병정들에게 끌려 바다로 나가 배를 타고 서해로 북상하였다.

홍유가 선언했다.

"우리 성상 폐하의 너그러우신 덕으로 벌은 이것으로 끝입니다."

그리고 흔강(昕康) 등 사십여 명의 쓸 만한 장상의 이름을 불렀다.

"이분들은 가족과 함께 개경에 가서 등용될 것입니다."

홍유가 일을 마치자 왕건은 신검을 당상으로 불렀다.

"자네는 본의 아니게 묶여 다닌 셈이니 죄가 없네. 개경에 가서 우리 함께 일하세."

신검은 어리둥절하다가 왕건 앞에 큰절을 하면서도 말이 나오지 않았다.

모든 처분을 마친 왕건은 필요한 병정만 마성에 남기고 나머지는 북으로 각각 자기 군영에 돌아가도록 조치한 후 친위대와 필요한 인원을 거느리고 완산성으로 향했다.

얼마 안 가 마중 나오는 박영규와 마주쳤다.

말에서 내려 걸어오는 박영규를 보자 왕건도 말에서 내렸다.

"성내의 일이 안심이 안 되어 미처 마성까지 나아가기 전에 여기서 뵈오니 황공하기 그지없습니다."

박영규의 인사를 받고 왕건은 그의 두 손을 잡았다.

"무슨 말씀이오. 형의 덕분으로 일이 더욱 순조롭게 되었고, 더구나 끝마무리가 잘된 것은 오로지 형의 덕이올시다."

"덕이라니 황송한 말씀이십니다."

"내 누님 되는 부인께서도 안녕하시구요?"

"네, 잘 있습니다."

왕건은 밀사 편에 약속한 대로 그를 대접했다.

"전에도 말씀드린 바와 같이 이제부터 장군은 내 형이요, 부인은 누님이시니 우리 그렇게 지냅시다."

같은 연배인 박영규는 감동했다.

"황공하기 이를 데 없고 실로 분수에 넘치는 일이올시다."

그들은 수인사가 끝나자 함께 성내로 들어가 궁중을 거처로 즉시 일을 시작했다.

가장 긴급한 것이 민심의 안정과 치안이었다. 별의별 유언비어가 난무하여 백제 사람들은 모두 종으로 끌어간다느니 가산을 몰수한다느니 귀를 벤다느니 심지어 모두 없애버린다느니 하여 백제 천지는 공포에 떨었다.

이런 가운데 앞날에 대한 희망을 잃은 사람들은 있는 대로 가축을 도살하여 먹어 버리고 겨울채비는 생각조차 없이 술로 시름을 잊는 것이 유행이었다.

그런 분위기 속에서 절도는 대수로운 것도 못 되고 약탈, 강간, 강도 심지어 살인사건도 드물지 않게 일어났다.

왕건은 입성하는 즉시로 신검과 박영규로부터 실정을 듣고 그들의 의견에 따라 관용과 경고를 겸한 칙령(勅令)을 공포하였다.

─ 이 시각 이전에 저지른 범죄 중 살인죄 이외에는 일체 불문에 부치되 이 시각 이후에 범하는 자는 엄벌에 처한다. 이제 고려와 백제의 구분이 없어져 다 같이 고려 왕인 나의 신민이 되었으니 이를 어기는 자는 고려에서 내려온 자라고 다를 바가 없다.

전조에 봉사한 군인과 관료 및 일반 백성은 하등 잘못이 없으니 그 신분을 보장하는 터인즉 그대로 자기 자리를 지키고 직분에 충실하라.

인재는 그 재능에 따라 중앙과 지방에 고용할 것이며 추호의 차별도 없을 것이다.

전국이 통일된 이 마당에 고려다 백제다 하여 분열이나 차별을 조장하는 자는 고려 왕인 나의 지친(至親)이라도 엄중히 다스릴 터인즉 모든 신민은 나의 충정을 명심하고 함께 평화로운 가운데 생업에 종사하여 번영을 이룩하는 데 힘쓰기를 바란다. ─

이 칙령은 완산성에 앉아서 발표하는 데 그치지 않고 당일로 글을 아는 사람들을 동원하여 수천 통을 만들어 고을에 보내고 백성들에게 알기 쉽게 설명하도록 하였다.

다음은 치안이었다. 박영규가 거느린 기천 명을 제외하고는 백제 군은 모두 붕괴되어 무법상태였으므로 마성에 있는 고려 군을 치안조직이 정비될 때까지 임시로 고을마다 파견하여 치안을 유지하도록 영을 내렸다. 왕건은 특히 군기를 강조하고 백성을 보호하러 가는 자가 백성에게 누를 끼친다면 배로 벌을 받아야 한다고 엄중히 경고하였다.

긴급한 일을 마치고 다음으로 근본 문제에 들어갔다.

전국이 통합되어 백제는 없어졌으니 완산주(完山州)를 폐지하고 완산성을 안남도호부(安南都護府)로 개칭하여 관내의 군사를 비롯한 모든 사무를 관장케 하고, 신검과 박영규의 추천에 따라 현직에 있는 사람은 물론 숨어 있는 사람들도 찾아내어 등용하였다.

고을의 군현(郡縣)도 필요한 것은 폐합하여 행정구역을 정비하고 될 수 있는 대로 현직에 있는 사람들이 계속 일을 보게 했다. 백성들의 지탄을 받아 그냥 둘 수 없는 사람들만 갈고 그 자리에는 고을에서 신망이 두터운 인사를 앉게 하였다.

고려 군이 임시로 치안을 담당하고 있으나 오래 두면 점령군 같은 인상을 주는 것도 좋지 않았다. 예전에 견훤의 휘하에 있던 장병들과 새로 희망하는 사람들 중에서 쓸 만한 자들을 선발하여 치안군을 편성했다. 그들의 훈련이 끝나는 대로 배치하고 고려 군은 철수하도록 모든 조치를 강구하였다.

왕건은 대충 일이 끝나자 성내에 있는 관서를 돌아보고 늙어서 은퇴한 자들 가운데서 덕망이 있는 사람들은 친히 집에 찾아가 인사를 나누고 선물도 전했다. 그중에는 옛날 견훤 휘하에서 용맹을 떨친 장수들도 있었다. 가족들은 옛날의 공이 오늘에 와서는 죄가 되지 않을까 걱정하는 경향도 있었으나 왕건의 방문으로 그런 공기는 일소되었다.

아주 늙은 인물인 경우에는 왕건이 대청에 올라 먼저 절을 하는 경우도 드물지 않았다. 왕년의 용맹을 칭송하고 노후에 몸을 보양하라고 좋은 약재를 선사하였다.

어디 가나 임금이라는 티를 내는 일이 없고 한집안 식구가 된 인사를 드리러 왔다고 했다. 어느 유명한 옛 장수를 만났을 때에는 한식구로 축에 끼워 주어 감사하다고 해서 웃음이 터진 일도 있었다.

고을에도 멀리까지 돌아다녔다. 어디를 가나 관서에서는 관리들을 쓰다듬고 어른을 찾아보고 부드러운 인상을 풍겼다. 백성들은 새로운 세상이 왔다는 것을 실감하고 피난 갔던 사람들도 돌아와 안심하고 내일의 설계에 바빴다. 개중에는 공연히 소를 잡아먹었다고 후회하는 사람도 있고, 성미가 급한 사람은 부추긴 건달을 찾아, 알지도 못하면서 남의 농사를 망쳤으니 소값을 내라고 시비를 거는 경우도 드문 일이 아니었다.

어느 마을에서 늙은 노인을 찾았을 때는 웃음소리가 울타리 밖까지 터져나왔다.

"우리 백제 사람도 고려 땅에 가서 살 수 있습니까?"

노인이 이렇게 물었다. 무엄한 말이라고 걱정하는 사람들도 있었으나 왕건은 노인의 손을 잡고 일렀다.

"그러문요. 원래 한집이던 것이 한때 갈라졌다 다시 합쳤는데 방에서 대청으로 못 나오고 대청에서 방에 못 들어가는 집이 어디 있겠습니까? 한집이 되어 두 개의 이름을 쓸 수 없으니 편의상 고려라 했다 뿐이지요. 그럼 이름을 백제라고 바꿀까요?"

나라의 이름 따위는 문제도 아니라는 말투에 정말 한집이 된 기분이었다.

견훤은 엄숙해서 얼굴조차 보기 힘든 임금, 왕건은 친근한 벗과 같이 무슨 말이라도 할 수 있는 임금, 큰 전쟁으로 살벌하던 공기는 사라지고, 이제 전쟁이 없으리라는 안도감과 함께 사람들은 살아갈 궁리에 바빴다.

왕건은 구월도 거의 갈 무렵 완산성을 뒤로하고 개경 길을 떠났다. 도중 황산벌에 묻힌 견훤의 산소를 찾았다. 군민이 합심해서 봉분이 끝나고 주변의 마무리 작업을 하는 중이었다.

관원들이 미리 준비해 가지고 온 제물을 차려 놓고 중요한 장수들은 다 능 앞에 도열했다. 왕건은 신검과 박영규와 함께 맨 앞줄에서 구슬픈 가락이 울리는 가운데 군왕의 예로 제사를 올렸다.

제사가 진행되는 동안 왕건은 생각이 많았다. 시대가 사람을 만든다는 말이 틀린 것이 아니었다. 자기가 보기에는 가장 뛰어난 것이 선종이었다. 그는 사람과 전쟁을 아울러 다룰 줄 아는 천재였다. 그가 병들지 않았다면 천하는 더 일찍 그의 손으로 통일되었을 것이다. 그러나 부처님의 뜻인지는 몰라도 그 천재는 도중에서 꺾이고 자취도 없이 사라지고 말았다.

뒤에 남은 것이 자기 왕건과 견훤. 두 사람은 선종이 가진 재질을 반반씩 나눠 가진 셈이었다.

견훤은 전쟁을 다루는 데는 일세의 전략가였으나 사람을 다루는 데는 결함이 있었다. 자기는 전쟁을 다루는 데는 견훤에 미치지 못하고 사람을 다루는 데는 그보다 한 등 위였다. 결국 부처님은 사람의 눈에는 합칠 수 없는 것으로 보이던 두 사람을 합쳐 통합의 대업을 이루게 했다. 이것은 인간의 뜻으로 될 일이 아니고 인간을 초월한 힘의 의사일 수밖에 없었다.

견훤이 쫓겨났어도 백제의 땅은 그대로 있었고 힘도 막강했다. 천하의 민심이 자기에게 쏠렸다는 말이 있기는 했으나 그것은 가감해서 들어야 할 아첨이 섞인 공론이었다.

견훤이 자기에게 왔기 때문에 박영규 같은 유능한 장수도 마음을 돌리게 되었고, 범상한 장수는 생각도 못할 탁월하고 웅대한 전략으로 백제 군은 많은 병력을 갖추고도 싸움다운 싸움조차 못하고 패망했다.

견훤의 그 뛰어난 전략이 없었다면 그렇게 간단히 백제가 넘어갔을까. 고려 장수들의 솜씨로는 어림도 없는 일이었다. 오십 년 내란을 끝장내는 데 공을 논한다면 견훤과 자기 왕건이 비등할 것이요, 우열이 있을 수 없었다.

한 사람의 불운은 다른 사람의 행운인 경우가 흔히 있는데 견훤의 불운이 바로 자기의 행운이었다. 그러나 남의 불운을 좋아하는 것은 소인이다.

일세를 뒤흔들다가 종당에는 평화를 가져오고 객지에서 홀로 세상을 떠난 견훤, 죽은 후에라도 그에게는 알맞은 대접이 있어야 했다.

그를 군왕으로 능에 모신 것은 역시 잘한 일이었다.

제사가 끝나자 능을 관리할 관원들을 임명하고 이를 유지할 전토(田土)도 지정하였다.

그에 그치지 않고 박수경에게 지시하여 견훤의 명복을 빌 원당(願堂)으로 이 황산벌 적당한 곳에 절을 짓고 이름을 개태사(開泰寺)라고 하도록 했다. 난세를 끝내고 태평세월을 연 거인의 원장이라는 뜻이었다.

다시 북행길을 떠난 왕건 일행이 개경에 가까이 올수록 연도는 인산인해를 이루었다. 차림새로 보아 성내 사람들뿐 아니라 시골에서 올라온 남녀가 반 이상을 차지한 군중이었다.

그들의 얼굴에는 지리한 전쟁을 끝내고 영원한 평화를 가져온 일세의 영웅을 맞는 정성이 역력했다.

그는 마중 나온 만조백관들과 함께 성내로 들어왔다.

그러나 연도의 군중은 흩어지지 않고 그들의 뒤를 따라 파도같이 성문으로 밀려들어 대궐 앞까지 와서 '성상 폐하 만세'를 외쳤다.

왕건은 일단 정전에 들어갔으나 그대로 있는 것은 인사가 아닌 듯싶었고 대신들로부터도 나와서 백성들의 하례를 받는 것이 좋겠다는 전갈이 들어왔다.

왕건은 시종을 불러 급히 조서를 쓰라고 했다.

"어떻게 쓸까요?"

"오랜 전란 끝에 평화가 온 것을 우리 함께 축하하사. 그러나 이 소중한 평화는 내 힘으로 된 것이 아니고 여러분과 여러분의 부모 형제 사매가 다 같이 합심하여 피와 땀으로 이룩한 것이니 나는 여러분에게 성심으로 감사를 드린다. 앞으로도 우리 모두 합심하여 이 평화를 지켜 나가고, 평화를 위해서 전사 혹은 부상을 입은 사람들은 나라의 은인이니 그들과 유족들을 공경하고 그들에게 부족함이 없도록 서로 돕자. 이렇게 써요."

글 잘하는 시종은 앉은 자리에서 써 바쳤다.

"이대로 좋아."

대궐 앞에는 대신 이하 조정의 모든 관원들이 도열하고 그 뒤에는 백성들이 웅성거렸다. 광장은 물론 길과 골목까지 메우고 기다리고 있었다.

구월 말 치고는 쾌청하고 포근한 날씨였다. 정승공 김부, 태자 왕무와 함께 시종을 대동하고 대궐 정문 위봉루(威鳳樓)에 오른 왕건은 머리를 숙이는 뭇사람들의 인사를 받았다. 목소리가 큰 시종은 왕건이 시키는 대로 한문으로 된 조서를 쉬운 우리말로 풀어 누구나 알아듣도록 읽어 내려 갔다.

임금이 내리는 조서라기보다는 친구가 친구에게 감사하는 글이요, 간곡한 부탁이었다.

낭독이 끝나자 물결같이 움직이는 군중 속에서는 만세 소리가 터져 나오고, 시중 공훤이 문루 아래에서 바치는 하례사(賀禮辭)는 함성 속에 파묻혀 들리지도 않았다.

왕건은 하례 절차가 끝나도 자리를 뜰 줄 모르는 백성들에게 손을 흔들자 온 성내를 뒤흔들듯 환호성이 터졌다.

진실로 이 세상에 난 보람이 있다고 생각하면서 층계를 내려오는데 전정(殿庭)에 모여 섰던 여관들이 허리를 굽혀 인사했다.

그는 사화의 방으로 들어갔다.

사화는 옷을 받으면서 기뻐 어쩔 줄을 몰랐다.

"정말 폐하는 하늘이 내신 분이에요. 오십 년을 두고 억울하게 피를 흘려 온 백성들에게 평화를 가져왔으니 이보다 더 큰일이 어디 있겠어요."

"우선은 피를 흘린 백성들의 덕분이고 다음은 부처님의 덕분이오."

"참, 아까 여관들 틈에 끼어 조서를 들으니 묘하데요."

"왜?"

"임금이 내리시는 조서는 한문으로, 짐은 여등 신민에게 고하노라…… 어쩌구 하는 건 줄만 알았는데."

"내가 말을 잘하면 말로 하는 건데 말이 서투르니 모두 알아듣도록 한 거지."

"폐하께서는 그 겸손으로 천하를 잡고 평화를 가져왔어요. 전 아무것도 한 것이 없지마는 폐하를 모신 보람을 오늘같이 느낀 일도 없어요."

"사화의 덕이 크지. 내 마음의 풍파를 가라앉혀 준 건 사화니까."

"여독도 푸실 겸 따끈한 술을 드시지요."

사화는 대답을 기다리지 않고 주방으로 나갔다.

여독. 열아홉에서 육십까지. 실로 멀고도 고난에 찬 여행이었다.

이제 종착역에 온 안도감과 만족감.

그는 사화가 권하는 대로 마시고 취할 대로 취해서 잠이 들었다.

평화가 왔다.

그러나 평화는 시초에 불과하고 평화보다 전란에 익숙한 백성들이다. 자칫하면 깨질 수 있는 평화라는 것을 왕건은 잘 알고 있었다.

이 평화를 굳히기 위해서는 무엇보다 화합이 필요했다.

신라에서 온 사람들은 글에 능하니 능력에 따라 등용해서 만족하고 있는데 백제에서 온 사람들에 대해서도 차별이 있을 수 없었다.

고비는 견훤이 살았을 때와 마찬가지로 대우하여 남궁에서 그대로 아이들과 함께 살게 하고 신검에게는 따로 집을 주어 대신과 같은 대우를 했다.

특히 박영규는 공신으로 융숭한 대접을 받게 되었다. 함께 동행하여 온 사람들은 신라에서 온 사람들과 달리 싸움터에서 뼈가 굵은 무장들이었다. 그들은 그들대로 무장으로 등용하여 재능에 맞는 직급과 자리를 주었다. 그들 자신도 만족하고 소문은 고향에까지 퍼져 그쪽 사람들도 왕건은 우리 임금이라고 생각하게 되었다.

그러나 뜻하지 않은 데서 말썽이 일어났다. 양검과 용검 같은 역자(逆子), 역신(逆臣)을 살려 둔다는 것은 나라의 앞날을 위해서도 본보기가 안 될 뿐 아니라 해독을 끼치는 것이니 목을 잘라야 한다고 주장하는 대신들이 태반이었다.

그러나 새로 강토 안에 들어온 백제 사람들의 심사도 고려하지 않을 수 없었다.

"내 비록 부족하나마 명색 임금이오. 임금이 한번 내린 판정을 뒤집는 것은 좋은 일이 아니오."

"성상께서 그때 두 사람을 귀양으로 정하신 것은 죄가 가벼워서가 아니라 아버지 되는 견훤의 심정을 고려하셨다는 것은 말씀은 안 하셔도 다 아는 일입니다. 이제 견훤도 가고 군왕으로 후히 능에 모셨으니 그들을 처단하서도 지하의 견훤은 불만이 없을 줄로 압니다. 또 백제 사람들도 그들의 친지를 제외하고는 두 사람을 옳다고 생각하는 백성이 어디 있겠습니까?"

"내게 좀 생각할 여유를 주시오."

왕건은 가부를 결정하지 않고 대신들을 돌려보냈다.

우선 박영규를 불러 터놓고 의논했다. 그는 공신 대우를 받을뿐더러 사석에서는 형으로 대접하고 삼십여 마리의 마필을 보내 그의 부인을 모셔왔을 때 왕건은 친히 그 집을 찾아 먼저 절을 하고 누님이라고 한 사이였다.

그뿐 아니라 그의 딸을 부인으로 후궁에 맞아 혈연으로 맺어지기도 했다(후일의 동산원 부인[東山院夫人]).

박영규는 죽여야 한다고 했다.

"그런 못된 것들을 살려 두는 것이 오히려 이상하지 않습니까?"

왕건은 다음으로 신검을 불렀다. 신검은 성실하고 입이 무거운 사람이었다.

"그들의 죄가 막중한 것은 세상이 다 아는 일이오나 신은 인연이 묘해서 형제간인지라 무어라고 아뢰기 난감합니다."

왕건은 그렇겠다고 수긍했다.

가장 공평한 것은 그들 밑에서 계속 일한 흔강(昕康), 부달(富達) 등 사십여 명일 것이다.

왕건은 그들 중 주요한 몇 사람을 불러 이런 공론이 있으니 가서 그들끼리 의논해 가지고 오라 했다. 흔강이 다음 날로 찾아왔다.

"그들 때문에 백제가 망했다고 그 고장 백성들의 원망이 대단한데 왕족이라고 해서 그냥 두는 것이 오히려 좋지 않을 듯싶습니다."

왕건은 사람을 정주에 보내 두 사람의 목을 자르도록 영을 내렸다.

"세월은 빨리도 가는구나."

어려서 어른들이 이런 말을 하는 것을 흔히 들었다. 그는 뜻을 이해하지 못하고 오히려 빨리 세월이 흘러 어른이 되었으면 좋겠다고 생각했다.

그러나 삼십을 넘으면서 세월이 빠른 것을 느끼기 시작했고 사십, 오십을 지나면서 갈수록 빠르다고 아쉽게 생각되었는데 마침내 환갑이 되었다(937년).

부모와 그 친구, 어른들은 논외로 치더라도 궁중에서도 유 씨, 오 씨 두 왕후를 비롯하여 적지 않은 비빈들이 저승길을 떠났다. 또 영안성에서 함께 자라 낫살 먹을 때까지 너, 나 하고 지내던 친구들도 다 갔다. 건국의 일등 공신 중에서도 신숭겸은 벌써 여러 해 전에 공산에서 전사하고 배현경과 홍유도 작년 십이월에 세상을 떠났다. 그 밖에 전장에서 목숨을 잃은 수많은 친근한 얼굴들.

천하를 겨루던 선종도 견훤도 세월과 더불어 흘러가고……, 모든 풍파는 꿈만 같고 세상만사 쓸쓸한 감이 들었다. 환갑은 노년(老年)의 입문인 데다 작년에는 나라를 통합하는 대업을 이루었으니 성대한 잔치를 베풀자는 것이 신하들의 간곡한 청이었으나 왕건은 안 된다고 말렸다.

지금도 밥에 보리를 섞어 예성강 포구 중간상인 정도의 평범한 식탁을 대하는 왕건. 절약도 절약이지마는 친근한 벗들의 피로 이룩된 것이 통합의 대업이다. 그것을 명분으로 크게 잔치를 베푼다면 가슴 아픈 죽음들을 되새기는 슬픈 좌석이 될 수밖에 없을 것이다.

그 대신 정월 십사일 환갑날에는 왕후 이하 궁중의 모든 비빈들을 한자리에 모으고 남자로는 자기 혼자 참석하여 간소한 음식을 나누면서 집안일을 화제로 이야기를 주고받았다.

돌아간 왕후 두 사람까지 합쳐 자기를 섬긴 여자는 스물아홉 명, 그들이 낳은 아들은 스물다섯 명, 딸 아홉 명.

견훤의 말로를 보고 왕건은 유 씨가 생전에 하던 말을 되씹었다. 이 많은 자식들이 제각기 놀아나는 날은 견훤에 비할 바가 아닐 것이다.

또 강성하던 고구려도, 당나라도 여자들 때문에 나라가 그렇게 되었고, 옛날 백제도, 다시 일으킨 견훤의 백제도, 여자들의 보이지 않는 속삭임 속에서 나라가 결딴이 나고 말았다. 아마 장차도 그렇게 종말을 고하는 왕조가 없지 않을 것이다.

"환갑을 맞고 보니 오랫동안 나를 시중들어 온 여러 비빈들의 고마움을 새삼 느끼게 되는구만. 참으로 미안한 일뿐이고, 고마운 일뿐이었소."

"황공한 말씀이십니다."

여자들은 한결같이 머리를 숙였다.

"내 여생이 얼마 남았는지 모르겠소마는 소원 하나 들어주겠소?"

"여부 있겠습니까."

또 머리를 숙였다. 다 아름답고 다 부드러운 미인들의 속삭임이 때로 남자들의 칼보다도, 나아가서는 백만 대군 못지않은 힘을 발휘해서 큰 나라도 뒤엎는다 생각하면 천지의 조화는 신묘한 것이었다.

"간단한 것이오. 다 같이 친근하게 지내 달라는 것이오."

모두들 소리를 내어 웃는 가운데 한 여자가 아뢰었다.

"무슨 대사인 줄 알았사온데 그런 농담을……. 모두 친근하게 지내고 있는걸요."

왕건은 옆에 앉은 사화가 부어 주는 술을 받고 미소를 지었다.

"그래. 그렇게 지내는 줄은 알고 있지. 그러니 앞으로 더욱 친하기 위해서 동복은 안 되겠지마는 이복남매들은 모두 결혼해서 어머니들끼리는 사돈이 되고, 남매들끼리는 부부가 되면 물 샐 틈 없이 가까워질 것이 아닌가?"

누구나 자기 딸을 왕실 밖으로 내보내는 것보다 안에 두는 것이 낫다는 것을 모르지 않았다.

"참으로 신묘하신 생각이옵니다. 누가 여기 이의가 있겠습니까?"

한 여자가 선창하자 구구전승 '신묘'를 연발했다.

"그럼 오늘을 기해서 이것을 왕실의 철칙으로 하겠소."

왕건은 선언했다.

천하를 통일한 왕건에게도 평생의 한이 하나 있었다.

반도를 통일하는 날에는 수도를 서경 평양으로 옮기겠다고 공언하여 왔고, 여기를 기지로 이제현(李齊賢)의 표현대로 '동명(東明, 고구려의 시조)의 옛 땅을 내 집의 담요(靑氈)'같이 알고 반드시 석권하여 이를 차지하려 하였다.

그리하여 서경에는 비상한 관심을 기울였다. 수도 개경에는 성을 두르지 못하게 하면서도 평양성을 쌓는 데 정력을 바치고 그 북방에도 적지 않은 성들을 쌓았다.

또 북계(北界), 즉 함경도 남부에도 유금필을 보내 오랑캐를 굴복시키고 큰 성을 쌓아 발판을 만들었다.

그런데 난데없이 거란이 옆으로 뛰어들어 동명왕이 창시한 고구려 땅을 차지해 버렸다. 이것을 무찌를 힘이 있다면 문제가 없으나 그렇지 못한 것이 한이었다.

내란을 평정하느라고 나라의 태반은 직접 눈으로 보면서 돌아다녔다. 오십 년 내란의 상처는 넓고 깊어서 너무나 많은 사람들이 죽고 국토는 황폐하여 백성들은 그날그날의 생활조차 간신히 꾸려 가는 형편이었다.

통합은 되었다 해도 이런 처지에서 그 광대한 땅을 휩쓴 신흥세력과 전쟁을 일으킨다는 것은 줄어들 대로 줄어든 백성들, 그것도 뼈와 가죽만 남은 백성들을 충분히 먹일 방안도 없이 수천 리 떨어진 광야에서 적의 칼밥이 되라고 내모는 것이나 다름없는 무모한 짓이었다.

이것이 한이었다.

육십에 나라를 통일하고 보니 모든 체력과 정력을 소모한 듯 기력도 날로 쇠잔해 갔다. 그렇게도 자주 드나들던 서경에도 의원들이 말려서 다시는 가지 못했고, 환갑 다음 해 여름, 서경에 나성(羅城)을 쌓으라고 영을 내리는 데 그쳤다.

생전에 뜻을 이루기는 틀렸으나 역사는 무한정 계속될 것이니 몇백 년 후라도 기회가 오면 자기가 뜻하던 바를 성취하라고 일렀다.

이렇게 장래를 생각하면서 수백, 수천 명씩 몰려드는 발해의 유랑민들을 받아들여 땅을 주고 살 길을 마련해 주었다.

그런 가운데서도 신라의 왕사로 있던 충담(忠湛) 스님을 모셔다 왕사로 삼고, 견훤의 왕사 경보 스님을 비롯하여 명망 있는 고승들을 왕사에 준하여 예우했다. 저승의 일이 눈앞에 다가온지라 일월사의 부처님 앞에서 보내는 시간이 많아졌고 충담 스님이 돌아갔을 때(940년)는 친히 비문을 지어 애도했다.

이승을 떠난 후의 대비도 게을리하지 않았다. 틈틈이 붓을 들어 대대로 군왕이 될 후손들을 위해서 자기의 산 경험을 한 권으로 엮어 정계(政誡)라고 이름하였고, 직접 백성들과 접하고 그들을 다스리는 관리들을 위해서는 계백료서(誡百寮書) 여덟 편을 지어 전국의 관료들에게 나눠 주었다.

그러나 늙어서도 자기의 평생소원을 가로막은 거란에 대한 증오심은 그칠 줄을 몰랐다. 이미 육십육 세의 고령이 되었음에도 불구하고 낙타 오십 필을 선물로, 친교를 맺으러 찾아온 거란 사신들을 큰 소리로 꾸짖었다.

"거란은 일찍이 발해와 맹약을 맺고 친하게 지내오다가 틈을 보아 이를 쳐서 멸망시키니 너희 같은 자들을 어찌 믿겠느냐?"

단호히 교류를 거절했다. 사신 삼십 명을 모조리 외따섬에 귀양 보내고 낙타는 성내 다리(萬夫橋, 만부교) 밑에 매어 굶어 죽게 만들어 버렸다. 이리하여 왕건 같은 영걸도 후일 그들의 침략을 받을 씨를 뿌리는 실수를 범하기도 했다. 증오와 흥분이 지나치면 큰 인물도 어린애같이 되는 모양이라는 공론도 있었다.

943년 사월.

왕건 육십칠 세.

다가오는 죽음을 의식하면서 부처님께 의지하여 마음의 준비를 하고 글로 후손과 관리들에게 지킬 바를 적어 나라의 기틀을 잡으려고 애쓴 왕건은 왕실을 튼튼하게 보전하기 위해서 환갑 때에 비빈들에게 말한 대로 그동안 이복남매 여러 쌍을 혼인도 시켜 왔다.

이해 사월 하순 십구 세 된 사화의 셋째 아들 소(昭)와 황주 출신의 왕후(神靜王太后) 황보(皇甫) 씨의 딸 황보 씨를 결혼시켰다. 자신의 딸이면서 왕씨 아닌 외가의 성을 칭한 것은 시침이 유행하던 이 시절, 공주들은 외가에서 태어나 그대로 외가에서 자랐고 그 성을 따르는 것이 관습이었다.

식전을 마치고 들어오려는데 신부의 모후 황보 씨가 귀띔을 했다. 대광(大匡) 박술희(朴述希)가, 폐하께서 후손에게 남길 만한 말씀을 모아 간직하고 있으나 기회가 없어 드리지 못한다는 소문을 들었다는 것이다.

후손에게 남길 말은 자신이 이미 적어 한 권의 책으로 묶었는데 또 무엇을 남긴다는 것일까. 그러나 박술희는 선종의 친위병(衛士)으로부터 시작한 사람으로, 자기를 섬겨 여러 전쟁에서 공도 많이 세웠고, 경험도 많은지라 들을 만한 것도 있을 듯싶어 그를 내전으로 불렀다.

"대광이 내 후손들을 위해서 좋은 말씀을 적어 두었다는 소문을 들었는데 사실이오?"

"어찌 좋은 말씀이겠습니까마는 왕실과 나라의 장래를 생각해서 변변치 못하나마 몇 자 적어 두었습니다."

"고마운 일이오. 이리 좀 보여 주시오."

늙은 박술희는 품에서 겹겹이 싼 문서를 꺼내 바쳤다.

겉에 훈요십조(訓要十條)라고 씌어 있었다. 박술희는 글을 모르는 사람이다. 생각나는 것을 글을 아는 사람에게 부탁해서 적었으리라 짐작하고 읽어 내려갔다.

　　― 중국의 유명한 제왕인 순(舜) 임금은 원래 농사꾼이요, 한고조(漢高祖)는 팽택이라는 고장의 시골뜨기였으나 황제가 되었다. 나도 보잘 것 없는 집안에서 일어나 십구 년 동안 추위와 더위를 무릅쓰고 심신(心身)을 괴롭히며 싸움터를 치달아 전국을 통합하였고 등극한 지도 이십오 년이 되었다. 대를 잇는 후손들이 정욕(情慾)에 빠져 기강을 문란케 하고 패망할까 두려운 나머지 이 훈요를 지어 전하는 것이니 조석으로 펴보고 거울로 삼으라. ―

이렇게 서두를 시작하고는 열 개 조목을 나열하고 있었다.

열 개 조목 중에서 쓸 만한 것은 맏이가 똑똑하지 못하면 둘째, 둘째도 그러면 형제 중에서 제일 똑똑한 자를 골라 세우라는 셋째 조목, 남의 나라 문물제도를 본받더라도 우리에게 맞지 않는 것까지 구태여 본받지 말라는 넷째 조목, 옳은 충고를 듣고 간신의 모함을 듣지 말 것이며 백성들의 어려움을 알고 세공과 부역을 가벼이 하도록 힘쓰라는 일곱째 조목과 정실 인사를 하지 말고 강국과 이웃하여 있으니 군사에 힘쓰라는 아홉째 조목의 네 가지 정도였다. 이런 것은 다 자기가 쓴 《정계》에 있는 내용이었다.

나머지는 부처님의 보호를 받아 세운 나라라는 것을 강조하면서도 함부로 절간을 짓지 말라는지, 연등(燃燈)과 팔관회(八關會)는 지금 하는 정도에 그치고, 거기 가감이 있어서는 안 된다든지, 공부를 열심히 하되 경사(經史)로 하라든지, 요컨대 왕건의 비위를 맞추면서 불교의 신장을 억제하고 은근히 유교를 내세우려는 내용이었다.

특히 마음에 걸리는 것이 차현(車峴) 이남, 공주강(公州江) 밖, 즉 호남 사람들을 등용하지 말라는 대목이었다.

왕건은 다 읽고도 말이 없었다.

누구의 짓일까? 박술희가 자기 생각을 구술한 것인 줄 알았으나 그렇지 않은 것이 분명했다. 글을 모르는 그가 순임금이 역산(歷山)에서 농사를 지었는지, 한고조가 팽택의 건달이었는지 알 까닭이 없었다.

글을 잘하는 이가 있으면 빼지 않고 모셔다 등용한 만큼 어지간히 하는 사람의 글은 글씨만 보아도 누구라고 짐작이 갔다. 그러나 모를 글씨였고 그것도 글 솜씨로 보나 내용으로 보나 제대로 공부한 사람의 글은 아니었다.

어떤 편협한 유생(儒生)이 불교의 내력도 모르면서 불교를 공격하고, 말깨나 잘해서 순박한 박술희가 거기 넘어갔고, 자기가 만든 것을 박술희의 생각인 양 위장해서 바친 것이라고 짐작되었다. 잘되면 벼슬자리라도 얻으려는 잔꾀에서 나왔으리라.

그렇다고 자기보다도 연배인 중신을 면박할 수는 없었다. 잠자코 있으니 박술희가 물었다.

"어디 잘못된 점이라도 있습니까?"

왕건은 깨우쳐 줘야겠다고 생각했다.

"대광, 사람은 여러 가지 좋지 못한 버릇을 가지고 있는데 그중에서도 안된 것은 남을 가르치려는 버릇이오. 나라의 기둥인 대광이 이런 설부른 글 심부름이나 해서야 쓰겠소?"

"죄송합니다. 어디 크게 잘못된 데가 있으면 황공해서 이 일을 어찌 하오리까?"

"내 가르치려고 드는 것은 아니오마는 분명한 것을 두 가지만 말씀드리지요."

칼로 평생을 살아온 무장에게 복잡한 이야기는 해야 소용없으니 간단명료한 것만 지적하기로 했다.

"모든 절간은 도선 스님이 자리를 지정하고 개창한 것이라고 했는데 도신 스님이 돌아가신 지도 사십오 년이 아니오? 우리 고려가 서기도 전이지요. 돌아가신 분이 어떻게 절터를 잡고 절을 짓는다는 말이오? 대광도 눈으로 보신 대로 우리가 나라를 창시한 후로 큰 절만도 여러 채 짓지 않았소?. 국초에 성내에만도 열 군데 지었는데 그 자리는 내가 직접 나서 고른 것이오. 무엇보다도 여기 크게 떠받들어 놓은 도선 스님 자신이 낭주(郎州, 전남 영암) 분이 아니오?"

"신은 미처 몰랐습니다. 이거 황공해서……."

"저 서남방, 백제 사람들을 좋지 않게 말하고 그들이 조정에 등용되어 왕후국척(王侯國戚)과 혼인하여 권세를 잡으면 나라가 위태롭다고 했는데 우선 나부터 생각해 보시오. 돌아간 장화왕후(莊和王后) 오 씨는 목포 사람이오. 태자는 그 아들이오. 여기 적힌 대로 한다면 태자를 내쫓아야 할 것이 아니오?"

"이거 정말 몸 둘 바를 모르겠습니다."

"지금 나와 함께 사는 동산원부인(東山院夫人)은 박영규의 딸인데 박영규는 승주(昇州, 전남 순천)사람이오. 큰 공을 세워 나라의 최고 벼슬인 삼중대광(三重大匡)이오. 또 연전에 백제를 토평했을 때 개경에 온 사십여 명도 요직에 앉아 일들을 잘하고 있는데 이들은 어떻게 하지요? 이런 얘기가 이들의 귀에 들어가면 마음이 좋겠소? 어느 고장에나 좋은 사람도 있고 그렇지 못한 사람도 있는 법인데 이건 그나마 좁은 땅에서 평지풍파를 일으켜 분열을 부추기는 것이 아니겠소? 대광도 아시다시피 이 좁은 반도는 문제도 아니오. 압록강 너머 그 넓은 조상의 땅을 찾자는 것이 내 뜻이었는데 이 무슨 편협한 짓이오?"

박술희는 연거푸 머리를 조아리고 말도 못했다.

"그 고장 사람들의 귀에 들어가면 어쩔 작정이오? 더구나 태자의 귀에 들어가면 어쩔 작정이오?"

"……."

"내 이것이 대광의 뜻이 아닌 줄 짐작하오. 캐어묻지 않겠소마는 댁에 돌아가는 대로 없애버리고 아예 입 밖에 내지 마시오."

박술희는 백 배 사죄하고 물러갔다.

고지식한 그는 돌아가는 대로 그 유생을 불러 꾸짖고 당장 불에 태워버리라고 호통을 쳤다. 유생은 그러겠노라 했으나 자기의 일대 걸작을 몰라주는 박술희가 야속했고, 없애기도 아까웠다. 그대로 간직한 것이 후세에까지 남아 가끔 바람을 일으켰다.

사월 들어 날씨가 풀리고 신록이 우거지기 시작하면서부터 왕건은 어디가 유달리 아픈 것도 아닌데 쉬 피곤이 왔다.

봄이 오면 누구나 노곤하게 마련이지마는 이것은 보통 노곤할 정도가 아니었다. 그렇다고 병이라고 할 수도 없어 입 밖에 내지 않고 그날그날의 일을 처결해 갔다.

오월에 들어 마침내 병석에 눕고 말았다. 남달리 강건하던 몸도 근 오십 년을 혹사한 데다 나이 들고 보니 모든 기운이 다 빠져 버린 느낌이었다. 무슨 약을 써도 차도가 없고 말은 안 해도 의원들은 가망이 없다는 눈치였다.

　왕건 자신도 이제 갈 때가 왔다고 생각했다.

　오월 이십일.

　매일 번갈아 옆에서 간병하는 신하들에게 일렀다.

　"나는 다시는 일어나지 못할 것 같소. 만물은 다 흘러가게 마련이니 죽는다고 슬퍼할 것은 없고 이십 일이 넘도록 국사를 처결하지 못했으니 대신들은 태자와 의논해서 처결한 후에 알려나 주시오."

　그러나 그로부터 여러 날이 지나도 나을 기미는 없고 병은 더해 갔다.

　오월 이십구일.

　오늘을 넘기기 어렵다고 생각한 왕건은 신덕전(神德殿)에 옮겨 학사(學士) 김악(金岳)에게 유조(遺詔)를 쓰라고 했다.

　"무어라고 쓰면 좋겠습니까?"

　"생전에는 만인에게 숱한 신세를 졌는데 세상을 하직하는 마당에 오직 감사할 뿐이라고 써요."

　김악은 받아쓰고 기다렸으나 왕건은 더 이상 말이 없었다.

　"그뿐입니까?"

　"그뿐이오."

　"이 밖에 후세에 남기실 말씀은 없으신지요?"

　"후세의 일은 후세 사람들이 알아서 할 것이고……."

　왕건은 그대로 눈을 감아 버렸다. 숨소리마저 들리지 않는지라 둘러앉은 신하들이 흐느껴 울었다.

　왕건이 눈을 뜨고 물었다.

"무슨 소리요?"

"백성의 어버이신 성상께서 오늘 떠나려고 하시니 슬픔을 이길 길이 없습니다."

한 대신이 아뢰면서 목이 메었다.

"인생은 뜬구름이라 이제 사라질 때가 온 것이지……."

미소를 짓던 왕건은 숨을 몰아쉬고 운명하였다. 육십칠 세.

유명에 따라 이십팔 일 만인 유월 이십칠일 간소한 절차를 거쳐 현릉(顯陵)에 장사를 지내니 한 시대를 마감하고 새 시대를 개막한 거인은 여기서 영원한 잠으로 들어갔다.

묘호(廟號)는 태조(太祖), 시호(諡號)는 신성(神聖)이라 하였다. 이리하여 그의 사후부터 1392년 고려조가 막을 내릴 때까지 사백여 년 동안 그는 태조 신성대왕으로 나라에서 최고의 추앙을 받았다.

(끝)